Martin Horváth

Mein Name ist Judith

Roman

PENGUIN VERLAG

Für Alexandra

Im Angedenken an meine Großeltern
dies- und jenseits des Atlantiks

Im Anfang war das Wort, und das Wort war bei mir,
und ich war das Wort.
Und alles, was ist, ist durch das Wort geworden.
Zuerst fügte ich Letter auf Letter, um die Mauern
dieses Hauses zu errichten.
Ich reihte Wort an Wort und baute eine Stadt
um das Haus herum.
Zeile für Zeile webte ich am Himmelszelt, um es
über der Stadt und der Welt aufzuspannen.
Aus dem, was in meinem Setzkasten
verblieb, schuf ich alsdann die Menschen,
die unter diesem Himmel wohnen.
Und den Raum zwischen den Zeilen verwandelte
ich in Zeit und schenkte sie den Menschen zum Leben
und zum Sterben.

Prolog

Zu der Zeit, als diese Geschichte über mich hereinbrach, lebte ich ein Leben unter Geistern. Manche davon hatte ich selbst gerufen, andere waren ohne mein Zutun in mein Leben getreten. Wieder andere hatte ich aus Worten geformt und, so glaubte ich jedenfalls, auf Papier gebannt.

Zu der Zeit, als diese Geschichte ihren Ausgang nahm, hatte ich meinen Wohnsitz in der Vergangenheit. Ich flüchtete mich aus der Wirklichkeit, ich nährte mich von der Erinnerung, umgab mich mit Büchern statt mit Menschen, und meine Gefühle pendelten zwischen Trauer und Hass. Die Trauer galt den zwei liebsten Menschen, die mir das Leben geschenkt hatte. Der Hass denjenigen, die sie mir genommen hatten. Und manchmal auch mir selbst, weil ich zu den Überlebenden gehörte.

Von Toten und Geistern ist hier die Rede, aber auch von Träumen, die echtes Leben vorgaukeln. Es ist die Rede von der Erinnerung und von den Schwierigkeiten, mit ihr zu leben und sie zu bewahren. Vom Gedächtnis, das gern täuscht und trügt und einem mit geschönten Tatsachen zu schmeicheln versucht. Von der Vergangenheit und von den Spuren, die sie an Menschen, Gebäuden, Städten, Nationen hinterlässt. Und davon, wie sie manchmal an der Gegenwart zerrt und reißt wie ein hungriges Raubtier und sie ganz in ihre Gewalt zu bekommen versucht.

Wo beginne ich meine Geschichte? Vor mehr als hundert

Jahren, als dieses Haus noch nach frischer Farbe roch und eine Familie im Erdgeschoss eine Buchhandlung und im letzten Stock eine Wohnung bezog? Vor fast fünfundzwanzig Jahren, als ich die Nachkommen ebendieser Familie in ihrer neuen Heimat kennenlernte? Vor drei Jahren, als eine Katastrophe mein Leben auf immer veränderte? Nein, ich möchte zur Weihnachtszeit vor einem Jahr beginnen, als eines Morgens plötzlich ein kleines, mir unbekanntes Mädchen in meiner Küche saß. Denn in den zwei langen Wochen, die auf diesen Tag folgten – zwei Wochen, in denen die Zeit verlangsamt oder angehalten schien, zwei Wochen, die sich in alle Richtungen dehnten und streckten, sich verbogen und verzerrten –, verbanden sich alle anderen, Jahre oder Jahrzehnte zurückliegenden oder noch zu geschehenden Ereignisse zu einer einzigen großen Geschichte. In diesen Wochen, in dieser Zeit zwischen den Jahren, durchlebte ich hundert Jahre. Und ich lebte nicht nur unter dem Himmel von Wien, sondern atmete auch die Luft von Paris, Marseille, Antananarivo, New York, Tel Aviv und anderen Orten.

Jetzt, da ich verändert und gestärkt von dieser Reise durch Zeiten und Kontinente zurückgekehrt bin, möchte ich darüber berichten und meine Geschichte erzählen. Doch beim Versuch, die Tage zu rekonstruieren, gerate ich in Schwierigkeiten. Kann ich meinen Erinnerungen trauen? Habe ich tatsächlich alles erlebt, was sie mir einflüstern? Und waren es wirklich nur zwei Wochen? Bis heute bin ich mir nämlich der Ereignisse und meiner Erinnerung daran nicht sicher. Und finde für vieles nach wie vor keine Erklärung. Ich versuche mich beim Schreiben über diese Zeit auf meine Notizen zu stützen, stoße aber auch da auf Widersprüche.

Doch allen Widersprüchen und Ungereimtheiten zum Trotz – heute weiß ich, dass mir erst die Begegnung mit den Toten die

Rückkehr zu den Lebenden ermöglichte. Und es war die Reise in die Vergangenheit, die mir – zusammen mit allem, was in den Monaten danach entstehen würde – den Weg in die Zukunft wies. Die Welt rundherum mag in den vergangenen Jahren kein schönerer Ort geworden sein. Und doch: Jetzt, da auf mich neue Liebe und neue Hoffnung warten, fühle ich mich beflügelt zu neuen Worten und neuen Taten. Nun, da ich mich endlich aus dem Griff der Vergangenheit befreit habe, spüre ich das dringende Bedürfnis, mir neues Leben zu erschreiben.

I

Sie sind doch ein Poet ein Dichter
Schreiben Sie ein Gedicht
Nicht so engmaschig
benommen von der Zeit
Keinen Reim
Wort – Buchstabenkaskaden
Schreiben Sie ein Gedicht
damit ich überlebe

HERBERT WADSACK

1

Auf die ersten Spuren Judiths stieß ich, noch bevor sie selbst sich mir zeigte. Unter dem Bett im verwaisten Kinderzimmer fand ich eines Tages kurz vor Weihnachten ein kleines Lebensmittellager: Konservendosen, Gläser mit eingelegtem Gemüse, Knäckebrot und Kekse, aber auch mehr oder weniger frisches Obst, Gemüse, Eier und belegte Brote, alles sorgfältig aufgereiht auf dem Parkettboden. Manches davon stand oder lag wohl schon länger unter dem Bett: Brot und Wurst und Käse waren vertrocknet, das eine oder andere Stück Obst verschimmelt.

Ich schaltete den Staubsauger aus und ließ mich langsam auf den bunten Bettvorleger sinken. Ich verstand nicht, was hier vorging. Seit dem Tod meiner Frau Lydia und meiner Tochter Hanna lebte ich allein, kaum jemand hatte in den vergangenen Jahren die Wohnung, geschweige denn das Kinderzimmer, betreten. Wer also könnte und sollte hier ein Lebensmitteldepot anlegen? Und zu welchem Zweck? Oder waren die Lebensmittel nicht als Vorrat, sondern als eine Art Opfergabe gedacht? Doch wem sollte damit gehuldigt, wer milde gestimmt werden? Ich fand keine Antworten auf meine eigenen Fragen. Meine Finger strichen gedankenverloren über die bunten Igel auf dem Bettvorleger, den Hanna so geliebt hatte. Es dauerte ein paar Minuten, bevor ich mich dazu aufraffen konnte, die verdorbenen Speisen in den Müll und den Rest in die Küchenschränke zu schaffen.

Am selben Tag, an dem das Licht neu geboren wird – und an dem auch ich in diese Welt gekommen war –, waren abends zum ersten Mal die Polarlichter zu sehen. Ich stand lange am geöffneten Wohnzimmerfenster und konnte nicht genug kriegen vom Farbenspiel über den Dächern und dem Turm der nahen Leopoldskirche. Die Wissenschaft erklärt uns, was dabei vor sich geht. Aber ist nicht das, was wir glauben wollen, viel schöner als das, was wir wissen sollen? Sonnenstürme, ja, elektrisch geladene Teilchen, die in unsere Atmosphäre eindringen und auf Sauerstoff- und Stickstoffatome treffen, auch gut. Aber wem verdanken wir, dass sich die Reaktion in solcher Pracht vollzieht? Welche Kräfte, welche Götter sind da am Werk? Bilden die Lichter eine Brücke ins Jenseits, wie man bei den Inuit vermutete? Stammen sie von den Ahnen, die ihr Unwesen am Himmel treiben? Künden sie von herannahendem Unglück? Oder sind es die über den Himmel reitenden Walküren, in deren Rüstungen sich das Mondlicht spiegelt?

Ich zählte die Glockenschläge, die der Wind von der Leopoldskirche herüberwehte. Kurz danach ließen sich wie ein Echo die Glocken der Karmeliterkirche und die der Kirche der Barmherzigen Brüder vernehmen. War es wirklich schon Mitternacht – und damit der kürzeste Tag des Jahres zu Ende? Fröstelnd riss ich mich von dem verzauberten Anblick los. Und beschloss, mich in der Badewanne wieder aufzuwärmen. Mit einem Buch in der Hand ließ ich mich bald ins wohlig-feuchte Nass sinken.

2

Es schneite, als ich die Augen aufschlug. Vom Bett aus waren die Dächer und Kamine der gegenüberliegenden Häuser zu sehen. Der Schnee hatte sie ihrer Farben beraubt und ihnen seine kühle Farbpalette aus Weiß- und Grautönen aufgezwungen. Als ich mich auf die andere Seite drehte, um einen Blick auf den Wecker zu werfen, hatte ich plötzlich ein Negativbild vor Augen: Schwarze Flocken tanzten vor einem hellen Hintergrund, gleichzeitig spürte ich einen pochenden Schmerz in den Schläfen. Ich schloss die Augen. Das schwarze Schneegestöber tobte weiter.

Ich versuchte aufzustehen, doch ein starkes Schwindelgefühl warf mich zurück aufs Bett. Als ich nach dem zweiten Versuch endlich stand, blickte ich an mir herunter. Meine Füße schienen so weit weg, als gehörten sie zu einem fremden, seltsam in die Länge gezogenen Körper. Warum hatte ich in der Nacht meinen Bademantel anbehalten? Wieso lag auf dem Boden vor dem Bett ein Badetuch? Hatte ich getrunken? Die Kopfschmerzen, die Sehstörungen, der Schwindel, alles sprach dafür. Und mir fehlte jegliche Erinnerung an den Abend davor.

Es war kalt in der Wohnung. Fröstelnd und mit seltsam staksigen Schritten setzte ich mich in Bewegung. Als hätten meine Beine über Nacht das Gehen verlernt. Als müssten sie oder ich bei jedem Schritt nachdenken, was als Nächstes zu tun sei.

Der erste Blick auf Judith war ein Blick in den Spiegel. In den Spiegel im Vorraum, an dem ich auf meinem Weg Richtung Badezimmer vorbeikam. Sie saß da an meinem Küchentisch, mit einem grauen Wintermantel bekleidet, einen dicken Schal um den Hals, eine rote Wollmütze auf dem Kopf. Ein kleines, schmales, vielleicht zehnjähriges Mädchen, dessen Namen ich zu diesem Zeitpunkt natürlich noch nicht kannte. Ich hatte keine Ahnung, wer sie war und wie sie in meine Wohnung gekommen war. Und noch weniger ahnte ich, wie sehr sie mein Leben verändern würde.

Ich blieb an der Schwelle stehen. Mein Herz klopfte. Was sie hier mache, wollte ich wissen. Doch sie war schneller. Warum hast du mir mein Essen weggenommen? fragte sie mit Trotz und Vorwurf in Blick und Stimme. Ich hatte keine Ahnung, wovon sie sprach. Der Schmerz in meinem Kopf war von den Schläfen zur Stirn gewandert und pochte unvermindert weiter. Was tust du hier? Wie bist du hereingekommen? Was willst du von mir? Beinahe gleichzeitig brachen die Fragen aus mir hervor.

Sie verschränkte die Arme vor der Brust. Ich hab zuerst gefragt: Warum hast du mir meine Vorräte weggenommen? Ich wusste noch immer nicht, wovon sie sprach, ich wusste auch nicht, ob ich es wissen sollte. Im Haus lebten seit einiger Zeit Asylwerber, vielleicht gehörte Judith zu einer der häufig wechselnden Familien. Vielleicht hatte sie Hunger, vielleicht hatte sie das Gefühl, jeder, der nicht in prekären Verhältnissen lebte, nahm ihr etwas weg. Andererseits: Ihr Deutsch verriet keinerlei Akzent. Im selben Augenblick packte mich ein Schwindelanfall, ich erwischte gerade noch mit einer Hand die Lehne der Küchenbank, auf der ich mich vorsichtig niederließ.

Erst jetzt fiel mir das seltsam diffuse, grobkörnige Licht auf: Draußen schneite es heftig, drinnen tanzten Staubkörner in den

Sonnenstrahlen. Oder waren Schneeflocken und Staubkörner nur meinen Sehstörungen zu verdanken? Und das Licht und das Mädchen gleich dazu?

Ich ließ meinen Blick auf Judith ruhen. Oder versuchte es jedenfalls, denn ich hatte Schwierigkeiten beim Fokussieren. Irgendwie kam mir dieses Gesicht bekannt vor. Die klugen, fragenden Augen, aus denen eine große Neugierde am Leben sprach, aber auch viel mehr Erfahrung, als sie an Jahren haben konnte. Das energische Kinn, das Charakter und gleichzeitig eine gewisse Sturheit verriet. Die vielen Löckchen, zu denen sich ihre dunklen Haare kringelten, als wären sie sichtbarer Ausdruck von Eigensinn und verspielter Fantasie. Vielleicht lag es nur an meinem beeinträchtigten Sehvermögen oder meinem erbärmlichen Allgemeinzustand, aber ich fand in Judiths Augen und in ihrer Mundpartie eine gewisse Ähnlichkeit mit meiner Tochter. Andererseits: Seit Hannas Tod glaubte ich an vielen Acht- oder Zehnjährigen Ähnlichkeiten mit ihr zu bemerken.

Hast du Hunger? fragte ich, um zumindest irgendwie auf ihre Frage nach Essen einzugehen. Ich zählte auf, was ich zu Hause hatte. Sie sagte nichts. Ich stand auf, vorsichtig, um nicht gleich wieder vom Schwindel aus der Bahn geworfen zu werden. Zuerst mach ich uns Tee, sagte ich geschäftig. Oder magst du lieber Kakao?

Sie gab weiter keine Antwort. Ich befüllte den Wasserkocher und merkte dabei, dass meine Hände zitterten. Judith sagte etwas, ich verstand aber nicht, was, weil ich auf einem Ohr schlecht hörte. Wie bitte? Meine Eltern haben mich fortgeschickt, wiederholte sie. Aus ihrem Blick war der Trotz gewichen. Ich wusste nicht, wie ernst ich ihr Problem nehmen sollte. Oder musste. Warum denn das? Sie schaute zu Boden und zuckte mit den Schultern. Mir fiel die jüdisch-orthodoxe Familie im zweiten

Stock mit ihrer stetig wachsenden Kinderschar ein. Motaev, so stand es unten am Haustor. War Judith eine der Töchter? Wo wohnst du denn? fragte ich. Sie blickte mich mit großen Augen an. Hier, sagte sie, als hätte ich eine dumme Frage gestellt. Das Pochen in meinem Kopf wurde stärker, es fiel mir schwer, mich auf das Gespräch zu konzentrieren. Aber auf welcher Nummer? wollte ich wissen. Hier natürlich, auf Tür 16, lautete ihre Antwort.

Natürlich. 16 war meine Wohnung. Ich versuchte mir ein Lächeln abzuringen. Sie macht sich einen Spaß mit mir. Ihr ist langweilig, sie streift durchs Haus auf der Suche nach Abwechslung und ein wenig Abenteuer. Sie spielt ein Spiel, eine Rolle, genauso, wie sich Hanna schon mit sechs oder sieben Jahren Fantasiegestalten ausgedacht hatte und mit verstellter Stimme in verschiedene Rollen geschlüpft war.

Im selben Augenblick hörte ich irgendwo in der Wohnung mein Telefon läuten. Ich wusste nicht, wo ich es hingelegt hatte. Geh nicht weg, sagte ich, ich bin gleich wieder da. Als ich es nach einigem Suchen in meinem Arbeitszimmer fand, hatte das Läuten aufgehört. Auf dem Display stand keine Nummer. Jetzt, da ich diese Zeilen niederschreibe, weiß ich, dass mich damals in diesen Tagen rund um Weihnachten sowohl mein ältester Freund Philipp als auch Lydias Schwester Katja vergeblich zu erreichen versuchten und sich deshalb Sorgen um mich machten.

Ich kam mit dem Telefon in der Hand zurück. Das Schwindelgefühl war von den paar schnellen Schritten durch die Wohnung stärker geworden, ich hatte Schweißperlen auf der Stirn, als hätte ich einen Berg bestiegen. Ich blieb an der Schwelle stehen. Der Wasserkocher schaltete sich gerade mit einem kurzen Pfeifton aus. Die Küche war leer.

Ich ging zur Eingangstür. Der Schlüssel hing auf dem bunten, von Hanna bemalten Brett. Offensichtlich hatte ich am Vorabend vergessen abzusperren. Der rechte Türflügel war verzogen und ließ sich zumindest in der kalten Jahreszeit von außen aufdrücken. Ich öffnete einen Spalt und horchte hinaus. Aus der Nachbarwohnung drangen gedämpfte Geräusche. Weiter unten waren Schritte zu vernehmen, jemand flüsterte ein paar Worte. Dann wurde es still.

Vielleicht spielt sie ja ihr Spiel weiter, dachte ich, vielleicht hat sie sich hier in der Wohnung versteckt. Ich sperrte ab, ging von Zimmer zu Zimmer, rief hinein, ließ meinen Blick folgen. Ich öffnete Schränke und schaute unter Betten. Von Zeit zu Zeit musste ich mich setzen und kurz verschnaufen.

Als ich die Tür zum Badezimmer öffnete, schlug mir eiskalte Luft entgegen. Und im selben Augenblick, als hätte ich beim Überschreiten der Schwelle einen Schritt in die unmittelbare Vergangenheit gemacht, war die Erinnerung an den Vorabend zumindest in Bruchstücken wieder da: Ich erinnerte mich an das Schaumbad, das ich mir eingelassen hatte. An die bleierne Müdigkeit, die mich bald überfiel. An ein Buch, das ins Wasser plumpste und mich hochschrecken ließ.

Und tatsächlich, da hing das Buch über dem Heizkörper: Arthur Schnitzlers *Der Weg ins Freie*. Das Wasser stand immer noch in der Badewanne. Ich zögerte, blieb unschlüssig stehen. Dann schloss ich das Fenster, ließ das Wasser ablaufen und setzte mich an den Wannenrand. Meine Hände begannen wieder zu zittern. War also der Kamin blockiert? Oder das Abzugsrohr der Heizungs- und Warmwassertherme? Waren das Zittern, die Kopfschmerzen, der Schwindel, die Sehstörungen demnach die Symptome einer Kohlenmonoxidvergiftung?

Nach einigen vergeblichen Anrufen erreichte ich einen Notdienst, bei dem man mir versprach, Sonntagnachmittag jemanden vorbeizuschicken. Die Aussicht auf ein eisiges Wochenende in den eigenen vier Wänden behagte mir nicht, und so griff ich zur Selbsthilfe. Unter Mühen und Schmerzen holte ich Werkzeug und Leiter und rückte der Therme zu Leibe. Das Abzugsrohr wehrte sich eine Weile, bevor ich es aus der Wand bekam. Ich zündete ein Stück Papier an und hielt es in den Kamin. Gierig saugte das schwarze Loch die Flammen auf und wirbelte auch die Papierreste nach oben. Am Kamin lag es also nicht. Ich stieg auf die oberste Stufe und stellte mich auf Zehenspitzen, um von oben einen Blick in den Abzug der Therme zu werfen. Es gab nichts zu sehen, doch die Leiter hätte mich dabei beinahe abgeworfen.

Warum ich auch das Kamintürchen öffnete, das sich direkt unterhalb der Therme befand, weiß ich nicht mehr. Ich zuckte jedenfalls zurück und stieß einen unwillkürlichen Schrei aus, als mir ein schwarzes Etwas entgegenfiel und zusammen mit Ruß und Schamott vor meinen Füßen liegen blieb. Das Etwas war ein Vogel, stellte ich fest, nachdem der erste Schock sich mit der Rußwolke gelegt hatte. Zuerst dachte ich an eine Krähe oder Dohle. Doch nachdem ich den Körper vorsichtig mit dem Schraubenzieher gewendet hatte, entdeckte ich die weiße Unterseite und die langen blauschwarzen Schwanzfedern. Eine Elster also. Ich wusste wenig über Elstern außer die üblichen Gemeinplätze. Und ich glaubte zu wissen, dass sie selten mitten in der Stadt zu finden waren. Wollte sie im Kamin ein Nest bauen? Oder hatte sie sich einfach aus Neugierde in das schwarze Loch gestürzt und dann in der Enge des Kamins nicht mehr aufsteigen können?

Ich schaltete die Therme wieder ein, ließ aber zur Vorsicht das Badezimmerfenster geöffnet und dichtete die Tür von außen mit einem Badetuch ab. Bis zum Besuch des Installateurs am nächsten Tag musste das reichen. Die Entsorgung der Elster verschob ich auf später und steuerte mit Laptop und einer Kanne Tee das Sofa im Wohnzimmer an.

Zuerst las ich über Kohlenmonoxidvergiftungen nach. Nachdem es mir aus eigener Kraft gelungen war, aus dem Badezimmer zu entkommen und ich die diversen Artikel lesen und verstehen konnte, beschloss ich, zumindest vorerst auf einen Arztbesuch zu verzichten. Dann wollte ich mehr über den komischen Vogel wissen, der mich beinahe mit ins Jenseits genommen hätte. Ich hielt mich nicht lange mit den Fakten auf, die Mythen zogen mich dafür umso mehr in ihren Bann: die Geschichten darüber, dass der schwarz-weiße Vogel als diebisch verschrien war und als Todesbote galt. Dass er bei den Germanen mit der Totengöttin Hel in Verbindung stand. Dass die Elster mit Unheil und Tod assoziiert wurde, dass sie als Hexentier galt und als Seelenräuberin, die mit dem Teufel im Bunde steht. Dass sie mit einem Fluch belegt war, weil sie als einziger Vogel nach der Kreuzigung von Gottes einzigem Sohn keine Klagelieder angestimmt hatte. Sie besaß, so glaubten manche, die Fähigkeit, sich in einen Menschen zu verwandeln. Und dann war da natürlich noch die Geschichte des Pieros und seiner neun Töchter, die es gewagt hatten, die Musen zum Wettstreit herauszufordern und zur Strafe für diesen Frevel in Elstern verwandelt wurden.

Bald danach überkamen mich nicht die Musen, sondern Morpheus, und ich spann im Traum meine eigenen Mythen weiter.

Es schneite noch immer, als ich ein paar Stunden später mit der toten Elster im Gepäck aus dem Haus trat. Ich ging vor zum Donaukanal, und unter einem schneebedeckten Fliederbusch fand der geräucherte Vogel schließlich seine letzte Ruhestätte. Würmer, Insekten, Ratten und andere Tiere würden ein Festmahl abhalten, und wenn im Frühjahr der Strauch sein Blätterkleid mit duftenden Blüten zu schmücken begann, würden höchstens noch Knochenreste an sie erinnern. Komischer Vogel du, erwartest du nun eine Grabrede von mir? Du Fluchbelastete, Diebin, Seelenräuberin du! Was hab ich dir getan, dass du mir nach Leib und Seele trachtest? Was lässt du dich mit dem Pferdefüßigen ein? Was versprichst du dir von der Gunst verstaubter Göttinnen? Was forderst du die Musen heraus? Und warum singst du keine Klagelieder, wenn man es von dir erwartet? Jetzt siehst du, wo dich das hingebracht hat. Amen.

Ich fegte mir den Schnee vom Mantel und ging langsam ein Stück am Ufer entlang. Mit jedem Atemzug versuchte ich, so viel Sauerstoff wie möglich in meine Lungen zu pumpen. Bei der nächsten Brücke verließ ich den Uferweg und stapfte über die tief verschneite Treppe zur Straße hinauf. Oben angekommen, wurde ich von einem Soldaten angehalten, der nach meinem Ausweis verlangte. Seit dem Anschlag auf den Hauptbahnhof glaubte man, die Stadt durch Straßensperren und Polizeikontrollen schützen zu können. Nach einem missglückten Attentat auf den Weihnachtsmarkt Anfang Dezember hatte man Polizei- und Militärpräsenz nochmals verstärkt, und der Ausnahmezustand, der bis heute, da ich diese Zeilen schreibe, nicht aufgehoben wurde, begann sich langsam auf den Straßen und in den Köpfen einzunisten.

In der Mitte der Marienbrücke stand ein Panzer, der Schnee nahm ihm etwas von seinem kriegerischen Gehabe. Das Geschützrohr zeigte auf diese Seite des Flusses und damit auch auf mich – offensichtlich war klar, von wo der Feind kommen würde. »Mit Sicherheit für unsere Freiheit«, versprach ein Schild an der Sperre. Der Soldat, die linke Hand am Gewehrlauf, hielt meinen Führerschein in der rechten. Was haben Sie am Ufer gemacht? wollte er wissen. Ein zweiter stand unbeteiligt neben

mich: Unter dem Baum lag eine Abschrift seines Testaments, in dem er meiner Mutter die Wohnung samt Mobiliar übertrug und mir die fast dreitausend Bücher umfassende Bibliothek. Erst nach seinem Tod lasen wir das Papier genauer und stellten fest, dass er uns beiden auch eine größere Summe an Bargeld hinterlassen hatte.

Als meine Mutter ungefähr ein Jahr nach Pauls Tod einen anderen Mann kennenlernte und ihm mit mir im Schlepptau nach München folgen wollte, protestierte ich. Ich hatte das ewige Umherziehen, das Ahasver-Leben satt. Hier gefiel es mir, hier, so war mir bewusst geworden, wollte ich bleiben. Und in diesem neuen Bewusstsein beschloss ich, dass da in dieser Wohnung, in diesem Haus, in dieser Stadt und in dieser Sprache ab nun meine Heimat sei – auch, wenn ich sie mir in den kommenden Jahren erst erarbeiten musste.

Mein Protest war erfolgreich: Meine Mutter ging zwar nach München – und es sollte nicht die letzte Station bleiben, denn seit einigen Jahren lebt sie in einem Altersheim in Brüssel –, ich aber blieb allein in der Wohnung, die auch heute noch mein Zuhause ist. Das Nomadenleben war zu Ende, die Epoche der Sesshaftwerdung brach an. Und Weihnachten fand, egal, ob ich gerade allein oder in einer Beziehung lebte, bis zu Hannas Geburt einfach nicht mehr statt.

Ich war fertig mit allen Vorbereitungen, nun blieb mir nur noch übrig, auf Judith zu warten. Mit einem Glas Wein und einem Buch – mir war eingefallen, wo ich vor Jahren über die Ernährungsgewohnheiten von Geistern gelesen hatte – zog ich mich aufs Sofa zurück: Jakob Böhme, *Aurora oder Morgenröte im Aufgang*. Ein Engel, so schreibt er und versteht darunter alle aus Gottes Kräften erschaffenen Geisterwesen, müsse *den Geist in sich durch das Maul raffen, muss von den himmlischen Früchten essen durch das Maul. Du musst dieses aber nicht irdisch verstehen; denn ein Engel hat keine Därme. Auch die Geburtsglieder und auch keinen Ausgang von unten hat er nicht. Ein Engel treibet nichts von sich als die göttliche Kraft, die er mit dem Maule fasset, damit er sein Herz anzündet. Dasselbe treibet er durch das Maul wieder von sich, wenn er redet. Die himmlischen Früchte aber, die er isset, haben einen lieblichen Schmack und Ruch.*

Ich schmökerte weiter in dem Band, erfuhr Details über Auge und Ohr und Nase der Himmelsboten, und ich las, dass sich die heilige Katharina von Siena nur vom »Brot der Engel« – der Hostie also – ernährt habe. Irgendwann glitt mir das Buch, diesmal ganz ohne das Zutun lebensmüder Vögel, aus der Hand, und ich schlief ein.

Ich träumte von einer Weihnachtsfeier in unserer Wohnung, Lydia trug das Essen auf, plötzlich saßen da auch Max und Lena und mein Vater mit uns am Esstisch. Wer fehlte, war Hanna. Wir können doch nicht ohne sie beginnen, protestierte ich, als Lydia zur Bescherung läutete. Hanna ist tot, korrigierte sie mich mit kühlem Blick, das weißt du doch. Dafür lebt jetzt Judith bei uns. Judith schmiegte sich an sie und lächelte zufrieden. Genau, fiel mein Vater ein, dafür habt ihr jetzt Judith!

Ich wollte widersprechen und wachte auf, als der Böhme zu Boden fiel. Ich hatte nicht einmal eine viertel Stunde geschlafen, und doch brauchte ich auch diesmal eine Weile, um mich wieder in der Gegenwart zurechtzufinden. Ich stand auf und ging ins Arbeitszimmer, um nach ein paar Fotos zu suchen.

Während ich in einem der beiden Kartons kramte, spürte ich den Ärger in mir aufsteigen. Dieser Ärger, der mir wie Sodbrennen den Hals verätzte, galt meinem Vater. Weil er sich in meine Träume drängte. Noch mehr aber war er gegen mich selbst gerichtet, weil ich oder irgendein verborgener Teil meiner selbst es immer noch für nötig erachtete, mir den Vater zu erträumen, den ich nie gekannt habe.

Dieser Vater war aus meinem und dem Leben meiner Mutter verschwunden, als ich nicht einmal ein Jahr alt war. Auf dem einzigen Foto, das meine Mutter besaß – vielleicht auch nur das einzige, das sie mir zeigen wollte –, stand er, flankiert von zwei Freunden, die Arme um deren Schultern gelegt, an einem weiten, menschenleeren Strand irgendwo in Spanien. Alle drei grinsten um die Wette in die Kamera, alle drei trugen Lederjacken mit aufgestelltem Kragen, sie hatten Zigaretten im Mundwinkel hängen und sahen aus wie ein allegorisches Dreigestirn mit den Namen Leichtsinn, Lässigkeit und Unzuverlässigkeit. Sah ich meinem Vater ähnlich? Ich habe im Gegensatz zu meiner Mutter dunkle Haare und dunkle Augen, ja. Aber sonst? Schwer zu sagen, denn mein Vater schien sich während der Aufnahme bewegt zu haben und war im Gegensatz zu den beiden Freunden nur unscharf abgebildet. Er blieb für mich denn auch Zeit meines Lebens ein Phantom, ein weiterer, in Schwarz und Weiß gehaltener Geist, der sich nicht einmal für einen Augenblick, geschweige denn für ein Vaterdasein festhalten ließ.

Es dauerte nicht lange, bis ich die Fotos in Händen hielt, nach denen ich gesucht hatte. Auf dem einen waren Max, Lena und Judith Klein unter dem Weihnachtsbaum in ihrem – und meinem – Wohnzimmer zu sehen. Judith musste vier oder fünf Jahre alt sein und hockte mit leuchtenden Augen vor einem großen Haufen Geschenkpapier, aus dem offenbar gerade ein Puppenwagen zum Vorschein gekommen war. Max, ganz der große Bruder, kniete neben ihr, wahrscheinlich hatte er ihr beim Auspacken geholfen. Lena, vielleicht zehn- oder elfjährig, hochgewachsen und schlaksig, stand daneben und blickte ein wenig gelangweilt auf ihre beiden Geschwister herab.

Das andere zeigte die Großeltern der drei – die Kleineltern, oder auch Kleinoma und Kleinopa, wie sie in der Familie wegen ihres Nachnamens und ihrer geringen Körpergröße liebevoll genannt wurden. Sie saßen am festlich geschmückten Esstisch, im Hintergrund war der Weihnachtsbaum zu sehen. In der Brille des Kleinvaters blitzten ein paar Lichtpunkte auf. Da spiegeln sich die Kerzen des Chanukkialeuchters, hatte Lena Klein damals das Foto kommentiert. Bei uns wurde nämlich immer Weihnachten *und* Chanukka gefeiert, und wir nannten es Weihnukka. Ich liebte dieses Foto, dieses kleine Stück Papier, das in seiner rechteckigen Verknappung zeigte, wie selbstverständlich man in zwei verschiedenen Kulturen zu Hause sein konnte. Und doch machte es mich jedes Mal wieder traurig, wenn es mir in die Hände fiel. Weil die Welt, die es heraufbeschwor, längst versunken war.

Ich strich über das vergilbte Fotopapier, hielt das Bild näher an die Augen und ließ es wieder auf den Tisch sinken. Und mit einem Mal kamen mir die Reflexionen in der Brille des Kleinvaters wie Sterne vor, deren Licht man immer noch sehen konnte, obwohl es in Wahrheit längst erloschen war. War dann nicht auch Judith ein solcher Stern – ich konnte sie sehen, obwohl sie längst gestorben war? Weil das Licht, dessen Quelle nicht mehr existierte, noch seinen Weg durch Raum und Zeit nahm?

Ich blickte auf. Es war kurz vor zehn Uhr, Judith würde wohl nicht mehr kommen. Ich spürte Enttäuschung in mir aufsteigen, aber auch Hunger. Und beschloss, nicht länger zu warten. Beim Einräumen der Fotos fiel mir ein verknittertes Kuvert in die Hand, das ich vorhin achtlos auf die Seite gelegt hatte. Ich wusste, was sich darin befand: Es war die letzte Erzählung, die Max Klein geschrieben hatte. Die Erzählung, mit der er sich selbst das Erzählen verbot. Ich hatte sie im Lauf der Jahre immer wieder gelesen, sie war aufs Engste mit meinem eigenen Schreiben verknüpft, und sie würde im Roman über Max eine zentrale Rolle spielen.

Am Ende muss einer sterben

Immer, wenn es Weihnacht wird, muss ich an Sturmbannführer Pollak denken.

Dieser Friedrich Pollak, den mir meine Gedanken alljährlich, mit roter Schleife versehen, zum Geschenk machen, war ein überaus kultivierter Mann. Seine Urahnen kamen, wie der schöne Name erahnen lässt, aus Polen und Böhmen. Er selbst wurde in Köln geboren und entstammte einer Familie von höheren Beamten, Notaren und Ärzten. Er hatte sein Medizinstudium in Windeseile vollendet und konnte sich nun auf eine glänzende Zukunft als Nervenarzt freuen. Obwohl er fleißig arbeitete, fand er daneben ausreichend Zeit, sich den schönen Künsten zu widmen. Er war ein eifriger Theaterbesucher, hatte ein Opernabonnement und ging in Konzerte, er interessierte sich für Literatur und schrieb hin und wieder sogar selbst Gedichte.

Die glänzende Zukunft, eingefädelt von einem kleinen oberösterreichischen Gefreiten und einem greisen Reichspräsidenten, ließ nicht lange auf sich warten. Es war ein Freudentag für Friedrich Pollak, dem noch viele weitere folgen sollten. Im Krieg, den der Feind aller Feinde nicht lange danach anzettelte, diente er seinem Vaterland zuerst an der Heimatfront, doch bald meldete er sich freiwillig zu höheren Aufgaben und Ehren. Die schwarze Uniform, die er wählte, stand ihm bestens, die zwei Runen am Kragen verliehen ihm Stolz und Schneid. Pollak wurde an verschiedene Einsatzstellen geschickt, bevor das Schicksal ihn schließlich mit mir zusammenführte.

Zwischen Friedrich Pollak und mir gab es durchaus ein paar Gemeinsamkeiten: Auch mich hatte man vor dieser Begegnung ein wenig von hier nach dort geschickt. Auch ich trug eine Art Uniform. Ich hatte genauso wie Pollak Medizin studiert, und die schönen Künste waren auch mir nicht ganz fremd.

Diesen Gemeinsamkeiten standen allerdings ein paar nicht unwesentliche Unterschiede gegenüber: Pollaks Reisen von Einsatzort zu Einsatzort fanden im Dienstwagen oder im Erste-Klasse-Waggon statt; bei mir wurden ein paar Güterzüge kreuz und quer durch Europa rangiert, bevor ich, ein wenig derangiert, an meinem endgültigen Bestimmungsort ankam. Meiner Uniform fehlte, so muss ich gestehen, der Schneid, weil der Schneider mit schlechterem Material – grobem, einst weißem Halbleinen mit blassblauen Streifen – hatte auskommen müssen. Ich war kein angesehener Facharzt geworden, sondern hatte das Medizinstudium nach fünf Semestern abgebrochen. Der wichtigste Unterschied war jedoch der folgende: Er hatte eine Dienstnummer, die in seinem Ausweis vermerkt war. Mir hatte man meine Nummer praktischerweise gleich nach der Ankunft am Ende der Welt auf den Unterarm tätowiert.

Warum sie mich den Dichter nannten? Nun, das war eigentlich ein Irrtum. Oder eine Ungenauigkeit. Ich hatte nämlich im Gegensatz zu Pollak in meinem Leben kein einziges Gedicht geschrieben, dafür aber ein paar Erzählungen und Artikel veröffentlicht. Und außerdem merkte ich mir die Bücher, die ich gelesen hatte, und konnte sie nacherzählen. Anscheinend konnte ich das ganz gut, denn abends, wenn die Schrecken des Tages überstanden waren und das Licht bei uns im Block ausgeschaltet wurde, baten mich meine des Deutschen mächtigen Mitbewohner manchmal um Geschichten. Obwohl es verboten war, erzählte ich, während meine Zuhörer auf drei Etagen in ihren Stockbetten lagen und an die Decke oder auf das Bett darüber starrten, und wenn mir etwas entfallen war, dann ließ ich mir eben etwas einfallen. Was nur den wenigsten auffiel.

Pollak muss irgendwie von meinen Geschichten, den geschriebenen oder den erzählten, erfahren haben.

»Ich höre, Sie sind ein Dichter«, sagte er eines nicht allzu schönen Tages gegen Ende meiner Schicht im Krankenbau.

Was zeigte, dass er ein wirklich kultivierter Mensch war, denn die meisten seiner Kollegen sprachen oder brüllten uns, wenn überhaupt, dann mit du an. Er war ja auch einer der wenigen Ärzte, die uns im Krankenbau mit ihrer Anwesenheit beehrten. Die meisten überließen die tägliche Arbeit den Häftlingsärzten oder Sanitätern, die wie ich die weiß-blaue Uniform trugen, und mieden den Gestank, die Ansteckungsgefahr und den direkten Kontakt mit uns Untermenschen. Pollak hingegen war neugierig, er war vom Forschergeist beseelt, und er brauchte das Untermenschenmaterial, um daran gewisse Versuche durchführen zu können. Aber kultiviert hin oder her, man musste beim Antworten schon eine gewisse Vorsicht an den Tag legen, wollte man selbigen überleben. Der Arzt und Forscher, der Mann der schönen Künste, der Hobbydichter wurde nämlich auch der Spieler genannt. Man sagt ja über manche Menschen, dass sie für ihr Leben gern spielen. Pollak spielte gern mit dem Leben anderer.

»Ich … ich …«, stammelte ich vor mich hin.

»Nicht so schüchtern, Sie sind doch ein Mann der Worte«, meinte er und ermutigte mich, von meinen bisherigen literarischen Erfolgen zu erzählen. »Wunderbar«, sagte er, nachdem ich das Wenige, was es zu berichten gab, herausgebracht hatte. »Da haben Sie ja sicher noch eine große Zukunft vor sich. Für die Gegenwart würde ich, wenn Sie mir erlauben, gern einen Wunsch äußern. Ich wünsche mir nämlich das, womit Sie so freigebig Ihre werten Mitbewohner beglücken. Diesen Wunsch werden Sie mir doch hoffentlich nicht abschlagen, oder?«

Ich tappte im Dunkeln und wagte weder Ja noch Nein zu sagen.

»Ich wünsche mir, dass Sie uns eine Geschichte erzählen«, fuhr Pollak endlich fort. »Jetzt. Und hier. Für mich und für alle mehr oder weniger Anwesenden in diesem ruhmreichen Etablissement.« Er breitete die Arme zu einer Geste aus, die offenbar den ganzen Krankenbau oder zumindest den Hauptraum, in dem wir uns befanden, mit einschließen sollte.

»Ja, natürlich, kein Problem, gern, Herr Sturmbannführer«, sprudelte es aus mir hervor vor lauter Freude, so billig davongekommen zu sein. Bei allem, was man über ihn sagen mochte, er war eben doch ein Kulturmensch, der sich selbst unter widrigsten Umständen im hintersten Winkel seines nach Osten erweiterten Lebensraumes den Alltag mit ein bisschen Kultur versüßen wollte. »Was für eine Geschichte möchte der Herr Sturmbannführer denn hören?«

»Was für eine Geschichte?«, wiederholte er meine Frage und blickte mich mit gespieltem Erstaunen an. »Aber ich möchte doch unserem Dichter unter keinen Umständen die Freiheit rauben! Also jedenfalls nicht die künstlerische. Welche Geschichte Sie auswählen, bleibt völlig Ihrer eigenen Inspiration überlassen.«

Nach kurzer Überlegung beschloss ich, eine Novelle von Eichendorff nachzuerzählen, die ich erst wenige Tage vorher meinen Mitbewohnern vorgetragen hatte.

»Ich bitte höflichst um Verzeihung«, unterbrach er mich, kaum hatte ich begonnen. »Eines habe ich nämlich vergessen: Eine gute Geschichte braucht meiner Meinung nach unbedingt einen Todesfall. Und deshalb habe ich den bescheidenen Wunsch, dass am Ende der Geschichte jemand sterben soll – und zwar jemand aus diesem Gebäude.«

Im Raum war es bisher still gewesen. Keiner der Anwesenden, egal, ob Pfleger oder zu Pflegender, hatte auch nur einen Laut von sich gegeben, um nur ja nicht die Aufmerksamkeit des Spielers auf sich zu lenken. Jetzt lag da plötzlich ein Knistern in der Luft. Leise Schluckgeräusche, das vorsichtige Scheuern von schmutziger Haut oder Haaren an ebenso schmutziger Bettwäsche, das Knarren einer Diele beim verstohlenen Zurückweichen eines Körpers in eine Mauernische. Lauter Versuche also, sich unsichtbar zu machen.

»Wie bitte?«, wollte ich nachfragen, doch meine Stimme gehorchte mir nicht.

»Diesen einen bescheidenen Wunsch werden Sie mir doch erfüllen, oder? Einer. Ein einziger Toter genügt mir. Nicht zehn oder zwanzig oder dreißig. Ich bin ja kein Monster! Und wie Sie ihn sterben lassen, das überlasse ich ganz Ihrem eigenen Gutdünken. Ja, ja, Sie haben mich schon richtig verstanden«, erriet er meine Gedanken. »Sie sind ja trotz Ihres bedauernswerten Web- und Geburtsfehlers ein kluger Kopf. Also: Sie liefern mir mit Ihrer Geschichte jemanden aus diesem Raum ans Messer, ich erledige dann den schmutzigen Rest. Sie töten ihn mit Worten, ich lasse die Taten folgen.«

Mir hatte es die Sprache gründlich verschlagen.

»Na kommen Sie schon, Sie können das«, ermutigte mich Pollak. »Nur keine falsche Bescheidenheit! Ach ja«, sagte er plötzlich und schlug sich an die Stirn. »Mir sind gerade noch zwei

Dinge eingefallen: Selbstmord gilt natürlich nicht. Und: Als kleine Gegenleistung darf ich Ihnen anbieten, mich zur weiteren Verwendung Ihrer Schwester bei den zuständigen Stellen wohlwollend zu äußern, obwohl sie uns ja aufgrund ihrer mangelnden Verwertbarkeit in arbeitstechnischer Hinsicht nicht unbeträchtliche Kosten verursacht.«

Dann setzte er sich und wartete mit sonnigem Gesichtsausdruck auf meine Geschichte.

Ich weiß nicht, wieso er von meiner Schwester wusste, die erstaunlicherweise nicht wie die meisten anderen Kinder sofort nach der Ankunft ihrer endgültigen Bestimmung zugeführt, sondern aus unerfindlichen Gründen – vielleicht, weil die große Endlösungsmaschine vorübergehend an ihre Grenzen gestoßen war – im sogenannten Familienlager untergebracht worden war. Ich weiß auch nicht mehr, welche Geschichte ich schließlich erzählte. Aber ich erzählte. Ich improvisierte. Fantasierte. Stockend, unsicher, mit tonloser Stimme. Ich erzählte, weil ich nicht meine geliebte kleine Schwester auf dem Gewissen haben wollte.

»Geht es auch ein bisschen lauter?«, fragte Pollak höflich.

Ja, natürlich ging das.

Am Ende meiner Geschichte ließ ich Kazimierz Pietrzykowski sterben. Ihm hatte bei der Arbeit eine schwere Eisentraverse das Bein zertrümmert, sein Zustand hatte sich von Tag zu Tag verschlechtert, er war schon vom Tode gezeichnet. Das galt natürlich für uns alle, über denen Tag und Nacht der süßliche Geruch von verbranntem Fleisch schwebte: Wir alle waren von Hunger, Kälte, Ungeziefer und Krankheiten ausgezehrt, von Terror und Schwerstarbeit zerbrochen, aber für ihn als Schwerstkranken unter Schwerkranken galt es eben noch ein bisschen mehr. Sehr wahrscheinlich wäre er bald von selber gestorben, oder man hätte wie bei allen Todgeweihten mit Phenol ein wenig nachgeholfen oder ihn bei der nächsten Selektion auf die Liste gesetzt. Von mir bekam er jedenfalls die letzten Worte, die er in seinem Wundbrand-Delirium wohl nicht mehr hörte, von Pollak einen Genickschuss. Kazimierz war übrigens ein begnadeter Geiger gewesen, nun würde er vielleicht bald, wenn es denn wirklich einen Himmel geben sollte, mit den Engeln um die Wette musizieren.

»Jetzt hat ihn der Herr von seinem Leiden erlöst«, sagte Pollak und bedankte sich bei mir für die schöne Geschichte, wobei nicht ganz klar war, ob er DEN HERRN oder den Herrn Sturmbannführer meinte.

Es blieb nicht bei dieser einen schönen Geschichte und nicht bei dieser einen herrlichen Erlösung. Beim nächsten Mal bat mich Pollak höflich, aber bestimmt, ihm diesmal keine halbe Leiche zu liefern wie ein paar Wochen zuvor. Als ich mich für außerstande erklärte, erinnerte er mich dankenswerterweise an meine Schwester.

Er gab mir also erneut das Leben eines Menschen in die Hand, der für mich zu den liebsten auf der von Gott verlassenen Erde gehörte. Oder ließ mich jedenfalls glauben, ich hätte es in der Hand. Blut ist ja, wie es heißt, ein ganz besonderer Saft – wie wählt man also nun ein Opfer aus, das sein Blut hingeben muss, weil man glaubt, das eigene oder verwandte damit retten zu können? Wie richtet man über die Lebenden, wenn die Spielregel besagt, dass die Todgeweihten nicht zur Wahl stehen? Geht man, wenn der Grad der Krankheit und die Wahrscheinlichkeit eines baldigen Todes nicht als Kriterium dienen sollen, einfach nach der Sympathie? Danach, welcher Patient einem die wenigste oder die meiste Arbeit machte? Danach, ob er sich bedankte, nachdem man ihm den Verband gewechselt oder die bestialisch stinkenden, von blutigen Schwären und Eiter bedeckten Füße gereinigt hatte?

Meine panisch geweiteten Augen suchten den Raum nach einem Opfer ab, und siehe da, sie blieben an einem grünen Dreieck hängen. Das Dreieck prangte auf einer Jacke, die Jacke hing über einem Bett, in dem Bett lag der König. Und schon hatten der Herr Sturmbannführer und ich unseren Toten. Oskar Kral, von allen nur der König genannt, war ein paar Tage zuvor mit Anzeichen für eine schwere Lungenentzündung eingeliefert worden. Obwohl er ein ausgesprochen kräftiger Mann war, hatte er sich bisher nicht erholt und wäre so wie viele andere vielleicht bald verstorben, vielleicht aber auch nach zwei Wochen wieder zurück zur Arbeit geschickt worden.

Die erwähnten Dreiecke trug jeder von uns auf seiner Jacke. Allerdings waren nicht alle grün, sondern sie hatten verschiedene Farben – was erstens Buntheit in unser blau-weiß gestreiftes Leben brachte und zweitens überaus praktisch war. Nicht nur für mich in dieser einen Situation, sondern vor allem für seine Erfinder, und das tagtäglich: Mit seiner Hilfe konnten unsere Aufseher schon von Weitem erkennen, aus welchem Grund jemand für würdig erachtet worden war, an diesen Ort gebracht zu werden. Rot stand beispielsweise für politisch interessierte Zeitgenossen, rosa für diejenigen, die sich vom selben Geschlecht angezogen fühlten, gelb für meinesgleichen, die schon bei der Geburt der eigenen Großeltern auf die falsche Rasse gesetzt hatten. Die grüne Farbe war für die Berufsverbrecher reserviert. Und Letztere setzte man hierorts besonders gern ein, um für Disziplin zu sorgen.

Auch der König war für die Aufrechterhaltung der Disziplin verantwortlich gewesen, und er hatte Angst und Schrecken verbreitet. Ich nehme nicht an, dass er sich diesen Einsatz ausgesucht hatte, ich weiß nicht, ob er ihn genoss oder ob er nur tat, was notwendig war, um nicht selbst zum Opfer zu werden. Ich weiß es nicht, wie ich auch nichts von seinem früheren Leben weiß. Ich weiß nur, dass wir, der Herr Sturmbannführer und ich, Oskar Kral an diesem Tag töteten.

Nach dieser zweiten Geschichte spürte ich Veränderungen um mich herum. Vorher hatten manche meiner Mitbewohner Anstrengungen unternommen, in den Krankenbau eingeliefert zu werden. Schließlich war man für kurze Zeit von der Knochenbrecherarbeit und vom Appellterror befreit, konnte ein wenig Atem und aus dem Suppentopf ein paar extra Kartoffeln schöpfen. Zu lange durfte man allerdings auch nicht bleiben, denn sonst wurde ja die Phenolspritze oder die Selektionsliste ausgepackt. Nun aber schien jeder in meinem Umfeld alles in seiner Macht Stehende zu tun, erst gar nicht eingeliefert zu werden. Vielleicht war das ja auch das Kalkül eines so klugen Kopfes wie Friedrich Pollak.

Darüber hinaus hatte ich das Gefühl, dass manche mir plötzlich mit ausgesuchter Freundlichkeit begegneten und mir da ein zusätzliches Stück Brot oder dort eine Zigarette zusteckten. Andere wieder schienen mir ängstlich aus dem Weg zu gehen, wie sie sonst nur den Waffen- und Schlagstockträgern aus dem Weg gingen.

Einer war da, der hatte keine Angst, und er war auch nicht freundlich.

»Mörder!«, flüsterte er mir eines Tages kurz nach dem Tod Oskar Krals zu.

Er hieß Hermann Holzer, er kannte den König seit Kindertagen und hatte es irgendwie erreicht, in den Krankenbau eingewiesen zu werden, um den Tod seines Freundes zu rächen. Die

Gelegenheit dazu ergab sich bald: Er schnappte sich einen Stuhl, zertrümmerte ihn und prügelte mit dem Stuhlbein so lange auf mich ein, bis er von der Appellglocke unterbrochen wurde.

»Ich krieg dich noch, du Schwein!«, drohte er mir, bevor er auf den Appellplatz lief und ich hinterherhinkte.

Ich hatte mich nicht gewehrt, keiner war mir zu Hilfe gekommen, und so wurde ich für mehr als eine Woche selbst vom Sanitäter zum Patienten.

Hermann Holzer kriegte mich nicht. Aber man begann mir aus dem Weg zu gehen, nicht nur im Krankenbau, sondern auch im Block, und ich wurde nie wieder vor dem Einschlafen um eine Geschichte gebeten.

Wenn man an einem Ort wie diesem von allen gemieden wird, ist man eigentlich schon so gut wie tot. Aber wie durch ein Wunder lebte ich zumindest lange genug, um eine dritte und letzte Geschichte für Pollak erzählen zu können.

»Erzählen Sie uns eine Weihnachtsgeschichte«, verlangte er ein paar Tage vor dem 24. Dezember. »Irgendetwas Besinnliches, das zur stillsten Zeit im Jahr passt.« Ich freute mich schon, diesmal schmerzloser davonzukommen, aber natürlich freute ich mich zu früh. »Einen Toten brauchen wir selbstverständlich auch diesmal«, fuhr er fort. »Aber denken Sie daran: Es geht zu Weihnachten um die Geburt Jesu, nicht um seinen Tod. Ihr habt den guten Mann ja schon einmal umgebracht, ein zweites Mal ist nicht nötig, auch wenn Sie und Ihresgleichen das noch so gern hätten. Sterben muss also bitteschön ein anderer, nicht der Messias.«

Bitteschön. Ich ließ also wieder einmal meinen Blick durch den Raum schweifen, und wieder einmal versuchte jeder der Anwesenden sich abwesend zu geben. Hermann Holzer, der mich verprügelt und mit dem Tod bedroht hatte, war tatsächlich nicht mehr anwesend. Meine Blicke gingen fieberhaft von einem Kranken zum nächsten und fanden doch keinen, der als Opfer taugte.

Und dann wurde ich ruhig. Mir wurde bewusst, dass Pollak diesmal für sein Spiel ein As weniger im Ärmel hatte: Ich wusste nämlich zu diesem Zeitpunkt bereits, dass sich meine kleine Schwester zusammen mit vielen anderen in Schlacke und Rauch und Asche aufgelöst hatte, dass ich sie also irgendwann in den vorangegangenen Tagen oder Wochen, ohne es zu ahnen, mit jedem meiner Atemzüge inhaliert hatte. Der Schutz, den Pollak versprochen hatte, war natürlich eine Lüge, eine Schimäre gewesen. Und in diesem Augenblick sah ich die Geschichte, die ich erzählen würde und das Ende, das sie nehmen musste, ganz klar vor Augen. Und ich fürchtete mich nicht vor diesem Ende.

»Sturmbannführer Pollak war ein äußerst kultivierter Mann«, so begann ich meine Erzählung und hatte sofort die Aufmerksamkeit des ganzen Raumes. »Seine Vorfahren kamen, wie der schöne Name vermuten lässt, aus Polen und Böhmen und waren nicht unbedingt der germanischen Herrenrasse zuzuordnen. Er selbst wurde jedoch in Köln geboren und entstammte einer Familie von höheren Beamten, Notaren und Ärzten. Er entschied sich für die Medizin, und nachdem er sein Studium mit ausgezeichnetem Erfolg bestanden hatte, konnte er sich auf eine glänzende Zukunft als Nervenarzt freuen.

Die Zukunft stand schon bald vor der Tür, und Friedrich Pollak öffnete sie weit, um möglichst viel von ihrem Glanz hereinzulassen. Er verstand es ausgezeichnet, sich mit den neuen Machthabern zu arrangieren, auch wenn die meisten davon im Gegensatz zu ihm keine Kulturmenschen waren. Er trat natürlich sofort der

Partei und allen wichtigen Organisationen bei und wurde nach der Vertreibung der volksfremden und politisch unzuverlässigen Kollegen aus dem Krankenhaus zum Primar befördert. Nachdem auch die Universität von allen rassisch wie politisch unzumutbaren Elementen gesäubert war, wurde Friedrich Pollak für seine Treue und Unterstützung mit einer Professur belohnt.

Pollak war klar, dass er sich zur Erreichung seiner ehrgeizigen Ziele mit dem Teufel eingelassen hatte und weiter einlassen musste. Die Partei wollte von ihm, dass er unwertes Leben in all seinen Aspekten erforschte, also forschte er. Als die vom Ausland unterstützten volksfremden Elemente den Krieg gegen das Vaterland begannen, kämpfte Pollak zuerst noch eine Weile in ärztlichem Weiß für selbiges, bevor er die schneidige schwarze Uniform der Runenradaubrüder anzog.

Die Partei wollte nun, dass er unwertes Leben vernichtete, also vernichtete er. An der Universität boten sich dazu nur unzureichende Möglichkeiten, weshalb er dem Ruf in den Gau Oberdonau folgte, wo er seinem Auftrag an einem stattlichen Schloss unweit der Führerhauptstadt nachkam. Nach einer Zwischenstation in Berlin wurde er endlich dorthin versetzt, wo er Spielernatur, Forscherdrang und Vernichtungshandwerk zu einem – wenn auch etwas vergänglichen – Gesamtkunstwerk verbinden konnte.

Der Teufel hatte bis dahin sein Versprechen gehalten. Doch Luzifer ist ein ebenso schwieriger wie schmieriger Geselle. Wäre er nicht eindeutig ein Geschöpf der Christen, so würde man bei der Art, wie er seinen Geschäften nachging, doch glatt vermuten, auch er hätte nichtarisches Blut in den Adern. Deine Seele wird mein, wenn du mir nicht tausend Leiber opferst, so stand es in dem Pakt, den er mit Pollak abgeschlossen hatte. So gefinkelt, so verschlagen, so falsch kann doch eigentlich nur einer der Unsrigen sein: Denn der Teufel ließ den Tausendsten Leib, den Pollak am Weihnachtsabend zur Erfüllung des Paktes zu opfern gedachte – er wollte ihn wie viele andere zuvor mit Phenol ins Jenseits befördern –, nach der Spritze fassen und sie statt ins eigene Herz in das des Sturmbannführers rammen. Letzterer konnte also seinen Pakt nicht mehr erfüllen und fuhr unter dem Hohngelächter des Teufels mit Leib und Seele zur Hölle.«

Nachdem ich meine Geschichte zu Ende erzählt hatte, war es sehr still im Raum. Dann begann Pollak zu applaudieren, zögernd und vorsichtig fielen ein paar andere ein. Er war wirklich ein Kulturmensch, das muss man ihm lassen!

»Großartig«, lobte er mich, »heute haben Sie sich selbst übertroffen!«

Er stand auf und kam langsam auf mich zu. Nur noch ein Tisch in der Mitte des Raumes trennte ihn von mir. Er zog die Pistole aus dem Halfter. Damit hatte ich gerechnet. Ich hatte mit meinem Leben abgeschlossen. Doch was dann geschah, hatte ich nicht vorhergesehen.

»Selbstmord gilt nicht, habe ich beim ersten Mal gesagt. Das gilt natürlich auch für mich.« Er legte die Waffe auf den Tisch. »Diesmal kann ich es Ihnen nicht ersparen, die schmutzige Arbeit selbst erledigen zu müssen. Zeigen Sie uns, dass Sie nicht nur ein Mann der Worte sind, sondern auch einer der Tat.«

Ich sah die Waffe vor mir liegen, ein Instrument meiner Rache an Pollak, ich sah einen Weg aus der Hölle, sah kurz das Licht und die Freiheit. Aber ich wusste, es waren Trugbilder. Wie sollte ich, selbst wenn die Waffe geladen wäre und ich Pollak erschießen könnte, aus dem Lager hinaus und durch Tausende Kilometer Feindesland in Sicherheit gelangen? Ich wusste, es musste eine Falle sein. Vielleicht wartete Pollak nur darauf, dass ich nach der

Waffe griff, um mich mit einer zweiten, bisher verborgenen, zu erschießen? Doch andererseits: Ich hatte schon abgeschlossen mit dem Leben, als ich die Geschichte zu erzählen begann. Ich wusste, dass es meine letzte sein würde und hatte nicht einmal damit gerechnet, diesen Schwanengesang noch zu Ende singen zu können. Warum also nicht einfach nach der Waffe greifen?

Während ich noch überlegte, schoss plötzlich von links eine Hand nach vorne und griff nach der Pistole. Die Hand entsicherte die Waffe, sie zielte auf Pollak, drückte ab, und es ertönte ein leises Klicken. Sie drückte noch einmal ab und auch ein drittes und ein viertes Mal, und das Klicken dröhnte in den Ohren der Anwesenden.

Sturmbannführer Pollak kam langsam näher. Marcel Metzler, ein junger Arzt aus dem Elsass, der erst vor Kurzem mit einem Transport aus Frankreich angekommen war, ließ die Waffe sinken. Pollak nahm sie ihm milde lächelnd aus der Hand. Er setzte sie an Metzlers Brust und drückte ab. Es klickte einmal, es klickte ein zweites Mal, beim dritten Mal ertönte ein Schuss, und Metzler brach zusammen.

Pollak ließ den Sterbenden, dessen Frau nur wenige Wochen später eine Tochter zur Welt bringen sollte, einfach liegen und ging zur Tür. »Das war bis jetzt Ihre beste Geschichte«, wandte er sich noch einmal zu mir um. »Sie wird schwer zu übertreffen sein.« Dann war er fort.

Sturmbannführer Friedrich Pollak behielt wie immer Recht: Die Geschichte war nicht mehr zu übertreffen. Aber er gab mir auch gar keine Gelegenheit, es zu versuchen: Wenige Tage später wurde er nämlich versetzt.

Ich wurde zusammen mit anderen auf Wandertag geschickt. Im Frühtau zogen wir in Ermangelung von Bergen westwärts, und nicht alle, die aufbrachen, kamen auch an. Im Lager hatte keiner mehr meine Geschichten hören wollen, mit dem Herrn Sturmbannführer hatte ich meinen treuesten Zuhörer verloren, und auch unterwegs bestand kein Bedarf an meinen Geschichten. Und so beschloss ich, in meinem Leben nie wieder irgendjemandem irgendetwas zu erzählen.

5

Aber warum haben sie mich nicht mitgenommen? fragte Judith, heftig schluchzend, schon zum dritten oder vierten Mal. Nichts schien ihre Tränen stillen zu können, keine aufmunternden Worte, keine tröstende Hand. Ich machte mir Vorwürfe, wahrscheinlich hatte ich in meinem Brief das Leben auf Madagaskar trotz Hinweis auf die strengen Gesetze in allzu leuchtenden Farben geschildert, sodass Judith sich aus dem Paradies ausgeschlossen fühlte.

Ich hatte ihr an diesem Tag nach Weihnachten den Brief ihrer »Eltern« und die Fotos als Geschenke unter den mit Kerzen erleuchteten Weihnachtsbaum gelegt. Die Freude über die unerwarteten Gaben war groß gewesen. Doch der Rest des Abends war in Tränen versunken. Sie selbst konnte sich an nichts erinnern, die Zeit hatte die Erlebnisse aufgeschlungen wie ein hungriges Tier. Übrig geblieben waren nur ein paar Knöchelchen. Das Einzige, was sie von ihrer eigenen Leidensgeschichte wusste: dass ihre Eltern sie irgendwann zu fremden Leuten in ein fremdes Land geschickt hatten. Sie haben mich fortgegeben, weil ich schlimm war, schluchzte sie. Ich widersprach und versuchte sie zu trösten mit der vagen Erklärung, dass man viele Tausende Kinder ins Ausland geschickt hatte in der Hoffnung, wenigstens sie auf diese Weise in Sicherheit bringen zu können. Sollte ich ihr erzählen, dass sich ihre Mutter für diese Entscheidung ein Leben lang hassen würde? Dass sie ihrem Mann den Vorschlag und sich selbst die Zustimmung dazu nie verzeihen würde? Dass sie – und mit ihr beinahe die ganze Familie – nach dem Krieg daran zerbrechen sollte? Nein, das konnte ich ihr nicht erzählen.

Ich strich ihr über die nasse Wange, ich reichte ihr ein weiteres Taschentuch. Und während Judith sich schnäuzte, reiste ich in die nahe Vergangenheit. Meine Hand lag nicht mehr auf ihrer Schulter, sondern auf der meiner Tochter, die mir im Streit entgegenschleuderte, dass ich ihr gar nichts zu sagen habe, weil ich ja vielleicht nicht mal ihr richtiger Papa sei. Was soll das heißen? fragte ich getroffen, doch sie kniff die Lippen fest zusammen und blieb stumm. Ich fragte Lydia – und die Frage hätte uns beinahe in eine Ehekrise gestürzt –, doch auch sie hatte keine Ahnung, wie Hanna auf diese Idee gekommen war. Unter vielen Tränen kam es schließlich heraus: Lila, eine Schulfreundin, war bei Pflegeeltern aufgewachsen und hatte ihr erzählt, dass nicht jeder »echte« Eltern hätte. Gebt ihr mich jetzt auch weg? fragte Hanna bange. Wir blickten sie bestürzt an. Aber warum denn? Die wirklichen Eltern, so wurde nach weiteren Tränen klar, hatten Lila als kleines Kind weggegeben. Auf Hannas Frage nach dem Grund dafür hatte Lila gemeint, dass sie schlimm gewesen sei … Und wir nahmen Hanna abwechselnd in die Arme und liebten unser Kind gleich noch viel mehr.

Ich war mir nicht sicher, ob Judith in die Arme genommen werden wollte. Stattdessen streckte ich meine Hände aus und griff sanft nach den ihren. Sie fühlten sich warm und tränenfeucht an, ich spürte ihren Puls, auch wenn ich mir gleichzeitig überlegte, ob ich mir dieses Pulsieren und vielleicht auch die Wärme nur einbildete. Ich kenne deine Familie so gut wie kaum eine andere auf dieser Welt, sagte ich – und das war nun nicht einmal gelogen. Ich weiß ganz sicher, dass sie dich nur weggeschickt haben, damit du nicht in Gefahr bist. Judith schaute zum ersten Mal auf, und in ihrem Blick lag so viel Hunger nach Liebe und Geborgenheit, dass es schmerzte. Glaubst du wirklich? fragte sie mit heiserer Stimme.

Aber warum haben sie mich dann später nicht nachgeholt? begann sie bald wieder zu schluchzen. Nach Magadasta oder wie das heißt. Was für ein blöder, blöder Name! Sie zog ihre Hände zurück. Ich hab dir doch … deine Eltern haben dir doch geschrieben, dass es … wie streng die Gesetze auf der Insel sind, stammelte ich. Aber du warst ja auch dort, konterte sie. Ja, aber ich musste jahrelang auf eine Genehmigung warten, log ich. Aber du hast eine bekommen. Ich nickte, um wenigstens ohne Worte zu lügen. Meine Kopfschmerzen waren stärker geworden, in den Fußsohlen spürte ich wieder die starken Vibrationen im Boden. Spürst du das auch? wollte ich wissen, doch Judith ging nicht darauf ein.

Ich erhob mich von der Küchenbank, um für uns beide Tee zu kochen. Als ich mich nach einer Minute wieder umdrehte, war Judith fort. An ihr plötzliches Auftauchen hatte ich mich gewöhnt, ihr abruptes Verschwinden machte mir jedes Mal aufs Neue zu schaffen. Wohin verschwand sie, überlegte ich auch diesmal. Wechselte sie in eine andere Wohnung, ein anderes Haus? In eine andere Dimension oder Zeit? Ein anderes Leben, einen anderen Tod? Oder vielleicht: in einen anderen Kopf? Was nahm sie mit von hier nach dort, was wusste sie im Dort vom Hier? Schlief sie, um sich auszuruhen vom jahrzehntelangen Sterben, zwischendurch in einem grob gezimmerten Sarg im finsteren Keller? Oder auf irgendeinem Dachboden, mit dem Kopf nach unten hängend, nach Art der Fledermäuse? Bis heute, da ich diese Geschichte aufschreibe, habe ich keine Antworten auf meine Fragen gefunden.

Mit dem Tee setzte ich mich an den Schreibtisch und ging wieder durch meine Notizen aus der Zeit, als ich Max Klein kennengelernt hatte. Mittlerweile war ich beim zweiten von sechs eng beschriebenen Notizbüchern angelangt. Und staunte erneut über die Besessenheit, mit der ich Beobachtungen und oft sogar lange Dialoge notiert hatte. Musste über die eine oder andere Formulierung lächeln. Fand manches peinlich. Und verstand nicht alles, was ich damals hatte sagen wollen.

Über Judith war in den Büchern fast nichts zu finden. Judith war die große Leerstelle, über die weder Max noch seine Schwester oder Enkelin hatten sprechen wollen. Oder sprechen können. Denn es war ja nicht nur ihre Gegenwart, die Rätsel aufgab, sondern auch ihre Vergangenheit. Nicht die ersten zehn Jahre, in denen sie eine ganz normale, eine glückliche Kindheit verbrachte. Sondern die Jahre ab 1938, die dem Kindertransport in die Niederlande folgten. Dort verliert sich Judiths Spur. Dort wird sie zum Geist, dessen Schatten bis heute über der Familie schwebt. Hatte der Wind, der zwischen den Jahren weht, nun einen Schatten dieses Schattens zu mir getrieben?

Mich fröstelte. Ich schenkte Tee nach, mein Blick fiel dabei auf die Fotos von Hanna und Lydia über dem Schreibtisch, meine Gedanken sprangen von Schattenwesen zu Schattenwesen. Und zwangen sich zu der Vorstellung – ja, es sollte, musste wehtun –, das eigene Kind aus Verzweiflung in die Fremde schicken zu müssen. In dieser Vorstellung mischten sich Szenen von heute mit solchen von damals, vermengten sich Bilder aus Europa mit jenen aus dem Nahen oder Mittleren Osten oder aus Afrika. Und irgendwo zwischen den Zeiten und Orten sah ich meine, unsere Hanna, und ich sah Lydia und mich, die wir zu Hause sitzend um ihr Leben bangten.

Ich versuchte mir den Moment vorzustellen, in dem man

für sich realisiert, dass die Bedrohung im eigenen Land zu groß geworden ist. Dass man fort muss, aber anderswo nicht erwünscht ist. Dass man zwar nicht sich selbst, wenigstens aber sein Kind in Sicherheit bringen kann.

Ich malte mir die Wochen und Tage vor der Abreise aus, in denen man bei allem, was man tut, denkt, es könnte das letzte Mal sein. Das letzte Mal gemeinsam ins Kino, in den Zoo oder auf den Spielplatz gehen. Das letzte Mal Eis essen. Das letzte Mal durch die nicht mehr ganz frisch gewaschenen Haare fahren und heimlich an ihnen schnuppern. Das letzte Buch vorlesen. Das letzte Mal leise das Licht neben dem Bett löschen. Ein letzter Blick von der Tür zum Bett.

Auswählen, was für Wochen, Monate und vielleicht Jahre in den einen Koffer darf, den man dem Kind mitgeben kann. Die letzte schlaflose Nacht vor der Abfahrt. Dann der Weg zum Bahnhof, bei dem sich der Koffer so schwer anfühlt, als wäre darin jeder Tag, den man sich nicht sehen würde, in Kilogramm aufgewogen. Die Stunde, die man zusammen mit Hunderten anderen aufgelösten Kindern und Erwachsenen auf dem Bahnsteig und im wartenden Zug verbringt. In der man alle paar Minuten beschwört und versichert, dass man sich sehr bald wiedersehen, dass alles gut würde.

Der Moment, wo man sein Kind zum letzten Mal an sich drückt, ihm zum letzten Mal Rotz und Wasser aus dem Gesicht wischt. Dann fasst man von außen nach den aus dem Fenster gestreckten Händen, man geht mit, wenn sich der Zug in Bewegung setzt, man beginnt zu laufen, bis man von Uniformierten gezwungen wird, zuerst die eine, dann die andere Hand loszulassen. Dann erst, erst dann erlaubt man den eigenen Tränen zu fließen.

Die Stille, wenn man vom Bahnhof nach Hause kommt. Das

leere Bett. Kein Kampf ums Aufstehen am nächsten Morgen. Kein Gedränge im Badezimmer. Aber auch kein Lachen, kein Herzen, kein Küssen mehr. Das Bangen bis zum ersten Lebenszeichen aus dem fremden Land. Das Gefühl, nichts, gar nichts für sein Kind tun zu können, außer zu hoffen. Hoffen auf gute Aus- und Einreise, hoffen auf gute Aufnahme, auf gute Menschen.

Und was, wenn es keine guten Menschen sind? Wenn sie überfordert, lieblos oder wirklich schlecht sind? Wenn man, was auch immer dem eigenen Kind widerfährt, nur ohnmächtig aus der Ferne zusehen kann? Und ihm höchstens mit viel zu großer Verspätung und nur über sieben Ecken beistehen kann?

Was, wenn man dann – durch Krieg, Verfolgung, eigene Flucht – den Kontakt zu seinem Kind verliert? Wenn man weiß, dass es in Lebensgefahr schwebt und man über Monate und Jahre hindurch nicht weiß, ob und wo und wie und bei wem es lebt?

Und wenn man eines Tages einsehen, verstehen, verarbeiten muss, dass das eigene Kind tot ist, während man selbst überlebt hat?

Ich stand auf. Ich hielt es nicht mehr aus am Schreibtisch, an dem mich, was ich auch schrieb oder zu schreiben versuchte, immer wieder der Tod einholte. Der erste Impuls zog mich in Hannas Zimmer. Ich blieb vor dem Puzzle stehen, das meine Tochter in den Tagen vor der Katastrophe gelegt hatte. Es zeigte, in einem Bild vereint, mehrere Szenen aus Janoschs *Oh, wie schön ist Panama*. Hanna war fast fertig geworden damit. Doch in der Lücke, in den fehlenden Teilen, sah ich plötzlich wieder nur die Leere, die Abwesenheit, den Tod. Und dachte daran, dass auch Panama während der Nazizeit zum Exilland für Vertriebene geworden war.

Im Wohnzimmer lagen die Blätter von Max' Geschichte immer noch dort, wo sie mir am Vorabend im Schlaf entglitten waren. Ich hob sie auf und ließ mich auf dem Sofa nieder. Auch hier blickte mir der Tod entgegen, ja, aber wenigstens nicht der meiner eigenen Tochter oder Frau.

Ich lehnte mich zurück und las den Text erneut, der mich wie jedes Mal ergriff. Nicht nur wegen der Ungeheuerlichkeit des Geschilderten, sondern auch wegen der Leichtigkeit und Selbstverständlichkeit, mit der Max davon erzählte. Und jedes Mal setzte schon während der Lektüre der Prozess des Nach-Denkens, des Hinter-Fragens ein. Dieses Denken und Fragen bezog sich nicht nur auf die Tatsache, dass ja keiner von den Kleins wusste, ob Judith tatsächlich in Auschwitz gelandet war – und ob Max dort zumindest in der Theorie die Möglichkeit gehabt hätte, seine Schwester zu schützen. Hatte sich, davon abgesehen, die Geschichte wirklich so zugetragen, wie Max sie schilderte? SS-Offiziere ließen sich in den meisten Lagern nur selten in den Häftlingsbereichen blicken – das tägliche Geschäft des Terrors wurde üblicherweise den Kapos und deren Helfern überlassen. Natürlich, es gab viele, die über das hinaus, was man nachher gern als »Pflichterfüllung« darstellte, perverse Freude dabei empfanden, Häftlinge zu quälen und zu töten. Aber auch sie konnten dabei nicht so ohne Weiteres der eigenen Willkür nachgeben. Konzentrationslager waren Orte des ins Monströse gesteigerten Unrechts, nicht aber der völligen Gesetzlosigkeit.

Waren es also literarische Freiheiten, die sich Max Klein hier erlaubte? Oder standen die erzwungenen Geschichten stellvertretend für andere Dinge, die er tun musste, um das eigene Überleben im Lager zu ermöglichen? Musste man die Erzählung überhaupt als große Metapher lesen: als die Geschichte von einem, der sich den Toten gegenüber schuldig fühlte, weil er überlebt hatte? Vom großen Bruder, der die kleine Schwester nicht hatte retten können? Oder war alles nur eine Rechtfertigung vor sich selbst, »nie wieder irgendjemandem irgendetwas erzählen« zu müssen, weder schriftlich noch mündlich? Oder wollte er, mit dem ABC des Schriftstellers von »auf den Punkt bringen« bis »zuspitzen« gerüstet, noch ein letztes Mal seine Kunstfertigkeit unter Beweis stellen, bevor er das Schreiben für immer sein ließ?

In meiner jugendlichen Unbedarftheit hatte ich nach der allerersten Lektüre nichts Besseres zu tun gehabt, als Max zu fragen, ob sich die Geschichte denn wirklich genau so zugetragen habe. Who said it was *my* story? war er ausnahmsweise ins Englische verfallen. It's *a* story. I am a writer. I *was* a writer, korrigierte er sich. Und mehr war ihm nicht zu entlocken gewesen. Hieß das, dass sie *nicht* der Wahrheit entsprach? Oder zeigte es nur, dass ich Max zu nahe getreten war und er nicht darüber sprechen wollte? Oder konnte?

Heute empfinde ich die Frage »Ist die Geschichte wahr?« als eine der sinnlosesten, die man einem Schriftsteller stellen kann. Als bedeute Schriftsteller zu sein einfach nur aufzuschreiben, was einem – oder einem anderen – widerfahren ist. Als verdiente eine »wahre« Geschichte im Gegensatz zur erfundenen ganz automatisch das Prädikat »wertvoll«. Obwohl doch Realität nur ein Konstrukt ist und manche Dichtung viel stärker als so manche Wahrheit.

Meine Finger strichen über die Seiten von Max' Geschichte, als könnten sie die Antworten, die ich in den Worten nicht fand, zwischen den Zeilen oder auf dem Papier erfühlen. Dann ließ ich die vergilbten Blätter aufs Sofa sinken. Eine eigene, neue, weniger schreckliche Realität zu konstruieren – war es nicht das, was ich mit meinen Briefen für Judith versuchte?

Ich ging früh zu Bett. Im Moment zwischen Wachen und Schlafen überfiel mich noch einmal Judiths Geschichte mit all ihren Möglichkeiten und Ungewissheiten: Was, wenn sie in den Zeiten ihrer Abwesenheit nicht schlief, sondern bei jedem Verschwinden starb, um beim Auftauchen jedes Mal wieder neu geboren zu werden? Oder wenn sie gleichzeitig tot und lebendig war? Wie Schrödingers Katze? Oder wenn es gar nicht Judith war, die von einer Wirklichkeit in die andere wechselte, sondern ich selbst? Oder war ich nur der Beobachter, der Versuchsleiter? Der, der den Behälter öffnet, in den die Katze gesperrt wurde? Der durch sein Eingreifen und den Zeitpunkt dieses Eingreifens bestimmt, feststellt, für die Nachwelt festhält, ob sie tot oder lebendig ist? Und der durch sein Nicht-Eingreifen die Katze weiterhin im Schwebezustand zwischen Tod und Leben hält?

Ich nahm die Gedanken mit in den Schlaf, spann sie im Traum weiter, und als ich mitten in der Nacht erwachte, waren sie sofort wieder da. Und ließen mir keine Ruhe, bis ich aufstand, mich an den Schreibtisch setzte und sie, wenn sich auch meine Hände gegen das Diktat meines Geistes sträubten, in die Tasten tippte.

Schrödingers Tochter

1

»Ein Mädchen wird in eine Stahlkammer gesperrt, zusammen mit folgender Höllenmaschine: In einem Geigerschen Zählrohr befindet sich eine winzige Menge radioaktiver Substanz, so wenig, so instabil, dass im Lauf einer Stunde vielleicht eines von den Atomen zerfällt, ebenso wahrscheinlich aber auch keines; geschieht es, so spricht das Zählrohr an und betätigt über ein Relais ein Hämmerchen, das ein Kölbchen mit Blausäure zertrümmert. Hat man dieses ganze System eine Stunde lang sich selbst überlassen, so wird man sich sagen, dass das Mädchen noch lebt, wenn inzwischen kein Atom zerfallen ist. Oder dass es schon tot ist, vergiftet durch den ersten Atomzerfall und das Austreten der Blausäure. Man könnte also auch sagen, dass in dieser Stahlkammer bis zur Öffnung und Messung das lebende und das tote Mädchen zu gleichen Teilen gemischt oder verschmiert sind.«

2

Menschen werden in eine Stahlkammer gesperrt. Man verzichtet aus praktischen Gründen auf die Höllenmaschine mit dem Zählrohr und der radioaktiven Substanz und setzt ganz ohne unnötigen Umweg auf die direkte Beigabe von Blausäure. Und zwar nicht nur einem Kölbchen. Man braucht sich bei dieser Anordnung keine Sorgen wegen der Wahrscheinlichkeit zu machen – ob da nun irgendwelche Atome zerfallen oder nicht –, denn das Ergebnis steht von vornherein so felsenfest wie die Wacht am Rhein. Natürlich ist es dann nichts mehr mit dem gleichzeitigen Tot- und Lebendigsein. Die Leiber, die ja in ihrer Panik alle zum Ausgang drängen, ja, die sind, wenn es vorbei ist, schon wild durcheinandergemischt und zu einem Haufen verkeilt, der dann von den Sonderkommandos wieder in seine Einzelbestandteile zerlegt werden muss. Verschmiert, ja, verschmiert sind sie auch wie Tiere mit ihren eigenen Exkrementen, die ihnen da in den letzten Minuten entfleuchen. Das schon. Aber sonst ist da nur noch der Tod, eindeutig, unzweifelhaft, glasklar.

3

Die Stahlkammer, das ist dieser Planet, dessen Gravitationsfeld und Atmosphäre uns gefangen halten.
Die instabile, vom Zerfall bedrohte Substanz, das ist die Gesellschaft, in der wir leben.
Der Geigerzähler ist die Stimme der Kassandra, die vor dem Zerfall warnt.
Der Hammer: Das ist der Rattenfänger, der den Zerfall anfacht, vorantreibt, beschleunigt, indem er den Menschen böse Worte in die Köpfe schlägt und ihnen gleichzeitig mit süßen Klängen das Blaue vom Himmel verspricht.
Das Mädchen oder die Katze: Das sind die Juden. Die Muslime. Die Ausländer. Die Schwachen. Die Schwächsten. Die Anderen.
Die Blausäure: Die Blausäure ist das, was vom süßen Himmelsversprechen des Rattenfängers eingelöst wird.

4

Die Stahlkammer ist geschlossen. Judith ist tot. Judith ist lebendig.
Die Stahlkammer wird geöffnet. Judith lebt.

Sie wurde von mutigen Menschen versteckt und überlebte den Krieg in Rotterdam.

Sie wurde versteckt und verraten und wie ein Stück Vieh in den Osten deportiert. Und überlebte trotzdem.

Die Stahlkammer wird geöffnet. Judith ist tot.

Sie kam bei dem Luftangriff auf Rotterdam ums Leben und liegt unter Tonnen von Schutt begraben.

Sie wurde versteckt und verraten. Und verhungerte im Viehwaggon auf dem Weg ins Lager.

Sie wurde versteckt und verraten und deportiert. Und starb in der Hölle des Lagers.

Die Stahlkammer wird geöffnet. Sie ist leer. Judiths Asche ist in den Wolken und auf den Feldern und in den Früchten. Sie ist in den Atemzügen, in den Gedanken, in den Herzen.

Die Stahlkammer ist geschlossen und geöffnet. Judith lebt ist tot ist eine alte Frau ist ein junges Mädchen ist ein Geist.

Die Stahlkammer ist geschlossen. Es gibt niemanden mehr, der sie öffnen könnte.

Die Stahlkammer existiert nicht. Judith existiert nicht. Und es gibt niemanden, der von ihrem Leben und Sterben erzählen könnte.

6

Auf dem Treppenabsatz im Halbstock musste ich warten, um Mareks Möbelpacker vorbeizulassen. Schwitzend und keuchend schleppten sie gerade einen schweren Kleiderschrank aus Eichenholz herauf. Der Hausbesitzer betrieb in der Nähe einen Antiquitätenladen, außer einem leer stehenden Geschäftslokal neben dem Diwan verwendete er mittlerweile auch eine frei gewordene Wohnung im Mezzanin als Lager.

Es hatte wieder zu schneien begonnen. Große, federgleiche Flocken tanzten durch die Luft und fügten sich auf den Straßen zu einem weichen Teppich, der die Stadt vorübergehend vom akustischen Terror der Autos befreite. Ich setzte die Kapuze auf und stapfte langsam durch den frisch gefallenen Schnee Richtung Donaukanal.

Wie immer, wenn ich an Mareks Antiquitätenladen vorbeikam – der Hausbesitzer stand schon lange nicht mehr selbst im Laden, sondern hatte einen Geschäftsführer eingesetzt –, musste ich unweigerlich an meine Recherchen zu den Machenschaften seines Vaters denken.

Johann Marek sen. hatte es als junger, mehr oder weniger mittelloser Notariatsgehilfe unmittelbar nach dem »Anschluss« geschafft, drei Zinshäuser, eine Buchhandlung, einen Antiquitätenladen und eine Rechtsanwaltskanzlei zu »arisieren« – oder zu »notarisieren«, wie Lydia es genannt hatte. Nach dem Krieg war es ihm als Rechtsanwalt gelungen, die fette Beute erfolgreich gegen die Ansprüche ihrer ehemaligen Besitzer zu verteidigen. Als Linde, Marwan und ich zusammen mit Philipp und ein paar anderen Gleichgesinnten vor mehr als zwanzig Jahren begannen, die Geschichte des Hauses und seiner Bewohner zu erforschen, ließ Marek sen. ganze Berge abtragen, um sie uns, zu Steinen gebrochen, in den Weg zu legen.

Über Johann A. Marek jun. – das A stand übrigens, wie ich später herausfand, für Adolf – wusste ich kaum etwas. Während der Vater oft und gern seine ewiggestrigen Ansichten kundgetan und dabei stets Beifall von meinen Nachbarn, den Löblichs, bekommen hatte, war vom Sohn bis heute nichts zu hören gewesen, das auf seine politische Gesinnung schließen ließe. Lag es nur daran, dass er im Gegensatz zu Marek sen., der im Haus gewohnt hatte, seit Jahren in Salzburg lebte? Die unkoschere Vergangenheit seines Erbes – er verkaufte nach dem Tod des Vaters die Rechtsanwaltskanzlei und die Buchhandlung und behielt den Rest – schien ihn jedenfalls nie gekümmert zu haben. Andererseits wohnten seit Jahren wechselnde Flüchtlingsfamilien und – mit den Motaevs – eine jüdisch-orthodoxe Familie im Haus.

Ich erreichte das Ufer des Kanals. Die Marienbrücke ins Stadtzentrum war immer noch gesperrt. Diesmal mussten die beiden Soldaten ihr Abschreckungswerk allerdings allein verrichten, der Panzer wurde wahrscheinlich anderswo gebraucht. Ich stieg die Treppe zum Ufer hinunter und ging ein Stück flussaufwärts.

Als ich wieder vor unserem Haus angelangt war, blieb ich auf der anderen Straßenseite stehen. Von den drei Gebäuden, die Marek sen. ihren jüdischen Besitzern abgepresst hatte, standen nur noch zwei: links an der Straßenecke unser vierstöckiges Gründerzeithaus, rechts ein blassgelber Bau aus derselben Epoche. Das Gebäude dazwischen, ein zweistöckiges Biedermeierhaus, war im letzten Kriegsjahr von einem Bombentreffer zerstört worden. Erst in den siebziger Jahren waren die Ruinen abgerissen worden, das Grundstück war bis heute nicht bebaut. Der vordere Teil, durch Bauzaun und Schranken zur Straße hin abgeschlossen, diente seither als Parkplatz, den Marek teuer vermietete.

Im hinteren Teil war im 19. Jahrhundert eine Synagoge entstanden. Im November 1938 war das kleine Bethaus wie die meisten anderen Synagogen im Land dem staatlich entfachten »Volkszorn« und Männern wie Marek sen. zum Opfer gefallen. Obwohl dieser Teil des Grundstücks der jüdischen Gemeinde gehörte, erlaubten die Mareks – und hier schienen Vater und Sohn einer Meinung zu sein – trotz eines jahrzehntelangen Rechtsstreits keinen Zugang über ihren Grund, und sie hatten sich standhaft geweigert, den brachliegenden Platz öffentlich zugänglich zu machen.

Ich hatte das Gelände zwei Mal zusammen mit meinem Architektenfreund Philipp betreten, die kümmerlichen Mauerreste waren längst von Gestrüpp und Bäumen überwuchert, als hätte die Natur beschlossen, das Brachland, über das die Menschen stritten, von sich aus mit neuem Leben zu erfüllen.

Ich bahnte mir vorsichtig einen Weg durch die hohen Schneewechten zwischen den geparkten Autos und überquerte die Straße. Mein Blick fiel auf die Schmierereien, die seit ein paar Tagen die Schaufenster des Diwan verunzierten. Und plötzlich war mir, als stünden dort, daneben oder darüber, auch die Parolen, die sich einst gegen die Buchhandlung Klein gerichtet hatten: vom rustikalen »Saujuden« bis zum literarisch wertvollen »Schreibt der Jude deutsch, dann lügt er«.

Ich erschrak, als ich in Hannas Zimmer trat. Im Dämmerlicht stand da meine Tochter vor dem Spiegel und drehte sich in ihrem Lieblingskleid hin und her. Igel in allen Farben und Größen lugten aus Falten und Taschen hervor, und ich wusste, dass Hanna es am liebsten Tag und Nacht getragen hätte. Was ist …? setzte ich an. Und erkannte im selben Augenblick Judith, die mich ebenso erschrocken anblickte wie ich sie.

Ich schaltete das Licht an, Judith begann sich hastig aus dem Kleid zu winden. Sie blieb darin hängen, und erst jetzt sah ich, dass sie darunter den Mantel anbehalten hatte. Du dehnst es ja aus! schimpfte ich. Ich trat zu ihr und half ihr, das Kleid über den Kopf zu streifen. Ich war verärgert, und mein Ärger ließ sich auch nicht besänftigen, als sie sich wieder den Schal umband und die Mütze aufsetzte. Als machte sie sich bereit für einen Winterspaziergang. Oder für die Flucht.

Mir fiel ein, dass die Essensvorräte, die sie vor Weihnachten angelegt hatte, immer noch in Hannas Kleiderschrank waren. Ich machte einen Schritt auf die Tür zu. Judith schien meine Absicht erkannt zu haben. Sie schnitt mir den Weg ab und stellte sich davor. Möchtest du nicht …? Nein, unterbrach sie mich hastig. In mir begann es zu brodeln. Doch dann ließ ich den Türgriff los und spürte, wie sich auch Judiths Anspannung löste. Komm, sagte ich und streckte die Hand aus, ich koche uns etwas. Männer kochen doch nicht, gab sie voller Überzeugung von sich. Doch sie nahm meine Hand und ließ sich bereitwillig in die Küche führen.

Schmeckt's dir nicht? fragte ich später, als Judith nach wenigen Bissen das Besteck aus der Hand legte. Ich zwinkerte ihr zu. Weil ein Mann gekocht hat? Sie blieb ernst. Hab keinen Hunger, antwortete sie. Aber warum ließ sie dann, als sie sich unbeobachtet glaubte, ein Stück Brot in ihrer Manteltasche verschwinden? Magst du den Mantel nicht ausziehen? startete ich einen neuerlichen Versuch. Sie schüttelte den Kopf. Mir ist immer kalt, gab sie zurück. Und zog wie zum Beweis den Schal enger um sich.

Nach dem Essen wollte sie wieder Fotos anschauen. Ich holte die zwei Kartons aus dem Arbeitszimmer, wir ließen uns nebeneinander auf dem Sofa nieder. Die meisten kannte Judith ja bereits, doch egal, ob sie sie zum ersten oder zum wiederholten Male betrachtete: An manche Bilder klammerte sie sich geradezu und schien alles Leben, das man vor Jahrzehnten fotografisch festgehalten hatte, aus dem Papier saugen zu wollen.

Wer ist das? fragte sie schließlich bei einem Foto, das ich besonders gern mochte. Es zeigte Max, seine Enkelin Judith, Lena und mich auf der Staten Island Ferry in New York. Im Dunst über dem Kielwasser der Fähre schwebte die Skyline von Downtown Manhattan, Max' Enkelin und ich küssten uns gerade, und die Twin Towers, im vorletzten Jahr ihres Wolkenkratzerlebens stehend, schienen aus unseren Köpfen emporzuwachsen.

Erkennst du mich nicht? Sie hielt das Bild näher an die Augen, dann musterte sie mich skeptisch von der Seite. Was, so viele Haare hattest du? Ich musste grinsen. Auch Hanna hatte sich bei Jugendfotos gern über meine Lockenpracht amüsiert. Warum hast du sie abgeschnitten? Ich fuhr mir mit der Hand durch die kurz geschorenen Haare, die ich mir seit Lydias Tod selber mit der Maschine trimmte. Es ist praktischer, sagte ich. Und wen küsst du da? wollte Judith wissen und zeigte auf Max' Enkelin. Ich musste kurz nachrechnen. Die Judith auf der anderen Seite des Atlantiks wäre in Wahrheit ihre Großnichte. Eine Tante von dir, log ich. Sie heißt auch Judith. Kannst du dich an sie erinnern? Judith schüttelte den Kopf. Und die anderen beiden? Das sind alte Freunde, wich ich aus.

Sie hielt das Bild wieder näher an die Augen, als sähe sie

schlecht. Und warum küsst du diese Judith? fragte sie mit strengem Blick. Ich grinste wieder. Weil wir verliebt waren. Judith blieb ernst. Und jetzt seid ihr es nicht mehr? Ich schüttelte langsam den Kopf. Sie war … sie ist … sie war zu weit weg, sagte ich. Und nahm Judith sanft das Foto aus der Hand, damit sie nicht auf die Idee kam, nach der Stadt im Hintergrund zu fragen.

Judith also. Die andere Judith, Max' Enkelin. Die erwachsene Judith, die auf den Tag genau zwei Jahre jünger ist als ich. Judith MacFarlane, meine erste große Liebe, die mich nach drei Jahren verließ, bald darauf heiratete und ein Kind bekam. Am einfachsten: die New Yorker Judith.

Denn natürlich waren die Kleins nie in Madagaskar gelandet, weder freiwillig noch unter Zwang. Kein Mensch war damals auf die tropische Insel gebracht worden, auch wenn das angeblich der sogenannte Madagaskarplan für die deutschen Juden einmal vorsah. Der Führer schenkt den Juden eine Insel, so hieß das Stück, das zwar geschrieben, aber nie aufgeführt wurde. Warum hatte ich dann Madagaskar ins Spiel gebracht? Nun, möglichst weit weg und von der Außenwelt abgeschirmt sollte der angebliche Wohnort ihrer Familie sein. Und möglichst exotisch, damit sie nichts darüber wusste. Madagaskar war also der geradezu ideale Ort – oder vielmehr Nicht-Ort – für meine Version der Geschichte.

In einer anderen Version dieser Geschichte – in der, die man gemeinhin Wahrheit oder Wirklichkeit nennt – waren die Kleins, wenn auch mit vielen Umwegen und nach einer langen, gefährlichen Irrfahrt, nach New York gelangt und hatten sich dort in der Neuen Welt ein neues Leben aufbauen müssen.

Es war Judith, die mir die Tür zu Max' Apartment in Washington Heights im äußersten Norden Manhattans und damit zu einer anderen Welt öffnete. Zu einer Welt, die man in Europa ausgelöscht hatte. Die – wenn auch nur in Versatzstücken – auf der anderen Seite des Atlantiks neu erstanden war. Judiths strahlende Augen im Türspalt waren das Erste, was ich gleich am Tag meiner Ankunft von dieser neuen Welt kennenlernte.

Du musst León sein, begrüßte sie mich auf Deutsch mit kaum wahrnehmbarem Akzent. Mein Name ist Judith, ich bin Max' Enkelin.

Genau so hat sich der Beginn dieser Geschichte in mein Gedächtnis eingegraben. Tatsächlich aber stieß Judith, wie ich meinen Notizbüchern entnehmen kann, erst bei meinem zweiten Treffen mit Max dazu. Wie sehr kann ich mich also auf meine Erinnerung verlassen, wenn es um diesen Sommer in New York vor mehr als zwanzig Jahren geht?

In den Notizbüchern steht manch banale Erkenntnis: *Es gibt kein Morgen, nur ein Heute.* Doch das deckt sich mit meiner Erinnerung an den Hunger in Leib und Seele und Geist, mit dem wir uns, jung und ungeduldig, wie wir waren, aufeinanderstürzten. An das Gefühl, dass mit dem Stillen dieses Hungers auch eine Sehnsucht gestillt wurde, von deren Existenz man gar nichts geahnt hatte. Das Gefühl, dass man sich nehmen und greifen musste, was man wollte, weil schon morgen – also gab es doch ein Morgen – die Gelegenheit vorbei sein konnte. Weil wir beide fürchteten, dass uns vielleicht nur die fünf Wochen meines New-York-Aufenthaltes bleiben würden.

In den Notizbüchern lese ich: *She's as nuts as I am.* Und schon erinnere ich mich an Judiths Sprachbesessenheit, die sogar noch die meine übertraf. An ihre unerschöpfliche Lust am Diskutieren, Sich-Austauschen, Hinterfragen. An das Übereinander-Herfallen mit Worten, Meinungen, Anekdoten, Geschichten. Auf Deutsch und auf Englisch. Im Gehen, im Stehen, beim Essen, im Park, in der Subway, auf der Spitze des Empire State Buildings. Und manchmal sogar dann, wenn unsere Körper gerade übereinander herfielen. Weil da plötzlich Worte waren, die dringend herauswollten und -mussten.

Ich erinnere mich auch an das Gefühl, genau zur richtigen Zeit an den richtigen Ort zu den richtigen Menschen gekommen zu sein. Denn während ich die ersten siebzehn Jahre meines Lebens im unermüdlichen Suchen meiner Mutter gefangen gewesen war, war es in den Jahren danach ein Finden: Meine Mutter fand Paul, Paul nahm uns bei sich auf, wir fanden uns bald danach mit einer Wohnung beschenkt. Ich fand Linde und Marwan, die mich mit der Geschichte des Hauses und der Buchhandlung bekannt machten, ich fand dabei Spuren der Kleins, und die Spuren führten mich zu Max und Lena und in Judiths Arme und Herz und Bett.

Ich nahm noch einmal das Foto mit den Twin Towers im Hintergrund zur Hand. Auf dem Bild sahen Max' Enkelin und ich glücklich aus. Waren wir das wirklich? Oder glaubten wir es nur zu sein? Ich ließ meine Finger über das Fotopapier fahren. Als wäre das Schauen nicht genug. Als wollten all meine Sinne, als wollte *ich* hineinspüren, zurückreisen in die Vergangenheit, einsteigen in das Bild.

Die Liebe, die mich damals umfing wie mit einem Netz, empfand ich aber nicht nur für Judith allein. Ich verliebte mich in die Welt – eine Zwischenwelt, aufgespannt irgendwo zwischen Europa und Amerika, zwischen Vergangenheit und Gegenwart –, die Max und seine Schwester Lena und ihr Freundeskreis verkörperten. Und meine Liebe galt auch der Stadt zwischen Hudson und East River, Heimatort Tausender solcher Zwischenwelten, die mich seit Jugendtagen mit ihren aus Büchern, Bildern und Filmen tönenden Sirenenklängen angelockt und verrückt gemacht hatte. Ich, der in so vielen Städten gelebt habe, bevor ich mir in Wien endlich eine Heimat erarbeiten konnte, fand mich plötzlich in einer Stadt, in der ich vom ersten Tag an und ganz ohne Arbeit das Gefühl hatte, dazuzugehören, ja, nach Hause zu kommen. Mir, der ich mit Ausnahme meiner Mutter und meiner fremd gebliebenen Großmutter keine Familie kannte, standen vom ersten Tag an nicht nur Max und Lena, sondern auch ein Teil ihres Freundeskreises als wohlgesinnte, Anteil nehmende und verständnisvolle Wahlomas und -opas zur Verfügung.

All das sagt mir meine Erinnerung. Doch Erinnerung ist, Notizbücher hin oder her, ein trügerisches Geschäft. Denn wenn ich in meinem Gedächtnis zu forschen beginne, dann wird mir klar, dass ich mir Max' Vertrauen erst hatte verdienen müssen.

Ich stand auf und räumte die Schachteln mit den Fotos weg. Du kannst das Kleid gern behalten, bot ich Judith an. Das mit den Igeln meine ich. Und du kannst dir auch andere aussuchen, wenn du möchtest. Sie schaute mich an, Vorsicht im Blick. Die Vorsicht war unbegründet, denn mein Ärger war längst verflogen. Was sollte ich auch mit Hannas Kleidern anfangen? Sie den Motten zum Verzehr überlassen? Wem gehören sie denn? wollte sie wissen. Meiner Tochter, gab ich zurück. Du hast eine Tochter? reagierte Judith ganz erstaunt. Ja, du hast doch ihr Zimmer gesehen, sagte ich. Und wollte im selben Moment die Antwort zurücknehmen. Weil Hannas Zimmer, wie ich von Max wusste, ja einst auch das von Judith und ihrer Schwester Lena gewesen war.

Judith ging nicht darauf ein. Aber du hast doch keine Frau, warf sie ein. Ich zögerte. Ich wollte alles, was vom Tod kündete, von ihr fernhalten. Hab ich schon, widersprach ich. Und, wo ist sie? Wir … wir haben uns getrennt. Warum denn das? Ich zuckte mit den Schultern. Warst du nicht nett zu ihr? Ich musste lächeln.

Meistens schon. Aber nicht immer, sagte ich. Aber warum denn nicht? Hmm … solche Dinge passieren manchmal, wenn man länger verheiratet ist. Judith schien darüber nachzudenken. Wie heißt denn deine Tochter? Ich zögerte wieder. Hanna, sagte ich schließlich. Es war das erste Mal seit der Katastrophe, dass ich den Namen, den ich täglich hundertmal gedacht hatte, auch tatsächlich in den Mund nahm. Meine Stimme klang brüchig. Als hätte sie es verlernt, den Namen auszusprechen. Ich räusperte mich. Hanna, sagte ich noch einmal. Und wiederholte den Namen ein drittes Mal. Als könnte ich mein Kind dadurch beschwören, ins Leben zurückzukehren.

Judith erhob sich vom Sofa und machte ein paar tänzelnde Schritte Richtung Fenster. Hannahannahanna, sagte sie in einer Art Singsang und bewegte den Kopf rhythmisch hin und her. Und wo ist Hannahannahanna, wenn sie nicht …? Bei ihrer Mutter, unterbrach ich sie. Und sie braucht das Kleid nicht mehr? Ich schüttelte langsam den Kopf. Und wenn sie eines Tages zurückkehrt, so, wie Judith zurückkehrte, überlegte ich. Und ihre Kleider wieder einfordert? Nein, meinte ich zu Judith. Es ist ihr zu klein. Und mehr wollte ich dazu nicht sagen.

Auch Max wollte bei unseren allerersten Begegnungen nicht viel sagen. *Der Versuch, gegen das Schweigen von Jahrzehnten anzureden*, hatte ich mir nach einem dieser Gespräche notiert. Er war freundlich, aber reserviert. Saß, von Bücherwänden umgeben und geschützt, in seiner Wohnung im Norden Manhattans und wollte nicht zu viel von sich preisgeben. Und ich fiel, kaum dem Flugzeug entstiegen, in jugendlicher Ungeduld mit der Tür ins Haus.

Aufgrund meiner Recherchen wusste ich, dass er und seine Familie zuerst nach Frankreich geflohen waren, und ich wusste, dass sie nun in den USA lebten. Nun wollte ich unbedingt die große Lücke dazwischen füllen. Wie ist es Ihnen und Ihrer Familie gelungen, rechtzeitig aus Frankreich zu flüchten? wollte ich wissen. Das freundliche Lächeln, das in der ersten Stunde unseres Gesprächs seine Lippen umspielt hatte, verschwand, sein Blick wurde starr. Nun, rechtzeitig ist relativ, sagte er, ohne mich anzuschauen. Meine Großeltern wurden in Marseille verhaftet und später in Auschwitz vergast. Meine Freundin Milena verschwand spurlos. Was mit meiner jüngsten Schwester geschah, wissen wir bis heute nicht. Ich selbst wurde verhaftet und zuerst nach Drancy und dann nach Auschwitz deportiert. Und von diversen Cousins und Cousinen und Onkeln und Tanten und zahlreichen Freunden wollen wir gar nicht reden. Er hob den Kopf, unsere Blicke trafen sich kurz. Rechtzeitig ist also vielleicht nicht ganz das richtige Wort, schloss er.

Ich saß da, als hätte ich einen heftigen Schlag auf den Kopf versetzt bekommen. Ich konnte spüren, wie mir die Schamesröte ins Gesicht stieg. Nicht nur, weil ich mich als Angeklagter aus dem Land der Mörder fühlte, nicht nur, weil es mir an Sensibilität gefehlt hatte, mit meiner Frage zuzuwarten oder sie zumindest klüger und umsichtiger zu formulieren. Sondern auch, weil ich, der Historiker, offenbar nicht gründlich genug recherchiert hatte.

Mehr war aus Max bei diesem ersten Versuch nicht herauszukriegen, von sich aus führte er das Gespräch wieder auf weniger vermintes Terrain. Natürlich, ich war zu diesem Zeitpunkt noch ein Fremder. Ich kam aus der Stadt, aus der er und seine Familie fortgejagt worden waren, ich lebte in der Wohnung, die einst ihnen gehört hatte. Wie sollte er wissen, ob er mir trauen, wie sollte er entscheiden, was er mir anvertrauen konnte? Ich, der ich mit einem Rucksack voller Fragen nach New York gekommen war, musste jedenfalls bei den folgenden Besuchen erst zahlreiche

Fragen von seiner Seite beantworten, bevor ich die meinen auspacken durfte. Später jedoch öffnete er sich so sehr, dass sogar Judith, der es bisher als Einziger gelungen war, sein jahrzehntelanges Schweigen zu brechen, manchmal ins Staunen geriet.

Am Schreibtisch sitzend und in den Notizbüchern blätternd, erinnerte ich mich an die weiteren Gespräche mit Max, in denen sich meine zwischen Marseille und New York klaffende Wissenslücke nach und nach schloss. Während ich meine ausführlichen Notizen von damals las – erst später würde ich auch einige unserer Gespräche auf Band aufzeichnen –, sah ich Max als alten Mann vor mir, der mir seine Geschichte erzählte. Und gleichzeitig entstand vor meinem Auge ein Bild des jungen Max, der diese Geschichte gerade als Gegenwart erlebte. Der sich nach der Flucht aus einem nordfranzösischen Gefangenenlager auf abenteuerliche Weise Richtung Süden durchgeschlagen hatte. Und dem es in Marseille endlich gelungen war, seine Freundin und seine ebenfalls nach Süden geflüchtete Familie wiederzufinden.

Marseille war Hoffnungsort und Sackgasse zugleich. So hatte es Max in seinem fast druckreifen Deutsch formuliert. Und ich es notiert. Hoffnungsort, weil die Hafenstadt am Mittelmeer lag, weit weg von der Demarkationslinie, die Frankreich seit Juni 1940 in den von Deutschland besetzten Norden und in den – theoretisch – freien Süden teilte. Sackgasse, weil die Möglichkeiten zur Weiterreise immer begrenzter und der Druck auf das Vichy-Regime von deutscher Seite immer größer wurde.

Ich sah Max und seine Familie vor mir, wie sie verzweifelt versuchten Visa für Länder zu bekommen, von denen sie nicht einmal wussten, wo sie auf der Landkarte zu finden waren. Wie sie Einreise-, aber keine Ausreisepapiere erhielten. Wie Ein- *und* Ausreisepapiere vorlagen, aber keine Schiffspassagen oder Transitvisa. Wie sie endlich einmal alle erforderlichen Dokumente beisammen hatten, die zuerst ausgestellten aber bereits abgelaufen waren.

Max' Eltern und seine Schwester Lena hatten es nach vielen fehlgeschlagenen Versuchen trotzdem geschafft und waren Richtung Rio de Janeiro abgefahren. Max und Milena und seine und ihre Großeltern blieben in Marseille zurück. Ihre, weil sie keine Visa für Brasilien bekamen, seine, weil sich die Kleinmutter nach zwei Jahren auf der Flucht durch mehrere Länder weigerte, Europa zu verlassen. Im Notizbuch hatte ich mein Erstaunen darüber festgehalten. *Wie konnte sie zu diesem Zeitpunkt nicht sehen, dass sie damit ihr eigenes Grab schaufelte?* Heute weiß ich, dass damals selbst viele von den Betroffenen sich das Unvorstellbare nicht vorstellen konnten.

Der Kleinvater hatte in dieser Situation versucht, seine Frau mit Humor umzustimmen, auch das hatte ich mir notiert: *Keine zehn Pferde bringen mich nach Brasilien, wehrte sich die Kleinmutter. Es sind aber zehntausend Pferdestärken in so einem Schiffsmotor drin, die werden mit so einer störrischen Eselin leicht fertig, konterte der Kleinvater.*

Ich schloss die Augen und sah Max vor mir, diesmal aber den alten Mann, der mir in seiner New Yorker Wohnung gegenübersaß. Und dessen Gesichtszüge, wann immer er von seinen Großeltern sprach – und er tat es oft und gern und ließ sie in seinen Geschichten wieder lebendig werden –, etwas ausgesprochen Weiches annahmen. Viele dieser Geschichten hatte ich mir in Stichworten notiert, manche hatte ich auf Band aufgezeichnet – und erinnere mich auch heute noch daran, als wären es Anekdoten aus meiner eigenen Familie. Geschichten vom Kleinvater: davon, wie er dem noch nicht fünfjährigen Max das Lesen beibrachte – anhand der Feldpostkarten, die der Vater während des Krieges Max zuliebe mit großen, sorgfältig geschriebenen Buchstaben bedeckt nach Hause schickte. Geschichten vom Buchhändler Jakob Klein, der sein Geschäft in der Leopoldstadt als Mischung aus Kaffeehaus, Debattierklub, Sozialeinrichtung und Buchhandlung führte. Geschichten vom Kleinvater als Sprachspieler, der mit Worten jonglierte wie andere mit Bällen oder Keulen. Und der sich, als ihm ein Vogel auf den Kopf machte, bei den Göttern bedankte, dass Kühe nicht auf Bäumen saßen.

Geschichten über die Kleinmutter: die Kleinmutter, die dem besorgten, im Religionsunterricht kurz zuvor mit dem Wort »koscher« konfrontierten Max versicherte, *ihre* Schinken, Schweinsbraten und Schnitzel wären selbstverständlich koscher. Die Kleinmutter, die den immer und überall lesenden Max davor warnte, dass die Bücher, die er verschlang, eines Tages *ihn* verschlingen könnten. Und die auf Max' Frage, warum das beim Kleinvater nicht auch der Fall wäre, die einzig richtige Antwort wusste: Ach, bei deinem Großvater ist das schon längst geschehen!

Ich ließ das Notizbuch sinken, weil ich plötzlich an *meine* Großmutter denken musste. Sie hatte in der Gottschee im heutigen Slowenien gelebt und war während des Krieges wie die meisten deutschsprachigen Bewohner vertrieben worden. Der Großvater war vor Stalingrad gefallen, sie selbst hatte es zusammen mit meiner Mutter zuerst in die Steiermark und dann in einen Vorort von Augsburg verschlagen.

Wenn ich mir die jährlichen Aufenthalte in Bayern anlässlich ihres Geburtstages in Erinnerung rufe, denke ich zuallererst an die Marschmusik, die bei ihr in Endlosschleife aus dem Radio, dem Fernseher oder dem Plattenspieler zu tönen schien. Vor diesem Hintergrund höre ich sie die Ungerechtigkeit der Vertreibung beklagen und der großen Zeit nachweinen, als

Deutschland noch alles Erdreich – von der Etsch bis an den Belt, von der Maas bis in die Gottschee – untertan war. Heute weiß ich, dass sie nie ankam in der Fremde, sondern ein Leben lang wartend auf ihren Koffern saß in der Hoffnung, eines Tages zurückkehren zu können in die Heimat, die man ihr genommen hatte. Und ich verstehe, dass meine Mutter aus diesem Kerker aus zurechtgebogenen Erinnerungen und falschen Erwartungen ausbrechen musste, dabei aber letztlich zur Gefangenen ihrer eigenen, stets auf eine glänzende Zukunft und nicht auf eine goldene Vergangenheit gerichteten Freiheitshoffnungen wurde.

Ich blätterte weiter. Und überlas aus heutiger Sicht belanglose Beobachtungen des New Yorker Alltagslebens. In Marseille kam es, wie es kommen musste, das wusste ich, ohne es mir notiert zu haben: Eines Tages kontrollierte die Polizei alle Hotels und verhaftete alle Juden. Max und Milena blieben verschont, weil sie nicht im Hotel, sondern in einem winzigen Zimmer in einem Bordell wohnten. Milenas Großeltern hatten Glück und wurden nach ein paar Tagen wieder entlassen. Doch die Kleineltern wurden in ein in den Bergen gelegenes Lager für Alte und Kranke gebracht. Und kamen trotz aller Bemühungen nicht mehr frei.

In Marseille starb ich zum ersten Mal, hatte Max einmal gesagt. Ich erinnerte mich, dass ich damals nicht gleich verstanden hatte, was er damit meinte. Und dass ich nicht zu fragen wagte, um nicht wieder als unvorbereitet, unwissend, unsensibel dazustehen wie schon einmal. Erst nach und nach wurde mir klar, dass es sich auf die geliebten Menschen bezog, die er während seiner Zeit in Marseille für immer verlor: die Kleineltern. Judith. Und Milena. Da, jetzt hatte ich das Zitat gefunden, das ich suchte: *Mit jedem Menschen, den die Nazis ermordeten, starb auch ich. Sechs Millionen Mal.*

Milena verschwand zwei Tage, bevor Max mit ihr und ihren

Großeltern nach Martinique fahren sollte. Ich sah den jungen Max vor mir, der in fieberhafter Eile die Stadt durchsuchte, der jeden Flüchtling ansprach, den er traf, der in Kaffeehäusern und Hotels nachfragte. Ich sah ihn am Tag der Abfahrt im Hafen warten. Sah ihn an Bord des Schiffes gehen und es im letzten Augenblick über die schon lose baumelnde Gangway verlassen. Und stellte mir vor, es wäre meine Geliebte, die da spurlos verschwand.

Und dann war da wieder der alte Max, der noch Jahrzehnte später rote Backen bekam, wenn er über Milena sprach. Und der nie erfahren sollte, was mit ihr geschehen war.

Ich ging spät zu Bett. Kurz vor dem Einschlafen glaubte ich, Judith in der Finsternis auf dem alten Lehnsessel neben der Tür zu erkennen. Sie saß dort, als müsste sie, einem Schutzengel gleich, über meinen Schlaf wachen. Meine Augen fielen gleich wieder zu, und ich war zu träge, um sie erneut zu öffnen und das Bild auf seinen Realitätsgehalt zu überprüfen.

7

Gott sei Dank, die Weihnachtsfeiertage sind vorüber, sagte ein älterer Herr, der vor mir an der Kasse stand, zu Linde. Und Gott sei Dank: Die Welt steht noch, und es gab keinen weiteren Anschlag. Linde nickte. Wer weiß, überlegte ich, ob sie wirklich noch steht? Oder hängt, schwebt, kreist, durchs All rast? Vielleicht ist sie ja längst untergegangen, vielleicht leben wir alle nur in einer schönen kollektiven Illusion, die, perfid-perfekt, auch wiederum nicht zu schön ist, um wahr zu sein. Ich glaube ja, dass manche dieser Anschlagsdrohungen reine Erfindung sind, sagte Linde, um noch strengere Gesetze und noch mehr Überwachung durchsetzen zu können. Und um die Verlängerung der Notverordnungen zu rechtfertigen, fügte ich hinzu. Der Mann zuckte mit den Schultern. Im Krieg gegen den Terror muss man leider manchmal zu außergewöhnlichen Mitteln greifen, meinte er, halb zu mir, halb zu Linde gewendet, da hab ich lieber ein bisschen zu viel Überwachung als zu wenig. Lindes und mein Blick trafen sich. Also ich lebe im Frieden, erwiderte sie fröhlich, und ich habe lieber zu viel Vertrauen als zu wenig.

Nachdem der Mann sich verabschiedet hatte, trat Karim zur Kasse. Mit fragendem Blick hielt er Linde einen Karton mit Gewürzgläsern hin. Sie erklärte Marwans Neffen auf Deutsch, wo er sie einordnen sollte, und er verschwand zwischen den Regalen. Karim war stumm, seit er die Ermordung seiner Eltern durch IS-Schergen mit ansehen hatte müssen. Er versteht schon so viel, meinte Linde und blickte ihrem Schützling mit sichtlichem Stolz hinterher. Ich lächelte zustimmend. Ich wusste, dass Karim für sie, bei der sich der Wunsch nach eigenen Kindern nie erfüllt hatte, zum geliebten Ersatzkind geworden war. Und an seinen Blicken war zu erkennen, dass die Liebe durchaus auf Gegenseitigkeit beruhte.

Ich verließ den Diwan durch den Hintereingang. Und musste an das kurze Gespräch mit dem älteren Herrn von vorhin denken. Linde wusste, wie ich zum Thema Sicherheit und Überwachung dachte. Meine Skepsis war genauso groß wie ihre und Marwans. Und wir waren uns einig darin, dass die zunehmende rhetorische Aufrüstung die Sache nur noch schlimmer machte. Daran hatte der Tod Lydias und Hannas nichts geändert, ganz im Gegenteil. Selbst wenn man an jeder Straßenecke eine Kamera anbringt und auf jede Brücke einen Panzer stellt – Menschen, die töten wollen, um Schrecken zu verbreiten, finden einen Weg. Und riegelt man Bahnhöfe und Flughäfen ab, dann schlagen sie eben in Konzertsälen, bei Sportveranstaltungen oder auf Weihnachtsmärkten zu. Erst, wenn wir alle im Bunker leben, werden wir – vielleicht, vielleicht aber auch nicht – sicher sein. Aber: Leben wir dann noch?

Im Treppenhaus auf dem Weg nach oben ging das Licht aus. Plötzlich blind geworden, verharrte ich mitten im Schwung, dann tastete ich mich langsam Stufe für Stufe weiter, den schwach glimmenden roten Punkt des Lichtschalters immer im Blick. Doch nichts passierte, als meine Finger ihn endlich erreichten. Also schon wieder Stromausfall.

Im zweiten Stock stand eine Wohnungstür offen, ein Lichtschein fiel auf den Treppenabsatz. Es war die Wohnung meiner jüdisch-orthodoxen Nachbarn, der Motaevs. Ich verharrte kurz, im selben Augenblick durchquerte ein schwarz gekleideter Mann den Vorraum. Es war nicht Motaev, doch er winkte mich heran. Ich zögerte, glaubte an eine Verwechslung. Ich wohne im vierten Stock, sagte ich, Kortner mein Name. Der Mann nickte und erneuerte seine stumme Einladung. Und so trat ich, aus Höflichkeit wie aus Neugierde, über die Schwelle.

Der Gastgeber, oder wer immer er sein mochte, deutete auf meine Schuhe. Ich zog sie aus, stellte sie zu den anderen und folgte dem Mann ins angrenzende Wohnzimmer. Es war, ebenso wie das Vorzimmer, nur von flackerndem Kerzenschein erhellt. Schwarz gekleidete Menschen saßen auf engstem Raum zusammengedrängt auf dem Boden oder auf niedrigen Hockern. Sie schwiegen, und keiner blickte auf, als ich gemeinsam mit dem Gastgeber eintrat. Letzterer deutete auf einen freien Schemel, ich nahm nach kurzem Zögern Platz. Er selbst hockte sich auf den Boden.

Nach einer Weile begann einer der Männer auf Hebräisch zu beten, die anderen antworteten. Dann wurde wieder geschwiegen. Es war das Kaddisch, soweit verstand ich, die Lobpreisung Gottes, die als jüdisches Totengebet verwendet wurde. Wer war gestorben? Motaev? Ich blickte mich vorsichtig um, konnte aber weder seine Frau noch seine Kinder unter den Anwesenden entdecken. Ich hatte die ganze Zeit das Gefühl, dass es sich um eine Verwechslung handeln müsse, doch ich blieb, bis der Gastgeber und einige der Anwesenden schließlich aufstanden und schweigend den Raum verließen.

Auch ich erhob mich und wandte mich zum Gehen. Und in diesem Moment entdeckte ich Judith. Sie saß auf einem niedrigen Hocker zwischen den beiden Fenstern. Ich wollte sie ansprechen, doch sie hatte die Augen geschlossen und wirkte in sich versunken.

Ich blieb stehen. Und begann zu zweifeln. War sie es wirklich? Kerzenlicht bildete ja die einzige Lichtquelle im Raum. Sie wirkte älter. Doch sie trug, obwohl es warm war, den gleichen oder jedenfalls einen ganz ähnlichen Mantel aus grob gewirktem Tweed. Schal und Mütze fehlten, doch da waren die schwarzen Locken. Aber was führte sie in die Wohnung der Motaevs?

Das Glück kam mir zu Hilfe. Judith öffnete die Augen und hob den Kopf. Und es war, als hätte ich plötzlich eine andere, eine um mehrere Jahre gereifte Judith vor mir. Oder eine ältere Schwester. Die mir ein selbstsicheres Lächeln schenkte, während ich sie entgeistert anstarrte. Ich öffnete den Mund, doch sie legte nach einem schnellen Seitenblick auf die anderen im Raum verbliebenen Menschen den Zeigefinger auf den ihren. Dann schloss sie die Augen und senkte den Kopf.

Ich ging in den angrenzenden Vorraum, um dort auf sie zu warten. Ich weiß nicht, wie lange es dauerte, bis die Betenden nebenan aufstanden. Irgendwann traten sie jedenfalls in das Vorzimmer. Einer nach dem anderen ging an mir vorbei, schüttelte mir die Hand oder warf mir ein flüchtiges Lächeln zu, zog die Schuhe an und verließ die Wohnung. Als wäre ich der Gastgeber. Als würden sie mir kondolieren.

Ich ging hinüber ins Wohnzimmer. Judith – oder wer auch immer das junge Mädchen gewesen war – war nicht zu sehen. Ich rief leise ihren Namen. Doch niemand antwortete.

Im letzten Stock angekommen, blieb ich kurz zwischen meiner Wohnung und der von Fräulein Löblich stehen. War da nicht hinter der Tür der Spinne das Geklapper der alten Schreibmaschine zu hören? Jener Schreibmaschine, mit deren Farbbändern – wie ich von Max Klein, aber auch von anderen ehemaligen Nachbarn wusste – schon Generationen von Menschen angeschwärzt worden waren? Deren Tasten und Typenhebeln seit Jahrzehnten auf Recht und Ordnung pochten?

Während ich im Gang stand und lauschte, musste ich daran denken, dass ein Brief aus dieser Maschine einst auch mich angeklagt hatte – wenn auch mit weit weniger Wirkung als in früheren Zeiten. Ich war damals Mitte zwanzig, Mutter Löblich war ungefähr so alt wie ihre Tochter jetzt. Ich hatte gerade begonnen, mich mit der Geschichte des Hauses und seiner Bewohner zu beschäftigen, die beiden Frauen, die seit Jahrzehnten in der Nachbarwohnung lebten, erschienen mir als Ergänzung zu den Archivrecherchen als wertvolle Informationsquelle. Sie hatten mich freundlich empfangen, mich mit Kuchen abgefüttert, und nach ein paar harmlosen Fragen hatte ich schließlich wissen wollen, ob sie sich an die Familie Klein erinnern könnten. Ich sehe bis heute vor mir, wie das Lächeln in den Gesichtern der beiden verrutschte. Wie das Wohlwollen, das sie bisher dem jungen Nachbarn entgegengebracht hatten, der sich für ihre Geschichte interessierte, der ihren Kuchen lobte und schon das dritte Stück davon aß, plötzlich in Misstrauen umschlug. Es sei alles so lange her, sie könnten sich leider nicht mehr erinnern, so viele Menschen seien im Lauf der Jahrzehnte ins Haus gekommen und gegangen. Doch später wurde aus einer unüberlegten Äußerung der Mutter klar, dass sich beide sehr wohl erinnern konnten. Zwei Wochen später bekam ich einen Brief aus Marek seniors Rechtsanwaltskanzlei, dass ich in Zukunft das »Verhören« von Nachbarn zu unterlassen hätte, andernfalls er sich zur Einleitung rechtlicher Schritte veranlasst sähe.

Ich lauschte weiter. Doch ich musste mich getäuscht haben. Außer meinem eigenen Herzschlag und Atem war nichts zu hören. Ich zückte meinen Schlüssel und entwand mich dem Netz der Spinne.

Wann immer ich in diesen Tagen in die Wohnung zurückkehrte, und sei es nach einem noch so kurzen Ausflug in die Außenwelt, tat ich es in der Hoffnung, Judith würde mich schon erwarten. War das nicht der Fall, dann schlug die Einsamkeit, die ich zu ertragen gelernt und oft genug gesucht hatte, umso stärker zu. Alles in der großen Wohnung hielt mir diese Einsamkeit vor: Hannas Zeichnungen, die die Wände zierten. Ihre bunten Lieblingstassen, die mir, wie soeben beim Teekochen, in die Hände fielen. Lydias Schreibtisch. Ihre Sammlung alter Gläser, die vorwurfsvoll klirrten, wenn man am Glasschrank vorbeiging. Die Seite des Bettes, auf der sie geschlafen hatte. Die drei von Hanna beschrifteten Handtuchhaken im Bad, von denen nur einer behängt war. Jedes Geräusch, das ich machte, hallte doppelt so laut wider, um mir auch akustisch unmissverständlich klarzumachen, dass ich allein war.

Judith war mir in der kurzen Zeit seit ihrem ersten Auftauchen ans Herz gewachsen. Wenn sie nicht da war, vermisste ich sie. Nicht nur, weil sie schöne Erinnerungen an die andere Judith, an Max, an Lena, an New York und an meine Jugend weckte. Nicht nur, weil sie mich an Hanna und damit auch an Lydia erinnerte. Ganz ohne die Bilder, die sie heraufbeschwor, war sie einfach ein Kind, das mir plötzlich geschenkt oder zumindest geliehen worden war. Ein aufgewecktes, liebenswertes, ein nach Liebe sich sehnendes Kind, das mich zu brauchen schien.

Ist das klug, fragte ich mich – mein Herz zu binden an ein Kind, das vielleicht nur in meinem Kopf existiert? Das wahrscheinlich genauso verschwinden wird, wie es aufgetaucht ist? Ist es gut für mich? Ist es gut für sie? Ich konnte ihr gegenüber, die vielleicht nur eine Illusion meines Geistes war, die Illusion ihrer Familie schließlich nicht ewig aufrechterhalten. Musste ich ihr nicht irgendwann die Wahrheit sagen, so schmerzhaft sie auch sein mochte? War ich ihr diese Wahrheit nicht sogar schuldig?

Ich setzte mich mit der obligaten Teekanne an den Schreibtisch und schenkte ein. Aus der Kanne übrigens, die mir die New Yorker Judith geschenkt hatte. Und mir kam plötzlich ein verrückter Gedanke: Ich würde sie kontaktieren. Ihr vom Kind Judith erzählen, das nach seiner Familie suchte. Und ich würde die beiden per Video oder zumindest Telefon zusammenbringen. Doch kaum war der Gedanke – wahrscheinlich aus der Gegend meines Bauches – aufgetaucht, begann ihn mein Kopf zu zerpflücken. Dazu müsste ich erst einmal sicher sein, dass das Mädchen Judith nicht nur in meiner Einbildung existierte. Dann müsste ich Max' Enkelin, die sich vor fast zwanzig Jahren von mir getrennt und seither außer einer kurzen Begegnung bei Max' Einäscherung keinen Kontakt mehr mit mir gehabt hatte, erklären, sie möge doch bitte mit ihrer Großtante sprechen, die bei mir – ach ja, als Zehnjährige übrigens – seit einiger Zeit ein- und ausginge. Und selbst wenn: Wie würde denn das Kind darauf reagieren, das statt mit seinen geliebten Eltern und Geschwistern mit einer entfernten Verwandten Vorlieb nehmen müsste?

Also doch die Wahrheit? Ich schenkte mir nach und wärmte meine Hände an der Teetasse. Nein, noch nicht, sagte ich mir. Noch will ich Judith die Illusion nicht nehmen. Und was ich mir vielleicht damals nicht eingestand: Noch wollte ich *mir* die Illusion nicht nehmen, wollte das Kind nicht verlieren, egal, ob Illusion oder nicht. Wollte statt der todbringenden Geschichten, die Max hatte erzählen müssen, für Judith lebensspendende erfinden. Denn wenn es Worte gab, die den Tod brachten, musste es doch auch solche geben, mit denen man Leben erschaffen konnte. Worte, wie sie Jakob Böhmes Engel zur Nahrung bekommen, Worte mit »lieblichem Schmack und Ruch«, die das »Herz anzünden«. Und so setzte ich mich also hin und schrieb den nächsten Brief als Antwort auf den, den Judith und ich an ihre »Eltern« verfasst hatten.

Für diesen gemeinsam ausgeheckten Brief hatte ich tags zuvor darauf bestanden, dass Judith selbst zum Kugelschreiber greift. Und sie hatte sich über eine Stunde unter Tränen geplagt zu schreiben, was der Schmerz ihr diktierte. Nun bemühte ich mich, ihr mit meinem Antwortbrief nicht noch mehr Kummer zu verursachen. Ich warf mir ja immer noch vor, in meinem ersten Brief in dem Wunsch, ihr einen freudvollen Ausblick zu bieten, zu sehr von den Schönheiten des Insellebens geschwärmt zu haben. Aber hätte ich ihr die »Wahrheit« schreiben sollen? Die Wahrheit nämlich, die eingetreten wäre, hätte man den Madagaskarplan tatsächlich umgesetzt? Hätte der Führer also wirklich den Juden eine Insel geschenkt? Eine Insel, die ihm gar nicht gehörte? Auf der man – zusätzlich zu den vier Millionen »Wilden«, die schon da lebten – vier Millionen »Untermenschen« unter strengster Bewachung durch die Sicherheitspolizei konzentrieren wollte? Obwohl die polnische Kommission, die ein paar Jahre vorher die eigenen Juden hatte loswerden wollen, in ihrer Berechnung auf höchstens vierzigtausend Siedler gekommen war?

Diese »Wahrheit« wollte ich Judith ersparen. Ich ließ die Eltern also noch einmal schildern, wie streng die Inselgesetze waren und wie schwierig und langwierig es daher sein würde, Judith nachzuholen. Ich ließ sie erklären, warum sie Judith schweren Herzens fortgeschickt und sie bisher nicht nachgeholt hatten. Ich ließ sie voller Bestürzung auf den Verdacht reagieren, sie hätten Judith fortgeschickt, weil sie schlimm gewesen sei. Und ich ließ sie ihre Liebe in tausend Worten beteuern, die mir im Angedenken an Hanna und Lydia aufs Papier flossen.

Ich faltete die Blätter zusammen und steckte sie in ein Kuvert. Mir war schwindlig, beim Adressieren unterlief mir ein Fehler, zuerst bei der fiktiven madegassischen Adresse, dann sogar bei meiner eigenen. Ich zog ein zweites Kuvert aus der Lade und verschrieb mich erneut. Es war plötzlich, als müsste ich vor jedem Buchstaben nachdenken. Als hätte ich das Schreiben verlernt. Meine Hände begannen zu zittern. Ich ließ den Brief mit den beiden Umschlägen in die Schublade sinken.

Später dann, der Schwindel war Gedämpftheit und Müdigkeit gewichen, stieß ich beim Zeitunglesen durch Zufall auf einen Artikel, an dem ich hängen blieb. Unter dem Titel *Chatting With the Dead* wurde da von einer jungen Computer-Programmiererin berichtet, die aus unzähligen Nachrichten von ihrem kürzlich verstorbenen Freund einen sogenannten Chatbot konstruiert hatte. Mithilfe des Programms konnte man sich mit dem Verstorbenen unterhalten, man konnte ihm Fragen stellen und bekam Antworten mit der für ihn typischen Denk- und Sprechweise und dem ihm eigenen Humor.

Ich ließ den Laptop sinken. Ein Chatbot. Schon allein der Name schreckte mich ab. Ich will mit niemandem »chatten«, nicht mit Lebenden und erst recht nicht mit Toten. Und auch die Verkürzung auf Bot nahm dem Roboter etwas von seiner zumindest theoretisch möglichen Ernsthaftigkeit. Aber vielleicht werden sich findige Computerexperten in naher Zukunft darauf spezialisieren, Hinterbliebenen solche Chatbots toter Freunde oder Familienangehöriger anzubieten. Vielleicht wird es bald zum Totengedenken dazugehören wie der Besuch von Gräbern oder das Anzünden von Kerzen. Und vielleicht, vielleicht werden sich ja eines Tages auch die Toten untereinander vernetzen.

Ich stellte mir vor, ich könnte auf diese Weise mit Lydia und

Hanna kommunizieren. Und kam – sowohl damals als auch heute bei der Niederschrift – zu dem Entschluss, auf diese Art der Kommunikation lieber zu verzichten. Denn es bliebe ein virtuelles Vergnügen, das aber wohl ganz reale Schmerzen verursachen würde. Wären diese Schmerzen vielleicht kathartisch? Könnten sie mir helfen, meine Trauer zu überwinden? Vielleicht. Vielleicht würde es aber nur dazu führen, die Grenzen zwischen virtueller und realer Welt zu verschieben, sie aufzuheben. Und wenn ich auf diese Weise mit Max und Lena sprechen, wenn ich sie fragen könnte, was ich zu Lebzeiten nicht zu fragen gewagt hatte? Oder mit anderen Verstorbenen? Mit historischen Persönlichkeiten, mit denen ich immer schon gern zusammengetroffen wäre? Das wäre schon verlockender. Und weniger schmerzhaft. Und würde vielleicht helfen, Erinnerungen zu bewahren. Aber möchte ich wirklich von einem Computer errechnete Antworten auf meine Fragen bekommen? Auch wenn sich Null und Eins und Ja und Nein dabei noch so kunstvoll maskieren und uns Menschen aus Fleisch und Blut – oder zumindest deren Stimmen – vorgaukeln?

Ich ging in die Küche, um die nächste Kanne Tee zuzubereiten. Vielleicht bin ich einfach ein Dinosaurier, dachte ich, während ich darauf wartete, dass das Wasser zu kochen begann. Ein Dinosaurier, der sich lieber an den Blättern seines kleinen prävirtuellen Gartens labt, als nach neuen Früchten in neuen Welten zu suchen. Für meine Totengespräche brauche ich jedenfalls weder Computer noch Programm. Es genügt mir dazu mein analoges Dinosauriergehirn.

Über das KZ spricht Max – im Gegensatz zu meiner Großmutter – kaum. Kaum hatte ich diesen Satz im Notizbuch gelesen, wurden gleichzeitig mit den Erinnerungen auch die damit verbundenen

Gefühle geweckt: das Verständnis dafür, dass Max so wenig über seine Erfahrungen im Konzentrationslager erzählte. Der Ärger darüber, dass meine Großmutter so viel davon sprach. Und meine Zweifel, ob ich ihr mit meinem Ärger nicht Unrecht tat.

Das Lager, in das sie 1945 gesteckt wurde, war ein jugoslawisches. Die zwei Monate, die sie dort eingesperrt war, müssen schrecklich gewesen sein. Die Menschen – hauptsächlich Gottscheer und andere Volksdeutsche – starben wie die Fliegen an Ruhr und Typhus, andere wurden erschossen. Die zuständige Geheimpolizei nannte es tatsächlich »Konzentrationslager«. Aber: Konnte man das vergleichen mit dem, was Max Klein und Millionen andere erlitten und größtenteils nicht überlebt hatten? Andererseits: War es weniger schlimm, weil weniger Menschen gestorben waren? War es weniger schlimm, weil das eine Unrecht nur eine Reaktion auf das andere, größere war? Ja und nein, sagte ich mir damals wie heute. Nein, weil das Unrecht Unrecht blieb. Ja, weil meine Großmutter vergaß und verdrängte, dass Wehrmacht und SS Jugoslawien überfallen und von Juden, Partisanen und anderen missliebigen Menschen zu befreien versucht hatten. Dass mein Großvater an diesen brutalen »Säuberungen« beteiligt gewesen war und sie selbst auch noch Jahrzehnte später nichts Verwerfliches daran hatte entdecken können. Und trotzdem plagen mich bis heute Zweifel, ob es mir zusteht zu vergleichen, zu urteilen und meiner Großmutter das Recht der Klage abzusprechen.

Mit Max sprach ich kaum je über Auschwitz. Was aber nicht nur an ihm lag. *Warum fällt es mir so schwer, den Namen Auschwitz auszusprechen?* Auch das hatte ich mir notiert. Und weiß auch heute: Das Wort Auschwitz – denn es war viel mehr als ein bloßer Name – war für mich damals so groß, dass es kaum in meinen Kopf, geschweige denn in meinen Mund passte. Es blockierte andere Worte, ließ sie in ihrer Bedeutung schrumpfen, sich zurückziehen. Es schnitt einem die Luft ab, wenn man nur daran dachte. Es ließ, kaum in den Raum gesprochen, die meisten Menschen auch nach mehreren Jahrzehnten noch verstummen.

Als ich später eine Biografie über Max plante, musste ich das Unwort schließlich doch denken, aussprechen, musste es Max eines Tages zumuten. Ich weiß bis heute, wie sein Blick verknöcherte. Es war, als klappte er ein Visier herunter. Ein Visier jedoch, das nicht vor den Gefahren von außen, sondern vor den im Inneren lauernden schützen sollte. Nicht vor dem, was vielleicht passieren könnte, sondern vor dem, was längst geschehen war. Es gibt schon so viele Bücher über Auschwitz, sagte er nach langem Schweigen. Seine Stimme klang plötzlich dünn. Alles, was es darüber zu sagen gibt, habe ich in meiner letzten Geschichte aufgeschrieben. Nun war es an mir zu schweigen. Ich erinnerte mich an seine Äußerung: Who said it was *my* story? It's *a* story. Doch ich hütete mich, ihn auf diesen Widerspruch hinzuweisen. Das Schweigen wurde drückend. Irgendwann, wahrscheinlich mir zuliebe, erzählte er ein paar sehr allgemeine Dinge – über den Hunger, die Kälte, den Terror –, die tatsächlich in jedem der vielen bereits erschienenen Bücher nachzulesen waren. Aber was hatte ich erwartet? Was hatte ich mir erhofft? Auschwitz blieb in seinen Erzählungen – auch Judith gegenüber – bis zum Schluss eine Lücke, die durch Worte nicht zu füllen war.

Äußerlich sah ich bald wieder aus wie ein Mensch. Ein richtiger Mensch. Mit Fleisch auf den Knochen. Und Kleidung drum herum. Und Haaren auf dem Kopf. Aber innerlich … Max hatte über die Zeit unmittelbar nach dem Krieg erzählt und dabei den Satz unvollendet gelassen. Und ich versuchte mir – damals wie heute – vorzustellen, was er nicht in Worte fassen konnte oder wollte. *Max sagt, er habe die Zeit wie durch einen Schleier wahrgenommen. Ein Schleier, der sich über alle Sinne legte.* Namenlose, ineinander verschwimmende Menschen gaben ihm zu essen, zu trinken, sie kleideten ihn und holten ihn unter ein Dach. Er schmeckte und spürte nichts, er sah, dass sie sprachen und konnte sie doch kaum hören. Er musste erst wieder lernen, seine abgestumpften Sinne zu gebrauchen. Musste lernen, wieder zu tun, statt geschehen zu lassen.

Da gab es vage Erinnerungen an ein Lager irgendwo in Oberösterreich. Was er noch wusste und ich mir bis heute gemerkt hatte: dass er, als ihm die Häftlingskleidung aus Auschwitz vom Leib fiel, stattdessen aus dem Fundus die Uniform eines SS-Unteroffiziers in die Hand gedrückt bekam. Vom zweiten Lager wusste er, dass es in der Stadt Salzburg lag und den Namen Camp Herzl trug. Heute ist darin, wie ich später herausfand, die nach Thomas Bernhard benannte Schauspielschule des Mozarteums untergebracht.

Im Camp Herzl gab es eine Frau namens Vera, die sich beharrlich um ihn kümmerte, obwohl sie wie er selbst durch die Hölle der Lager gegangen war. Gemeinsam wurden sie nach Saalfelden verlegt, Vera half ihm, die Tage aneinanderzureihen zu dem, was man Leben nannte. Sie war es auch, die die Initiative für den nächsten Schritt setzte: Sie hatte eine Schwester in Palästina. Im Kibbuz. Und dort landeten schließlich – nach einer Reise, von der Max nur noch einen nächtlichen Fußmarsch über die Alpen und eine lange Überfahrt auf einem halb verrosteten Schiff in Erinnerung hatte – auch er und Vera. In der Wüste, die durch ihre Hände zu einem blühenden Garten gemacht werden sollte. Max bestellte das Land, Max heiratete Vera, Vera wurde schwanger, Max wurde Vater, Max hatte eine Tochter – die Mutter »meiner«

Judith –, die am Tag nach der Gründung Israels zur Welt kam. Und den Krieg, so schien es, in die Welt brachte.

Irgendwann in den eineinhalb Jahren dieses Kriegs fiel der Schleier ab, der Max von der Welt abgeschirmt hatte. *Ich mochte nicht, was ich sah. Weder an den Menschen um mich herum noch an dem neuen Staat. Und am allerwenigsten an mir selbst.* Ihm wurde bewusst, dass man das Land, das er mit seinen Händen bestellte, anderen, nichtjüdischen Menschen weggenommen hatte. Dass man andere, die geblieben waren, als Menschen zweiter Klasse behandelte. Und dass europäische Juden auf die Juden, die nun aus Rache aus den Nachbarländern vertrieben wurden und nach Israel strömten, herabschauten wie einst in Wien manche assimilierten Juden auf die aus dem Osten zugewanderten.

Mit Entsetzen musste er feststellen, dass er die Frau, mit der er Tisch und Bett teilte, die die Mutter seiner Tochter war, die ihn seit Jahren umsorgte, dass er diese Frau nicht wirklich liebte. Dass er sich ihr nicht durch Leidenschaft, sondern höchstens durch Leidensgenossenschaft verbunden fühlte. Und dass er auch seiner Tochter Rahel, so sehr er sich bemühte, nicht die Liebe schenken konnte, die jedes Kind zum Blühen und Gedeihen braucht.

Sie war ihr ganzes Leben lang gut zu mir, sagte er einmal über Vera. Sprach von großer Dankbarkeit ihr gegenüber, aber auch von einer großen Leere, die er in sich verspürte. Meinte, dass er zwar dem Tode entronnen, aber fürs Leben und für die Liebe ruiniert sei. Dass er sich selbst abgrundtief dafür hasste. Und dass irgendwann in der Familie nur noch Schweigen geherrscht habe.

Max sehnte sich nach Europa. Er vermisste die Stadt. Er hasste die Wüste. *Ich sah das Kibbuz als Gefängnis und das ganze Land als riesengroßes Lager. Als Lazarett, das unter Zurücklassung der Schwerverletzten aufgegeben wurde.*

Und dann war da die Sache mit dem Brief. Auf Betreiben Veras hatte Max noch in Europa begonnen, nach seiner Familie zu suchen, von Israel aus hatten sie die Suche fortgesetzt. Die Suchanfragen waren über mehrere Hilfsorganisationen in die ganze Welt hinausgegangen. Eines Tages Anfang der fünfziger Jahre kam ein Brief aus New York. Von Max' Mutter. Max las ihn. Verbrannte ihn. Sprach mit niemandem über seinen Inhalt. Und fuhr für eine Woche nach Tel Aviv, ohne Vera Bescheid zu geben. So erzählte es jedenfalls Judith. Sie hatte ihren Großvater einmal nach dem Brief gefragt und nur Schweigen geerntet. Ausnahmsweise teilte sie die Vermutung ihrer Mutter Rahel: dass nämlich Elisabeth Klein ihrem Sohn darin, statt sich über das Lebenszeichen zu freuen, Mitschuld am Tod seiner kleinen Schwester gab.

In einem zweiten Brief nicht lange danach erklärten Max' Vater und seine Schwester, dass es der Mutter sehr schlecht gehe und sie in dauerhafter psychiatrischer Behandlung sei. Und dass sie inständig auf ein baldiges Lebenszeichen seinerseits hofften und alles daran setzen würden, ihn nach New York zu holen.

Max ließ sich monatelang Zeit mit einer Antwort. Und blieb in Israel. Erst drei Jahre später gab er dem wiederholten Drängen von Lena und dem Vater nach. Und nahm, ohne Vera zu fragen, die Einladung nach New York an. Weil er in Israel keine Zukunft mehr sah. Weil er hoffte, in New York eine zu haben. Obwohl er insgeheim ahnte, dass es die Vergangenheit war, die ihm, unabhängig vom Ort, den Weg in die Zukunft versperrte.

Irgendwann lag ich im Bett und wusste nicht, wie ich dorthin gekommen war. Ich schlief ein und wachte mitten in der Nacht wieder auf. Und war hellwach. Um zur Ruhe zu kommen, las ich weiter in Schnitzlers *Weg ins Freie*. Die Geschichte dieses

Georg von Wergenthin, so erschien es mir mehr und mehr, ging nirgendwohin; der Weg in die Freiheit, wenn er ihn denn je finden sollte, wurde immer verschlungener. So verschlungen wie die Pfade, die das Buch im Lauf der Jahrzehnte eingeschlagen hatte, um in meine Hände zu gelangen.

Plötzlich hatte ich eine Geschichte vor Augen. Die Geschichte eines Buches. Nicht genau *dieses* Buches, das ich in Händen hielt, sondern *eines* Buches und *eines* möglichen Pfades. Und ich stand auf, um sie festzuhalten, bevor sie sich verflüchtigte.

Fremder Rauch

Das Buch, in hellgraues Leinen gebunden, mit Goldprägung auf dem Einband, steht im Regal zwischen Friedrich Schillers *Der Geisterseher* und Johanna Schopenhauers *Sidonia*: Arthur Schnitzler, *Der Weg ins Freie*, ein Buch, das auf seinen ersten Käufer wartet. Der Buchhändler, ein freundlicher Mann mit gepflegtem Schnurrbart und immer ein wenig melancholisch in die Welt blickenden Augen, kennt die meisten seiner Kunden persönlich und weiß oft schon bei der Bestellung an den Verlag, in wessen Händen dieses oder jenes Buch schließlich landen wird. Auch in diesem Fall irrt er nicht, und nachdem das Buch mehrmals aus dem Regal genommen, von zögernden oder forschen, neugierigen oder gelangweilten, zarten oder rauen Händen durchgeblättert und wieder an seinen Platz gestellt wurde, findet es an einem grauen Winterabend schließlich zu seinem neuen Besitzer.

Der Buchhändler kennt den Mann seit Langem, kennt ihn als Lesenden wie auch als Schreibenden, der Mann klemmt das Buch unter den Arm, setzt seinen Hut auf und schlendert ohne Eile die Straße von der Buchhandlung zum Fluss hinunter. Buch an Buch reiht sich an den Wänden seiner Wohnung, Bücher stapeln sich auf dem Boden, Staub sammelt sich darauf, der Rauch, den der Mann in die Luft bläst beim Schreiben und Lesen und Denken und Sprechen, dringt in die Poren von Papier, Leder und Leinen.

Er liest den Roman, Schnitzler gehört seine Liebe, und er weiß, dass er an das Vorbild nie heranreichen wird. Bald danach leiht er das Buch einer Freundin, er kennt sie aus dem Kaffeehaus, er liebt sie, sie mag ihn, sie schätzt seine Bücher. Du bist die Freiheit, die Schnitzlers Figuren suchen, sagt er zu ihr, sie lächelt, streicht ihm wie einem Kind über den großen, immer unfrisierten Kopf. In den Nächten, die nicht einer von ihren flüchtigen Liebschaften gehören, Nächte, die versprechen, was der Morgen nicht halten wird, liest sie das Buch, sie muss weinen, sie weiß nicht, warum, vielleicht, weil da dieses Gefühl in ihr aufsteigt, eine Gefangene ihrer eigenen Freiheit zu sein. Als sie das Buch zurückgibt, prangt ein Kaffeefleck auf einer der ersten Seiten. Der Besitzer zuckt mit den Schultern, doch in Wahrheit schmerzt es ihn, wenn ein Buch beschmutzt, verletzt, verstümmelt wird. Es schmerzt ihn noch viel mehr, als man bald darauf im Nachbarland Scheiterhaufen errichtet, um den Bücherschmutz, den zersetzenden, verneinenden, zu vernichten. Seine eigenen sind nicht dabei, wahrscheinlich kennt man sie zu wenig, doch die meisten Werke Schnitzlers, Schreibt der Jude deutsch, dann lügt er, sie landen im Feuer. Verschlinge, Flamme, steigt der Ruf in die Nacht, Das Alte liegt in den Flammen, sagt der kleine Doktor mit dem schlechten Fuß, das Neue wird aus der Flamme unseres eigenen Herzens wieder emporsteigen. Ein paar Jahre später muss der Besitzer des Buches das Land verlassen, er hat sich die falschen Vorfahren ausgesucht, seine Bücher kann er nicht mitnehmen, sie kommen in ein Lagerhaus, als er später versucht, sie ins Ausland nachzuholen, sind sie bereits beschlagnahmt. Man schenkt ihm ein neues Leben in einer neuen Welt, doch er, der sich dem Wort verschrieben hat, wird dort langsam die eigene Sprache verlieren und der fremden nie so habhaft werden, als dass er in ihr aufschreiben könnte, was in seinem Kopf gewachsen ist.

Der Roman landet zusammen mit den anderen Büchern des Mannes im Keller einer großen Bibliothek. Tag für Tag kommen Wagenladungen von Büchern an, sie sollen an verschiedene Stellen verteilt, verkauft oder aus dem Verkehr gezogen werden. Einer derjenigen, die dafür verantwortlich sind, kein Bücherverbrenner, nur ein Bücherverwahrer, zweigt einige für sich selbst ab, auch der Schnitzler-Band ist darunter. Es sind ja verbotene Bücher, sagt er sich, man würde sie ohnehin nur wegsperren oder den Flammen überantworten. Und nimmt sie heimlich mit nach Hause, eines nach dem anderen, klebt seine eigenen Exlibris in die Bände. Ein Akt des Widerstandes, denkt er mit einem gewissen Stolz, doch beim Lesen befällt ihn Wehmut, Wehmut darüber, dass die Welt, der diese Bücher entstammen, gerade vernichtet und zu einer Welt von gestern wird. Er reiht sie ein in seine Bibliothek, in seinen Besitz, sie riechen noch immer nach fremdem Rauch, doch er denkt nicht an diejenigen, denen man die Bücher genommen hat. Irgendwann träumt er von Menschen, die man aus ihren Wohnungen vertreibt und ihres Besitzes beraubt, die man in Viehwaggons pfercht und fortschickt, wer weiß, wohin, wer will wissen, wohin, doch als er aufwacht am nächsten Tag, ist der Traum vergessen, fortgeblasen vom Wind, der von den Hügeln im Westen der Stadt herunterweht. Es ist derselbe Wind, der weit im Osten seinen Sohn und Tausende andere Soldaten Schutz suchen lässt, Schutz nicht nur vor dem Feind, Das sind ja keine Menschen, Die sind ja wie Tiere, sondern auch vor der Kälte. Wegen Erfrierungen an Händen und Füßen kommt der Sohn ins Lazarett, man nimmt ihm drei Finger und zwei Zehen ab, er erhält früher Fronturlaub als geplant, versucht die Tage zusammen mit seiner Verlobten oder in der elterlichen Wohnung zu genießen, auch wenn ihm alles seltsam unscharf erscheint nach der kristallklaren Wirklichkeit des Krieges. Als er zurückmuss an die Front, das Vaterland will weiter verteidigt werden, auch von Männern mit sieben Fingern und acht Zehen, leiht er sich Bücher vom Vater, eines davon, er ist sich des Risikos bewusst, ist der verbotene Schnitzler-Band. Er liest darin in den endlosen Stunden des Wartens, streicht an, was ihn berührt, hält sich fest an der Kultur des Wortes, um nicht an der Barbarei des Krieges zu zerbrechen, und er benutzt das Buch als Schreibunterlage für die Briefe an seine Eltern und seine Verlobte. Die Bücher, zum Schutz in grobes Papier eingebunden, werden zusammen mit Briefen und einigen anderen Gegenständen den Eltern übersendet, nachdem man sie vom Tod des Sohnes in Kenntnis gesetzt hat, ein gerahmtes Bild des Führers liegt der Sendung bei. Der Vater, blind vor Schmerz, aber nicht blind gegenüber der Gefahr, erwartet Besuch von Männern mit schwarzen Mänteln, er beginnt seine eigene Bibliothek von verbotenen Büchern zu säubern, trägt Bücherkisten in den Keller, doch der Besuch bleibt aus. Die Bücher, die der Sohn zuletzt gelesen hat, sie sind vom Weg an die Front und zurück ein wenig in Mitleidenschaft gezogen, der Vater schenkt sie, nicht ohne zuvor seine Exlibris zu entfernen, der Verlobten des Sohnes. Er überlässt ihr auch die Briefe, die sie dem Sohn geschickt hat, und ein Foto, das die beiden bei einem Ausflug in die Berge zeigt, Sommer in den Kleidern, Wind im Haar, Wir sind jung, die Zukunft, sie gehört uns.

Die Verlobte, ihre Eltern starben, als sie noch ein Kind war, sie lebt bei ihrer Tante. Sie stellt das Bild neben ihr Bett, holt jeden Abend die Bücher hervor und streicht über das braune Papier, das der Verstorbene mit winzigen Zeichnungen bedeckt hat. Auf der Rückseite des Schnitzler-Bandes prangt ein dunkler Fleck, ist es Blut, sie weiß es nicht, Blut von ihrem Verlobten, Blut von einem seiner Kameraden, vielleicht ist auch er schon längst tot. Die Tante, bei der sie lebt, sie ist mit einem Offizier liiert, auch andere Offiziere kommen zum Essen und zum Kaffee, Männer in schwarzen Uniformen, jüngere und ältere. Einer dieser Männer findet Gefallen an der Nichte, er kommt öfter, spricht bald von Liebe, sie ist einsam, er ist fürsorglich, die Uniform steht ihm gut, die Tante redet ihr zu, sie verbringen viel Zeit miteinander. Und eines Tages, die Tante ist ausgegangen, auch das Dienstmädchen ist fort, steht der junge Mann vor der Tür, er habe zufällig in der Nähe zu tun gehabt, er müsse ja nun bald an die Front, sie sind im Vorzimmer, sie gehen in ihr Zimmer, und ihre Lippen sind weich, seine Hände streifen durch ihr Haar, lösen ein wenig ungeschickt die Knöpfe ihrer Bluse, sie hat sich das Gewicht eines Mannes schwerer vorgestellt, sie denkt an ihren Verlobten, und noch lange, nachdem der Mann mit der schwarzen Uniform gegangen ist, kann sie sein Geschlecht in ihrem Körper spüren. Als er von der Front zurückkommt, macht sich das Kind in ihrem Bauch schon durch Bewegungen bemerkbar, der Mann mit der schwarzen Uniform ist stolz, er umsorgt sie, ist jeden Tag an ihrer Seite und bleibt doch ein Fremder, man plant die Hochzeit, sie versteckt das verbotene Buch lieber im Schrank, und eines Tages findet er es doch. Wie kannst du solchen Schmutz lesen, empört er sich. Du bringst dich in Gefahr damit, warnt die Tante, denn auch sie erfährt davon. Stell dir vor, unser Kind muss mit diesem Schmutz aufwachsen, sagt der zukünftige Vater. Sind wir doch froh, dass die Zeiten, in denen so etwas gedacht und geschrieben werden konnte, endgültig vorbei sind, sagt sein Vorgesetzter. Aber ich lese es doch gar nicht, sagt sie leise, doch man hört ihr nicht zu, man lässt ihr den Einband mit den Zeichnungen, das Buch wird vom Kindsvater entsorgt. Sie holt es sich wieder, es hat zwei, drei Flecken abbekommen im Müll, doch unter dem Papierumschlag sieht man sie nicht mehr. Sie nimmt das Buch zusammen mit den anderen Büchern und dem Foto mit in den Keller, als gegen Ende des Krieges die Sirenen heulen, der Tod fällt aus den Wolken, der Keller ist nicht tief, die Tante hat Glück, sie überlebt, sie hat gute Beziehungen, wird bald eine neue Wohnung haben, andere Uniformen, die der Sieger, werden zu Gast bei ihr sein, der Vater des ungeborenen Kindes wird später Karriere machen in irgendeinem Ministerium, die Mutter aber und das Kind in ihrem Leib, sie liegen unter den Trümmern.

Ein Soldat aus der Armee der Sieger von der anderen Seite des Ozeans geht, nicht lange danach, durch die Straße, seine Eltern haben da gelebt, er selbst ist da geboren und aufgewachsen und musste fort, weil das falsche Blut in seinen Adern floss, das Haus ist zertrümmert wie die meisten anderen in der Straße, seine Eltern, sie haben es nicht geschafft, das Land rechtzeitig zu verlassen, aber sie liegen nicht unter den Steinen, nein, für sie gab es Platz im Wolkengrab. Der Soldat sucht nach Spuren und findet keine, andere vor ihm haben genommen, was zu gebrauchen oder zu Geld zu machen war, dann entdeckt er das Buch. Er nimmt es mit, den zerschlissenen Papiereinband mit den Zeichnungen wirft er nach kurzem Zögern fort, doch das Buch behält er, er kennt andere Bücher des Autors, sein Vater war mit ihm befreundet. In den zwei Jahren, die er in der Stadt verbringt, nimmt er es immer wieder zur Hand, versucht sich auszumalen, wer vor ihm die Seiten durchgeblättert hat, jedes Mal endet der Versuch mit der Vorstellung, dass das Buch so wie seine eigenen Bücher geraubt wurde von Menschen mit dem richtigen Blut, den richtigen Ahnen. Als er das Land verlässt, schenkt er das Buch zusammen mit ein paar anderen seiner Freundin.

Warum bist du nicht mitgegangen mit ihm, wird viel später ihre Tochter fragen, und die Mutter wird mit den Schultern zucken. Nein, sie weiß nicht, warum sie nicht mitgeht mit dem Mann, den sie liebt, dem Mann, der sie liebt, sie weiß es nicht wirklich. Er kann nicht leben in dem Land, aus dem man ihn ein paar Jahre zuvor verjagt hat wie Ungeziefer, er muss dorthin zurückkehren, wo er wieder zum Menschen wurde, sie, sie kann nicht leben mit dem Gedanken, dieses Land verlassen zu müssen, in dem sie verwurzelt ist wie ein Baum. Sie bleibt, von ihm aber bleiben nur die Erinnerungen und die Bücher. Die Bücher werden wieder Teil einer Bibliothek, die Bibliothek wächst, der Schnitzler-Band bekommt andere, neuere Schnitzler-Bände zur Seite, manchmal holt sie ihn hervor, streicht über die Seiten und zeichnet mit schlanken Fingern die unsichtbaren Wege versäumter Gelegenheiten nach. Doch die Erinnerungen verlieren Form und Farbe mit den Jahren, Staub frisst sich in die Seiten der Bücher, sie kehrt der Vergangenheit den Rücken und lässt sich ein auf die Gegenwart, auf das Leben. Ich möchte, dass du die Bücher nimmst, wenn ich sterbe, sagt sie viele Jahre später zu ihrer Tochter.

Die Tochter teilt die Liebe der Mutter zu den Büchern, sie sammelt Bücher, sammelt Geschichten von Dichtern aller Zeiten und Kontinente, sammelt aber auch jene Geschichten, die von der Zeit in die Bücher geschrieben wurden, jedes Eselsohr, jede Eintragung, jedes Exlibris erzählt solche Geschichten. Wenn sie ein Buch kauft, dann riecht sie daran, bevor sie es öffnet, neue Bücher erzählen keine Geschichten, außer solche von Chemikalien und Maschinen in großen Hallen. Sie liebt es, wenn der Staub von Jahrzehnten an ihren Händen haften bleibt, sie vergräbt sich in den Büchern, nachdem ihr Mann sie verlassen hat, umschließt sie sich damit. Du und deine Bücher, mault ihre

Tochter. Sie verliert sich in den Büchern, verliert die Gegenwart, verliert schließlich das Leben bei einem Unfall zusammen mit ihrer Tochter.

Es ist still, als der Bruder der Frau durch die leere Wohnung geht, auf dem Küchentisch steht noch das Frühstücksgeschirr von Mutter und Tochter, die Räume sind ein wenig verwahrlost, seine Schwester hat sich um solche Dinge nicht gesorgt in den letzten Jahren, Staub flirrt durch die Sonnenstrahlen. Warum hab ich mich nicht um meine Schwester gekümmert? fragt er sich. Er muss ein Fenster öffnen, um atmen zu können. Er ist ein Mann des Geldes und hat keine Verwendung für die vielen Bücher, er verkauft die Wohnung, verkauft die Bücher, die Buchhandlung, in der sie landen, liegt in der Straße, die zum Fluss führt. Der Besitzer ist nicht mehr der freundliche Mann mit den melancholischen Augen, den hat man fortgebracht in den Osten, damals, als die Bücher brannten, und seine Frau mit ihm, die Buchhandlung hat man ihm genommen, seine Kinder, sie fanden rechtzeitig Zuflucht in der Ferne, sie haben später versucht, zurückzubekommen, was einst der Familie gehörte, doch vergeblich. Der jetzige Besitzer, auch er ein freundlicher Mann, er hat nichts zu tun mit dieser Geschichte und will nichts wissen davon, er sortiert die neu erworbenen Bücher gemeinsam mit einem Angestellten, der Schnitzler-Band wird nach einem kurzen Blick achtlos in einen Karton geworfen, andere Bücher folgen, die Zeit hat ihren Wert vernichtet, Makulatur, sagt der Buchhändler, und der Angestellte wirft sie zum Altpapier am Ende eines Arbeitstages.

Das Buch wird, weil das Leinen stört, wenig später von flinken Händen aus den Papiermassen herausgefischt, es wird quer durch die Stadt gefahren und in ein großes Gebäude gebracht, in riesigen Öfen wird verbrannt, wofür die Stadt keine Verwendung mehr hat, Verschlinge, Flamme, das verblasste Gold auf dem Einband glüht ein letztes Mal auf, Arthur Schnitzler, *Der Weg ins Freie*, die Flammen schießen in die Höhe, Rauch steigt aus dem Schlot, der Wind, der eisig von den Hügeln herabweht, fegt ihn über die Dächer, der Soldat aus dem Land der Sieger von damals, er hat einen Ozean überquert, um als alter Mann die Stadt seiner Kindheit noch einmal zu sehen, bevor es zu spät ist, schlägt den Kragen hoch. Sag, willst du jetzt versuchen, diese Freundin von damals wiederzutreffen, fragt seine Tochter und hakt sich bei ihm ein, er setzt zu einer Antwort an, doch der Wind nimmt ihm den Atem.

8

Als ich am nächsten Morgen aufstand, stellte ich verwundert fest, dass ich meinen Bademantel über dem Pyjama trug. Mir war schwindlig, auf dem Weg Richtung Bad stützte ich mich an Türstöcken und Wänden ab, um nicht zu straucheln. Und im Vorzimmerspiegel entdeckte ich Judith. Sie saß am Küchentisch, und da war wieder dieses unwirkliche Licht – die Sonnenstrahlen, die den Raum durchschnitten und sich in ihren Locken verfingen, obwohl es draußen schneite –, da war wieder dasselbe tiefe Brummen. Hatte ich gerade ein Déjà-vu? Fing jetzt alles noch einmal von vorne an? Guten Morgen, sagte ich mit heiserer Stimme und trat in die Küche. Doch dort war niemand. Ich ging noch einmal vor die Tür und blickte in den Spiegel. Nichts. Außer meinem eigenen verschlafenen, morgengrauen Gesicht.

Nach einem schnellen Frühstück arbeitete ich auf meinem Laptop, bis der Akku leer war. Ich stand auf und öffnete das Fenster. Es schneite mit wenigen Unterbrechungen seit Tagen, fast neunzig Zentimeter waren in der Stadt bereits niedergegangen. Der Wind fuhr in das Flockengewirr und trug die Glockenschläge von einer der nahe gelegenen Kirchen herüber.

Als ich später Zeitung las, stieß ich auf eine Reportage über Island. Und erfuhr staunend, dass dort bei Planung und Bau von Straßen und Gebäuden von staatlicher Seite darauf geachtet wurde, die Erdgeister nicht zu stören. Sofort dachte ich wieder an die starken Vibrationen, die seit Tagen im Haus zu spüren waren. Gab es auch hier so etwas wie Erdgeister? Und fühlten sie sich gestört? Und wenn ja, wovon? Und gehörte Judith dazu? Haben meine Eltern schon geantwortet? ertönte im selben Augenblick Judiths Stimme. Ich fuhr herum. Diesmal erschrak ich doch über ihr plötzliches, wie immer grußloses Auftauchen. Aber wahrscheinlich war ihr selbst gar nicht bewusst, dass wir uns zwei Tage lang nicht gesehen hatten. Und warum sollte sie grüßen, wenn sie das Gefühl hatte, gerade erst aus dem Zimmer gegangen zu sein?

Wortlos holte ich den tags zuvor verfassten Brief aus der Schreibtischschublade und überreichte ihn ihr samt Brieföffner. Sie riss ihn mir aus der Hand, hockte sich mitten im Zimmer auf den Boden und fiel darüber her wie ein ausgehungertes Raubtier. Als sie fertig war, hielt sie mir die Blätter hin. Lies du ihn mir vor, bat sie. Ich nahm ihr den Brief ab und streckte ihr die andere Hand hin. Sie ließ sich hochziehen, ging mit ins Wohnzimmer. Ihre Hand war kalt, auf dem Sofa breitete ich eine Wolldecke über uns beide, dann las ich vor. Noch einmal, sagte sie, als ich fertig war. Beim zweiten Mal sah ich Tränen über ihre Wangen rinnen. Und sie lehnte sich an mich und ließ sich wärmen und umarmen und trösten.

Wo sind deine Frau und deine Tochter? Diese Frage schien Judith zu beschäftigen. Trotz meiner Erklärung, dass sich Lydia von mir getrennt und Hanna zu sich genommen hatte. Hatte sie das vergessen? Oder spürte sie, dass ich sie belog und hoffte, mir doch noch die Wahrheit zu entlocken? Wann kommen sie dich besuchen? wollte sie diesmal wissen. Und ich belog sie wieder – sie seien gerade auf Urlaub, sagte ich –, um ihr die Wahrheit zu ersparen. Die Wahrheit, die da lauten würde: Meine Liebsten liegen, zu Asche geworden, in einem Metallbehältnis, das in die Wand eines kleinen Grab- und Denkmals auf dem Zentralfriedhof eingelassen war. Auf poliertem Travertin stehen dort die Namen der achtzehn Menschen, die bei dem Anschlag auf den Hauptbahnhof ums Leben gekommen waren. Wie viele von ihnen tatsächlich hinter dieser Wand liegen, ist nicht mit Sicherheit zu sagen. Fünfundzwanzig stiegen zusammen mit dem Attentäter in den Lift, sieben überlebten, die meisten von ihnen schwer verletzt. Ich war der Einzige von diesen sieben, der, abgesehen von einem zerfetzten Trommelfell und ein paar kleineren Schrammen, unverletzt geblieben war. Ein Dutzend Leichen wurde nach Abschluss der Untersuchungen den Angehörigen zur Bestattung übergeben. Die Körper der anderen, die offenbar am nächsten an dem Attentäter standen, waren in so viele Teile zerfetzt worden, dass es unmöglich war, ihre Überreste voneinander zu trennen. Lydia und Hanna müssen sich ihre letzte Ruhestätte also mit Fremden teilen. Ein paar kleine Teile von ihnen waren wohl auch in die Särge der individuell bestatteten Toten gerutscht, laut Experten ließ sich das kaum vermeiden. Und was ganz sicher nicht zu vermeiden war: dass zumindest mikroskopisch kleine Teile des Attentäters mit den anderen mitbestattet wurden. Die Opfer, sie teilen sich also das Bett für die Ewigkeit mit ihrem Mörder.

Das war, auf wenige Zeilen verdichtet, die Wahrheit, die ich Judith erzählen müsste. Judith, für die es wahrscheinlich nicht einmal zu einem Massengrab gereicht hat. Die vielleicht unter Tonnen von Schutt in Rotterdam begraben liegt. Deren vom Winde verwehte Aschereste vielleicht aber auch Zuckerrüben oder Hafer auf einem polnischen Acker düngten. Die sich aus ebendiesem Schutt, ebendieser Asche erhoben und in meinen Kopf geschlichen hat.

Das Grab- und Denk- und Mahnmal, in dem die Asche meiner Frau und meiner Tochter der Ewigkeit überantwortet wurde, bedeutet mir nichts. Ich war bis heute nicht dort, ich kenne es nur von einem Foto in der Zeitung. Lydia und Hanna, sie sind dort nicht zu finden. Sie sind bei mir, wohin ich auch gehe. Ich, der ich als Kind von einem Ort zum nächsten geschleppt wurde und keine Wurzeln schlagen konnte, brauche meine Trauer nicht an einem Ort, einem Grab, einem Stein festzumachen. Ich trage meinen Friedhof in mir. Das ist die andere Wahrheit, von der ich Judith erzählen könnte.

Auf diesem Friedhof, idyllisch am Waldesrand meiner eigenen Imagination gelegen, ruhen auch Judiths Geschwister Max und Lena und ein paar andere Menschen, die mir im Leben so viel bedeuteten, dass ich ihnen auch im Tode Raum geben möchte. Aber das schönste Grab, das ich regelmäßig mit frisch gepflückten Fantasiewiesenblumen versorge, gehört natürlich meinen beiden Lieblingsfrauen: Königin Lydia. Und Prinzessin Hanna. So habe ich es mit eigener Hand in den Grabstein gemeißelt. Mein Ein. Und mein Alles. Mein Tag. Und meine Nacht. Auch das steht dort zu lesen in goldenen Lettern für die Ewigkeit. Für meine Ewigkeit. Und jeden Tag füge ich neue Buchstaben hinzu, denn der Stein bietet so viel Platz, wie es Worte gibt, die Liebe zu beschreiben.

Auf meinem Waldfriedhof, da ist auch Platz für Bilder. Ich male sie mit leichtem, in Morgen- oder Abendlicht getauchtem Pinsel auf Spinnwebgrund und hänge sie mit Efeuranken an die Bäume: Lydia, beim Aufwachen, mit zerlegenem Gesicht und Sonnenstrahlen im Haar. Hanna, fröhlich pritschelnd in der Badewanne. Lydia, im nachlässig über dem bettwarmen Körper geschlossenen Morgenmantel, bei einer Tasse Earl Grey mit Milch langsam erwachend. Hanna, ernst und konzentriert und die Welt beim Zeichnen vergessend. Lydia, in sich ruhend auf dem Sofa, Hanna, die Welt dort findend, in ihren Armen.

Das größte Gemälde setzt sich aus mehreren Einzelbildern zusammen und ist am Stamm des ältesten Baumes angeordnet in der Art eines Flügelaltars. Das zentrale Bild: Lydia, die an meine aus Büchern gebaute Einsiedlerklause klopft. Der ich verwirrt und verwundert öffne. Die mich an der Hand nimmt und hinausführt. Zu sich. Zu mir selbst. In einen Sommer, in dem sie das ganze Jahr über zu Hause ist. Nach dem sie duftet. Am Rande des Bildes, wo der Sommer sich früchtetragend zum Herbst färbt, wartet Hanna. Und darüber, als weiße Taube durch die Lüfte schwebend, die Seele unseres ungeborenen Kindes.

Hanna, dem Herbstkind – dem winzigen, schreienden, blauroten, gerade erst in die Welt geplatzten Lebewesen; dem erste Schritte wagenden Kleinkind; der jungen, in die Welt ziehenden Frau, die sie hätte werden können –, ist der rechte Flügel gewidmet. Lydia, meiner Sommerkönigin – als Kindergärtnerin mit einem Dutzend strahlender Kinder zu ihren Füßen; als Mutter, das eine Kind mit Weisheit und Liebe nährend, das andere unterm Busen tragend; als Ehefrau, mit dem einen Mann Hand in Hand und seelenverschränkt durchs Leben wandelnd –, der linke.

Auf beiden Seiten klaffen zwischen den Bildern Lücken, leere Felder, die es noch zu füllen gilt. Im Gesprenge aus Eichenlaub bemühen sich Lydia und Hanna als zwei geschnitzte Engel, mir Erdenwesen das Fliegen beizubringen. Im Predella-Bild knapp über dem weichen Waldboden halten sie mich mit zwei Leinen am Boden fest, damit ich nicht auf den Flügeln meiner eigenen Fantasie auf und davon schwebe.

Ich sitze gern am Waldesrand neben meinen Geistergräbern. Ich spaziere von Baum zu Baum, betrachte meine eigenen Bilder, ersetze manch altes durch ein neues oder schreibe etwas auf den Grabstein. Und muss, wenn es dunkel wird, manchmal auch an den Tag denken, an dem meine beiden Engel für immer davonschwebten. Oder in die Tiefe stürzten: Ich denke an das lichtdurchflutete Bahnhofsgebäude, ich denke an den großen gläsernen Lift. Hanna stand ganz vorne, sie zog Lydia ungeduldig mit sich, als sich die Türen öffneten. Ich wartete und ließ anderen den Vortritt. Einer Frau im Rollstuhl. Einer Mutter mit Kinderwagen. Auch einem großen, unglaublich dicken Mann, dem ganz augenscheinlich das Gehen und Atmen und vielleicht auch das Sein schwerfiel. Er kam im überfüllten Lift direkt vor mir zu stehen. Ich lugte links und rechts an ihm vorbei, ich winkte Hanna und Lydia zu, machte Faxen und schnitt Grimassen. Und dann …

Ich überlebte, dem dicken Riesen sei Dank. Dem Riesen, dem ich den Vortritt gelassen hatte. Der zu meinem Schutzschild wurde. Dessen monströser Körper mich von der Druckwelle und den meisten Metallteilen und Glassplittern abschirmte. Der nun zusammen mit Hanna und Lydia im Aschengrab ruht.

Warum, so fragte ich mich seither tausendmal, standen nicht Hanna und Lydia hinter ihm? Warum habe ich überlebt und nicht sie? Warum habe ich ihren Tod nicht verhindert? Warum waren wir an genau diesem Tag zu genau dieser Stunde auf dem Bahnhof? Warum habe ich Hanna den Wunsch nicht abgeschlagen, den Bahnhof und ein ganz bestimmtes Spielwarengeschäft, das es dort geben sollte, zu besuchen? Warum habe ich Lydia die Idee, das Angenehme mit dem Nützlichen und den Ausflug mit unseren notwendigen Einkäufen zu verbinden, nicht auszureden versucht? Und warum leben wir in einer Welt, in der überhaupt irgendjemand an irgendeinem Ort zu irgendeiner Zeit Opfer eines solchen Attentats werden muss?

Und damit sind wir natürlich bei dem Mann gelandet, der mir

meine zwei Engel geraubt hat. Denn ob ich will oder nicht, auch an ihn muss ich manchmal denken an den vielen einsamen Abenden auf meinem Gedankenfriedhof. Auch er war an diesem Tag vor mir in den Lift gestiegen. Direkt hinter Lydia und Hanna. Er fiel mir auf, weil sein schlankes Gesicht in deutlichem Kontrast zu seinem ausladenden Bauch stand. Wie bei manchen hochschwangeren Frauen. Und dann, dann gebar der dicke Bauch kein neues Leben, sondern den Tod. Und verhinderte, dass Lydia fünf Monate später neues Leben gebären würde.

Mahmoud El-Sayed, einundzwanzig Jahre jung, in Wien geboren und aufgewachsen als ältester Sohn ägyptischer Einwanderer. Unauffällig, still, zurückgezogen, schüchtern, so lauteten damals die übereinstimmenden Beschreibungen in den Zeitungen. In der Schule am Rande der Wahrnehmbarkeit, zu Hause ein braver Sohn seiner auf Gehorsam bedachten Eltern. Die in ihrem einzig der Arbeit und dem materiellen Wohlergehen ihrer Kinder verpflichteten Dasein das Leben verpasst hatten. Für deren Rückständigkeit sich Mahmoud insgeheim schämte. Was hat das lebenslange Schuften für die Ungläubigen deinen Eltern gebracht? flüsterten ihm eines Tages Stimmen zu. Nichts, gar nichts hat es ihnen gebracht. Und warum nicht? Weil sie von Gott abgefallen sind. Weil sie selbst zu Ungläubigen geworden sind unter den Ungläubigen.

Die Stimmen wurden lauter und begannen die Leere zu füllen, die sich in ihm gebildet hatte im Lauf eines Lebens ohne Bedeutung, ohne Sinn, ohne Richtung. Auch du bist, so, wie du jetzt und hier vor Allah stehst, ein Ungläubiger, ein *kafir*, sagten die Stimmen. Aber noch ist es nicht zu spät. Noch kannst du dich Allah zuwenden, und er wird dich in seiner unendlichen Güte und Weisheit aufnehmen.

Und er nahm. Er strahlte Güte und Weisheit aus. Er verlieh

Bedeutung. Wusste mit jahrtausendealter Kultur zu blenden. Manifestierte sich unmissverständlich in Geschriebenem. Und bot Halt, wo vorher nur schwankender Boden und Nebel gewesen waren. Du kannst Allah deinen Glauben beweisen. Und er wird dich reich belohnen. So riefen die Stimmen lauter und lauter. Und fanden Widerhall in der großen Leere.

Hasse ich diesen Mahmoud El-Sayed? Ja, an manchen Tagen ist das Gefühl stärker als jedes andere in meiner Seele. An diesen Tagen hasse ich ihn und all die anderen zornigen jungen Männer, die sich in ihrer Dummheit dazu verführen lassen, sich und alles angeblich Unreine in die Luft zu sprengen. Ich hasse sie und noch mehr ihre Verführer dafür, dass sie Frauen versklaven und vergewaltigen und gleichzeitig den Westen für seine Schamlosigkeit verachten. Dass sie Bibliotheken und Schulen zerstören und sich vor Mädchen mit Büchern fürchten. Dass sie Menschen verbrennen und steinigen und enthaupten. Und all das im Namen eines Gottes, der, wenn er denn, so wie irgendein Gott, tatsächlich existierte, von ihren Taten nichts, gar nichts wissen wollte.

Ja, natürlich schrie auch »mein« Attentäter sein Allahu akbar in die Menge. Er tat es mit der gleichen Überzeugung – und für die gleichen dies- und jenseitigen Versprechungen –, mit der sich abendländische Ritter mit Kreuz und Schwert auf Ungläubige aller Art gestürzt hatten. Deus lo vult, hatte deren Legitimation gelautet, ihr Schlachtruf, der ihnen von höchster Stelle befohlen worden war.

An manchen Tagen und Abenden richtet sich der Zorn aber auch gegen diejenigen, die *uns* zu verführen versuchen. Die uns tagtäglich einhämmern wollen, dass das Fremde, das Andersartige und das Abweichende böse sind. Und dass das Heil nur in der Abschottung, in der Festung, im Bunker zu finden ist.

Ja, es wird weitere Anschläge geben. Und trotzdem – ich fürchte mich mehr vor dem Verlust der Freiheit als vor dem Gewinn vermeintlicher Sicherheit. Mehr vor dem inneren Feind als vor dem äußeren. Mehr vor den gegen den Feind gerichteten Gesetzen als vor den auf uns gerichteten Waffen. Mehr vor den Verteidigern des Abendlandes als vor der Bedrohung aus dem Morgenland. Ich fürchte mich mehr vor der Angst im Lande als vor der Wut, die von außen kommt. Mehr vor dem starken Mann mit den einfachen Lösungen als vor den Problemen, die es zu lösen gilt. Mehr davor, dass wir in unserem Kampf gegen die Barbaren selbst in die Barbarei verfallen.

Manchmal unternehme ich den zaghaften Versuch, dem Attentäter vergeben zu wollen. Den Versuch, mich in die schreckliche Leere hineinzufühlen, mich in ein Leben hineinzudenken, das vielleicht vieles von dem entbehrt, was den Mensch erst zum Menschen macht. Weil ich mich dem Hass nicht hingeben möchte. Doch noch bin ich nicht so weit, auf diesen Hass verzichten zu können. Obwohl er sich nicht nur gegen die Mörder, sondern auch gegen mich selbst richtet, mich quält und foltert mit Vorwürfen. Dafür, dass ich überlebt habe, während Lydia und Hanna und unser zukünftiges Kind sterben mussten. Dafür, dass ich ihren Tod nicht verhindert habe.

Als wir später Mensch ärgere Dich nicht spielten, schummelte Judith dabei mit der gleichen kindlichen Unverschämtheit, mit der Hanna geschummelt hatte. Und ich ließ sie genauso wie Hanna manchmal gewähren und schlug manchmal mit vorgetäuschtem Ärger Krach.

Warst du gestern hier im Haus bei der Familie Motaev? fragte ich sie, als wir uns genug geärgert hatten. Bei der Schiwe? Sie sah mich groß an. Ich musste ihr erklären, was Schiwe bedeutete und wer die Motaevs waren. Sie schien trotzdem nicht zu wissen, wovon ich sprach.

Als sie mich dann bat, ihr eines von meinen Büchern vorzulesen, versuchte ich ihr die Idee auszureden. Du weißt ja, es sind keine Kinderbücher, sagte ich. Sie legte den Kopf zur Seite und schien eine Weile nachzudenken. Kommen da Menschen vor, die sich lieben? So richtig, meine ich? Innerlich musste ich schmunzeln, nach außen versuchte ich ernst zu bleiben. Komm, sagte ich, und wir gingen ins Arbeitszimmer.

Ein paar Minuten später saßen wir auf dem Sofa im Wohnzimmer, Judith kuschelte sich an mich, hörte zu, stellte aufmerksame Fragen, lachte und verdrückte zwischendurch ein paar Tränen. Nach zwei Kapiteln wollte sie noch mehr hören, doch Schwindel und Kopfschmerz dachten sich zusammen eine Choreografie aus, die die Buchstaben vor meinen Augen über die Seiten tanzen ließ. Ein andermal, entschuldigte ich mich. Versprochen? fragte Judith. Und ich versprach.

Ich ging ins Badezimmer, Judith kam mit. Sie setzte sich auf den Badewannenrand und schaute mir beim Zähneputzen zu. Ich öffnete mit der Linken den Spiegelschrank über dem Waschbecken, nach einigem Suchen fand ich eine original verpackte Kinderzahnbürste und hielt sie Judith hin. Sie schüttelte den Kopf und starrte auf meine Hand, als zeigte sie ihr ein Folterinstrument. Hanna hatte sich als kleines Kind immer mit Gebrüll gegen das Zähneputzen gewehrt. Später dann wurde es von einem Tag auf den anderen zu einer ihrer Lieblingsbeschäftigungen, der sie mehrmals täglich mit großer Sorgfalt nachging. Sollte ich versuchen, erzieherisch einzugreifen? Aber vielleicht gehört es ja zu den Vorteilen des Geisterdaseins, nicht mehr Tag für Tag ans Zähneputzen denken zu müssen. Zu diesem Thema schweigt Jakob Böhme jedenfalls.

Judith folgte mir ins Schlafzimmer. Möchtest du nicht auch schlafen gehen? fragte ich sie. Mich selbst hatte von einem Moment auf den anderen eine große Müdigkeit gepackt. Ich bin nicht müde, gab sie zurück und ließ sich in den alten Lehnsessel neben der Tür gleiten. Ich bin nicht müde: Diesen Satz hatten wir jahrelang fast täglich von Hanna zu hören bekommen. Manchmal waren ihr dabei vor lauter Müdigkeit die Augen zugefallen. So wie mir selbst in diesem Augenblick.

Judith allerdings sah tatsächlich nicht müde aus. Sie schaute mir interessiert zu, während ich mich auszog. Ein Anflug von Scham mischte sich in meine Gefühle, Judith schien es zu bemerken. Ich hab auch meinen Papa schon ganz nackt gesehen, ließ sie mich wissen. Und meinen Bruder. Sie kicherte plötzlich wie alle kleinen Mädchen, die mit nackten Tatsachen konfrontiert sind. Vielen Dank für diese Information, sagte ich. Sie kicherte wieder. Bitte schön! Und dich hab ich auch schon gesehen. Aha, sagte ich und rettete mich in meine Pyjamahose. Kannst du dich nicht erinnern? Ich versuchte es, doch vergeblich. Ach, du meinst damals, als ich noch in den Windeln lag? wich ich ins Scherzhafte aus. Und tatsächlich, fuhr es mir durch den schmerzenden Kopf – als ich in den siebziger Jahren geboren wurde, wäre Judith ungefähr so alt gewesen wie ich jetzt. Wieder Kichern. Aber nein! rief sie aus. Ich meine im Badezimmer. Weißt du nicht mehr? Ich versuchte es erneut. Als du mit dem Buch in der Hand in der Badewanne eingeschlafen bist, fügte sie hinzu.

Damals also … War es vor einer Woche? Vor zwei Wochen? Vor zwei Monaten? Ich wusste es nicht. Und hatte plötzlich das Gefühl, aus der Zeit zu fallen. Meine Hand tastete nach dem Bettrand hinter mir, ich ließ mich vorsichtig nieder. Saß dort eine Weile und starrte vor mich hin. Sah Judith in dem alten Lehnsessel bei der Tür. Sie sagte etwas, ich hörte, wie sie kicherte, doch ihre Stimme war weit weg. Kilometerweit. Jahrzehnteweit. Ihr Bild verschwamm vor meinen Augen. Und plötzlich bin ich im Badezimmer, ich sehe mich aus der Wanne hochschrecken, da ist Judith neben mir, ich sehe, wie sie mir aus der Wanne hilft, wie sie mir zuerst das Badetuch und dann den Bademantel hinhält, wie sie mich anschließend auf dem Weg ins Schlafzimmer stützt.

Wie kann das sein, überlegte ich, während ich mich ins Bett zurücksinken ließ. Ein Kind, das man vielleicht ins Gas geschickt hat, rettet einen Erwachsenen davor, am Gas zu ersticken? Kann das sein? Wieso war Judith im Badezimmer? Woher wusste sie, dass ich in Gefahr war?

Da waren auch noch andere Fragen, die sich in mein Bewusstsein zu drängen versuchten, doch der Schlaf schnitt ihnen mit sanfter Gewalt das Wort ab.

Als ich erwachte, saß Judith neben mir auf dem Bett, ihre Hand lag auf meiner. Du hast die ganze Zeit geschrien, sagte sie. Auf ihrem Gesicht zeichnete sich ein kaltes, seltsam flackerndes Licht ab. Ich hatte einen Albtraum, sagte ich mit schlaftrunkener Stimme. Unser Haus … da war plötzlich nur noch ein Schutthaufen. Und Hanna und Lydia … Ich brach ab und drehte mich zum Fenster. Und dann sah ich den Widerschein des Blaulichts zwischen den Häusern.

Ich sprang auf, Judith blieb dicht hinter mir, sie drängte sich an mich, als ich das Fenster öffnete. Was ist los? fragte sie. Unten auf der Straße standen zwei Feuerwehrautos, ein Schlauch führte von einem der beiden zum Haustor. Feuerwehrleute gingen aus und ein, soeben bog ein Polizeiwagen um die Ecke und blieb stehen, um die Straße abzusperren. Feuer war keines zu sehen, doch der Brandgeruch war deutlich.

Ich schloss das Fenster und nahm Judith an der Hand. Komm, sagte ich und ging mit ihr zur Wohnungstür. Sie ließ meine Hand los, als ich aufsperrte. Wir können nicht hinausgehen, sagte sie tonlos. In ihren Augen lag Angst. Ich werfe doch nur einen kurzen Blick hinaus, sagte ich. Da passiert dir nichts, keine Angst. Sie wich trotzdem ein paar Schritte zurück und versteckte sich hinter dem Kleiderständer, als ich die Tür öffnete.

Im Treppenhaus war Licht. Von unten hörte man Maschinenlärm und das Rufen der Feuerwehrleute. Auch hier war kein Feuer zu sehen, doch der Geruch nach Rauch war noch stärker als auf der Straßenseite. An der Tür gegenüber standen Fräulein Löblich und ihre Pflegerin. Haben Sie eine Ahnung, was passiert ist? fragte die Spinne mit brüchiger Stimme. Ich schüttelte den Kopf. Vielleicht müssen wir alle raus, sagte sie ängstlich. Ach, das glaub ich nicht, gab ich zurück. Ich versuchte, zuversichtlich zu klingen. Sonst hätte die Feuerwehr schon das ganze Haus geweckt.

Ich schloss die Tür und ging ins Schlafzimmer, Judith folgte mir wortlos. Ich beugte mich aus dem Fester. Und in diesem Augenblick sah ich Linde und Marwan, die im Laufschritt aus der Richtung ihrer nahe gelegenen Wohnung herbeigeeilt kamen.

Ich schloss das Fenster. Ich muss hinunter, sagte ich. Was? rief Judith aus. Ich drehte mich um. Judith, dicht an mich gedrängt, geriet ins Straucheln. Ich erwischte sie an den Schultern und setzte sie aufs Bett. Du weißt doch … du kannst doch jetzt nicht … es ist viel zu gefährlich, stammelte sie. Ich beugte mich zu ihr hinunter und nahm ihr Gesicht in beide Hände. Es tat mir weh, ihre Angst zu spüren. Mein Schatz, sprach ich auf sie ein, ich bin doch gleich wieder da! Aber ich muss Linde und Marwan zumindest fragen, ob sie Hilfe benötigen.

Judith blieb stumm. Ich drückte ihr einen Kuss auf die Stirn und bat sie, auf mich zu warten. Doch als ich aufstehen wollte, schlang sie plötzlich ihre Arme um mich. Bitte lass mich nicht allein! bettelte sie. Ich ließ mich von ihrem Gewicht wieder aufs Bett ziehen. Dann musst du mitkommen, sagte ich leise.

Was nun folgt, ist ein großes, gefräßiges Loch, das meine Erinnerung verschlang und sie erst später in verdauter Form Stück für Stück wieder hergab. Kann ich diesen Erinnerungsfetzen trauen? Oder hatte ich alles nur geträumt? Wahrscheinlich. Erst kürzlich las ich über das sogenannte Oneiroid-Syndrom: über Träume, die so plastisch und farbig und real sind, dass sie für den Träumenden nicht von der Realität zu unterscheiden sind. Aber wie war es dann zu erklären, dass sich manches Erträumte in den Tagen darauf auch im realen Leben wiederfand? Bis heute, da ich diese Geschichte niederschreibe, kann ich es nicht sagen.

Judith ließ mich nicht los, als ich aufstand. Ich hob sie hoch, ging zur Eingangstür, warf mir einen Mantel über und trat auf den Gang hinaus. Die Spinne stand noch immer oder schon wieder vor der Tür. Die alte Frau tat mir plötzlich leid. Wollen Sie nicht lieber hineingehen? Sie werden sich noch erkälten. Sie machte eine wegwerfende Handbewegung. Unkraut verdirbt nicht, meinte sie.

Judith war kleiner und leichter als Hanna. Und sie roch ganz anders. Aber vielleicht lag es ja auch nur am Rauch, der mit jedem Stockwerk beißender wurde. Ich schlug den Mantel über sie, hielt den Atem an und beschleunigte meine Schritte.

Der Weg nach unten fühlte sich endlos an, doch plötzlich standen wir statt im Hauseingang in einem leeren, spärlich beleuchteten Raum. War ich zu weit hinuntergestiegen und irrtümlich im Keller gelandet? Aber der einzige Zugang befand sich im Innenhof. Gab es einen weiteren, den ich nicht kannte?

Judith schien in meinen Armen eingeschlafen zu sein. Ich drehte mich zur Treppe um. Nicht, sagte sie, ohne die Augen aufzuschlagen. Ich zögerte. Der Treppe gegenüber stand eine Tür offen, dahinter lag ein schwach beleuchteter Gang, der leicht bergab führte. Hier unten gab es keinen Rauch, auch der Lärm schien plötzlich weit weg. Nur das Vibrieren, das ich seit Tagen immer wieder wahrgenommen hatte, war noch stärker zu spüren. Dass ich Linde und Marwan meine Hilfe anbieten wollte, hatte ich bereits vergessen. Ich nahm also den Weg, der nach unten führte.

Ein von Kerzen erhellter Raum, den ich nach kurzer Zeit erreichte, war an drei Seiten von leeren Bücherregalen umgeben, die vom Boden bis zur Decke reichten. Die vierte Seite war halbrund und mit Holz vertäfelt. Eine Treppe führte, der konvexen Rundung folgend, nach oben. Ich stand auf und ging darauf zu. Und stolperte beinahe über die Wurzeln, die über den Boden krochen wie braune Riesenschlangen. Die holzgetäfelte Wand, so wurde mir klar, war keine Wand, sondern der Stamm eines riesigen Baumes.

Im Nachhinein, als die Erinnerung an diese Nacht Schritt für Schritt zurückkehrte, stand ich verwirrt und staunend davor. Und konnte mir nichts davon erklären. Doch als ich sie durchlebte oder erträumte, nahm ich, was ich sah und hörte und fühlte, als gegeben.

Ich stieg langsam die Treppe nach oben. Nach ein paar Stufen blieb ich stehen, legte meine Hand auf die Baumrinde und fühlte, wie es darunter unaufhörlich pulsierte. Nun wusste ich endlich, woher das Vibrieren kam, das seit Tagen im ganzen Haus zu spüren war.

Und dann stand ich plötzlich in einer Buchhandlung. In *der* Buchhandlung. Auch hier nahm der mächtige Baumstamm die gesamte Schmalseite des Raumes ein. Die Treppe, über die ich heraufgestiegen war, führte weiter auf eine Galerie, die auf den untersten Ästen ruhte. Ich rüttelte Judith sanft am Arm. Wir sind in der Buchhandlung deiner Familie, sagte ich. Ich weiß, gab sie schlaftrunken zurück, ohne die Augen zu öffnen. Sie versenkte ihr Gesicht noch tiefer in meinen Mantelkragen. Und war gleich wieder eingeschlafen.

Plötzlich hörte ich Schritte hinter mir. Erschrocken drehte ich mich um, drei Frauen waren gleichzeitig an den Ladentisch getreten. Jede fing an, in eine Schreibmaschine zu tippen, in die statt einem einzelnen Blatt jeweils eine ganze Papierrolle eingespannt war. Die losen, bereits beschriebenen Enden der Rollen hingen über den Tresen, sie lagen in Schleifen auf dem Boden und zogen sich als weiße Bahnen durch den ganzen Raum.

Die drei Frauen hielten mich mit strengen Blicken fest. Ich möchte … Judith sucht … wir suchen die Familie Klein, brachte ich stammelnd hervor. Die älteste der drei winkte mich zu sich heran und deutete auf den mir zugewandten Teil der drei Schriftrollen. Ich machte einen Schritt darauf zu und las, was sie geschrieben hatten: Sie waren gestern hier. Sie sind heute nicht hier. Sie werden morgen da sein.

Ich reagierte enttäuscht. Morgen? Morgen sind *wir* vielleicht nicht mehr hier. Sie begannen wieder zu tippen: Wir waren gestern hier. Wir sind heute hier. Wir werden morgen da sein.

Ich wandte mich von den drei Frauen ab und begann zwischen den Bücherregalen herumzugehen. Plötzlich stand die jüngste der drei Frauen neben mir und bedeutete mir mit der Hand, ihr zu folgen. Sie brachte mich zu einer offen stehenden Tür im hinteren Teil der Buchhandlung, und ich trat in das kleine, von

Regalen mit Aktenordnern, Zeitschriften und weiteren Büchern umschlossene Büro.

L 9. Da wollen Sie hin, sagte die kleine, schwarz gekleidete Frau zu mir, die hinter einem Schreibtisch saß und sich die Nägel feilte. Wie bitte? fragte ich verwirrt. L 9, wiederholte sie. Dort werden Sie finden, was Sie suchen, erklärte sie ungeduldig. Ich starrte sie an. Ihr Gesicht wirkte hart und abweisend. Es war weder alt noch jung, oder alt und jung gleichzeitig. Die Frisur sah aus, als trüge sie eine Perücke.

Ich hörte ein Geräusch hinter mir und drehte mich um. Ein Vogelkäfig stand in einer Ecke des Raumes. Eine Elster saß darin, sie hielt einen Ring im Schnabel und trat nervös von einem Bein auf das andere. Als ich den Raum verließ, schickte sie mir ein spöttisches Lachen hinterher.

Und dann wurde mir klar, was L9 bedeutete: Die Regale waren nummeriert. Allerdings standen sie, wie ich bald feststellen musste, nicht in alphabetischer oder nummerischer Reihenfolge. Nachdem ich unten alles abgesucht hatte, stieg ich die Treppe zur Galerie hinauf. Und musste den Raum beinahe zur Gänze umrunden, bevor ich endlich das Regal L 9 fand.

Ich begann die Bücher zu studieren, die da versammelt waren. Auch hier herrschte Unordnung oder jedenfalls keine erkennbare Ordnung. Da stand Gottfried von Straßburgs *Tristan* neben Georg Büchners *Woyzeck*, der *Heinrich von Ofterdingen* von Novalis neben Brechts *Die Geschäfte des Herrn Julius Caesar*, weiter unten entdeckte ich die drei Romane Kafkas und Musils *Mann ohne Eigenschaften*. Warum hatte mich die schwarz gekleidete Frau hierhergeschickt? Was sollte ich hier finden? Judith war leicht, aber langsam ermüdete mich ihr Gewicht.

Im selben Augenblick, als mir bewusst wurde, dass alle Werke in diesem Regal unvollendet waren, entdeckte ich ein weiteres

Buch. León Kortner. *Das Fünfte Reich. Roman.* So stand es auf dem Rücken. Ich griff zögerlich danach und zog es aus dem Regal. Es war im selben Verlag herausgekommen wie meine beiden bisher erschienenen Romane. Aber ich hatte nie ein solches Buch geschrieben, geschweige denn veröffentlicht. Ich schlug die ersten Seiten auf. Da stand eine Widmung für jemand, dessen Name mir nichts sagte. Ich blätterte weiter. *Im Anfang war das Wort*, war da in kursiver Schrift zu lesen. *Und das Wort war bei mir, und ich war das Wort. Und alles, was ist, ist durch das Wort geworden.*

Das Splittern von Glas riss mich aus der Lektüre. Vor Schreck fiel mir der Roman aus der Hand, und auch Judith zuckte im Schlaf zusammen. Ich bückte mich, hob das Buch auf, wollte es mitnehmen, doch es fiel erneut zu Boden. Ich ließ es liegen und eilte zur Treppe.

Als ich unten ankam, rollte mir plötzlich eine brennende Flasche vor die Füße. Sie zerbarst, Flüssigkeit trat aus, und sofort breitete sich ein Flammenteppich auf dem Parkettboden vor mir aus. Nach zwei oder drei Schrecksekunden versuchte ich, die Flammen auszutreten. Und konnte gerade noch ausweichen, als eine zweite Flasche geflogen kam. Sie schlug neben mir auf, zerbrach aber nicht. Ich bückte mich, griff danach und schleuderte sie durch das zerbrochene Schaufenster nach draußen.

Mittlerweile hatte sich das Feuer aus dem ersten Brandsatz weiter ausgebreitet. Ich wand mich, ohne Judith abzusetzen, aus meinem Mantel und warf ihn über die Flammen. Ich trampelte darauf herum, um sie zu ersticken. Doch schon nach kurzer Zeit hatten sie sich durch das Gewebe gefressen und schlugen erneut hoch. Plötzlich spürte ich einen brennenden Schmerz am rechten Handgelenk, ich sah kleine Flammen am Ärmel meines Pullovers nagen. Es gelang mir gerade noch rechtzeitig, sie auszublasen.

Ich trat ein paar Schritte zurück und blickte auf. Ich sah die drei Frauen am Ladentisch stehen. Wir brauchen sofort Wasser! rief ich ihnen zu. Und Sie müssen die Feuerwehr rufen! Sie schienen mich nicht zu hören. Jedenfalls tippten sie ungerührt weiter: Es war immer so. Es ist so. Es wird immer so sein.

Ich lief mit Judith auf dem Arm zu dem kleinen Büro. Wasser, schrie ich, wir brauchen Wasser! Die schwarz gekleidete Frau saß hinter dem Schreibtisch und las. Sie ließ die Zeitung langsam sinken. Wasser gibt es genug hier, sagte sie seelenruhig. Wir sitzen an der Quelle. Aber man muss die Toten ruhen lassen, fügte sie mit einem Grinsen hinzu, das sie plötzlich uralt aussehen ließ.

Ich stürmte aus dem Büro. Die Flammen hatten mittlerweile mehrere Regale erfasst. Die drei Frauen tippten weiter in ihre Schreibmaschinen: Sie waren tot. Sie sind tot. Sie werden im Angedenken leben. Ich stürzte mit Judith hinaus auf die Straße. Und endlich, endlich, dort stand ein Feuerwehrauto.

Ich lief auf die Feuerwehrmänner zu, die sich vor dem Wagen versammelt hatten. Es sind noch Leute drin, stieß ich atemlos hervor. Langsam, viel zu langsam wandte sich mir einer der Uniformierten zu. Er grinste. Sein Atem roch nach Alkohol. In der Buchhandlung sind noch Menschen, wiederholte ich, Sie müssen sie unbedingt rausholen! Er drehte sich zu seinen Kollegen um. Auch sie grinsten mich an. Dann wandten sie sich wieder von mir ab und schauten dorthin, wohin auch die auf der anderen Straßenseite versammelte Menschenmenge starrte.

Ich folgte ihren Blicken. Und sah, dass nicht nur die Buchhandlung brannte, sondern auch das Nachbarhaus. Oder vielmehr der hintere Teil des Hauses. Ich hab Angst, ließ sich Judith vernehmen. Ich strich ihr über die Stirn, die sich heiß anfühlte. Und versuchte sie zu beruhigen, auch wenn mein eigenes Herz vor Angst raste. Ich blickte noch einmal auf die

Feuerwehrmänner, die dem Brand in den beiden Häusern untätig zusahen. Die Menschen auf der anderen Straßenseite unterhielten sich, sie lachten, sie grölten, Kinder tollten zwischen den Beinen der Erwachsenen herum.

Ich hab Angst hier draußen, sagte Judith noch einmal. Es wird alles gut, sprach ich mit sanfter Stimme auf sie ein. Und ging mit ihr ins Haus. Stieg nach oben. Schloss die Tür hinter uns ab. Und damit die Welt und all ihre Feuer aus.

9

Als ich am nächsten Tag erwachte, war die Nacht davor wie ausgelöscht. Ich konnte mich an nichts erinnern. Nicht an Erlebtes. Und nicht an Erträumtes. Judith war nicht da, ich saß bei Kaffee und ein paar Weihnachtskeksen, die mir Linde geschenkt hatte, in der Küche und las auf dem Laptop die Nachrichten. Erst das Foto eines brennenden Hochhauses am Stadtrand, aus dessen obersten Stockwerken die Flammen schlugen, brachte zumindest einen Teil meiner Erinnerung zurück: Ich sah plötzlich Feuerwehr und Polizei unten auf der Straße stehen, ich sah Linde und Marwan im Laufschritt herannahen, ich hatte den Brandgeruch in der Nase und die ängstliche Judith an meiner Seite. Die nächtlichen Bilder legten sich über die, die nun bei Tageslicht vor meinen Augen standen – der Frühstückstisch, die Küche, die sogenannte Gegenwart. Und ich hatte plötzlich das schwindelerregende Gefühl, zwei Filme würden gleichzeitig vor mir in 3-D-Technik auf eine Leinwand projiziert. Ich schloss die Augen, doch die doppelten Bilder und der Schwindel blieben.

Ich aß hastig fertig, zog mir schnell schäbige, eigentlich schon ausgemusterte Kleidung an und verließ die Wohnung. Linde und Marwan würden sicher meine Hilfe bei den Aufräumarbeiten brauchen.

Der Hintereingang zum Diwan war verschlossen. Ich trat hinaus auf die Straße, Marwan winkte mir schon durchs Schaufenster zu und schien so entspannt wie eh und je. Tee? fragte er mich, nachdem ich eingetreten war. Dich bringt wohl gar nichts aus der Ruhe, meinte ich bewundernd, und er nickte nur.

Marwan verschwand hinter die Theke, ich nahm an einem der beiden Tische Platz und schaute ihm zu, wie er seelenruhig Tee einschenkte. Ich ließ meine Augen durch den Raum wandern und versuchte abzuschätzen, was genau in der Nacht passiert war. Doch auf den ersten Blick war gar nichts zu erkennen. Hast du's eilig? fragte Marwan. Ich nicht, sagte ich überrascht. Er winkte seinem Neffen zu, der beim Eingang stand, Karim nickte und trat zur Kasse. Marwan nahm ein zweites Teeglas von der Theke und setzte sich zu mir. Und in diesem Augenblick wurde mir klar, dass der Raum völlig unverändert war. Es war gar nichts passiert. Es hatte keinen Brand gegeben. Ich hatte alles nur geträumt.

Erst später, als ich schon wieder in der Wohnung war, entdeckte ich den angesengten Pullover. Und die Brandwunde knapp oberhalb des Handgelenks. Ich spürte einen Juckreiz, ich kratzte mich, und da war sie. An genau jener Stelle, an der ich mir – es stand mir plötzlich klar vor Augen – in der Nacht davor bei meinem Löschversuch den Unterarm verbrannt hatte. Aber wo hatte der Brand stattgefunden, wenn nicht im Diwan?

Ich untersuchte die Wunde. Vielleicht hatte ich sie mir doch bei einer anderen Gelegenheit zugezogen. Aber bei welcher? Ich verstand nicht. Und verstehe bis heute nicht. Die Liste der Ärzte, die ich aufsuchen sollte, hatte sich jedenfalls um eine Position verlängert: Ich brauchte also nun auch einen Hautarzt. Außerdem einen praktischen Arzt, der mir Tabletten gegen Schwindel und Kopfschmerzen verschreiben konnte. Ich benötigte einen Neurologen, um den Schmerzen auf den Grund zu gehen. Einen

Augenarzt für die Sehstörungen. Und einen Psychiater, weil sich in meiner Wahrnehmung Traum und Wirklichkeit und Vergangenes mit Gegenwärtigem vermischten. Und ich sah plötzlich, wie sie sich alle über mich beugten, sich Fachbegriffe zuwarfen, sich flüsternd berieten. Und wie einmal der eine, dann wieder der andere seine Ratlosigkeit aus dem Kopf zu schütteln versuchte.

Das nächste Stück Erinnerung kehrte zurück, als ich hinauswollte. Nicht auf der Suche nach einem Arzt, sondern nach Frischluft und Bewegung. Ich wollte mir meinen Mantel überziehen, doch der Griff danach ging ins Leere. Und im selben Augenblick sah ich den Brandsatz vor meinen Füßen, sah mich selbst auf meinem Mantel herumtrampeln beim verzweifelten Versuch, die Flammen zu ersticken. Nur welche Flammen und an welchem Ort und zu welcher Zeit, das wusste ich nicht. War es also doch kein Traum gewesen?

An diesem Nachmittag zog ich jedenfalls statt des Mantels einen dickeren Pullover und darüber eine Jacke an. Und stieg hinunter. In der Nacht war ich mit Judith direkt im Keller gelandet. Doch als ich nun das Erdgeschoss erreichte, versperrte mir eine Wand den Weg. Ich trat hinaus in den Innenhof, ging die paar Schritte zur Kellertür vor. Und fand sie wie immer versperrt.

Das Wetter war mild. Ich spazierte zum Augarten. Dort angekommen, zog ich die Jacke aus und trug sie in der Hand. Ich schloss die Augen und ging vorsichtig weiter. Ich spürte die Kieselsteine unter meinen Füßen. Hörte sie bei jedem Schritt knirschen. Sah die Frühlingssonne durch die geschlossenen Lider. Und freute mich am frischen Grün und der Blütenpracht, als ich die Augen öffnete. Etwas daran fühlte sich nicht richtig an, doch zu diesem Zeitpunkt wusste ich noch nicht, was es war.

Vor unserem Haus blieb ich, den Schlüsselbund schon in der Hand, eine Weile unschlüssig stehen. Wieder musste ich an die Nacht davor denken. An den Brand. An die Feuerwehr, die untätig auf der Straße gestanden war. An die johlende Menschenmenge. Ich ging langsam auf den Schlagbaum zu, der den Parkplatz abschloss und ließ die Schlüssel in die Jackentasche zurücksinken. Umrundete nach einigem Zögern den Schranken und ging zwischen den geparkten Autos hindurch. Fand eine Lücke im Zaun. Und stand im hinteren Teil des Grundstücks, in dem sich früher die Synagoge befunden hatte.

Ich war zweimal mit meinem Architektenfreund Philipp hier gewesen. Das erste Mal vor fünfundzwanzig Jahren, als ich gemeinsam mit ihm und Linde und anderen die Geschichte des Hauses und seiner Nachbarschaft erforscht hatte. Und dann ein zweites Mal mit Judith. Es war beide Male enttäuschend gewesen, das wusste ich noch, ich hatte mir mehr – mehr Sicht- und Greifbares, mehr Atmosphäre, mehr Erinnerung – erwartet.

Mehr Grün – das war es, was sich diesmal meinem Auge bot. Ich stand auf einer Art Plattform aus großen, von Gräsern gesprengten Steinplatten, die nach ein paar Metern jäh abbrach. Dahinter lag, etwa einen halben Meter tiefer, an der Stelle des früheren Gebäudes ein Stück Brachland. Rechts war es von der hohen Feuermauer des Nachbarhauses, links vom Zaun unseres Innenhofes begrenzt, an der Rückseite standen die Häuser der Parallelstraße. Die Natur hatte die Jahrzehnte genutzt, sich das leere Geviert zurückzuerobern. Bäume und Sträucher streckten ihre frühlingsfrischen Blätter dem Himmel entgegen, Kletterpflanzen rankten sich an den Mauern nach oben.

Ich sprang von der Plattform herab und streifte ein wenig lustlos durch das Gestrüpp. Es gab nichts, fast nichts, woran man die Vergangenheit festmachen konnte. Ein Götterbaum ragte aus dem Dickicht empor, ungefähr an der Stelle, an der im Tempel einst das Lesepult gestanden haben musste. Seine lichte Krone reichte bis zu den obersten Stockwerken der umliegenden Häuser. Ich trat näher, legte meine Hände an die graue Rinde und glaubte, ein leichtes Pulsieren zu spüren. Im selben Augenblick waren die – wenn auch undeutlichen, wie verwaschenen – Bilder aus dem Keller wieder da: der riesige Stamm eines Baumes, um den sich eine Treppe windet, die Wurzeln, über die ich beinahe gestolpert wäre.

Ich schritt weiter bis zum hinteren Ende des Grundstücks. Ich versuchte mir die Menschen vorzustellen, die hier einst zum Gebet zusammengekommen waren, versuchte, aus dem Nichts, das mich umgab, ein Etwas zu rekonstruieren, es mit Bedeutung zu füllen. Doch es wollte mir nicht gelingen, und so bahnte ich mir langsam meinen Weg zum Ausgang.

Und dann entdeckte ich die Stufen: drei Stufen, ausgetreten, verdreckt und von den Wurzeln eines Baumes ein wenig aus dem Lot gebracht. Sie führten von der Plattform in der Nähe des Parkplatzes in die Höhe – und stürzten jäh ins Nichts ab. Mit einem Mal sah ich ein Portal vor mir, sah Menschen über die Stufen schreiten, sah sie im Tempel verschwinden und wieder heraustreten, an hohen Feiertagen, an gewöhnlichen Wochentagen, mit der Würde und der Langsamkeit des Alters, mit der Ungeduld der Jugend. Wo vor einem Augenblick nur Brachland gewesen war, war mit einem Mal Leben.

Ich hatte das Gefühl, vor einer Stein gewordenen Metapher zu stehen, vor einer Tafel mit Hieroglyphen: Ich wusste, dass sie bestimmt Sinn ergaben, doch es fehlte mir das Wissen, die Botschaft zu entschlüsseln. Wollten sie mir sagen, dass die Zeit reif für ein Denkmal an dieser Stelle war? Aber was sollte ich mit dieser Information anfangen?

Ich blickte auf. In der Astgabel des Baumes, in dessen Schatten die Stufen lagen, klemmte eine leere Bierdose. Ich griff danach, steckte sie in die Jackentasche und entsorgte sie in einem Baucontainer an der nächsten Straßenecke.

Eine halbe Stunde später stand ich am Wohnzimmerfenster und schaute hinaus auf die schneebedeckte Baumkrone im Innenhof. Im selben Augenblick spürte ich einen so heftigen Schmerz im Kopf, dass ich mich unwillkürlich zusammenkrümmte. Die Hände mit aller Kraft an die Schläfen gedrückt, ließ ich mich vor dem Fenster auf den Boden sinken und blieb dort ein oder zwei Minuten heftig atmend sitzen.

Der Schmerz ließ langsam nach, mein Atem wurde ruhiger. Ich war doch gerade noch bei Frühlingswetter durch den Augarten und über das Synagogengelände spaziert. Und verstand nicht, wie jetzt tiefster Winter sein konnte. Ich überlegte, welches Datum wir hatten, konnte aber keinen klaren Gedanken fassen. Hatte mich vorher beim Spaziergang meine Wahrnehmung getäuscht? Oder tat sie es jetzt?

Ich stützte mich am Heizkörper ab und stand vorsichtig auf. Der stechende Schmerz war einem dumpfen, diffusen Unwohlsein gewichen. Ich öffnete das Fenster. Die Luft, die hereinströmte, war kalt. Ich griff in den Schnee auf dem Fensterbrett, ich spürte die Kälte und die Feuchtigkeit, sah den Abdruck im Schnee, als ich die Hand wieder hob. Ich beugte mich aus dem Fenster. Rechts wurde das Nachbargrundstück sichtbar. Es lag still und unter einer dichten Schneedecke verborgen im Licht des schwindenden Tages.

Statt Tee zu trinken und zu arbeiten, legte ich mich, plötzlich von bleierner Müdigkeit erfasst, ins Bett. Trotzdem konnte ich nicht einschlafen. Beim Lesen schmerzten die Augen, selbst Fernsehen war mir zu anstrengend. Nur die Bilder im Kopf, die ließen sich nicht abstellen. Bilder von Erlebtem oder Erträumtem, die mich zugleich faszinierten und beängstigten. Die ich festhalten und zur selben Zeit verdrängen wollte. Weil ich mir ihrer nicht sicher war und keine Erklärung für sie hatte.

So unverlässlich und unverständlich meine Erinnerungen an die unmittelbare Vergangenheit waren, so glasklar standen plötzlich längst vergangene Ereignisse vor meinen Augen. Ich wusste nicht, ob ich *diesen* Erinnerungen trauen konnte. Doch sie schienen zum Greifen nahe. Erst kürzlich las ich von Menschen mit hyperthymestischem Syndrom, die von übertrieben genauen Erinnerungen an Jahrzehnte zurückliegende Geschehnisse gequält werden. Doch mich quälten diese Erinnerungen nicht. Sie präsentierten sich so farbenfroh, dreidimensional und begehbar, als brauchte ich nur meinen Fuß hineinzusetzen. Sie luden mich ein, einzusteigen in das New York des Jahres 1999.

Ich sehe mich nur wenige Tage nach der ersten Begegnung mit Max und seiner Enkelin auf einer Parkbank an der Südspitze Manhattans sitzen. Mein Blick ist auf die glitzernde Weite der Hudson Bay gerichtet, gleitet langsam von der Freiheitsstatue zu den Türmchen Ellis Islands, folgt den Schiffen und den Möwen über das Wasser und durch die Luft. Und muss auf die Nähe fokussieren, als plötzlich Judith vor mir steht. Ohne dass wir uns verabredet hätten. I knew I would see you today, sagt sie und setzt sich neben mich.

Ich sehe uns ein paar Stunden später an der Ecke Broadway und 74th Street stehen. Judith – ich habe sie von dem Architekturbüro abgeholt, in dem sie neben dem Studium arbeitet – hat mich vorgewarnt: Es gibt nicht viel zu sehen. In das Geschäftslokal, in dem sich einst die Buchhandlung von Max und seinem Vater befand, ist eine Starbucks-Filiale eingezogen.

Ich blicke mich im Raum um, als wir das kleine Café betreten. Nichts, gar nichts mehr erinnert daran, dass sich hier bis vor wenigen Jahren eine Buchhandlung befand. Eine Buchhandlung, die für Besitzer wie Benutzer zu einem Stück Ersatzheimat wurde. Dann lasse ich, während Judith von dem früher Little Vienna genannten Stadtviertel mit seinen österreichischen, deutschen und tschechischen Lokalen und Geschäften erzählt, meinen Blick über ihr Gesicht schweifen. Über die fein geschwungenen Lippen und den Schönheitsfleck nahe dem Mundwinkel. Über die schlanke, ein wenig nach links gebogene Nase. Die locker nach hinten gekämmten und zu einem kleinen Zopf gebundenen Haare, dunkelbraun, fast schwarz. Die widerspenstige Strähne, die sich von Zeit zu Zeit löst. Die feingliedrige Hand, die sie aus dem Gesicht streicht. Über die wachen, strahlenden Augen, deren Farbe zwischen Grau und Grün spielt.

Judith korrigiert mich, was die Aussprache ihres Namens betrifft. I prefer the German pronunciation, sagt sie. You-did instead of Jew-dith. So wie die andere Judith, nach der ich benannt bin, fügt sie auf Deutsch hinzu. Wir wechseln – an diesem Tag und auch an den meisten anderen, die uns bleiben werden – ständig zwischen dem Englischen und dem Deutschen. Wo sie Letzteres so gut gelernt habe, will ich wissen. Und sie erzählt nicht nur vom Germanistikstudium, sondern auch von der Schule, wo sie sich gegen den Willen ihrer Mutter für Deutsch als Fremdsprache entschied. Von Max, der über die Jahre zu ihrem wichtigsten Lehrer wurde. Vom kindlichen Vorhaben, alle Bücher in seiner Buchhandlung zu lesen. Und davon, dass er die Buchhandlung auflöste, bevor sie damit fertig wurde.

Ich sehe uns im Central Park auf der Sheep Meadow sitzen. Und weiß noch, dass ich mich in einen englischen Landschaftsgarten versetzt fühlte: Die weite, sanft gewellte Wiese ist von majestätischen Bäumen umstanden, die Abendsonne taucht die Szenerie in warmes, goldgelbes Licht. Beim Blick nach oben verschwindet die Illusion: Über den Baumwipfeln stehen die Türme von Midtown. Weit entfernt und doch zum Greifen nahe, scheinen sie sich über den Park zu neigen, als wollten sie sehen, was dort vor sich ging. Es ist, als hätte jemand zwei Gemälde in Hälften geschnitten und falsch zusammengesetzt, sage ich. Gemeinsam spekulieren Judith und ich, von welchen Malern die beiden Gemälde stammten. Und konstruieren abenteuerliche Geschichten über den Verbleib der fehlenden Hälften.

Ich sehe die länger werdenden Schatten, sehe das Abendrot auf ihrem Gesicht und in ihren Haaren. Das Licht steht dir gut, sage ich. Judith stützt sich mit einer Hand auf den Rasen, mit der anderen fährt sie sich durchs Haar. Danke. War das jetzt der berühmte Wiener Charme? Ich schüttle den Kopf. Nicht wirklich, denn es war ehrlich gemeint.

Ein Eichhörnchen kommt ganz nahe, als Judith sich bewegt, hüpft es rasch wieder davon. Ich erzähle von den achtzehntausend Eichhörnchen, die es laut Reiseführer im Central Park geben soll. Und gemeinsam setzen wir die New Yorker Variante des Sisyphos-Mythos in die Welt, der zufolge Sisyphos von den Göttern nicht zum Steinewälzen, sondern zum Eichhörnchenzählen im Central Park verdammt wurde. Oder zum Schafezählen, hat Judith gleich eine zweite Variante zur Hand. Und erklärt, dass die idyllische Sheep Meadow tatsächlich bis in die dreißiger Jahre des 20. Jahrhunderts als Weideland verwendet wurde.

Ich höre Judiths perlendes Lachen. Und sehe und spüre sie nach meiner Hand fassen. Du hast schöne Hände, sagt sie. War das jetzt New Yorker Charme? will ich wissen. So was gibt's nicht, antwortet sie schroff. We don't have time for that! Sie streicht mit sanften Fingern über meine Hand und lässt sie langsam wieder sinken. Da fällt mir zum ersten Mal der Ringfinger an ihrer rechten auf, dessen letztes Glied versteift ist. Jetzt weißt du, dass ich eine Missgeburt bin, sagt sie verschämt und will mir die Hand entziehen. Doch ich lasse es nicht zu, sondern bedecke den Finger mit tausend Küssen. Ob ich wirklich nur nach New York gereist sei, um Max und Lena kennenzulernen, will sie später von mir wissen. Das war nur ein Vorwand, antworte ich mit ernster Miene. In Wirklichkeit bin ich nur wegen dir gekommen.

What, you have Austrian roots and you've never seen *The Sound of Music*? fragt mich Judiths Arbeitskollege ungläubig. How is it even possible – to escape a classic like that? Wir sitzen ein paar Abende später unter freiem Himmel im Bryant Park mitten in Manhattan. Vor uns eine riesige Leinwand, rund um uns ein paar Tausend Menschen, die es sich mit Decken und Picknickkörben bequem gemacht haben. Während Tom und Jerry über die Leinwand rasen und für gute Stimmung vor dem Hauptfilm sorgen, kläre ich ihn darüber auf, dass das sehr leicht sei – weil im deutschsprachigen Raum kaum jemand den Film kenne. Sein Blick lässt ahnen, dass sich seine Meinung über den Bildungsstand der Europäer soeben nicht zum Besseren verändert hat.

Und dann geht es endlich los. Ein verwitweter Baron, dessen vielköpfige Kinderschar, eine junge Novizin aus einem Salzburger Kloster als Kindermädchen, eine vornehmblasse Gräfin als ihre Rivalin im Kampf um die Gunst des Barons stellen das Personal des Films. Der herrschaftliche Familiensitz der von Trapps, die Stadt Salzburg und die umliegende Bergwelt bilden die Kulisse. Und es wird ausgiebig gesungen. Und vom Publikum mitgesungen. Bei jedem Lied schwenken die Leute Feuerzeuge, sie rufen Bravo, wenn sich die junge Novizin und der Baron küssen, und sie zischen, wenn die gräfliche Rivalin auftritt. Auf der Leinwand sieht man Menschen in Tracht, die von Edelweiß und Schnitzel mit Nudel und Apfelstrudel singen, man sieht Salzburg und die Berge der Umgebung. Hebt man den Blick, ist man plötzlich wieder mitten in New York, umgeben von Menschen in Shorts und T-Shirts, von Picknickkörben mit Taco Chips und Coca Cola, von turmhohen Häusern und ab und an dem Lärm von Alarmanlagen und Polizeisirenen.

Und dann ist die Leinwand plötzlich mit Hakenkreuzen übersät, die Nazis marschieren in Österreich ein. Der ehemalige Marineoffizier von Trapp weigert sich, in ihren Dienst zu treten. Vorbei die Idylle, vorbei die Beschaulichkeit, den Trapps gelingt im letzten Augenblick die Flucht aus dem nächtlichen Salzburg. Aus, Schluss, Ende, tosender Applaus.

Wir bleiben noch sitzen, während der Abspann läuft. Nicht einmal hier mitten in New York, so denke ich, während ringsherum alle ihre Picknickkörbe zusammenpacken, nicht einmal im kitschigsten, seichtesten, naivsten Unterhaltungsfilm, der sich denken lässt, bleibe ich verschont von der unseligen österreichischen Vergangenheit. Isn't that what Austria is all about: music, mountains, aristocrats, a little yodeling here and there – and Nazis? fragt mich Judiths Arbeitskollege, als wir uns durch die Massen Richtung Ausgang wälzen. Ich weiß nicht, wie ernst die Frage gemeint ist. Und antworte ausweichend.

Judith rettet mich. Wir seien noch bei Freunden in Brooklyn eingeladen, erklärt sie ihrem Kollegen. I didn't know we were going to a party, sage ich grinsend, nachdem wir uns verabschiedet haben. Sie zieht eine Augenbraue hoch. Hab ich vergessen, dir davon zu erzählen? Eine halbe Stunde später sperrt sie die Tür zu einem Backsteingebäude in Williamsburg auf. Das müssen gute Freunde sein, wenn du sogar einen Schlüssel für die Wohnung hast. Sie dreht sich halb zu mir um und schickt mir ein herausforderndes Grinsen über die Schulter. Ziemlich gute, meint sie. Das Gebäude sei früher ein Lagerhaus gewesen, erklärt sie, während wir mit einem großen Lastenaufzug in den letzten Stock fahren. Und dann ist da Judiths Kater, der laut schnurrend ihre Beine umstreicht. León, meet Mies, Mies that's León, sagt sie, während sie über das glänzende schwarze Fell streicht. Mies – wie Mies van der Rohe? Bingo, gibt Judith zurück. Und Mies lässt zur Bestätigung ein kurzes Miauen hören.

Judith streift die Schuhe ab. Komisch, meint sie mit gespieltem Erstaunen, meine Freunde sind noch gar nicht da. Dann müssen wir uns die Zeit eben zu zweit vertreiben, meint sie schulterzuckend. Wie langweilig, gebe ich zurück und fasse sie an den Hüften. Ihre Lippen sind weich und warm. We could watch TV, schlage ich vor. Gute Idee. Wir küssen uns erneut. So, sagt Judith nach einer Weile und stößt mich sanft von sich. That's enough for tonight!

Später, der Deckenventilator im Schlafzimmer surrt leise, ich spüre Judiths Körper auf meinem, ich fasse sie an den kleinen, festen Brüsten, das halblange Haar fällt ihr ins Gesicht, fällt mir ins Gesicht, wenn sie sich herabbeugt. Wann kommen denn deine Freunde endlich? will ich wissen. Mir ist langweilig. Asshole, antwortet Judith grinsend. Dann beugt sie sich zu mir herunter, und unsere Münder verschmelzen miteinander.

Ich sehe uns am Heck der Staten Island Ferry stehen. Judith, Max, Lena und mich. Die Fähre nimmt Fahrt auf, der Wind streicht langsam über unsere Gesichter und bietet angenehme Kühlung. Die Türme der Stadt werden kleiner, verlieren Farben und Details, verschwimmen im Dunst zu kubischen Formen in unterschiedlichen Größen und Graustufen. Weiß und schäumend zieht sich das Kielwasser, lang und länger werdend, in weitem Bogen durch die Bucht. Möwen stehen darüber, halten sich mit wenigen Flügelschlägen in der Luft, stoßen von Zeit zu Zeit zur Wasseroberfläche hinab und steigen wieder empor.

Ich strecke die Hand nach der Stadt aus, will sie fassen, begreifen, vermessen. Die Zwillingstürme an der Südspitze sind so groß wie mein Daumen. Ein paar Tage zuvor war ich zwischen den beiden Gebäuden gestanden, hatte hinaufgeblickt an den abweisenden Fassaden, hatte sie umrundet. Es war fantasielose, hässliche, brutale Architektur. Doch aus der Entfernung wirken sie beinahe elegant, zeitlos, setzen einen deutlichen Akzent in der Masse der Baukörper. Ich verdecke die beiden Türme mit der Hand, versuche mir vorzustellen, wie die Silhouette ohne sie aussehen würde.

Lena bittet einen asiatischen Touristen, ein paar Fotos von uns zu machen, alle strahlen, ich küsse Judith. Ich bin so glücklich wie noch nie in meinem Leben. Nicht nur wegen Judith. Sondern auch wegen Max und Lena. Es ist gerade mal vier Wochen her, dass ich zum ersten Mal Max gegenübersaß. Und doch fühlt es sich an, als würden wir uns schon seit Monaten oder gar Jahren kennen. Wir machen einen Familienausflug. The kids, sagt Lena. Und gibt Judith Geld, damit wir uns an der kleinen Bar auf der Fähre ein Eis kaufen.

Linker Hand taucht Liberty Island auf, die Statue mit der Fackel im ausgestreckten Arm wird sichtbar. *Give me your tired, your poor, your huddled masses yearning to breathe free*, so beginnt die Inschrift auf dem Sockel. Und sie waren tatsächlich gekommen,

Jahrhunderte lang, die Massen der Vertriebenen und Verfolgten, die Europa nicht mehr wollte, die Armen, die nichts mehr zu verlieren hatten, die Freigeister, denen die Alte Welt zu eng geworden war, die Abenteuerlustigen, die ein neues Leben in einer neuen Welt beginnen wollten. Lena stellt verwundert fest, wie klein ihr die Statue heute vorkomme – und wie groß sie ihr bei der Ankunft sechzig Jahre zuvor erschienen sei. Ich kenne das Foto, das bei dieser Gelegenheit entstand. Auch damals hatte Lena jemanden an Bord gebeten, den Moment auf Kamera festzuhalten.

Max schweigt zu den Erinnerungen seiner Schwester. Erst als wir in Staten Island ankommen und die Fähre verlassen, um gleich danach wieder an Bord zu gehen, fragt er mich: Weißt du, was mich bei meiner Ankunft in New York am meisten überrascht hat? Ich schüttle den Kopf, Lena rollt mit den Augen, Judith hängt sich lächelnd bei ihrem Großvater ein. Sie haben die Geschichte wahrscheinlich schon unzählige Male gehört, für mich ist sie hingegen neu. Die gelben Taxis, sagt er. Und erklärt, dass er zwar vor dem Krieg in Wien und Prag zahlreiche Filme über New York gesehen habe – doch die seien natürlich alle schwarz-weiß gewesen. Und kein Mensch in Europa wäre auf die Idee gekommen, dass die Taxis gelb sein könnten.

Judith und ich stehen bei der Rückfahrt am Bug der Fähre und genießen den Wind, der uns nun mit voller Kraft ins Gesicht bläst. Ich spüre Judiths Hand in der meinen, wir küssen uns, und dann kann ich minutenlang den Blick nicht abwenden von der Stadt auf der anderen Seite der Bucht. Zuerst scheint sie über dem Wasser zu schweben, die Türme sind beinahe im Dunst verschwunden. Doch mit jedem Meter, den das Schiff zurücklegt, treten sie deutlicher hervor, nehmen wieder Konturen und Farben an, gewinnen an Höhe. Und das Bild der aus dem Meer auftauchenden Stadt brennt sich ein in meine Netzhaut, in mein Gedächtnis und in meine Seele. Und ist bis heute dort abgespeichert.

Und dann sind da auch Bilder von der letzten Nacht dieses ersten New Yorker Sommers. Vom Stromausfall, der uns gegen drei Uhr morgens schweißgebadet aufwachen lässt, weil der Deckenventilator ausgefallen ist. Und vom Spaziergang, den Judith unbedingt unternehmen will. Ich sehe uns auf der Williamsburg Bridge stehen, höre hinter uns die Autos und die Subway vorbeibrausen, sehe weit unten die schwarzen Wasser des East River. In Brooklyn trotzen nur vereinzelte Lichter der Finsternis. Ein Hubschrauber zieht langsam seine Kreise, ein starker Scheinwerfer schneidet suchend durch die Dunkelheit. In Manhattan sind mehr Lichter zu sehen, doch auch dort scheint der Strom ausgefallen zu sein.

Als wir auf dem Rückweg einen kleinen, halb verwilderten Park durchqueren, steht der Helikopter plötzlich direkt über uns. What the hell are they doing? schreie ich, um das laute Motorengeräusch zu übertönen. Der Scheinwerfer streicht über die Baumwipfel des Parkes, und im selben Augenblick werden wir beide von einem starken Regenguss erfasst. Shit! ruft Judith aus. You know what it is? They are spraying! Sie reißt plötzlich an meiner Hand und beginnt zu laufen. Quick! Let's get out of here! Wir rennen zwei oder drei Blocks nach Osten, dann bleibt Judith keuchend stehen. Sie streicht sich die Haare aus der Stirn und wischt sich mit dem Handrücken über Augen und Mund. Erst jetzt bemerke ich den süßlichen Chemikaliengeruch, der in der Luft und an Lippen, Haut und Kleidern klebt. They are nuts! schimpft Judith. It's the West Nile virus. Sie versprühen dieses

Zeug, um die Moskitos zu bekämpfen. Weil ein paar Menschen krank geworden sind.

Es ist nach fünf Uhr, als wir endlich im Bett liegen. Draußen hat bereits die Dämmerung eingesetzt, und es gibt noch immer keinen Strom. Judith ist nach wenigen Minuten eingeschlafen, ich liege wach und blicke aus dem Fenster.

Zwölf Stunden bleiben uns noch. Dann muss ich das Flugzeug nach Wien besteigen. Und weiß nicht, wann wir uns wiedersehen werden. Ich denke an das, was Judith mir ein paar Tage zuvor sagte, das Schönste, was bis dahin ein Mensch zu mir gesagt hat: Ich hab auf dich gewartet. Without knowing it, I was waiting for you. Wird sie tatsächlich auf mich warten, auch wenn wir uns gerade auf zwei verschiedenen Seiten des Atlantiks befinden? Ihr Atem geht gleichmäßig, und ich spüre ihre Hand auf meinem Arm. Irgendwann gleite auch ich in den Schlaf. Und träume von einer Insel im Atlantik, genau in der Mitte zwischen Europa und Amerika. Von einer Insel, auf der sich das Beste von beiden Seiten zu einem neuen großen Ganzen mischt. Wir, Judith und ich, haben Atlantis entdeckt und uns dort häuslich eingerichtet.

Zurück auf meiner Seite des Atlantiks, zurück in der Gegenwart, zurück in meiner Wohnung und meinem Bett. Über den Fernsehschirm flimmerten Bilder von Menschen, die mit Baseballschlägern und anderen Werkzeugen Schaufenster einschlugen und die dahinterliegenden Läden plünderten, es ging anscheinend um Athen. War das tatsächlich die Gegenwart, in die ich da zurückkehrte? War es wirklich die richtige Seite des Atlantiks, die richtige Seite der Zeit? Wie spät war es? Welchen Tag hatten wir? Ich schaute auf meinen Wecker. Sah darauf Zahlen und Buchstaben. Versuchte sie zu deuten. Und schlief ein, bevor es mir gelang. Irgendwann schreckte ich hoch, es gab Lärm auf der Straße, ich bildete mir ein, Brandgeruch wahrzunehmen, doch diesmal ließ ich mich nicht von irgendwelchen Trugbildern verwirren und versank wieder im Schlaf.

10

Der Brandgeruch wollte mich auch während des folgenden Tages narren, doch ich ließ es nicht zu. Haben Sie schon von dem Feuer gehört? fragte mich die Spinne, als ich schließlich am Nachmittag hinausging. Sie war aus ihrer Wohnung gekrochen, kaum war ich vor die meine getreten. Was für ein Feuer? fragte ich verwirrt. Na unten, im Ausländergeschäft, erklärte sie, als wäre ich schwer von Begriff. Sie sagte nie Diwan, sondern »das Ausländergeschäft«. Oder einfach nur »unten bei den Ausländern«. Was allerdings, seit der Hausbesitzer Aslywerber im Haus einquartiert hatte, sich nicht notwendigerweise auf den Diwan beziehen musste. Wahrscheinlich hatten sie und ihre Eltern früher auch »unten bei den Juden« gesagt, wenn sie von der Buchhandlung der Familie Klein sprachen.

Die Hauseinfahrt wurde von Lebensmittelregalen und anderen Möbelstücken blockiert. Die Tür zum Hintereingang des Diwan war geöffnet und der Lagerraum so vollgestellt, dass ich mich kaum durchzwängen konnte. Ich verstand gar nichts mehr, als ich schließlich den leer geräumten Verkaufsraum betreten hatte. Man hat uns ein bisschen eingeheizt, begrüßte mich Marwan. Er stand hinter der Theke und lächelte, wirkte aber so müde und resigniert, wie ich ihn noch nie erlebt hatte.

Jemand hatte in der Nacht ein Schaufenster eingeschlagen und zwei Brandsätze in den Raum geworfen. Die Flammen waren laut Feuerwehr bald von selbst ausgegangen. Doch sie hatten, zeigte mir Marwan, deutliche Spuren auf dem Holzboden hinterlassen, und die Decke darüber war an zwei Stellen schwarz gefärbt vom Ruß. Durch den Rauch und den Feuerwehreinsatz waren noch zusätzliche Schäden entstanden. In den Nachrichten, die aus Marwans kleinem, auf der Theke platzierten Radio tönten, war von mindestens fünfzehn ähnlichen Vorkommnissen in der ganzen Stadt die Rede.

Träumte ich schon wieder? Oder noch immer? War ich in einer Art Zeitschleife gefangen, die sich als Thema mit Variationen auf der Klaviatur meines Geistes abspielte? Marwan schaltete das Radio aus. Zweiunddreißig Jahre lebe ich jetzt in diesem Land, sagte er, ohne mich anzuschauen. Ich habe geglaubt, ich bin hier sicher. Ich habe geglaubt, ich bin hier zu Hause. Ich blickte auf seine grauen Schläfen, auf die Falten an seiner Stirn. In einer einzigen Nacht schien er um Jahre gealtert, müde nicht nur von einer wahrscheinlich durchwachten Nacht, sondern von einem Leben, in das schon so oft von außen Gewalt hereingebrochen war. Sollte ich ihm von meinem seltsamen Traum erzählen? Ihm die Brandwunde am Handgelenk zeigen? Aber wozu? Es würde ihn nicht trösten. Und wie sollte er verstehen, was nicht einmal ich selbst mir erklären konnte? Du *bist* hier zu Hause, versuchte ich ihn zu überzeugen. Doch ich kam mir vor wie ein Politiker, der redet, ohne etwas zu sagen.

Der Diwan glich jedenfalls einer Baustelle, und zahlreiche freiwillige Helfer waren am Werk: Das zerbrochene Fenster war mit mehreren Lagen Plastikfolie notdürftig abgedeckt, die Regale waren zur Seite gerückt, der Boden mit Malerkarton bedeckt. In der Mitte war aus mehreren Leitern ein behelfsmäßiges Gerüst aufgestellt und mit Plastikfolie verhängt worden; zwei

Arbeiter, durch Masken geschützt, waren damit beschäftigt, die geschwärzten Stellen an der Decke zu säubern. Stell dir vor, die hat uns Marek geschickt, sagte Marwan. Einfach so, auf seine eigene Rechnung. Ich nickte anerkennend. Vielleicht wird unser Hausbesitzer altersmilde, sagte ich. Und dann fielen mir die anderen freiwilligen Helfer auf, die zusammen mit Linde im hinteren Teil des Ladens beschäftigt waren: Ich erkannte ein paar Flüchtlinge aus dem Haus, da waren zwei Obdachlose, die oft im Diwan einkehrten, sowie der eine oder andere Stammkunde. Was Linde und Marwan seit Jahren großzügig gaben, wurde ihnen nun zurückgegeben. Du *bist* hier zu Hause, sagte ich noch einmal zu Marwan, und diesmal glaubte ich selbst, was ich sagte. Ich deutete auf die Helferschar. Und er nickte langsam.

Ich blieb natürlich. Auch wenn bereits ausreichend Helfer da waren und Linde sogar manche wieder wegschicken musste, weil es nicht genug Platz für alle gab. Geht's dir nicht gut? fragte sie mich, als ich irgendwann direkt neben ihr zu stehen kam. Ich blickte überrascht auf. Die Beschwerden der vergangenen Tage waren immer noch zu spüren, aber mir war nicht bewusst gewesen, dass man sie mir immer noch ansah. Du siehst aus wie ein Geist, sagte sie besorgt. Ach, du weißt ja, dieser Virus, den ich mir vor Weihnachten zugezogen habe, log ich. Doch Linde war nicht so leicht zu belügen. Sie bestand darauf, dass ich mich setzte, sie brachte mir selbst Tee und wies Marwan an, mich nicht aus den Augen zu lassen. Vielleicht hatte sie recht, dachte ich, während ich langsam an meinem Teeglas nippte. Vielleicht sah ich nicht nur aus wie ein Geist. Vielleicht war ich einer. Vielleicht war ich, der selbstmörderischen Elster sei Dank, an meinem Geburtstag kurz vor Weihnachten zum Geist geworden. Vielleicht konnte ich nur deshalb Judith sehen, vielleicht gehörte ich genauso wie sie gar nicht mehr in diese Zeit und in diese Welt.

Judith kam auf mich zugeschossen, kaum hatte ich die Wohnungstür hinter mir abgeschlossen. Sie sprang an mir hoch und klammerte sich so fest an mich, als wollte sie mich nie wieder gehen lassen. Ich hab mir solche Sorgen gemacht! stieß sie hervor. Wo warst du so lange? Dann brach sie in Tränen aus.

Ich war gerührt. Und verstand nicht, was sie meinte. Ich war doch den ganzen Vormittag zu Hause, sagte ich. Und den ganzen gestrigen Tag. Und ich hab mir um *dich* Sorgen gemacht, weil *du* nicht da warst. Aber du … du hast doch gesagt, du … du gehst nur ganz kurz hinunter, brachte sie unter Schluchzen hervor. Ich nahm ihr die Mütze ab und strich ihr über die Locken. Ich verstand noch immer nicht. Wieder hatte ich das Gefühl, in einer Art Schleife zu hängen. Als hätte jemand der Zeit ins Uhrwerk gegriffen. Als wäre Judiths fehlendes oder durcheinandergeratenes Zeitgefühl ansteckend. Jetzt bin ich ja bei dir, versuchte ich sie zu beruhigen.

Ich zog mir umständlich die Schuhe aus, ohne Judith runterzulassen. Dann trug ich sie in die Küche, setzte sie auf die Bank und stellte Wasser für Tee auf. Judith hatte aufgehört zu schluchzen, ihr Atem wurde ruhiger. Während ich darauf wartete, dass das Wasser zu kochen begann, fiel mein Blick hinaus auf die schneebedeckte Baumkrone im Innenhof. Und wurde plötzlich überlagert vom Bild des riesigen Baums in Buchhandlung und Keller.

Kannst du dich an vorgestern Nacht erinnern? befragte ich Judith, als ich mich neben ihr auf der Bank niederließ. Sie blickte mich mit blanken Augen an. An die Buchhandlung? fügte ich zögernd hinzu. An das Feuer? Doch Judiths Blick blieb leer.

Trotz Müdigkeit wollte ich am Roman weiterarbeiten. Mit Notizbuch und Laptop ließ ich mich auf dem Sofa nieder. Und reiste schon kurze Zeit später durch Zeit und Raum. Die Reise ging wieder einmal nach New York. Und wieder ins Jahr 1999.

Lies das, dann wirst du Max und meine Familie besser verstehen. Und vielleicht auch mich. Mit diesen Worten hatte mir Judith damals Max' unweihnachtliche Weihnachtsgeschichte überreicht. Jetzt, da ich die Eintragung im Notizbuch las, hatte ich das rote Sofa in Judiths Wohnung vor Augen, auf dem ich tat, wie mir geheißen. Ich las die Geschichte, begann noch einmal von vorne, las sie ein drittes Mal. Ich wollte verstehen. Und ich glaubte auch zu verstehen. War beeindruckt, aufgewühlt, verstört. Judith aber würde mir später, als unsere Beziehung schon vor dem Ende stand, an den Kopf werfen, dass ich nichts, gar nichts begriffen hätte. Ob der Vorwurf nun gerechtfertigt war oder nicht – die Geschichte, mit der Max einen Schlussstrich unter sein eigenes literarisches Schaffen gezogen hatte, ist jedenfalls untrennbar mit *meinen* Anfängen als Schriftsteller verbunden.

Was für eine Stimme! Und was für eine Tragik, dass sie zum Verstummen gebracht wurde, schrieb ich damals in mein Notizbuch. Und versuchte Max von da an zum Weiterschreiben zu animieren. Wenn schon nichts Literarisches, dann solle er doch wenigstens seine eigene Geschichte aufschreiben, auf dass sie nicht verloren gehe. Max hörte mir jedes Mal geduldig zu, doch die Essenz seiner Antworten war immer ein Nein, ob diese nun wortkarg oder beredt ausfielen. Schreib du doch die Geschichte auf, kam eines Tages der Gegenvorschlag. Den ich natürlich nicht ernst nahm. Ja, schreib du sie auf, echote Judith, als ich ihr davon erzählte.

Ob ich mit dem Schreiben begonnen hätte, fragte mich Max von nun an jedes Mal, wenn er mich sah. Und ich verteidigte mich damit, dass ich kein Schriftsteller sei. Aber du bist Historiker, meinte er bei einem dieser Gespräche. Mit Schwerpunkt auf Mittelalter und früher Neuzeit, konterte ich. Das passt doch perfekt zu meinem Geburtsdatum, oder? Ich musste lachen. Und außerdem sagt mir Judith, dass du den ganzen Tag schreibst. Ich machte eine wegwerfende Handbewegung. Das ist kein Schreiben. Sondern nur ein Aufschreiben. Notizen. Lose Gedanken. Beobachtungen von Dingen, die mir wichtig sind. Das ist doch ein guter Anfang, meinte Max. Ich winkte ab. Und hatte doch Blut geleckt.

Erst im Jahr davor hatte ich im Zuge der Nachforschungen über Max und seine Familie das Schreiben – oder eben Aufschreiben – für mich entdeckt: Zwischen den Recherchenotizen begann ich mir schreibend Gedanken über dieses und jenes zu machen. Ich, der ich bis dahin nur geschrieben hatte, was in der Schule und während des Studiums geschrieben werden musste, machte mich auf, schreibend die Welt zu erkunden.

Das Schreiben wurde mir schnell zur Notwendigkeit. Ich merkte, dass es mir denselben Halt gab, den ich als Jugendlicher beim Lesen gefunden hatte. Dass es meinen Blick auf die Dinge schärfte. Dass es mir half, mich des Moments und damit meines eigenen Seins zu vergewissern. Und dass ich mir die Welt so zurechtschreiben konnte, dass ich sie verstehen und in ihr gedeihen würde.

Bei meinem ersten New-York-Aufenthalt nahm die Notwendigkeit beinahe zwanghafte Züge an. Es gab so viele Eindrücke, die gleichzeitig auf mich einstürmten, und ich wollte sie alle festhalten, wollte alles aufsaugen wie ein Schwamm. Ich schrieb wie ein Besessener, um nur ja nichts zu verpassen. Als wäre es erst dann wirklich, wenn ich es in Worte gefasst hätte. Are you a writer? fragten mich die Menschen, wenn sie mich in der Subway, im Park oder in einem Lokal mit meinem Notizbuch sitzen sahen. No, I'm not, verneinte ich lächelnd. Du würdest auch noch den Weltuntergang bis ins allerletzte Detail beschreiben, machte sich Judith bald über mich lustig. Ich bin Historiker, es ist meine Pflicht, Zeugnis von den Ereignissen abzulegen, gab ich zurück. Soll ich damit aufhören, nur weil vielleicht die Welt untergeht? You're nuts, meinte Judith kopfschüttelnd. And I love you!

Und nun bot sich also die Gelegenheit, Zeugnis abzulegen. Zwar nicht über das eigene Leben, die eigene Zeit. Aber über das Leben eines wunderbaren Menschen, der zum Freund geworden war. Eines Menschen, der den Weltuntergang am eigenen Leib erlebt – und ihn wie durch ein Wunder *über*lebt hatte.

Ich fühlte mich geehrt, weil Max mir das Unterfangen zutraute. Und mir seine Geschichte anvertraute. Aber gleichzeitig plagten mich Zweifel, ob ich der Aufgabe gewachsen war. Und ob ich mich damit nicht viel zu weit von meinem angestammten Feld entfernen würde. Max und Judith taten alles, um meine Zweifel zu zerstreuen. Und so gab ich also eines Tages mein Ja-Wort. Ich las mich in die Thematik ein, ich begann mir gezielte Fragen zu überlegen, Max stellte mir Fotos, Briefe und seine veröffentlichten Texte zur Verfügung. Und gab mir in unzähligen Gesprächen so tiefen Einblick in sein Leben, dass mich dabei manchmal der Schwindel packte.

Irgendwann war das Material so weit gesichtet, geordnet und gewichtet, dass ich mit der Schreibarbeit beginnen konnte. Und dann, kaum hatte ich die ersten zwei Abschnitte hinter mir, war da plötzlich die Idee, statt einer Biografie doch lieber einen Roman über Max schreiben zu wollen. Ich wusste nicht, woher sie kam, hatte keine Ahnung, welche Stimme sie mir eingeflüstert hatte. Sie überfiel mich einfach eines Tages aus dem Hinterhalt meines Geistes und setzte sich in meinem Kopf fest, auch wenn ich sie anfangs wie ein lästiges Insekt zu verscheuchen versuchte.

Erst in der Rückschau wurde mir klar, dass auch meine Notizen – meine »Versuche«, wie ich sie damals nannte – zunehmend literarischer geworden waren. Dass sich darin, angeregt durch die Beschäftigung mit Max' Leben und Schreiben, neben Beobachtungen und Gedanken mehr und mehr Szenen, Bilder und Fantasien fanden. Auch das hatte ich nicht angestrebt, nicht gewollt. Nicht ich schrieb so, sondern es schrieb in mir und aus mir heraus.

Ich unterbrach also die Arbeit an der Biografie. Machte mir erneut Notizen. Holte mir Max' Erlaubnis. Sprach nächtelang mit Judith über das Projekt. Fing bald zu schreiben an. Hörte zu studieren auf. Und nannte mich irgendwann – yes, I *am* a writer – Schriftsteller. Auch wenn der Roman über Max, weil ständig andere Bücher, Menschen und Ereignisse dazwischenkamen, bis heute auf seine Vollendung wartet.

Der Roman eines Romans – Max' Lebensgeschichte, anhand seines unvollendet gebliebenen Romans erzählt – beginnt in Prag und endet im Kibbuz. Mit einem Prolog in Wien. Und einem Epilog in New York. Das war, in drei Sätzen zusammengefasst, die Ursprungsidee meines Romans über Max Klein. Jetzt, da ich diese Worte vor mir sah, wurde mir mit einem Mal die Ironie bewusst: dass ich seit Jahren einen Roman über einen Schriftsteller zu schreiben versuchte, der an seinem einzigen Roman gescheitert war.

In Prag, wo Max seit 1936 als Kulturredakteur beim *Prager Tagblatt* arbeitete, schrieb er die erste Version seines Romans. Es sollte, wie Max einmal selbstironisch bemerkte, *der* große sozialkritische Roman werden, der, einer Offenbarung gleich, den Menschen die Augen öffnen würde.

Die zweite Fassung entstand in Paris: Während sich Max nachts als illegaler Lagerarbeiter sein Baguette verdiente – offizielle

Erlaubnis war wegen der hohen Arbeitslosenzahlen keine zu bekommen –, machte er sich tagsüber daran, das Manuskript zu überarbeiten. Weil die Ereignisse des Jahres 1938 nicht nur sein eigenes, sondern auch das Leben seines Romanprotagonisten auf einen Schlag verändert hatten und beide wie aus einer Welt von Vorgestern erscheinen ließen.

Der Kriegsausbruch machte den Roman erneut zu Makulatur. Trotzdem fand Max, wenn er nicht gerade als feindlicher Ausländer inhaftiert war, erstaunlicherweise die Zeit und die Kraft, das Manuskript der veränderten Welt anzupassen. Und selbst in Marseille schaffte er es, bis zum Tag seiner Verhaftung am Roman weiterzuschreiben. Obwohl er begann, an der Sinnhaftigkeit seines Projektes zu zweifeln. Welcher Verlag würde sein Buch drucken? In welchem Land und in welcher Sprache? Und wer würde es lesen? *Würde ich unter denselben Umständen dieselbe Kraft aufbringen?* hatte ich mich im Notizbuch gefragt. Wohl kaum, dachte ich damals wie heute.

Was mit Max in den Jahren nach seiner Verhaftung geschah, weiß ich mittlerweile. Oder glaube es mir vorstellen zu können. Auch wenn es in Wahrheit unvorstellbar ist. *Doch was geschah mit dem Manuskript, nachdem Max nach seiner Verhaftung nicht mehr in sein Zimmer im Bordell zurückkehren konnte? Wurde es von der Besitzerin des Etablissements zusammen mit dem Rest seiner Besitztümer entsorgt? Oder einem Freier – oder dem nächsten Untermieter – zum Kauf angeboten? Oder verschenkt?* So stand es im Notizbuch. Vielleicht, so spann ich meine Überlegungen von damals weiter, war ja dieser Käufer oder Beschenkte des Deutschen mächtig. Vielleicht sogar literarisch interessiert. Und bemächtigte sich des Manuskripts und veröffentlichte es später, irgendwann, irgendwo, vielleicht in einer anderen Sprache, unter einem anderen Namen. Vielleicht aber gelangte es stattdessen auf Umwegen in irgendein kleines lokales Museum. Und dient heute, als langsam verbleichendes Ausstellungsstück in einer staubigen Vitrine, zur Illustration des deutschsprachigen Exils in Südfrankreich.

Hier könnte der Roman eines Romans zu Ende sein. Doch Max gab nicht auf. Nach drei oder vier Jahren in Israel war er zumindest so weit angekommen im Land wie im Leben, dass es ihn wieder an den Schreibtisch zog. Und was tat er? Er versuchte das verschollene Manuskript aus dem Gedächtnis abzurufen und erneut zu Papier zu bringen. Seite für Seite. Und Tag für Tag.

Das Kibbuz ist kein Ort der Schrift, hatte ich mir einen seiner Sätze über Israel notiert. Oder zumindest nicht jenes Kibbuz, in dem Max damals lebte. Irgendwann musste er sich jedenfalls eingestehen, dass der Roman endgültig von der Zeit eingeholt, nein, überholt worden war. Dass diese Geschichte in seinem Leben und sein Leben in dieser Geschichte keinen Platz mehr hatte. Und für wen, außer für sich selbst, sollte er sie schreiben? Für die, die mit ähnlichen Geschichten im Gepäck nach Palästina gekommen waren, das nun Israel hieß? Für die, die ihn und seinesgleichen aus Deutschland oder Österreich fortgejagt hatten? Oder für die, denen man das Land weggenommen hatte, das er nun bestellte? Er verbrannte die mehr als zweihundert Seiten, die er seinem Gedächtnis in mühevoller Arbeit abgerungen hatte. Und verstreute das bisschen Asche, das übrig blieb, auf einem der umliegenden Baumwollfelder.

Der Roman war damit Geschichte. Und erhielt einen Epilog in New York. Dort veröffentlichte Max ein paar Erzählungen im *Aufbau* und anderen deutschsprachigen Exilzeitschriften. Und sah sich bald in einer Sackgasse angekommen. Stürzte sich daraufhin mit großer Energie auf die englische Sprache. *Ich wollte sie für mich erobern, sie mir aneignen, in Besitz nehmen. Aber die Sprache trotzte meinen Eroberungsversuchen, verweigerte sich mir, der ich erst mit vierzig Jahren ins Land gekommen war.* Und sie ließ ihn mit jedem Satz spüren, dass er doch nie den eigenen literarischen Ansprüchen gerecht werden würde.

Sein Schriftstellerleben endete im Dezember 1960 mit der Veröffentlichung seiner Weihnachtsgeschichte im *Aufbau*. Es folgten erboste Leserbriefe und Proteste anderer Autoren: *So kann und darf man nicht über Auschwitz schreiben.* Doch Max reagierte nicht darauf. Verbat sich jedes weitere Wort. Vernichtete alle verbliebenen Manuskripte. Und blieb jahrzehntelang bei dem am Ende seiner Geschichte festgehaltenen Entschluss: nie wieder irgendjemandem irgendetwas zu erzählen. *Der Mensch Max hat überlebt. Doch der Schriftsteller wurde zum Schweigen gebracht.*

Ich ließ das Notizbuch sinken. Mehr als einmal hatte ich mir ausgemalt, was er alles hätte schreiben und veröffentlichen können, hätte ihn das Schicksal nicht mit Mühlsteinen um den Hals durchs Leben geschickt. Mehr als einmal hatte ich mich gefragt, wie viele Werke – Romane, Theaterstücke, Streichquartette, Opern, Gemälde, Skulpturen – verloren gegangen, nie vollendet oder gar nicht erst erschaffen worden waren, weil man ihre Schöpfer umgebracht oder ihnen auf der Flucht, im Exil oder im Lager die schöpferische Kraft zermürbt und geraubt hatte. Und manchmal setzte ich mich ins Parkett jenes imaginären Konzertsaals, in dem ebendiese Musikstücke zum Klingen gebracht wurden. Ich wandelte durch lichtdurchflutete Galerien und Museen, die stolz die verloren geglaubten Bilder und Skulpturen präsentierten. Und holte mir des Nachts eines der vielen verschollenen Bücher aus dieser Traumbibliothek.

Anne Frank lächelte mir vom Fernsehbildschirm entgegen. Obwohl es nichts zu lächeln gab: Wie erst jetzt bekannt wurde, waren kurz vor Weihnachten weltweit mehr als sechstausend Exemplare ihres Tagebuches in öffentlichen Bibliotheken auf der ganzen Welt verbrannt worden. Wer die am selben Tag in mehr als hundertsiebzig Städten durchgeführte Aktion geplant und koordiniert hatte, war laut Nachrichtensprecher noch nicht geklärt. Statt der vor Ort verbrannten Bücher hatten die unbekannten Täter Exemplare von *Die Anne-Frank-Verschwörung* hinterlassen, worin nicht nur das Tagebuch als Fälschung bezeichnet, sondern auch die Existenz von Anne Frank geleugnet wurde.

Das Gesicht Anne Franks, dieses zur Ikone gewordene, ewig lächelnde Gesicht, geleitete mich in den Schlaf. Trotz des Lächelns wusste ich, dass ihr Vermächtnis von der Auslöschung bedroht war. Weil sich die einmal begonnene Vernichtungsaktion ausgeweitet hatte. Auf die entlegensten Städte in den exotischsten Ländern. Jedes Exemplar, das je gedruckt worden war, wurde verbrannt, in jeder Bücherei, in jeder Buchhandlung, sogar in privaten Bibliotheken, und es gelang auch, auf einen Schlag alle elektronischen Kopien zu vernichten. Anne ließ sich nicht unterkriegen und lächelte tapfer weiter. Aber ich glaubte mit einem Mal zu wissen, dass es an mir lag, ihr Vermächtnis zu retten. Dass ich das Buch aus dem Gedächtnis neu schreiben musste. Damit sie weiter lächeln konnte bis in alle Ewigkeit.

Was machst du? fragte mich Judith, als ich mitten in der Nacht aufstand und ans Fenster trat. Ich schreibe eine Geschichte, sagte ich. Hier? Am Fenster? Mitten in der Nacht? Ja, antwortete ich. Judith erhob sich aus ihrem Sessel, trat an meine Seite und griff nach meiner Hand. Aber du schreibst nicht, sagte sie. Und hielt wie zum Beweis meine rechte Hand hoch. Doch, beharrte ich. Und nahm nun ihre Hand, die sich zuerst ein bisschen sträubte, und begann, ihren Zeigefinger über die feuchtkalte Fensterscheibe zu führen.

Das Geisterhaus

Im Anfang war das Wort, und das Wort war bei mir, und ich war das Wort. Und alles, was ist, ist durch das Wort geworden. Zuerst fügte ich Letter auf Letter, um die Mauern dieses Hauses zu errichten. Ich reihte Wort an Wort und baute eine Stadt um das Haus herum. Zeile für Zeile webte ich am Himmelszelt, um es über der Stadt und der Welt aufzuspannen. Aus dem, was in meinem Setzkasten verblieb, schuf ich alsdann die Menschen, die unter diesem Himmel wohnen. Und den Raum zwischen den Zeilen verwandelte ich in Zeit und schenkte sie den Menschen zum Leben und zum Sterben.

Einen unter ihnen versah ich mit der Gabe und der Bürde, über das Leben und Sterben der anderen zu berichten. Und in dieser Nacht zwischen den Jahren ließ ich ihn zum Geist werden, ließ ihn die Wände zwischen Räumen und Zeiten durchdringen, als ob Gestern und Heute Tür an Tür im selben Haus wohnten. Und öffnete ihm – nicht nur im Haus, sondern auch vor dessen Fenstern und Türen – die Augen für das, was war und was ist und auch ein wenig von dem, was sein und gewesen sein könnte.

León, immer noch am Fenster stehend, lässt die Hand sinken und dreht sich um. Im Bett, aus dem er sich gerade erst erhoben hat, liegen nun Elisabeth und Friedrich Klein. León würde dem Buch, das sich auf Elisabeth Kleins Brust hebt und senkt – Stefan Zweigs *Die Welt von gestern* – sicherlich Beachtung schenken, wäre da nicht noch eine dritte Person, die ich hineingelegt habe in die Zeit und in den Raum zwischen den beiden friedlich schlummernden Eheleuten: Leóns Frau Lydia. Natürlich wacht sie nicht auf, als León sie zu wecken versucht, doch ich zaubere ein Lächeln auf ihr schlafendes Gesicht, als er ihre Füße streichelt und küsst. Dann bedeute ich ihm, mir zu folgen.

Erst jetzt wird ihm bewusst, dass Judith nicht mehr an seiner Seite ist. Er wird unruhig, er ruft sie, sucht sie in der Küche, doch ich führe ihn ins Kinderzimmer. Er ist verwirrt, als er auf dem Bett nicht nur eine, sondern zwei schlafende Gestalten wahrnimmt. Es dauert, bis er neben Judith ihre Schwester Lena erkennt. Er streicht beiden zärtlich über den Kopf, doch erst dann fällt ihm das zweite Bett auf, das ich auf der anderen Seite des Raumes platziert habe. Dort lasse ich Hanna schlafen, lasse León niederknien, sie mit Küssen überschütten und Trauer und Freude zur gleichen Zeit und im gleichen Maß empfinden.

Irgendwann wird ihm klar, dass er auch sie nicht aus dem Schlaf wird küssen können. Es ist der entfernte Klang einer Schreibmaschine, der ihn zuerst aufhorchen und dann aufstehen lässt. Ich locke ihn damit ins Arbeitszimmer. Er bleibt vor der Bücherwand stehen, aus der das Klappern zu kommen scheint, dann beginnt er, Bücher zur Seite zu schieben. Durch die so entstandene Lücke hindurch wird der angrenzende Raum sichtbar, Max Klein sitzt mit dem Rücken zu uns an einem Schreibtisch und tippt in die Tasten einer altmodischen Schreibmaschine. León räumt die Bücher aus dem Regal, nimmt ein Regalbrett und noch ein zweites und ein drittes heraus, bis er durchsteigen kann. Und dann stehen wir beide hinter Max und lesen mit, was er mit geschlossenen Augen in die Tasten hämmert: *Mein Heimweh, meine Sehnsucht hängt nicht an einem bestimmten Ort. Auch nicht an einer bestimmten Zeit. Sondern an einer Un-Zeit, einem Un-Ort: Ich sehne mich nach dem, was nicht war. Nach dem, was hätte sein können. Was gewesen wäre, wenn die Nazis die Juden nicht verfolgt hätten. Oder, noch besser, wenn es sie nie gegeben hätte. Und ich in Wien oder Prag geblieben wäre. Und weiter geschrieben hätte.*

León hebt den Blick und schaut aus dem Fenster. Hinter der rostigen Feuerleiter und dem Dach des niedrigen Hauses gegenüber ist ein Stück vom Hudson River zu sehen. Das Wasser glänzt silbrig im Sonnenlicht, hoch darüber spannt sich die George Washington Bridge, auf der in zwei Etagen die Autos dahinbrausen. Dann macht er ein paar Schritte nach rechts, bis er vor dem zweiten Fenster zu stehen kommt. Er öffnet es, sein Blick fällt auf mondbeschienene, schneebedeckte Dächer, über denen der schwach beleuchtete Turm der Leopoldskirche aufragt. Der Mond gießt sein fahles Licht auch über die schwarz gekleidete Menschenmenge, die ich unten auf dem Nachbargrundstück auf den Eingang der ehemaligen Synagoge zustreben lasse. León sieht sie schwarz durch die weiße Fläche stapfen, sieht sie die Stufen hinaufsteigen. Und er sieht sie stürzen. Er weiß nicht, was sie zu Fall bringt, weiß nicht, wohin sie fallen. Der Schnee verschluckt sie, einen nach dem anderen, lautlos, wie in einem Stummfilm.

Ich weiß, dass es ihn schmerzt, dass er es nicht sehen will. Er schließt das Fenster, ich öffne stattdessen die Tür zur Nachbarwohnung für ihn. Nicht nur die Spinne erwartet uns hier, sondern auch ihre Eltern. Regierungsrat Löblich diktiert, im Wohnzimmer auf und ab gehend, seine Frau tippt die Worte ihres Ehegatten gehorsam in die Tasten der Schreibmaschine. Als sie den fertigen Brief in einen Umschlag steckt und die Tochter eine

Briefmarke mit dem Bildnis des Führers mit Speichel beleckt, öffne ich die nächste Tür, um León auch die Auswirkung dieser Zeilen zu zeigen.

Wir treten in ein fremdes Wohnzimmer, auch da wird geschrieben, aber nicht auf der Maschine, sondern mit der Hand. León hat vor Jahren bei seinen Recherchen den Namen des Briefschreibers herausgefunden, nun lasse ich ihn miterleben, wie dieser Heinrich Sonnenfels, nachdem er seine Nachricht mit zitternden Händen zu Ende geschrieben hat, zum Fenster geht, wie er lange davor stehen bleibt und in den strahlend schönen Märztag hinausschaut, es in dem Augenblick öffnet, als von bewaffneten Männern an die Wohnungstür gehämmert wird, wie er ein Bein auf das Fensterbrett schwingt, ein zweites nachzieht. Ja, natürlich versucht León, ihn vom Springen abzuhalten, natürlich überlege ich, ob ich das zulassen kann und soll, doch dann ziehe ich ihn lieber in den nächsten Raum.

Da schlafen ärmlich gekleidete Menschen in dicht an dicht aufgestellten Betten, die meisten sind dunkelhäutig, dunkelhaarig, dunkeläugig, sie träumen in fremden Sprachen. Aber nicht nur *in* den Betten schlafen die Menschen, sondern auch *unter* den Betten, unter Tischen und auf Schränken hockend, in den Schränken stehend, in der Badewanne liegend, und sie tragen den gelben Stern auf den Kleidern. Dann wird auch hier geklopft, Sturm geläutet, die Tür schließlich aufgebrochen. Schwer bewaffnete Uniformierte dringen ein und wecken die Schlafenden, sie machen keinen Unterschied zwischen den Menschen in und unter den Betten, zwischen solchen mit und ohne gelben Stern, lassen sich nicht rühren vom Bitten und Flehen der einen wie der anderen. Ja, natürlich will León auch hier eingreifen, doch ich zeige ihm die Sinnlosigkeit seines Tuns, indem ich ihn durch die Wohnungstür auf den Gang hinausschiebe.

Er bleibt stehen, blickt im Treppenhaus zuerst ungläubig nach unten, dann nach oben. Endlos ziehen sich die Stockwerke in beide Richtungen, auf allen Etagen sind Männer in Uniform am Werk, treiben Menschen mit vorgehaltenen Waffen in die schwindelerregende Tiefe. León kann es nicht glauben, will es nicht glauben.

Ich ziehe ihn mit mir, will ihm etwas zeigen, das er weiß, aber bisher nicht mit eigenen Augen geschaut hat. Wir steigen Stufe für Stufe nach oben und gelangen trotzdem immer weiter nach unten – so erscheint es jedenfalls León –, gehen durch eine endlose Abfolge von kleineren und größeren Räumen, ein Raum wird zur Straße, die Straße zu einem Platz, León erkennt den Platz vor der Leopoldskirche, obwohl da keine Kirche steht, sondern ein jüdischer Tempel, der gerade unter den wohlwollenden Augen der Umstehenden demoliert wird. Und nur einen Wimpernschlag später lasse ich an derselben Stelle die Kirche in die Höhe wachsen, gleich darauf ist der Kaiser selbst bei der Weihe zugegen, man benennt Kirche und Stadtteil nach dessen Namenspatron, die Kaiserin ist hochzufrieden, weil man die Juden, die allein die Schuld an ihrer Kinderlosigkeit trifft, endlich aus der Stadt getrieben hat, und dieselben Glocken, die auch jetzt noch Leóns Tage in Stunden teilen, tragen die frohe Botschaft ins Land.

Ich fasse León an der Hand und ziehe ihn mit, nach wenigen Schritten sind wir wieder bei unserem Haus, treten in den Hof, doch dann lasse ich die Mauern ringsum verschwinden. Ein Platz öffnet sich, eine erwartungsvolle Menge hat sich versammelt, Brandgeruch liegt in der Luft und verdichtet sich. Ich bahne für uns beide einen Weg durch die Menschenmasse, ich möchte León einen Logenplatz bieten bei dem Schauspiel, das gerade begonnen hat: Mehr als zweihundert Frauen und Männer werden hier verbrannt, ihre Schreie fahren einem durch die Glieder, der Geruch von verbranntem Fleisch raubt einem den Atem, doch die erregte Menge scheint es nicht zu stören, im Gegenteil, es sind ja Christusmörder und Hostienschänder, die da den Flammentod sterben.

León schließt die Augen, um nicht sehen, hält sich die Ohren zu, um nicht hören zu müssen, es fehlt ihm eine dritte Hand, um auch die Nase zuzuhalten. Warum ich ihm das alles zeige? Weil er nicht nur wissen, sondern mit allen Sinnen begreifen soll, dass der Boden, auf dem ich sein Haus errichtet habe, auch mit diesem Leid, diesem Blut und dieser Asche gedüngt wurde. Und um ihm das Begreifen zu erleichtern, lasse ich rund um die erregte Menschenmenge wieder die Mauern unseres Hauses erstehen, lasse die Todesschreie an seinen Wänden widerhallen und bugsiere León zurück ins Treppenhaus.

Auf unserem Weg durch Räume und Zeiten begegnet uns ein junger Mann, Heil Hitler, schreit er uns entgegen und hebt die Hand dabei so hoch, als wollte er direkt nach den Sternen greifen. Mehrmals kreuzt er unseren Weg und wir den seinen, von links nach rechts, von oben nach unten, von gestern nach morgen, und jedes Mal wieder schleudert er uns sein freudig erregtes Heil Hitler entgegen. Es ist der Notariatsgehilfe Johann Marek, auf dem Oberarm trägt er eine rot-weiße Hakenkreuzschleife, ein paar SA-Männer folgen ihm, sie verschwinden einmal hinter dieser, einmal hinter jener Tür. Sein Sohn steht ans Treppengeländer gelehnt und schaut dem Vater mit ausdruckslosem Gesicht dabei zu, wie er an diesem Festtag das Fundament seines zukünftigen Privatimperiums legt.

Es gäbe noch so viel zu sehen und begreifen in diesem Haus. Ich könnte mit León in den Kohlenkeller hinuntersteigen, wo die Hausbewohner Schutz suchen, wenn die Sirenen zu heulen beginnen. Ich könnte ihn zu Peter Löwenthal führen – León kennt auch diesen Namen von seinen Recherchen, nicht aber den Menschen dahinter –, der zusammen mit seiner Frau in der Wohnung ausharrt, wenn draußen die Bomben fallen. Er, weil er Jude ist und Löblich ihm den Zugang zum Keller versagt, sie, weil sie allen Erniedrigungen und Anfeindungen zum Trotz bis zuletzt an der Seite ihres Mannes bleibt. Ich könnte ihn die Angst spüren lassen, die sieben Jahre oder zweitausend lange Tage Zeit hat, sich bis in den letzten Winkel des Hauses auszubreiten: Angst vor Rechtlosigkeit und Terror, Angst um Väter, Brüder, Söhne im Feld, Angst vor den Bomben, Angst vor der Niederlage, Angst vor dem Sieg. Und natürlich könnte ich mit ihm auch die Menschen besuchen, die einziehen dürfen, nachdem man andere aus dem Haus gejagt hat wie Ungeziefer. Doch ich merke, dass León zurück will in seine Wohnung.

Eines aber muss noch sein: Ich will ihn einen Blick werfen lassen auf das, was sein könnte. Ich öffne eine Tür, wir treten aus dem Treppenhaus in eine Buchhandlung, León blickt sich verwirrt um und versteht nicht. Wir sind nicht in der Kleinschen Buchhandlung, sondern in einem modernen Geschäftslokal gelandet, und es ist nicht Max' Vater oder Großvater, der hinter dem Verkaufstisch wartet, sondern seine Enkelin Judith. León geht langsam auf sie zu, sie lächelt ihn an, doch sie entfernt sich, je näher er ihr kommt, und der Raum mit ihr. Ich nehme León am Arm, schließe die Tür hinter uns und öffne endlich die zu seiner Wohnung.

León ist froh, wieder zu Hause zu sein. Er will seine Jacke aufhängen, doch der Kleiderständer steht nicht an seinem Platz. Er blickt sich um und muss feststellen, dass der ganze Vorraum leer geräumt ist. Er glaubt, sich in der Wohnung geirrt zu haben, er greift zur Türklinke, doch ich bedeute ihm, mir zu folgen.

Wir gehen vorbei am Kinderzimmer, am Schlafzimmer und an Leóns Arbeitszimmer, alle sind wie der Vorraum völlig leer. Doch wo vorher nackte Wände waren, kleben nun weiße Tapeten an den Wänden, die mit einem feinen, dunkelgrauen Muster bedruckt sind. So nehmen es jedenfalls Leóns Augen wahr, auch im Wohnzimmer. Dort steht ein Mann auf einer Leiter und macht sich mit irgendeinem Werkzeug an der Wand knapp unterhalb der Decke zu schaffen.

Ohne sich umzudrehen, winkt er León heran. Der tritt näher und bleibt am Fuß der Leiter stehen. Kommen Sie, sagt der Mann. León setzt zögernd einen Fuß auf die erste Stufe. Erst jetzt fällt ihm auf, dass der Mann auf der Leiter dieselbe Kleidung trägt wie er. Und dass er ihm, zumindest von hinten und von der Seite, sehr ähnlich sieht. Er erkennt, dass das Werkzeug in seiner Hand eine Füllfeder ist. Und dass die dunkelgrauen Zeichen an den Wänden kein Tapetenmuster, sondern Buchstaben, Wörter, Sätze sind.

Kommen Sie, wiederholt der Mann und winkt León zu sich herauf. Sein Gesicht ist immer noch nicht zu sehen, doch auch die Stimme klingt vertraut. León nimmt noch eine Stufe, bleibt knapp hinter dem Mann stehen und beginnt zu lesen:

»Nach einer Weile steigt León Kortner wieder von der Leiter, geht aus dem Zimmer, verlässt die Wohnung, geht langsam die Treppe hinunter ins Erdgeschoss und tritt hinaus auf die Straße. Er macht ein paar zögerliche Schritte, dann hält er an. Er weiß, dass das Haus, wenn er sich umwendet, nicht mehr da sein wird. Er hört hinter sich das Klicken, als die Tür ins Schloss fällt. Dann dreht er sich langsam um.

Vor ihm liegt ein üppig blühender Garten. Er macht ein paar Schritte und bleibt vor einem Denkmal stehen. *An dieser Stelle stand einst ein mehrstöckiges Wohnhaus*, ist darauf zu lesen. *Es wurde bei einem Luftangriff am 19. November 1944 schwer getroffen und stürzte in sich zusammen. Dabei kamen siebenunddreißig Menschen ums Leben, die im Keller Schutz gesucht hatten.«*

11

Am letzten Tag des Jahres würde die Wahrheit lautstark auf ihr Recht pochen. Doch das wusste ich natürlich noch nicht, als ich in der Früh die Augen aufschlug. Die Wolken drückten grau auf die Dächer und auf das Gemüt. In unseren ersten gemeinsamen Jahren hatten Lydia und ich solche Tage manchmal zur Gänze im Bett verbracht, unterbrochen nur durch die allernotwendigsten Ausflüge in Küche und Bad. Ich ließ mir noch einen Augenblick Zeit, bevor ich mich auf die andere Seite drehte. Sollte Judith noch immer im Lehnsessel bei der Tür sitzen, würde ich uns ein ausgiebiges Frühstück bereiten, auch wenn sie kaum etwas davon anrühren mochte. Doch der Sessel neben der Tür war leer.

Nach einem schnellen Frühstück machte ich mich an die Arbeit. Oder versuchte es jedenfalls. Meine Konzentration war beeinträchtigt von mal stärkeren, mal schwächeren Sehstörungen und Kopfschmerzen. Noch mehr aber lag es an Judith. So sehr sie mir ans Herz gewachsen war – ihr Auftauchen hatte mich irritiert, aufgewühlt, aus dem Gleichgewicht gebracht. Nach zwei quälend langen Stunden gab ich schließlich auf.

Im selben Augenblick läutete das Telefon. Auf dem Display stand Lindes Nummer. Sie rief sonst nie an. Sie habe sich Sorgen um mich gemacht, sagte sie und wollte wissen, ob ich irgendetwas brauchte. Offenbar hast du nicht genug eigene

Sorgen, scherzte ich und versuchte sie zu beruhigen. Ob ich nicht am Abend zu ihnen kommen wolle, fragte sie, sie würden gemeinsam mit ein paar Freunden Silvester und gleichzeitig Karims Geburtstag feiern. Ich dachte kurz über ihren Vorschlag nach. Ich wusste, dass ihr der Geburtstag von Marwans Neffen viel wichtiger war als der Jahreswechsel. Dass sie versuchte ihrem geliebten Schützling ein möglichst normales Familienleben zu bieten. Doch seit der Katastrophe machte mir die Vorstellung Angst, mit Menschen, die ich nicht kannte, im selben Raum zu sein. Und überdies erschien mir die Aussicht, den Abend mit Judith zu verbringen, verlockender.

Nachdem ich aufgelegt hatte, trat ich vor den Spiegel im Vorzimmer. Sah ich wirklich so besorgniserregend aus? Ich war bleicher als sonst, ja, die Ringe unter den Augen waren stärker zu sehen. Vielleicht hatte ich auch ein wenig abgenommen. Und da war die – allerdings kaum mehr spürbare – Brandwunde am Arm. Krank bist du in deinen eigenen Augen erst dann, wenn der Priester mit der letzten Ölung vor der Tür steht, hatte Lydia einmal im Scherz gemeint. Und ich sah auch diesmal keinen Anlass für große Besorgnis. Dafür aber Anlass für große Freude: Judith stand plötzlich neben mir. Bist du aber eitel, sagte sie mit gespieltem Tadel. Ich boxte sie liebevoll in die Seite, dann begrüßte ich sie mit einem Kuss auf die Stirn.

Auch an diesem Nachmittag spielten wir beide das Vater-Tochter-Spiel. Judith kuschelte sich an mich, während ich ihr vorlas, ich ließ sie beim Scrabble gewinnen, dann begleitete sie mich in die Küche. Sie sah mir beim Kochen skeptisch auf die Finger und sparte nicht mit guten Ratschlägen und frechen Bemerkungen, während ich mir einen ersten Schluck feinen Rotwein aus einem von Lydias Lieblingsgläsern gönnte.

Irgendwann ging Judith aus der Küche. Ich dachte mir nichts dabei bis zu dem Moment, in dem sie zurückkam. In diesem Augenblick, in dem sie sich vor mir aufbaute, aufblies, aufbäumte – und der Schmerz durchfährt mich auch jetzt noch, da ich diese Zeilen niederschreibe –, war mit einem Schlag die schöne Illusion dahin.

Du hast mich belogen! schleuderte sie mir entgegen. Ihre Stimme zitterte. Ihr Gesicht, viel bleicher noch als sonst, war ein einziger Vorwurf. Wut, Enttäuschung, Trauer und Hass mischten sich darin und pressten ihr die Lippen zusammen. Du bist ein Lügner, sagte sie noch einmal. Und zog die rechte Hand hervor, die sie bis dahin hinter dem Rücken verborgen hatte. Darin hielt sie die beiden Briefe, die wir gemeinsam an ihre Eltern geschrieben hatten. Die natürlich nicht hier, sondern in Madagaskar sein sollten.

Ich ließ langsam den Kochlöffel sinken. Stand da wie eingefroren, unfähig, mich zu bewegen, unfähig, ein Wort hervorzubringen. Ich hatte, so glaubte ich jedenfalls, die Briefe in meinem Schreibtisch eingesperrt, ich verstand nicht, wie es Judith gelungen war, die Lade zu öffnen. Ich sah sie weiter schreien, doch die Worte drangen nicht zu mir durch.

Ich weiß nicht, wie lange ich so dastand. Erst als Judith begann, mit Fäusten auf mich einzuschlagen, erwachte ich aus meiner Erstarrung. Ich versuchte sie in die Arme zu nehmen. Du stinkst nach Alkohol! schrie sie mich an. Und ich hasse dich! Sie stieß mich weg, geriet dabei selbst ins Taumeln und stürzte. Aus den Wolken. Aus meinem eigenen Lügengebäude. In ein Meer aus Tränen. Dort blieb sie sitzen. Und boxte mich weg, als ich versuchte ihr aufzuhelfen. Ich hockte mich neben sie. Der Boden unter mir vibrierte so stark wie nie zuvor.

Es tut mir wirklich sehr leid, sagte ich leise. Aber ich hab es für dich getan. Ich wollte nur dein Bestes. Ich wollte … Ich brach ab. Vor Hannas Geburt hatte ich mir vorgenommen, zu meinem Kind nie zu sagen: Ich will ja nur dein Bestes. Mit Hanna war es mir gelungen. Nun war es mir herausgerutscht. Mein Bestes, höhnte Judith. Jetzt hast du aber mein Schlechtestes! Es tut mir so leid, sagte ich noch einmal. Und meinte es auch.

Ich spürte plötzlich die Kälte, die von den Bodenfliesen aufstieg, und stand auf. Und im selben Augenblick musste ich feststellen, dass mir die Zwiebeln angebrannt waren. Ich zog rasch die Pfanne zur Seite, schaltete den Herd aus und öffnete das Fenster. Dann ging ich um den Tisch herum und ließ mich auf die Küchenbank sinken.

Judith erhob sich. Ihr Gesicht war tränenverquollen. Was hast du denn nur zu meinem Besten getan? fragte sie bitter. Mich belogen? Ich senkte den Blick. Nein, wehrte ich mich leise. Dir die Wahrheit erspart. Judith ließ ein Schnauben hören und schleuderte mir die beiden Briefe entgegen. Es sind Lügengeschichten! rief sie aus. So wie die Geschichten, die du für deine Bücher erfindest! Ich protestierte schwach. Doch Judith war nicht zu bremsen. Gib's endlich zu, dass du meine Familie gar nicht kennst! Ich wich ihrem funkelnden Blick aus. Das stimmt nicht, widersprach ich. Wie sollte ich sonst ihre Fotos haben? Und ihre Namen wissen? Wieder ein verächtliches Schnauben. Die Fotos könntest du gestohlen haben. Und die Namen, die kann man leicht herausfinden.

Ich blickte auf. Da stand das kleine Mädchen vor mir, das ich lieb gewonnen hatte. Das Vertrauen zu mir gefasst hatte. Aber aus »Vater« und »Tochter« waren plötzlich wieder zwei Fremde geworden, zwei Wesen aus verschiedenen Zeiten, Welten, Dimensionen.

Magst du dich nicht zu mir setzen? fragte ich sanft. Heftiges

Kopfschütteln. Ich seufzte. Ich muss mich bei dir bedanken, sagte ich. Wofür? fragte sie trotzig. Es ist mir erst gestern richtig bewusst geworden, was du mir vor ein paar Tagen gesagt hast: dass du mir aus der Badewanne geholfen hast, als ich ohnmächtig wurde. Du … du hast mich gerettet. Judith sah mich mit Verachtung an. Und das ist dein Dank – dass du mich belügst? Ihr Blick tat mir weh. Und das sollte er wohl auch. Ich habe die Briefe geschrieben, weil ich dir die Wahrheit ersparen wollte, begann ich langsam. Ich wollte dir … Ich will lieber die Wahrheit hören als eine weitere von deinen Lügengeschichten, unterbrach sie mich.

Ich streckte meine Hand über den Tisch und versuchte die ihre zu fassen, doch sie entzog sie mir. Die schreckliche Wahrheit ist, dass deine Eltern nicht mehr am Leben sind, sagte ich zögerlich. Judith zuckte zusammen, als hätte ich sie ins Gesicht geschlagen. Das ist nicht wahr, rief sie aus, du lügst mich an! Sie stieß sich mit beiden Händen vom Tisch ab, drehte sich einmal im Kreis, als könnte sie das eben Gehörte dadurch abschütteln. Das ist nur eine von deinen Geschichten! Und was, wenn es tatsächlich nur eine von meinen Geschichten wäre, durchfuhr es mich. Wenn ich mir das Schicksal der Familie Klein genauso einbildete wie Judiths Anwesenheit in diesem Augenblick? Vielleicht hat es die Familie nie gegeben. Vielleicht hat es Hitler nie gegeben. Und der Holocaust hat nie stattgefunden. Und die ganze schreckliche Geschichte samt Büchern und Filmen darüber existiert nur in meiner Einbildung. War das nicht ein unendlich tröstlicher Gedanke? Ich seufzte. Ich wollte, es wäre so, sagte ich.

Judiths Blick fiel auf das halb gefüllte Weinglas, das ich neben dem Herd stehen gelassen hatte. Sie machte zwei schnelle Schritte, griff danach und drehte sich zu mir um. Sag mir endlich die Wahrheit, verlangte sie von mir. Ich sah das filigrane Glas in ihrer ausgestreckten Hand, sah das Licht, das durch das volle, dunkle Rot des Weines funkelte. Ich erinnerte mich an den gemütlichen Samstag, an dem Lydia dieses Glas zusammen mit drei weiteren in einem verstaubten Antiquitätenladen entdeckt und sich über ihren Fund gefreut hatte. Ich hab dir die Wahrheit gesagt, beharrte ich. Und im nächsten Augenblick sah ich das Glas fallen. Es fiel langsam, wie in Zeitlupe. Schon wieder schien jemand ins Uhrwerk zu greifen und das Rad der Zeit zu bremsen. War vielleicht auch Judiths Auftauchen nur einem solchen Eingriff, einer Manipulation dieses Uhrwerks zu verdanken? Oder einer Anomalie, einer Fehlfunktion? Oder war die Fehlfunktion einzig und allein in meinem Kopf zu suchen? Das Glas hatte den Boden erreicht, zerschellte, mein Blick folgte den Scherben, die hierhin und dorthin sprangen, folgte dem Wein, der sich über die Fliesen und in die Fugen dazwischen ergoss.

Judith wich zurück, als ich aufstand und hinter dem Tisch hervorkam. Ich kann dich nicht zu deinen Eltern bringen, sagte ich, so gern ich das würde. Und auch nicht sie zu dir. Weil sie leider schon seit vielen Jahren nicht mehr leben. In Judiths Gesicht zuckte es. Das stimmt nicht, wehrte sie sich mit erstickter Stimme, das hast du nur erfunden.

Sie trat noch zwei Schritte zurück, dann drehte sie sich plötzlich zur Vitrine um, in der Lydias Gläsersammlung aufbewahrt war. Sie öffnete die Tür, fischte ein beliebiges Glas heraus und hielt es wie zuvor das andere mit ausgestrecktem Arm über den Boden. Hör bitte auf, bat ich sie. Die Gläser gehören meiner Frau, sie bedeuten ihr sehr viel. Erst, wenn du mir die Wahrheit gesagt hast, gab sie zurück und fixierte mich mit misstrauischen Augen. Ich rückte einen Schritt näher. Ein Grinsen ließ ihre Mundwinkel zucken, in ihren Augen blitzte plötzlich die Lust an der Zerstörung auf, und im selben Moment ließ sie das zweite Glas fallen.

Und dann war ich bei ihr und hielt sie fest, bevor sie ein weiteres ergreifen konnte. Aua, schrie sie auf, du tust mir weh! Es gelang mir, sie von der Vitrine wegzudrängen. Nach kurzem Ringen gab sie auf. Und flüchtete sich in die entfernteste Ecke der Küchenbank, sodass der große Tisch als Barriere zwischen uns stand.

Ich fing an, zwischen Vitrine und Herd auf und ab zu gehen. Ich spürte mein Herz klopfen, ich spürte die starken Vibrationen im Boden, der pochende Kopfschmerz war zurückgekehrt. Ich hab Angst vor dir, sagte Judith plötzlich. Wahrscheinlich haben dich deine Frau und deine Tochter auch verlassen, weil sie Angst haben. Und weil du ein Lügner bist. Ich blieb stehen. Wieder lag da diese Herausforderung in ihrem Blick. Hinter der trotz aller Verzweiflung auch halb bewusstes, halb unbewusstes Kalkül steckte. Das Ausloten, wie weit man gehen konnte. Und in diesem Fall und an diesem Tag und in diesem Zustand waren meine Grenzen erreicht. Nein, brach es plötzlich aus mir hervor, sie haben mich nicht verlassen, sondern sind seit zwei Jahren tot! Weil ein dummes, fehlgeleitetes Arschloch sie und sechzehn andere im Namen Gottes in die Luft gesprengt hat! Sie sind genauso tot wie deine Eltern. Und deine Geschwister. Und deine Großeltern. Tot! Tot! Tot! rief ich aus. Und trommelte es mit der Faust auf die Tischplatte. So, jetzt hast du deine Wahrheit! Und du selbst … du bist überhaupt … Ich schnappte nach Luft. Du … du … du selbst bist nicht einmal tot, entfuhr es mir. Dich gibt es gar nicht. Dich gibt es nur in meinem Kopf. Und da will ich dich nicht länger haben, verstehst du! Ich schlug mir mit der flachen Hand auf die Stirn, so stark ich konnte. Raus! Fort! Weg aus meinem Leben! schrie ich. Und ich wartete nicht ab, ob Judith tatsächlich gehen, verschwinden, sich in Luft auflösen würde, sondern stürmte selbst aus der Küche und warf die Tür hinter mir mit lautem Krachen zu.

Das Krachen der offiziell verbotenen Raketen und Feuerwerkskörper hörte ich gar nicht mehr, denn da schlief ich schon. Erst später wachte ich auf und schaltete den Fernseher ein. Der Bildschirm zeigte mir: eine Mauer. Eine Mauer so hoch wie fünf Menschen übereinander. Eine Mauer aus Betonplatten, mit Stacheldraht bekränzt. Dann ging die Kamera in die Luft. Und zeigte vor der Mauer: Wüste. Und hinter der Mauer: Wüste. Die Mauer wird uns und unsere europäischen Werte schützen, hörte man die ins Deutsche übersetzten Worte des Eröffnungsredners. Es handelt sich nicht um eine Mauer, korrigierte ihn der nächste Redner, sondern um ein weithin sichtbares Zeichen des Friedens und der Zusammenarbeit, für das uns noch Kinder und Kindeskinder dankbar sein werden. Der Humanitäre Schutzwall, verkündete ein dritter, wird dem Sterben im Mittelmeer ein für alle Mal ein Ende bereiten. Dann wurde unter Blitzlichtgewitter das rote Band durchschnitten, während ein Chor von der Verbrüderung der Menschheit sang.

Bildete ich mir das schon wieder ein? Ich musste es mir einbilden. Es konnte nicht sein. Und doch sah ich die Bilder auf dem Fernsehschirm, hörte die Worte und die Musik aus dem Lautsprecher. Ich griff nach der Fernbedienung und wechselte zu einem anderen Sender, es lief Werbung, mein Daumen schaltete automatisch weiter zum nächsten und übernächsten Kanal, während meine Gedanken noch um die Worte der Redner kreisten wie zuvor der Hubschrauber über der Mauer. Unsere Werte. Derzeitige Länge: 640 km. Geplante Länge im Endausbau: 4700 km. Höhe: 9 m. Stärke: 15 cm. Material: Beton, Stacheldraht.

Bewachungsmannschaft: derzeit 490, im Endausbau 4500. Das sind unsere Werte. Entwertet. Ins Gegenteil verkehrt. In die Wüste geschickt. In Beton gegossen. Mit Stacheldraht bewehrt. Mit Waffen verteidigt. Mit Blut besudelt.

Ich ließ meinem Daumen freien Lauf. Auf anderen Sendern wurde von erhöhten Sicherheitsmaßnahmen für den Silvesterabend berichtet, der Innenminister riet den Bürgern, große Menschenansammlungen zu meiden, es folgten Bilder von den Brandanschlägen des Abends davor. Und über die Fernsehbilder von brennenden Lokalen und Flüchtlingsunterkünften legten sich solche von den Reitern der Wilden Jagd, die das alte Jahr in Flammen aufgehen ließen. Ich sah sie durchs finstere Land fegen und sich am Anblick der sirenentönenden, kreuz und quer durch die Stadt fahrenden Einsatzfahrzeuge belustigen. Ich sah sie grölend ihren Erfolg feiern, sah die johlenden, applaudierenden Meuten und die untätigen Polizisten und Feuerwehrmänner.

Später wurde ich durch das Läuten von Kirchenglocken geweckt. Ich drehte mich zur Seite und schaute auf die Uhr. Es war kurz vor vier. Träumte ich?

Ich stand auf und öffnete das Fenster. Eisige Luft strömte herein, ich spürte sie im Gesicht, an den Händen und schnell am ganzen Körper. Zusammen mit der kalten Luft drang der Glockenklang von draußen ins Zimmer. Diesmal kam er nicht nur von den nahe gelegenen Kirchen, diesmal schienen alle Glocken in der ganzen Stadt zu läuten und nicht aufhören zu wollen. Ich schloss das Fenster, legte mich ins Bett und zog mir die Decke über den Kopf. Doch die Glocken läuteten weiter. Im Himmel über der Stadt. In meinem Schlafzimmer. In meinem Kopf.

II

Um Mitternacht
wenn die Toten sich regen
anämisch
rationalisiere ich die Angst
mit einem Wort
um zu atmen

HERBERT WADSACK

12

Der Versuch, Judith statt einer wahren eine schöne – oder zumindest weniger schmerzvolle – Geschichte zu erzählen und ihr damit eine neue Vergangenheit, ein neues Leben zu schenken, war eindeutig fehlgeschlagen. Am ersten Tag des neuen Jahres schleppte ich mich nicht nur wie am Ende des alten von Kopfschmerz und Schwindelgefühlen geplagt durch Wohnung und Leben, sondern wurde auch von Reue und schlechtem Gewissen gedrückt. Ich bereute, dass und wie ich Judith die Wahrheit gesagt hatte. Ich hatte ein schlechtes Gewissen, weil ich nicht schon früher damit herausgerückt war. Ich warf mir vor, dass ich am Tag davor nicht gleich in die Küche zurückgegangen war und mich entschuldigt hatte. Und ich redete mir ein, dass ich durch das allzu bereitwillige Vater-Tochter-Spiel mit Judith Hannas und Lydias Andenken verletzt hatte.

Trotzdem mischte sich Erleichterung in die Reuegefühle. Ob Judith nun ein »echter«, sozusagen zertifizierter Geist war oder nur als Trugbild *meines* Geistes existierte – ich konnte, sollte und musste mich ab jetzt dem zuwenden, was man allgemein unter dem Begriff Realität verstand. Den Menschen aus Fleisch und Blut, nicht solchen aus Gedanken und Erinnerungen. Den Lebenden. Und nicht den Toten. Dem Greifbaren. Und nicht dem Denkbaren.

In dem Augenblick, als ich in der Küche den Wasserkocher einschaltete, fiel wieder einmal der Strom aus. Froh darüber, dass Lydia und ich uns vor Jahren für einen Gasherd entschieden hatten, kramte ich ein Feuerzeug aus der Lade und zündete die beiden Kerzen an, die seit dem letzten Stromausfall vor dem Fenster standen. Dann stellte ich einen Topf mit Wasser auf den Herd.

Um mir die Wartezeit zu verkürzen, setzte ich mich an den Küchentisch, klappte den Laptop auf und begann Zeitung zu lesen. Die angeblich für Silvester angedrohten Anschläge, so las ich, hatten nicht stattgefunden. Der Innenminister – mir kam der tröstliche Gedanke, dass ja vielleicht auch er, zusammen mit dem Rest des Kabinetts, nur angeblich existierte – wusste es als großartigen Erfolg seiner eigenen Politik zu verkaufen. Und rechtfertigte damit die kürzlich zum dritten Mal beschlossene Verlängerung der Notverordnung, die der Regierung weitgehende Sonderrechte einräumte.

Ich stand auf, trat an den Herd und goss das Wasser in die Teekanne. Und verschüttete vor Schreck einen Teil davon, weil es im selben Augenblick an der Wohnungstür klingelte. Ich musste natürlich an Judith denken, auch wenn sie bis jetzt noch nie geläutet hatte. Vielleicht, so dachte ich, während ich mit der Kerze in der Hand zur Tür ging, wollte sie diesmal nach dem Streit nicht einfach unangemeldet hereinplatzen. Ich öffnete. Und da stand auch tatsächlich Judith vor mir. Aber nicht Judith Klein. Sondern Max' Enkelin. Die New Yorker Judith.

Ich starrte sie sprachlos an. Ich versuchte zu verstehen. Nach so vielen Jahren ohne ein Wort, ohne jede Vorankündigung, ausgerechnet jetzt, da ich so viel an sie gedacht hatte, läutete sie an meiner Tür? Wie konnte das sein? War die Gestalt, die im flackernden Kerzenlicht vor mir stand, »echt«, war sie »real«? War sie, die kaum älter aussah als die Judith, die ich vor zwanzig

Jahren gekannt hatte, nicht viel zu jung dafür? Oder handelte es sich nur um eine neue Erscheinung, eine weitere Ausgeburt meiner Fantasie, die ich aus der Vergangenheit heraufbeschworen hatte? Kaum ließ sich die eine nicht blicken, hüpfte die andere mal eben über den Atlantik, ganz wie mein fantasiebegabter – oder zerrütteter – Geist es ihr befahl?

Das Haustor stand offen, sagte Judith entschuldigend. Und dein Telefon … Du warst nicht zu erreichen. And you wouldn't answer my mails. Sie sprach schnell und war außer Atem vom Treppensteigen. And I was so worried. And now … und jetzt sind wir hier.

Wir. Meine Augen ließen von Judith ab und fanden kurz die eines schlanken, hochgewachsenen, vielleicht elf- oder zwölfjährigen Mädchens. Ich sah, wie ihr Atem in der kalten Luft des Treppenhauses zu weißen Wölkchen wurde. Und ließ die beiden eintreten in meine Wohnung und mein Leben.

Bis dahin hatte ich kein Wort gesprochen und stand immer noch sprachlos vor Mutter und Tochter. Nun schüttelte ich endlich der Tochter die Hand, I am León, sagte ich, was sie sicher schon wusste. Ich fügte noch ein Nice to meet you hinzu, sie nannte ihren Namen, Miriam. Dann blickte ich wieder in Judiths Augen, in denen sich die Kerzenflamme spiegelte. Und während ich weiterhin in meinem sprachlosen Staunen gefangen war, war sie es, die mir plötzlich um den Hals fiel – wobei mir beinahe die Kerze entglitt. Ich hab mir solche Sorgen um dich gemacht, murmelte sie, und ich verstand nicht, warum sie dabei den Tränen nahe war.

Erst als wir dann bei Tee und Kuchen saßen – ich hatte ihn am Tag davor für die andere Judith gebacken, nun ließen ihn sich Max' Enkelin und ihre Tochter schmecken –, glaubte ich langsam zu verstehen, warum die beiden plötzlich hier in meiner

Küche gelandet waren. Judith sprach zuerst Deutsch, wechselte aber aus Höflichkeit gegenüber Miriam bald ins Englische. Und sprach lauter, weil ich sie wegen meines kaputten Trommelfells darum gebeten hatte. Vor einigen Wochen, so erzählte sie, habe sie einen Brief von mir bekommen. Darin sei unter anderem die Rede von einem Mädchen namens Judith Klein gewesen, das plötzlich in meiner Wohnung aufgetaucht sei. Der Brief habe sie verwirrt, sie habe ihn nicht wirklich verstanden und gleich versucht, mich telefonisch zu erreichen – unter der Nummer, die sie von früher hatte, und auch unter einer zweiten, die sie im Internet fand –, doch vergeblich. Die Mailadresse stimmte offenbar nicht mehr, eine andere war nicht zu finden. Der Brief, den sie mir per Post geschickt hatte, war ebenfalls unbeantwortet geblieben. Und so habe sie sich entschlossen, zum frühestmöglichen Zeitpunkt nach Europa zu fliegen.

Während Judith sprach – ich war so aufgewühlt, dass es mir große Mühe bereitete, mich auf ihre Worte zu konzentrieren –, gab es plötzlich wieder Strom. Ich weiß nicht, wie es ihr in diesem Augenblick erging. Mir jedenfalls kam es auch bei normaler Beleuchtung so vor, als hätte sie sich kaum verändert. Als säße ich einer um ein paar Jahre älteren Schwester der damaligen Judith gegenüber. Oder war sie in meiner Erinnerung mitgealtert? So wie meine ehemaligen Schulfreunde, die ich im Rückblick nicht als Kinder oder Jugendliche vor mir sah, sondern immer in dem Alter, das ich selbst gerade erreicht hatte?

Ich schenkte Tee nach und schob Miriam ein zweites Kuchenstück auf den Teller. Ich versuchte zu verarbeiten, was ihre Mutter gerade erzählt hatte, mein Kopf aber wollte nicht mitspielen. Ich erinnerte mich vage an die Idee, Judith zu kontaktieren und sie in irgendeiner Form mit ihrer Namensvetterin zusammenzubringen. Allerdings wusste ich auch noch, dass ich den Gedanken gleich wieder als Hirngespinst verworfen hatte. Hatte ich bei dieser Gelegenheit wirklich an sie geschrieben? Aber ich wüsste ja nicht einmal ihre aktuelle Adresse. Vor einigen Wochen, hatte Judith gesagt. Da hatte ich die andere Judith doch noch gar nicht gekannt!

Was ist mit diesem Mädchen in deiner Wohnung? fragte Judith schließlich auf Deutsch. Es war nicht zu überhören, dass ihr die Frage unangenehm war. Wollte sie, dass ihre Tochter, die gerade erst im Begriff war, Deutsch zu lernen, nicht mithören konnte? Du hast sie verpasst, sagte ich langsam. Judith warf mir einen fragenden Blick zu. Und ich erzählte von unserem Streit am Abend davor.

In ihre Miene hatte sich Vorsicht geschlichen. Es war, als bestätigte sich gerade ihre Befürchtung, dass ich verrückt geworden war. Konnte ich diese Befürchtung zerstreuen? Ihr beweisen, dass ich geistig völlig gesund war? Wohl nur dann, wenn sich die andere Judith zeigte. Ich hoffe, sie kommt bald wieder, sagte ich laut. Damit du sie kennenlernst. Sonst bist du ganz umsonst nach Europa geflogen. Unsinn, entgegnete sie. Umsonst war's sicher nicht, fügte sie grinsend hinzu, dazu waren die Flüge zu teuer. Ich zahle für die Flüge, warf ich rasch ein. Nonsense, sagte sie und schüttelte heftig den Kopf.

Mom, can we go back to the hotel? ließ Miriam sich vernehmen. Sie war bis jetzt still neben uns gesessen. I am tired, fügte sie hinzu und gähnte wie zur Bestätigung. Judith hielt ihrer Tochter die Hand vor den Mund. Only if you promise to cover your mouth next time, sagte sie tadelnd. Sie habe für die erste Nacht ein Hotelzimmer in der Nähe gebucht, erklärte Judith auf meine überraschte Frage. Aber es gibt doch genug Platz in der Wohnung, versicherte ich. Judith wandte sich zu ihrer Tochter. Möchtest du hier schlafen? fragte sie auf Deutsch. Miriam zuckte mit den Schultern. Sie gähnte erneut, diesmal hielt sie sich brav die Hand vor den Mund.

Du hast also auch eine Tochter, stellte Judith fest, nachdem wir in Hannas Zimmer getreten waren. Ich nickte. Wie alt? Acht, antwortete ich. Und sie ist heute nicht zu Hause? Ich schüttelte den Kopf. Judith glaubte zu verstehen, ihre Lippen kräuselten sich zu einem winzigen Lächeln. Look at all the hedgehogs! rief Miriam plötzlich aus und stürzte auf das Regal mit Hannas Igelsammlung zu. Judith und ich tauschten amüsierte Blicke aus. Damit schien geklärt, ob die beiden hier schlafen würden oder nicht. Und ich musste zumindest vorerst keine weiteren Fragen zu meiner Tochter beantworten.

Ich holte Gästematratze, Bettwäsche, Handtücher und Zahnbürsten. Überlegte, ob ich Judith eines von Lydias Nachthemden anbieten sollte. Brachte ihr aber lieber einen Pyjama von mir. Öffnete Hannas Kleiderschrank, weil mir einfiel, dass es ein Nachthemd gab, das ihr viel zu groß gewesen war. Und sah im selben Augenblick die Lebensmittel, die die andere Judith darin versteckt hatte. Ich wollte die Tür wieder schließen und eine Ausrede bezüglich des versprochenen Nachthemdes erfinden. Doch es war schon zu spät, wie ich an Judiths befremdetem Blick erkennen konnte. Das hat … das war … die andere Judith, stammelte ich auf Deutsch. Judith Klein. Sie hortet Lebensmittel.

Miriams Mutter sagte nichts. Ich konnte sehen, wie sich ihr Blick eintrübte, als stünde plötzlich eine Wolke über ihrer Stirn. Wieder hatte ich das Gefühl, dass sie zumindest vor ihrer Tochter nicht über das Thema sprechen wollte. Also sagte auch ich nichts weiter, griff nach kurzer Suche das Nachthemd heraus und überreichte es Miriam.

Ich wünschte beiden Gute Nacht, Judith sagte, sie würde sich später noch zu mir gesellen. Als ich kurz danach am Badezimmer vorbeiging, hörte ich Miriam mit Zahnbürste im Mund fragen: Mom, he's certifiably meshugge, isn't he? Ich war verletzt. Und gleichzeitig amüsiert. No, he is not, verteidigte mich Judith vehement. Aber vielleicht tat sie es nur, um ihre Tochter nicht weiter zu beunruhigen.

Eine Stunde später kam Judith in die Küche, das Haar zerzaust, der Blick vom Schlaf getrübt. Ich bin eingeschlafen, stellte sie mit heiserer Stimme fest und setzte sich gähnend zu mir an den Küchentisch. Good girl, lobte ich sie. Sie schaute mich fragend an. Weil du dir die Hand beim Gähnen vorhältst, erklärte ich. Sie musste grinsen.

Ich klappte meinen Laptop zu und deutete stumm auf eine Rotweinflasche und zwei Gläser. Sie nickte. Meine Kopfschmerzen waren fort, aber meine Hand mit dem Weinglas zitterte, als wir anstießen. Judith sagte nichts – und ich hatte keine Lust auf Erklärungen –, doch ihr irritierter und auch ein wenig sorgenvoller Blick entging mir nicht.

Das Kinderzimmer – das war früher Philipps Zimmer, oder? Ich nickte. Ich dachte zurück an die Jahre, in denen wir abwechselnd in Österreich und in den USA gelebt hatten. Hier wie dort waren wir zu dritt gewesen: in New York zusammen mit Judiths Mitbewohnerin Ann, in Wien mit Philipp. Seid ihr noch befreundet? Ich nickte wieder. Ich war erleichtert, dass sie nicht nach Hanna oder ihrer Mutter gefragt hatte, und erzählte von Philipps Architekturbüro und von dem Lehrauftrag, der ihn gerade für zwei Semester zwischen Wien und Edinburgh pendeln ließ.

Judiths Blick fiel auf die Notizbücher, die neben mir auf der Bank lagen. Schreibst du immer noch alles auf? So wie damals? Meine Augen folgten ihrem Blick. Es waren die letzten beiden

Bücher aus dem Jahr 2000, die ich auf der Suche nach neuer Inspiration für den Roman über Max durchforstete. Die Notizbücher, die vor zwanzig Jahren dazu beigetragen hatten, Judith und mich auseinanderzubringen. Weil ich ihrer Ansicht nach durch das permanente Aufschreiben das Aufgeschriebene verpasste – das Leben nämlich. Weil du alles nur von außen betrachtest, als stündest du vor einem Aquarium mit lauter bunten Fischen oder vor dem Käfig mit den Raubkatzen, so hatte sie es damals formuliert. Später war noch der Vorwurf hinzugekommen, dass ich die Menschen in meiner Umgebung nur als Vorlage für meine Geschichten betrachten würde.

Meine Finger strichen über die raue Oberfläche des Einbands. Damals, so muss ich zugeben, hatte Judith teilweise recht mit ihren Vorwürfen. Ich schaute auf und fand ihre Augen, die mich neugierig musterten. Heute habe ich nicht mehr das Bedürfnis, alles rund um mich mit Worten festzuhalten, sagte ich. Mittlerweile ist mir das Erfinden wichtiger als das Dokumentieren. Judith zog eine Augenbraue hoch. The historian is dead – long live the writer, sagte sie und hob das Glas. Und wir stießen erneut an.

Übrigens, ich hab deine Romane gelesen, sagte sie, nachdem wir eine Weile geschwiegen hatten. Wirklich? Ich war gerührt. Judith, die sich vor zwanzig Jahren von mir getrennt hatte. Judith, die die verzweifelten Briefe, die ich ihr in den Monaten danach schrieb, nie beantwortet hatte. Die mich nicht hatte sehen wollen, wenn ich nach New York kam, um Max und Lena zu besuchen. Die selbst nach Max' Einäscherung nicht mehr als drei Sätze mit mir zu sprechen bereit gewesen war: Sie hatte trotz allem an mich gedacht und meine Bücher gelesen!

Und? fragte ich, während ich uns beiden nachschenkte. Wie haben sie dir gefallen? Judith schaute mich kurz an, dann wich sie meinem Blick aus. Es ist schon eine Weile her, sagte sie zögernd. Ich weiß, dass ich beide sehr mochte. Dass sie mich berührten. Dass ich sogar stolz auf dich war. Ich merkte, dass sie rot wurde. Sie strich sich eine Haarsträhne aus der Stirn. Ich weiß aber auch, dass ich am Ende enttäuscht war, fuhr sie fort. Ich richtete mich auf, als müsste ich mich verteidigen. Enttäuscht? Wieso denn? Es lag mehr an meinen eigenen Erwartungen, beeilte sie sich zu versichern. Es hatte nichts damit zu tun, wie die Romane geschrieben waren. Sondern damit, wovon sie *nicht* handelten. Sie hob den Blick und schaute mir direkt in die Augen. Von Max und seiner Geschichte.

Nun war ich es, der ihrem Blick auswich. Ich erzählte ihr von den zahlreichen Anläufen, die ich für den Roman genommen hatte, aber auch von den neuen Ideen, die mir gerade in der letzten Zeit gekommen waren. Ich wollte dir kein schlechtes Gewissen machen, warf Judith ein. Sie wirkte betreten. Ich sprang plötzlich auf, Judith blickte irritiert zu mir hoch. Ich bin gleich wieder da, sagte ich, weil mir der Schnitzler-Band aus der Buchhandlung Klein eingefallen war. Doch er war nicht zu finden, und so musste ich nach kurzer Zeit mit leeren Händen in die Küche zurückkehren. Ich habe vor einiger Zeit etwas gefunden, setzte ich zu einer Erklärung an. Also … jetzt hab ich es leider nicht gefunden. Etwas, das ich dir schenken wollte. Ich muss morgen danach suchen, murmelte ich.

Ich ließ mich wieder auf die Küchenbank gleiten und merkte, dass Judith mich mit einer Mischung aus Neugierde und Sorge betrachtete. Als schien sie darauf zu warten, welche Verrücktheit mir als Nächstes einfallen würde. Ich beschloss, die Flucht nach vorne anzutreten. Ich muss dir über Judith Klein erzählen, platzte es aus mir heraus. Auch, wenn du dann genauso wie deine Tochter denkst, dass ich meschugge bin. O my god – you heard that? Sie schlug die Hände vors Gesicht. Das tut mir so leid! entschuldigte sie sich. Und war erleichtert, als sie mein Lachen bemerkte. Ich dachte, du hörst schlecht, sagte sie. Wie bitte? spielte ich den Schwerhörigen. Judith fiel in mein Lachen ein. Na dann erzähl mal, meinte sie, als wir uns wieder beruhigt hatten. Damit ich weiß, ob mein vorlautes Kind recht hat oder nicht.

Ich erzählte also. Stockend zuerst. Nach Worten ringend. Mir beim Formulieren bewusst werdend, wie verrückt, wie absurd die Geschichte für andere Ohren klingen musste. Dass sie auch traurig war, wurde mir erst klar, als Judith plötzlich Tränen über die Wangen rannen. Ich war bestürzt, ich wusste nicht, wie ich reagieren sollte. Es tut mir leid … ich wollte nicht … ich wusste nicht … stammelte ich. Es ist nicht deine Schuld, sagte sie und wischte sich mit der Hand die Tränen aus den Augen.

Ich war nicht mehr dazu gekommen, ihr die Frage zu stellen, wie sie denn nun über das Urteil ihrer Tochter dachte. Judith war zu aufgewühlt gewesen. Und hatte sich nur wenig später mit einem Kuss auf die Wange verabschiedet und war schlafen gegangen.

Ich war wieder allein. Wenn auch anders allein als zuvor und nur durch ein paar Wände von Judith und Miriam getrennt. Ich könnte jederzeit hinübergehen, könnte die Tür öffnen und sie im Schlaf betrachten, wie ich das früher manchmal, als müsste ich mich ihres Daseins vergewissern, bei Lydia und Hanna getan hatte.

Judith hatte selbst nicht sagen können oder wollen, warum sie in Tränen ausgebrochen war. War es wegen mir – weil sie nun überzeugt war, ich wäre wirklich verrückt geworden? War es wegen Judith Klein, deren Namen und Erbe sie trug? Oder gab es andere Gründe, die ich nicht kannte?

Auch ich war aufgewühlt. Nicht nur vom Gespräch vorhin.

Sondern vom plötzlichen Auftauchen Judiths. Erst jetzt wurde mir bewusst, wie sehr ich mich über das Wiedersehen freute. Und doch konnte ich es noch nicht ganz glauben, geschweige denn verstehen. Judith hatte den von ihr erwähnten Brief in New York vergessen. Aber ich musste ihn wohl, auch wenn ich mich nicht mehr daran erinnern konnte, tatsächlich geschrieben haben. Sonst wäre sie nicht nach Wien gekommen. Oder war ich tatsächlich meschugge – weil ich mir nicht nur Judith Klein, sondern jetzt auch noch Judith MacFarlane und ihre Tochter einbildete? Ich schüttelte unwirsch den Kopf. Bullshit! sagte ich laut und ging ins Bett.

Nach zwei Stunden schreckte ich aus dem Schlaf hoch. Ich hatte nicht geträumt – oder konnte mich an keinen Traum erinnern –, aber plötzlich war da die Idee zu einer von Max' letzter Erzählung inspirierten Geschichte. Ich lag im Bett, schaute zum Fenster hinaus auf die schneebedeckten Dächer gegenüber und sah gleichzeitig die ganze Handlung vor mir. Als hätte ich im Schlaf gearbeitet – oder es in mir – und ein fertiges Konzept erstellt. Ich brauchte nur noch aufzustehen, um es in Worte zu fassen.

Ab jetzt wird nicht mehr gestorben

Sturmbannführer Pollak ist wieder da. Ich weiß nicht, warum er zurückversetzt wurde an den anus mundi, ich weiß nicht, welchen Mächten wir es zu verdanken haben, dass er uns auch diesmal mit seiner Anwesenheit im Krankenbau beehrt. Ich kann auch nicht sagen, warum *ich* hier bin in diesem Zerrbild eines Lazaretts. Warum wir uns erneut inmitten der polnischen Einöde vereint finden. Warum wir von einem Ort zu einem anderen, von einer Zeit in eine andere gereist sind. Jedenfalls sind wir alle am letzten Tag des Jahres an diesem Un-Ort gelandet. Und Pollak will eine neue Geschichte hören. Etwas, das zum Jahreswechsel passt, meint er. Und natürlich soll es Tote geben, etwas anderes vermag sich sein Sturmbannführerhirn nicht auszudenken.

Ich betrachte sein Gesicht, während ich überlege, was ich erzählen soll. Irgendwie wirkt Pollak verändert, ich weiß nicht, warum. Auch die Menschen um mich wirken anders. Als wären sie nur noch Schatten ihrer selbst. Aber vielleicht liegt es daran, dass *ich* nicht mehr derselbe bin. Dass ich nicht mehr ich bin. Oder: dass ich mehr als ich bin. Ich bin Max. Ich bin aber auch León. Ich bin Judith. Ich bin Eltern und Großeltern, Tanten, Onkel, Freund und Fremder. Ich bin alt. Ich bin jung. Ich bin Vergangenheit. Ich bin Gegenwart. Ich bin tot. Und ich lebe.

Und plötzlich weiß ich, welche Geschichte ich erzählen werde.

Erzählen muss. Auch wenn sie Pollak nicht gefallen wird. Eine Geschichte, die nicht mehr seinen, des Spielers Regeln, sondern meinen folgt. Ich habe schließlich nichts mehr zu verlieren: Es gibt längst keine kleine Schwester mehr, deren Schicksal in Pollaks Hand liegen würde. Sie ist tot. Genauso tot wie die Kleineltern. Man hat sie zusammen mit Millionen anderen ins Gas getrieben, hat sie in den Ofen geschoben, durch den Rauchfang geschickt und in die Wolken geblasen.

Mein vergangenes Ich lebte mit ihnen. Und es starb mit ihnen. Stieg mit ihnen funkenstöbernd in den Himmel, wurde als Aschewolke vom Wind zuerst in diese, dann in jene Richtung verblasen, sank hernieder, wurde wieder hochgewirbelt, flog über polnische, ukrainische, russische Äcker, sah Wiesen und Wälder, Städte und Dörfer, wurde hoch über Ozeanen einmal um die Welt getragen. Dieses zu Asche gewordene Teil-Ich düngte Felder und Gärten, setzte sich auf Bäume, Tiere und Menschen, wurde eingeatmet und lebte auf diese Weise in den Köpfen fort. Ich werde erinnert, also bin ich.

Ist auch Pollak schon tot? Ist er nur eine Erinnerung? Meine Erinnerung? Die wiederum in anderen Köpfen erinnert wird? Ich weiß es nicht. Aber er ist da und soll seine Geschichte bekommen.

Friedrich Pollak war ein überaus kultivierter Mann, so beginne ich zu erzählen. Und habe sofort seine Aufmerksamkeit und die der um mich sitzenden Schatten. Seine Urahnen kamen, wie der schöne Name verrät, aus Polen und aus Böhmen. Er selbst wurde in Köln in eine wohlhabende Familie von höheren Beamten, Notaren und Ärzten hineingeboren, schloss nach der Schule sein Medizinstudium in Windeseile ab und konnte sich auf eine glänzende Zukunft als Nervenarzt freuen. Obwohl er fleißig arbeitete, fand er daneben Zeit, sich der Literatur, der

Musik und den schönen Künsten zu widmen, wofür sich in seiner Heimatstadt zahlreiche Möglichkeiten boten.

Eines Tages stieß er durch Zufall auf ein Buch. Es hieß *Mein Kampf* und stammte von einem obskuren oberösterreichischen Gefreiten, der es in München zu lokaler Berühmtheit gebracht hatte. Pollak war amüsiert. Zuerst dachte er, es müsse sich um eine Satire handeln. Eine Satire wahrscheinlich auf die Bücher eines Treitschke oder Ahlwardt, eines List oder Liebenfels. Doch sehr bald wurde ihm klar, dass es dem Verfasser bitterernst war. Pollaks Lachen hingegen wurde von Seite zu Seite lauter. Wie sollte man denn auch anders reagieren auf diesen geistigen Durchfall, den der Schreiberling zähflüssig auf über achthundert Seiten ausgegossen hatte? Von *Weibern, die wieder Männer zur Welt zu bringen vermögen* war da die Rede und von Männern, die *flink wie Windhunde, zäh wie Leder und hart wie Kruppstahl* sein sollten. Von *schwarzhaarigen Judenjungen*, die *ahnungslose Mädchen* mit ihrem Blute schänden, wenn sie nicht gerade *den Neger an den Rhein bringen*. Und davon, dass der dorthin gebrachte Neger oder Chinese nie Germane werden könne, auch wenn er noch so gut Deutsch spreche.

Besonders die Tierwelt schien es dem Autor angetan zu haben: Er sprach nicht nur von Windhunden, sondern mit Vorliebe auch von Maden, Blutegeln, Hyänen und Halbaffen. Aber auch von Füchsen, die immer Füchse, von Gänsen, die immer Gänse und Tigern, die immer Tiger seien. Und jedes Tier in diesem eigens für den Leser heraufbeschworenen Zoo *paart sich wieder nur mit einem Genossen der gleichen Art*, schrieb er. *Meise geht zu Meise, Fink zu Fink, der Storch zur Störchin, Feldmaus zu Feldmaus, Hausmaus zu Hausmaus, Wolf zu Wolf.*

Nicht nur Pollak lachte Tränen über diese abstrusen Ideen, sondern mit ihm ganz Deutschland und Österreich. Alle lachten auch über die bald schon legendären Auftritte des kleinen Mannes aus Braunau. Da stand er mit seinem grotesken Schnurrbart am Rednerpult von verrauchten Brauhäusern und heruntergekommenen Kinosälen und schrie und tobte. Heil Schicklgruber, riefen seine treu ergebenen Anhänger und hoben die Hand zum Führergruß, während die Masse vor Lachen brüllte.

Wussten Schicklgruber und seine Mannen, dass man sie nicht ernst nahm? Dass man über sie nur lachte? Ich weiß es nicht. Irgendwann jedenfalls hatten die Menschen, Spaß hin oder her, genug von den ewig gleichen Parolen, dem ewig gleichen Gebrüll. Am Ende wurden Schicklgruber und seine Heilsrufer aus Deutschland hinweggelacht. Es heißt, sie flohen vor dem Gelächter in die Berge im Süden Argentiniens oder Chiles. Andere sagen, sie zogen sich ins ewige Eis der Antarktis zurück und errichteten dort die nur von Eingeweihten zu findende Feste Neu-Berchtesgaden. Doch man frage mich nicht, ob das stimmt.

Was ich aber mit Sicherheit weiß: dass Friedrich Pollak tatsächlich ein angesehener Nervenarzt wurde. Dass er Zeit seines Lebens ein feinsinniger, friedfertiger und fairer Mann war. Und wenn er nicht gestorben ist, dann lebt er noch heute.

So endet meine Geschichte für Friedrich Pollak. Wie immer hat er aufmerksam zugehört. Doch nun macht sich Ratlosigkeit auf seinem Gesicht breit. War es das schon? will er wissen. Ich schüttle den Kopf. Sie enttäuschen mich, stellt Pollak fest. Ich bin weit Besseres von Ihnen gewöhnt. Was hat die Geschichte mit diesem schönen Silvesterabend zu tun? Und vor allem: Wo ist mein Toter? Ich blicke ihm fest in die Augen. Ab jetzt wird nicht mehr gestorben, antworte ich. Ab jetzt wird gelebt. Pollak schüttelt langsam den Kopf und erhebt sich. Ist das Ihr letztes Wort? Ich bejahe. Dann muss ich Sie, so leid es mir tut, erschießen.

Weil Sie sich nicht an die Spielregeln halten. Er greift nach seiner Dienstwaffe, zieht sie betont langsam aus dem ledernen Holster, als wollte er mir noch ein wenig Bedenkzeit gönnen.

Die Schatten links und rechts weichen erschrocken zur Seite, um aus dem sich eröffnenden Schussfeld zu kommen. Pollak richtet die Waffe auf mich, er lässt sich immer noch Zeit. Doch ich brauche keine Zeit mehr, ich habe nichts mehr zu bedenken. Ich sehe, wie er die Waffe entsichert, ich sehe seinen sich krümmenden Zeigefinger, dann blicke ich in seine Augen. Und erkenne dort zwischen Mordlust und Triumph und Machtbesessenheit auch die Enttäuschung darüber, dass sein Spiel mit mir nun gleich aus und vorbei sein wird. Kann er in meinem Blick lesen, dass *mein* Spiel im nächsten Moment beginnen wird?

Es ertönt ein Klicken, und im nächsten Augenblick werde ich getroffen. Aber es ist keine Kugel, die aus dem Lauf schnellt, sondern eine zart gefiederte, scharlachrote Blume. Sie prallt an meiner Brust ab und fällt mit einem dumpfen Geräusch zu Boden. Pollaks Zeigefinger krümmt sich erneut. Wieder schießt eine Blume durch den Raum, prallt an meine Brust, fällt zu Boden. Ich fühle eine dritte und eine vierte und höre zu zählen auf.

Ich sehe die Bestürzung auf Pollaks Gesicht. Er greift hastig nach dem Reservemagazin. Und lässt es vor Schreck zu Boden fallen, als seine Finger darin statt kühles Metall weiche, erdige Blumenzwiebeln ertasten. Wache! ruft er mit lauter Stimme. Er geht zum Fenster, öffnet es und schreit in die Finsternis hinaus.

Wenig später stürmen SS-Männer mit Gewehren den Krankenbau. Pollak deutet auf mich, schnappt nach Luft, will etwas sagen, Befehle erteilen. Erschießen! bringt er schließlich mit erstickter Stimme hervor. Die Schatten rund um mich weichen noch weiter zurück. Ich höre das laute metallische Klicken der Gewehre, höre Pollak Feuer rufen, dann fühle ich die Einschläge auf meiner Brust. Rote, weiße, gelbe, violette Blumen treffen mich, fallen zu Boden, Finger drücken erneut ab, ungläubige Gesichter richten sich auf mich, auf die Gewehre, auf Pollak. Letzterer reißt einem der Totenkopf-Männer das Gewehr aus der Hand, zielt auf mich und schickt mir, der ich schon in einem Blütenmeer stehe, noch mehr Blumen.

Ich sagte ja schon: Hier wird nicht mehr gestorben, hier wird nur noch gelebt, erinnere ich ihn. Weil ich es so will. Und weil jetzt nach *meinen* Regeln gespielt wird. Doch Pollak versteht die Regeln nicht. Pollak will vom Leben nichts wissen, sondern nur vom Sterben. Töten Sie diesen Mann! schreit er die Wachen an. Erdrosseln oder vierteilen Sie ihn, wenn Sie ihn schon nicht erschießen können! Die Soldaten wollen sich auf mich stürzen, doch stattdessen lasse ich sie zu Boden stürzen. Einmal und ein zweites Mal und noch einmal und noch einmal. Ein paar Augenblicke lang erfreue ich mich an der grotesken Choreografie, und auch Pollak macht ein paar rasche Tanzschritte zum Fenster und ruft wieder nach Verstärkung

Als die neuen Wachen da sind, geht erneut die Blumenkanonade los. Ich merke, dass die Schatten rund um mich langsam erwachen. Sie scheinen die Angst vor den SS-Männern und ihren Waffen verloren zu haben. Einer fängt an, die Blumen, die nun schon den Boden im ganzen Raum bedecken, in die Höhe zu werfen, immer und immer wieder. Ich verlangsame ihren Fall, sodass es aussieht, als wäre die Luft von Blüten erfüllt. Ein anderer beginnt zwischen den Blumen zu tanzen, ein dritter singt ein Lied in einer Sprache, die ich nicht verstehe, einem vierten drücke ich ein Akkordeon in die Hand, auf dass er zum Blumentanz aufspiele.

Pollak ist außer sich vor Wut. Die Wächter versuchen seine gekreischten Tötungsbefehle mit oder ohne Waffe auszuführen, auch er selbst will sich auf mich stürzen, doch natürlich lasse ich es nicht zu, lasse sie alle das Handwerk des Tötens, das man sie jahrelang gelehrt hat, in einem Augenblick verlernen.

Wie lauten Ihre Befehle? will ich von den Männern mit dem Totenkopf am Kragenstück wissen. Wir sollen alle Menschen in diesem Raum lieben, lautet ihre Antwort. Lieben, jawoll! Ich nicke zufrieden. Ihr sollt sie töten! kreischt Pollak. Ich, SS-Sturmbannführer Pollak, befehle Ihnen, alle zu töten! Aber es gibt keinen SS-Sturmbannführer, korrigiere ich ihn mit ruhiger Stimme. Es hat nie einen gegeben. Und auch keinen Obersturmbannführer. Und keinen Obersturmführer, keinen Untersturmführer, keinen Sturmscharführer, keinen Hauptscharführer, keinen Hauptsturmführer und auch keinen Führer-Führer, und noch nicht einmal einen Wenn-das-der-Führer-wüsste-Führer. Aber … aber … ich bin SS-Sturmbannführer Pollak, stammelt Pollak. Er zeigt zuerst auf die linke, dann auf die rechte Schulter, um mir seinen Dienstgrad zu beweisen. Und erschrickt, weil er im selben Augenblick bemerkt, dass er splitternackt vor mir steht. Er blickt fassungslos an sich hinunter, hält zum Schutz die Hände vor sein Geschlecht und muss feststellen, dass ich ihn – ich tat es bloß zum Spaß – nicht nur seiner Kleider, sondern auch seiner Vorhaut beraubt habe.

Er stürzt zum Ausgang. Oder dahin, wo sich bis vor Kurzem die Tür befand. Nun prallt er plötzlich gegen eine weiße Wand. Entsetzt weicht er zurück, will auf das Fenster zutreten, durch das er vorhin die Wachen herbeigerufen hat. Doch auch dieses ist nicht mehr. Seine Augen suchen den Raum ab, finden aber nichts als nackte Wände. Er dreht und wendet sich, er sucht und findet nicht und lässt sich schließlich erschöpft in einer Ecke des Raumes auf den Boden sinken.

Währenddessen haben die ersten Uniformierten Gefallen an

den Blumengewehren gefunden. Zwei von ihnen beschießen sich gegenseitig und erfreuen sich an dem Spiel wie kleine Kinder. Den anderen, die ein wenig zögernd im Raum stehen, gebe ich zu verstehen, dass weitere Gewalt zwecklos sei. Dass sie gar keine SS-Männer seien, weil es nie eine SS gegeben habe. Dem einen, der zaghaft auf die zwei gezackten Runen an seinem Kragenstück zeigt, erkläre ich, dass die Abkürzung unter anderem für Schaumschläger, Siebenschläfer und Sternsinger verwendet würde. Dass sie allein schon deshalb gar keine Wächter sein könnten, weil es nichts zu bewachen gebe. Es gebe keine Lager, es habe nie welche gegeben. Wen sollte man denn auch konzentrieren oder gar vernichten? Die Juden vielleicht? Oder die sogenannten Asozialen? Die Kommunisten? Oder etwa die Bibelforscher? Ein paar von den Wachen lachen unsicher. Eben, bestätige ich, kein Mensch würde je auf die Idee kommen, solch abstruse Gedanken in die Tat umzusetzen.

Doch in manchen Totenköpfen ist das Lagerdenken tief verwurzelt. Es gibt keine Lager, es gibt keine Endlösung, es gibt keine Gaskammern, kläre ich sie auf. Und führe geduldig aus, dass es technisch gar nicht möglich sei, Millionen von Menschen mit Zyklon B umzubringen. Dass sich die Verbrennung so vieler Leichen in so kurzer Zeit gar nicht bewerkstelligen ließe. Dass der Massentransport quer durch Europa eine logistische Unmöglichkeit darstelle. Kurz, dass alles, was man ihnen vielleicht über diese Sache erzählt habe, Teil eines großen Lügengebäudes sei, das zu betreten sich nicht nur als gefährlich, sondern vor allem als sinnlos erweisen würde. Dass es sich bei Auschwitz um eine verschlafene Kleinstadt handle, von der außerhalb Polens noch nie jemand gehört habe. Und Birkenau? Was oder wo solle das sein?

Ich merke, dass die Schatten um mich herum wieder zu Menschen geworden sind. Auch sie haben die Soldaten in Gespräche verwickelt. Einer hockt sich vor Pollak, hält ihm eine Decke hin und beginnt leise auf ihn einzureden. Ein anderer tanzt immer noch durch den Raum, das Akkordeon hat Verstärkung von anderen Instrumenten bekommen.

Ich lasse die Wände des Krankenbaus verschwinden. Pollak blickt kurz auf. Statt in einer Ecke sitzt er nun ein wenig abseits von den anderen unter einer Birke, den Rücken an den schlanken weißgrauen Stamm gelehnt. Er schließt die Augen, er sieht nicht, will nicht sehen, dass rund um ihn auf dem Totenacker neues Leben erblüht. Er sieht nicht die Blumen, die wie ein bunter Teppich den Boden bedecken. Sieht nicht die Menschen, die durch das Blumenmeer waten, sich mit Blumen bekränzen und beschenken. Sieht nicht, wie die Menschen miteinander sprechen. Sich freuen. Sich umarmen. Sich küssen. Wieder Menschen sind. Menschen, die am Rande eines namenlosen polnischen Ackers um ein Lagerfeuer sitzen, in die Flammen schauen oder den Weg der Funken hinauf zu den langsam verblassenden Sternen verfolgen. Die der Musik lauschen, den Liedern, den Gedichten, den Geschichten, die aus dem Blumenmeer in den ersten Tag dieses neuen Jahres aufsteigen.

13

Good morning, begrüßte ich Miriam, als ich am nächsten Tag in die Küche trat. Judiths Tochter hob langsam den Kopf. Ihr Mund erwiderte den Gruß. Doch die Augen verrieten, dass sie nicht mich, sondern das soeben Gelesene schauten. Wie gut ich diesen Blick kannte! Diesen Blick, der Mütter oder Väter oder jeden anderen, der zu stören wagt, zur Strafe am liebsten in Kröten oder Stinktiere verwandeln würde.

Später frevelte ich erneut, als ich mich mit einem Espresso und einem Stück Kuchen an den Küchentisch setzte. Did you sleep well? fragte ich. Ich bekam als Antwort ein unwilliges Mhmm. Did the hedgehogs visit you in your dreams? Miriam hob den Kopf und sah mich mit verengtem Blick an. Sie träume nicht von Igeln, ließ sie mich wissen. But I am sure they dream of you, ließ ich nicht locker. Sie hielt meinem Blick stand. Ihrer verlor an Strenge. Wurde weicher, kindlicher. Did you really see her? wollte sie plötzlich wissen.

Ich ließ die Kuchengabel sinken und sie ihr Buch. Du meinst … das Mädchen Judith? Sie nickte. Sie wirkte jedenfalls ganz real auf mich, antwortete ich langsam. And did you touch her? In ihrem Blick lagen Ernst und Anteilnahme. Ich bejahte. What did it feel like? Ich beugte mich über den Tisch und pikste sie mit dem Finger in den Handrücken. Genau so, sagte ich. Sie blickte auf meine und ihre Hand, als wollte sie sich ihrer Echtheit vergewissern, wollte wissen, ob Judith durch Wände gehen könne, ob sie einen Schatten und ein Spiegelbild habe und ob ich glaubte, dass sie zurückkommen würde. Ich antwortete mit dem gleichen Ernst, mit dem sie ihre Fragen stellte.

Look at you two early birds! Das Haar zerzaust, die Träume noch ins Gesicht geschrieben, so stand Judith plötzlich in der Tür. Über dem Pyjama, den ich ihr geliehen hatte, trug sie Lydias Bademantel, beides war ein wenig zu groß geraten. Very elegant, stellte ich fest. Sie raffte Hosenbeine und Bademantel, als trüge sie ein langes Abendkleid, und deutete einen Knicks an.

Ist alles in Ordnung? drang Judiths besorgte Stimme zu mir, als wir später beim Frühstück saßen. Ich schlug die Augen auf – obwohl mir gar nicht bewusst gewesen war, dass ich sie geschlossen hatte. Ein Gefühl der Wärme hatte mich durchströmt, als ich uns drei um den Küchentisch sitzen sah. Ich war langsam von der Gegenwart in die Vergangenheit abgedriftet wie ein der Strömung überlassenes Boot auf einem stillen See. Ich hatte mich an die sonntäglichen Frühstücke mit Lydia und Hanna erinnert, an diese Stunden fröhlich zelebrierter Vertrautheit und Dreieinigkeit. Bis Judiths Stimme mich weckte und mich zurückholte ans Ufer. Warst du eigentlich beim Arzt? Nach dem Unfall im Badezimmer, von dem du mir erzählt hast? Mach dir keine Sorgen, versicherte ich und versuchte ein möglichst fröhliches Gesicht aufzusetzen, ich war nur in Gedanken versunken. Ich stand auf und trat zur Kaffeemaschine. Während ich den frisch gemahlenen Kaffee in das Sieb drückte, dachte ich über meinen Tagtraum nach. Entsprach er der Realität? Waren die Sonntage wirklich immer so idyllisch gewesen? Oder verklärte ich sie im Nachhinein? Wie sehr konnte ich mich selbst bei so kleinen Dingen auf mein Gedächtnis verlassen? Lautete die Gleichung

Erinnerung ist gleich Vergangenheit? Oder war die Rechnung komplizierter? Weil die Vergangenheit von der Erinnerung zurechtgebogen wurde wie Licht- oder Schallwellen vom Dopplereffekt?

Als ich mich wieder an den Küchentisch setzte, konnte ich sehen, dass Sorge und Zweifel noch nicht ganz aus Judiths Gesicht gewichen waren. Es wurde Zeit, dass ich ihr von Lydia und Hanna erzählte. Aber nicht jetzt. Jetzt wollte ich die Gegenwart genießen. Ich hoffe, die Gästematratze ist nicht zu unbequem, schnitt ich ein unverfänglicheres Thema an. Sie sei eine Weile wach gelegen, erwiderte Judith, doch dann habe sie geschlafen wie ein Bär. That's why you were *snoring* like a bear, warf Miriam ein. I'm a lady. Ladies *never ever* snore, gab Judith mit gespielter Entrüstung zurück. Yes, you do, kam es zurück. At least sometimes. Mein Blick sprang vergnügt zwischen den beiden hin und her. Und, woran dachtest du vor dem Einschlafen? fragte ich Judith. Jetzt, bei Tageslicht betrachtet, fiel mir auf, dass sie müde und ein wenig blass aussah. Sie drehte sich zu mir. An Johnny Depp, antwortete sie mit ernster Miene und schaute mir dabei tief in die Augen. Johnny Depp is cool! rief Miriam aus. Und ahmte mit ein paar Gesten Captain Jack Sparrow nach.

Das kleine Hotel in der Nähe der Karmeliterkirche, das Judith über eine Internetplattform gebucht hatte, war, so wusste ich durch die Recherchen eines ehemaligen Studienkollegen, einst in jüdischem Besitz gewesen. Sollte ich Judith davon erzählen? Früher hieß es Hotel America, ich kannte alte Fotos, auf denen das große Neonleuchtschild mit dem Namen des Hotels wie eine Verheißung über den Dächern prangte. Für die ursprünglichen Besitzer sollte sie sich jedoch als leeres Versprechen erweisen: Kein Land, weder die USA noch irgendein anderes, war damals bereit, sie aufzunehmen. Und so führte ihr Weg statt per Schiff nach Westen in einem überfüllten Güterzug Richtung Osten. Das Schicksal fügte ihrer Geschichte noch eine zynische Fußnote hinzu: Ihr Gepäck landete nämlich in Kanada – so hieß im Lagerjargon von Auschwitz jener Bereich, in dem die den Häftlingen bei der Ankunft abgenommenen Gegenstände für die Weiterverwertung gesammelt wurden.

Ich zog es vor, in der Gegenwart zu bleiben und erwähnte nichts von der Geschichte, als wir in die kleine Lobby traten und mit dem Lift in den letzten Stock fuhren. Miriam hatte es tags zuvor geschafft, den Inhalt ihres Koffers binnen kürzester Zeit im gesamten Hotelzimmer zu verteilen, nun dauerte es, bis das Chaos wieder im Koffer verstaut war. Judith war genervt. She has an e-book reader, erklärte sie mir. Und trotzdem hat sie für diese paar Tage sechs Bücher mitgenommen! Five, widersprach Miriam vehement. It's only five! Und ich saß mittendrin und genoss es, weil ich solche Diskussionen nicht mehr mit meiner Tochter führen musste. Und litt gleichzeitig, weil ich sie nie wieder führen *konnte*.

Ich bestand darauf, für das Zimmer zu bezahlen, und Judith ließ sich nach einigem Hin und Her dazu überreden. Und für die Flüge zahle ich auch, sagte ich, während wir an der Rezeption standen und auf die Rechnung warteten. No way, lehnte sie entschieden ab. What about one-way? Not even halfway, blieb sie standhaft. Halfway, begann ich laut nachzudenken, da wären wir dann in … In Atlantis, vollendete Judith meinen Satz mit ernster Miene. Ich grinste und war froh über dieses kleine Stück geteilter Erinnerung.

Judith wollte spazieren gehen, und so ließen wir das Gepäck an der Rezeption und machten uns auf den Weg in die

Innenstadt. Als wir bald danach den Stephansplatz erreichten, blieb Judith stehen, legte den Kopf in den Nacken und schaute lange an der Domfassade nach oben. Ob sie Lust habe, eine *echte* gotische Kirche zu besichtigen, wollte sie von ihrer Tochter wissen.

Wir hatten Glück: Ein Organist übte gerade, und die Pfeifen der großen Domorgel füllten den weiten Raum mit majestätischen Klängen. Ich ließ mich in einer der hinteren Bankreihen nieder, Judith und Miriam machten einen Rundgang durch die Kirche. Anschließend fuhren wir mit dem Lift auf den Nordturm und genossen den Blick über die Dächer der Stadt. Auf dem Weg nach unten brachte mich Judith zum Lachen: Gemma auf an Kaffee? fragte sie im Wiener Dialekt. Und so legten wir eine Pause im Café Hawelka ein, bevor wir unsere Sightseeingtour durch die Innenstadt fortsetzten.

Ich genoss diesen Spaziergang – es war der erste seit der Katastrophe, den ich nicht allein unternahm –, so touristisch er auch sein mochte. Ich genoss ihn umso mehr, weil Judith und Miriam ganz offenbar gefiel, was sie zu sehen bekamen. Vor zwanzig Jahren, so erinnerte ich mich, war Judith Wien grau und leblos erschienen, zumindest im Vergleich zu New York. Und im Vergleich zur Vorstellung, die Max' und Lenas und vielleicht auch meine Erzählungen bei ihr im Voraus geweckt hatten. Nun liefen Mutter und Tochter mit den gleichen Kinderaugen durch die Stadt, und in diesen Augen spiegelten sich festlich beleuchtete Straßen, Gebäude und Schaufenster, und auch der Schnee verfehlte seine Zauberwirkung nicht.

What's that? fragte Miriam, als wir wieder auf der anderen Seite des Donaukanals gelandet waren. Sie deutete mit der Stiefelspitze auf einen der im Boden eingelassenen Gedenksteine. They seem to be everywhere, stellte sie fest, und ich nickte. Ich erklärte, dass die kleinen Bronzeplatten an ermordete Juden erinnerten. Mehr als hundertachtzigtausend hätten einmal in Wien gelebt, die meisten davon hier in der Leopoldstadt. And now? Bevor ich noch auf Miriams Frage antworten konnte, kam uns plötzlich eine mehrköpfige jüdisch-orthodoxe Familie entgegen. Auf der anderen Straßenseite tauchte eine zweite auf, und aus der Badgasse bogen zwei Männer mit besonders groß geratenen Pelzmützen in die Taborstraße ein. Natürlich, es war Schabbat, fiel mir ein. Doch es sah aus, als hätten sie, in Hauseingängen oder hinter Straßenecken auf das Stichwort lauernd, auf ihren Auftritt gewartet. And. Now. Ich wollte Miriam erklären, dass die Gemeinde heute nicht einmal ein Zehntel ihrer früheren Größe hatte, wollte hinzufügen, dass die ethnische Zusammensetzung eine andere war als damals. Doch Judith und ihre Tochter hatten ein lebhaftes Gespräch über die große jüdisch-orthodoxe Community begonnen, die sie aus Williamsburg kannten. Und ich konnte nicht umhin, mich zu fragen, ob die schwarz gekleideten, aus der Zeit gefallenen Menschen »echt« waren – oder ob Miriam durch ihre Frage vielleicht die Geister der Vertriebenen und Ermordeten heraufbeschworen hatte.

Während Miriam eines ihrer Bücher aus dem Koffer holte und sich damit ins Wohnzimmer zurückzog, gingen Judith und ich in die Küche, um das Abendessen vorzubereiten. Als wir dann nebeneinanderstanden, um Gemüse zu schneiden, warf ich ihr von Zeit zu Zeit verstohlene Blicke zu. Weil es sich eigenartig anfühlte, Seite an Seite zu stehen und gemeinsam zu kochen, als wären wir immer noch ein Paar. Judiths Aussehen. Ihre Stimme. Ihr Humor. Die Art, wie sie sprach. Die Art, wie sie sich beim Sprechen die eine widerspenstige Haarsträhne aus dem Gesicht strich: All das war so vertraut. Und doch war sie mir fremd. Weil ich nichts oder fast nichts von ihrem heutigen Leben wusste. Also fragte ich danach. Judith unterbrach die Arbeit und blickte mich ein paar Sekunden von der Seite an, bevor sie antwortete und mir ihre Situation in ein paar Sätzen zusammenfasste: Ihre Ehe sei der größte Fehler ihres Lebens gewesen. Ihr Berufsleben sei unbefriedigend. Die politische Situation in den USA noch viel mehr. Ihre Mutter würde immer mehr zur Nervensäge. Und ihre Tochter treibe sie manchmal zur Weißglut. Oy vey, rief ich aus, jetzt hast du auch noch einen Exfreund am Hals, der glaubt, Gespenster zu sehen! Ich wollte mehr über die von ihr angedeuteten Probleme wissen, doch sie vertröstete mich auf den nächsten Tag.

Wir arbeiteten eine Weile schweigend weiter. Wann kommt denn deine Tochter wieder? fragte Judith schließlich, ohne mich anzuschauen. Ich dachte an die Antwort, die ich vor Kurzem der anderen Judith auf dieselbe Frage gegeben hatte. Wäre es nicht einfacher und für alle Seiten angenehmer, die erwachsene Judith genauso zu belügen? Zu erzählen, dass Hanna in ein paar Tagen zurück sein würde? Dass sie die Schulferien oder meinetwegen auch nur die Feiertage um den Jahreswechsel bei ihrer Mutter verbrachte? Und wenn sie noch mehr wissen wollte, dann würde ich eben noch mehr erzählen. Von den Dingen, die wir gemeinsam erlebt haben. Und auch und ganz besonders von denen, die wir noch erleben hätten können. Es wäre so viel einfacher, so viel erfreulicher, als über den Tod zu sprechen und ihn damit zu akzeptieren.

Ein anderer Teil von mir wusste natürlich, dass man den Tod nicht aus der Welt schweigen konnte. Und deshalb – und weil Judith aus Sorge um mich um die halbe Welt geflogen war – ließ ich das Messer sinken und nahm ihr vorsichtig das ihre aus der Hand. Sie blickte überrascht auf. Hanna kommt nicht mehr zurück, sagte ich. Heute nicht, morgen nicht und auch nicht übermorgen. Sie ist seit mehr als zwei Jahren tot. Und meine Frau auch.

Ich sah, wie sich ihre Augen weiteten, um Platz zu machen für mein Leid und ihr Mitleid. Sie nahm mich an der Hand und führte mich zum Küchentisch. Wir setzten uns. Ich erzählte. Judith hörte zu, ohne meine Hand loszulassen. Und umarmte mich lange, als ich zu Ende erzählt hatte.

Dann stand sie auf und ging aus der Küche. Ihr Geruch – der Geruch ihrer Haare, ihres Gesichtes, ihrer Kleider – blieb an mir hängen. Und überfiel mich mit einer Wucht, wie nur Gerüche aus der Vergangenheit es vermögen. Es war derselbe Geruch, in den ich mich schon damals, schon in jenem ersten New Yorker Sommer vor mehr als zwanzig Jahren, verliebt hatte.

Als sie kurze Zeit später zurückkam, überreichte sie mir ein kleines längliches Paket: ein fester Gegenstand, eingewickelt in dünnes Seidenpapier, darunter war Noppenfolie zu spüren. Meine Finger wühlten sich neugierig durch die Schichten der Verpackung. Bis endlich Metall zum Vorschein kam. Silber. Mit goldenen Verzierungen. Zuerst ein Messer. Dann ein Löffel und eine Gabel. Zierlich, klein, für Kinder gedacht und gemacht. Es ist … ich war nicht sicher … ob ich es dir schenken soll, sagte Judith zögernd.

Ich lehnte mich zurück. In Gedanken verließ ich den Raum. Ich flog über den Atlantik. Und flog so schnell, dass die Zeit nicht nur sechs Stunden hinter der mitteleuropäischen lag, sondern mehr als zwanzig Jahre.

Ich landete im Jahr 2000 oder 2001 in Lenas Wohnung. Nach einem langen Gespräch, in dem sie von ihrer Flucht aus Europa erzählt hatte, war Max dazugestoßen. Wir waren vom Wohn- ins Esszimmer übersiedelt, Lena hatte begonnen, den Tisch zu decken. Auf den Platz, an dem ich saß, legte sie ein zierliches

Silberbesteck. Ich nahm das Messer neugierig in die Hand. Es stand mit seinen goldenen Verzierungen in seltsamem Kontrast zum modernen Design der meisten anderen Möbel und Einrichtungsgegenstände. Es gehörte meiner Schwester Judith, sagte Lena im selben Augenblick, als ich den eingravierten Namen entdeckte.

Zu diesem Zeitpunkt wusste ich fast nichts über diese jüngste Schwester. Ich wusste nur, dass sie als Kind den Nazis zum Opfer gefallen war. Das Messer, mit dieser neuen Information aufgeladen, schien mir plötzlich viel schwerer. Vorsichtig drehte ich es hin und her, als hielte ich eine kostbare Reliquie in Händen. Warum hatte Lena ausgerechnet mir das Besteck zugeteilt? Wollte sie ihrem Gast eine besondere Ehre erweisen? Oder war es im Gegenteil ein subtiler Vorwurf an mich, der ich aus dem Land der Täter kam? Eine Art Prüfung? Was musste ich tun, um sie zu bestehen? Gar nichts essen? Das Besteck aus Gründen der Pietät nicht verwenden? Oder es benutzen, um eben dadurch den Toten Respekt zu zollen? Aber wie sollte ich damit auch nur einen Bissen runterkriegen?

Die Prüfung blieb mir erspart. Lena bat mich um Hilfe beim Servieren. Als wir dann gemeinsam zum Tisch zurückkamen, setzte sie sich auf den Platz mit Judiths Besteck und aß damit, wie sie es – das erfuhr ich erst später – seit Jahrzehnten im Andenken an ihre Schwester getan hatte.

Aber … wie kannst du … du kannst mir das nicht schenken, sagte ich nun zu meiner Judith. Ich wusste, dass das Besteck ein Geschenk der Kleineltern gewesen war. Ich wusste, dass Judith Klein es geliebt und Tag für Tag damit gegessen hatte. Dass sie untröstlich war, es 1938 nicht nach Holland mitnehmen zu können, weil klar war, dass man ihr alle Wertgegenstände bei der Ausreise abnehmen würde. Ich wusste, dass Lena das Besteck ins Gepäck schmuggelte, als sie zusammen mit den Eltern wenige Monate später das Land verlassen musste. Und dass sie großes Glück hatte, dass es nicht entdeckt wurde. Auch auf der Flucht von Paris nach Marseille sorgte sie dafür, dass das Besteck mitkam. Sie versteckte es, als auf der langen, von vielen Aufenthalten unterbrochenen Odyssee von Marseille nach New York auch die letzten heimlichen Schmuck- und Geldreserven aufgebraucht waren. Wenn sie es schaffte, das Besteck trotz aller Schwierigkeiten für Judith aufzubewahren, dann, und nur dann würde ihre kleine Schwester überleben. Dieser Gedanke wurde zum Glaubenssatz, an dem sich Lena festhielt in diesen Jahren, in denen alles wegbrach, was ihr bisheriges Leben ausgemacht hatte. Bis zu dem Tag, an dem klar wurde, dass Judith nicht zurückkehren würde und Lena beschloss, das Andenken an ihre Schwester zu bewahren, indem sie das viel zu kleine Besteck benutzte, statt es in einer Lade liegen zu lassen. Bei jeder Mahlzeit, mit jedem Stück Fleisch, mit jedem Löffel Suppe gedachte sie von nun an ihrer toten Schwester. Auch, wenn es sie anfangs Überwindung kostete. Auch, wenn es sie dabei bis zum Brechreiz würgte. Vielleicht tat sie es ja auch nur, um ihr schlechtes Gewissen zu beruhigen, wie Judith schon vor zwanzig Jahren mutmaßte. Weil man ihr familienintern vorwarf, ihr Leben lang mehr an die eigenen Bedürfnisse als an die der anderen gedacht zu haben. Weil sie sich – in mehreren Ehen und unzähligen Affären – nahm, was sie brauchte und ließ, was ihr nicht mehr nützlich erschien. Sicher aber auch, weil hinter der Fassade aus scharfsinnigem Witz, beißendem Spott und Abgeklärtheit ein liebevoller, aber äußerst verletzlicher und verletzter Mensch steckte.

Du kannst mir das nicht schenken, sagte ich noch einmal. Es gehört dir, deiner Familie, vielleicht will deine Tochter es eines Tages haben. Judith ließ ein kurzes Schnaufen hören. Weißt du, was Miriam zu mir sagte? Why would anybody want to use dead people's cutlery? Ich musste grinsen. She is the most pragmatic, no-nonsense, down-to-earth girl I know, fügte Judith hinzu. Darin schwang gleichzeitig Stolz und kopfschüttelnde Verwunderung mit. War Miriam das wirklich, überlegte ich. Ich dachte an ihre interessierten Fragen zur anderen Judith. War sie doch nicht in allen Dingen so nüchtern und erdverbunden, wie ihre Mutter glaubte?

Und dann legte Judith eine Beichte ab: In den Jahren mit mir, in denen sie immer wieder Wochen und Monate in Wien verbrachte, hätte sie Angst davor gehabt, allein in der Wohnung zu bleiben. Weil sie manchmal das Gefühl hatte, eben *nicht* allein zu sein. Sie könne nicht wirklich an Geister glauben, sie habe noch nie jemandem davon erzählt, um nicht für verrückt gehalten zu werden. Aber das Gefühl sei da gewesen und ließe sich nicht wegerklären. Okay, sagte sie dann mit spürbarer Erleichterung, jetzt weißt du, warum mich dein Brief dazu gebracht hat, in den nächsten Flieger zu steigen. Warum ich finde, dass dieses Besteck hier sein sollte. Und dass ich dich nicht für meschugge halte. Oder jedenfalls nicht für viel meschuggener als mich selbst.

Ich war gerührt und griff mit dem Gefühl großer Dankbarkeit nach Judiths Hand. I thought you two were cooking instead of holding hands, platzte Miriam im selben Augenblick in die Küche. Judith löste ihre Hand aus der meinen. Ich sah, dass sie rot wurde. Miriams Blick wanderte von unseren Händen zum Silberbesteck auf dem Tisch, verharrte dort kurz, um schließlich beim immer noch rohen Gemüse zu landen. I am hungry, sagte sie.

Nach dem Essen machte ich mich erneut auf die Suche nach dem Schnitzler-Band aus der Buchhandlung Klein. Ich war sicher,

Judith würde große Freude daran haben. Doch wo ich auch suchte, er war nicht zu finden. Schließlich holte ich stattdessen die beiden Fotoschachteln aus dem Arbeitszimmer und stellte sie auf den Sofatisch. Mithilfe der Bilder reisten wir in die Vergangenheit. In die von Judiths Familie. Und in unsere gemeinsame. Judith versuchte auch ihre Tochter auf die Reise mitzunehmen, reichte ihr die Fotos weiter, erklärte, erzählte Geschichten, doch Miriam fehlten die Erinnerungen, die für uns beide die Menschen auf den Bildern zum Leben erweckten. Erst bei den wenigen Fotos, die Max' und Lenas jüngste Schwester zeigten, schien sie aufzuwachen. Sie wollte mehr über diese andere Judith wissen, während ich im Stillen hoffte, unser Gespräch würde Letztere vielleicht anlocken oder heraufbeschwören.

Is that her, too? wollte Miriam bei einem der Fotos wissen: Ein schlankes junges Mädchen im Badeanzug lehnte an der Reling eines Schiffes und lächelte entspannt in die Kamera. Die rechte Hand hielt einen Strohhut, die linke kämpfte gegen den Wind, der die langen, vollen Haare zerzauste. That's your great-great-aunt Lena, erklärte Judith. Während sie Miriam von ihrer Urgroßtante erzählte und in der Schachtel nach weiteren Fotos kramte, sah ich Lena vor mir. Ich sah mich wieder in ihrer Wohnung sitzen, von der der Blick über Dächer und Wassertanks und das Blätterdach des Central Park fiel. Und hörte Lena in ihrer typischen Melange aus Deutsch und Englisch ihre eigene Geschichte erzählen.

Lena hatte im Gegensatz zu Max mit dieser Geschichte nie hinterm Berg gehalten. Vielleicht lag es auch daran, dass sie, wie sie selbst sagte, im Vergleich zu ihrem Bruder nichts erlebt hatte. »Nichts« sollte heißen: Sie war dem Horror der Konzentrationslager entgangen. »Nichts« hieß aber auch: Man hatte ihr wie dem Rest der Familie bis auf ein paar Schmuckstücke und das

Silberbesteck ihrer Schwester alles geraubt, was man einem Menschen rauben konnte.

Ihre Geschichte, das bedeutete für Lena: die Geschichte ihrer Irrfahrt. Alles davor – Kindheit und Jugend in Wien, der »Anschluss«, die Vertreibung aus Österreich, die Flucht nach Paris, die Flucht nach Marseille – war Familiengeschichte, die sie meist mit wenigen Sätzen zusammenfasste. In dem Moment, wo sie in Marseille das Schiff betrat, das sie nach Brasilien bringen sollte, hatte für Lena, so schien es jedenfalls, ihre eigene Geschichte, ihr eigenes Leben begonnen.

Später dann, als Judith und Miriam ins Bett gegangen waren und ich wieder allein, aber nicht einsam war, setzte ich mich an den Schreibtisch. Ich hatte ein paar von den Fotos dabei, die ich zuvor mit Judith und Miriam betrachtet hatte, und breitete nun eines neben dem anderen aus. Dann öffnete ich am Computer das Transkript des Interviews, in dem mir Lena einst ihre Geschichte erzählt hatte und ließ mich mitnehmen auf die Reise.

Zehn Bilder, drei Wunder

1

MS Alcina, so heißt das Schiff, auf dem Lenas Odyssee beginnt. Das erste Foto zeigt ein angerostetes, wenig Vertrauen erweckendes Passagierschiff am Kai von Marseille. Auch das Innere des Kahns ist alt, die Kabinen sind schlecht, das Essen ist noch schlechter, aber keinen der ungefähr fünfhundert Passagiere scheint es zu stören – endlich, endlich würde man den Nazis entkommen.

Endlich wird dann auch die letzte Verbindung zum Festland gekappt. Langsam, viel zu langsam setzt sich das Schiff in Bewegung, viel zu zögerlich strebt es der Hafenausfahrt zu. Als es schließlich die im Dämmerlicht versinkende Bucht hinter sich lässt und die Häuser fingernagelklein werden, hört man die Menschen aufatmen. Über dem Kielwasser schwebt das metallische Gekreisch der Möwen. Als sich das weißgraue Vogelgeschwader schließlich mit beinahe militärischer Präzision zurückfallen lässt, versinkt die verlorene Heimat endgültig im Dunkel des Meeres und der Nacht. Die feuchte Luft füllt die Köpfe mit der Hoffnung auf ein neues Leben in einer neuen Welt.

2

Die Alcina stampft durchs Mittelmeer, durchfährt die Straße von Gibraltar und nimmt, immer in Sichtweite der afrikanischen

Küste, Kurs Richtung Süden. Das Ziel ist Rio de Janeiro, manche an Bord sind eifrig dabei, Portugiesisch zu lernen, und Lena macht sich bald lustig über die Passagiere, die einander bom dia und boa noite wünschen und voller Stolz obrigado sagen, wenn sie Danke meinen.

Das Foto von ihr mit Strohhut, kurz nach ihrem neunzehnten Geburtstag entstanden, sieht aus wie ein gewöhnliches Urlaubsfoto: Lena, braungebrannt, im Badeanzug, dahinter die strahlend weiße Reling und das endlos weite Meer, darüber wolkenloser Himmel. Auch Lenas Gesicht verrät nichts von der prekären Situation, in der sie sich befindet. In ihrem Blick vermischt sich mädchenhaft Unschuldiges mit selbstbewusster Weiblichkeit. Auf dem Foto sind sie nicht abgebildet – und doch glaubt man die Männer sehen zu können, die sich nach ihr umdrehen. Denen sie den Kopf verdreht, halb bewusst, halb unbewusst, wenn sie an ihnen vorbeigeht mit wiegenden Hüften.

Die Temperatur steigt, je weiter das Schiff Richtung Süden fährt, und mit jeder Seemeile, die man dem Äquator näher rückt, scheint ein wenig von dem Druck abzufallen, der auf den Schultern aller in den vergangenen Jahren gelastet hat. Nicht nur bei Lena, sondern auch bei anderen Kindern und Jugendlichen an Bord kommen bald Urlaubsgefühle auf.

3

Auf dem nächsten Foto ist im Vordergrund die Reling des Schiffes zu sehen, der Blick geht aufs Meer hinaus, weit hinten ist ein schmaler Küstenstreifen zu erkennen. Das Bild entstand in der Bucht von Dakar. Wo auch Lena zumindest vorübergehend in die Realität zurückgeholt wird: Die Alcina wird von der britischen Marine angehalten und gezwungen, außerhalb des Hafens vor Anker zu gehen. Die Weiterfahrt nach Rio wird untersagt, keiner darf an Land und keiner weiß, was der Stopp zu bedeuten hat. Erst nach ein paar Tagen erfahren auch die Passagiere den Grund der Verzögerung: Das Schiff hat irgendwelche deutschen Maschinen für Argentinien geladen, die Briten wollen den Weitertransport verhindern.

Es entsteht eine Pattsituation: Berlin besteht auf dem Weitertransport, die Vichy-Regierung ebenfalls, die Briten blockieren. Während die verfeindeten Mächte miteinander verhandeln, liegt das Schiff fest. Das Essen an Bord wird noch schlechter, die Portionen von Tag zu Tag kleiner. Das Einzige, was in Hülle und Fülle zur Verfügung steht, sind Gerüchte: Am Montag heißt es, dass das Schiff zwar nach Südamerika, aber nicht nach Brasilien weiterfahren dürfe, am Dienstag weiß jemand aus absolut zuverlässiger Quelle, dass man alle Passagiere in Afrika internieren würde, am Mittwoch gibt es die Schreckensnachricht, dass die Alcina nach Frankreich zurückkehren müsse. So geht es Tag für Tag weiter, sodass vor den Mahlzeiten bald scherzhaft gefragt wird, welches Tagesgerücht denn heute serviert würde.

Die Ungewissheit in den Wochen des Wartens ist schwer zu ertragen. Die Sorgen, die Ängste kehren zurück, die beengten Verhältnisse an Bord tragen zur Gereiztheit der Wartenden bei, sodass manche schon beim kleinsten Anlass explodieren. Einige wollen nicht länger warten und versuchen nachts an die Küste zu schwimmen. Von zwei jungen Männern aus Polen ist nie wieder etwas zu hören, ein anderer wird von Uniformierten – die Aufregung ist groß, denn für die meisten Menschen an Bord sind es die ersten Schwarzen, die sie in ihrem Leben zu Gesicht bekommen – zurückgebracht. Was soll man schon von einem Schiff namens Alcina erwarten, meint ein aus Hamburg stammender Passagier düster, nachdem man ein paar Tage später die aufgedunsene, von der Strömung zum Schiff zurückgetriebene Leiche eines weiteren jungen Mannes aus dem Wasser gefischt hat. Und erzählt von der Zauberin Alcina aus Ariosts *Orlando furioso*, die edle Ritter auf ihre Zauberinsel lockte, sie verführte und anschließend in wilde Tiere verwandelte.

4

An Bord versucht jeder, so gut es eben geht, sich die Zeit zu vertreiben. Lena fällt die Sache leicht: Sie hat sich bald nach der Abfahrt von Marseille in Peter Kohn verliebt. Auf dem Foto, das sie selbst mit etwas ungeübter Hand aufgenommen hat, wirkt er, der mit seinen Eltern und seinem jüngeren Bruder aus München geflüchtet war, wie die Idealbesetzung für einen Nazi-Propagandafilm: Er ist groß, breitschultrig, hat blonde, brav gescheitelte Haare, blaue Augen – das weiß ich von Lena – und ein gewinnendes Lächeln. Auch wenn die beiden einander meist genug sind und gemeinsam die dunkelsten Ecken des Schiffes erforschen, beteiligen sie sich doch manchmal an den Aktivitäten, die ein paar nimmermüde Erwachsene organisieren: diverse Sportwettbewerbe, Schnitzeljagden quer durchs ganze Schiff, Scharade und andere Ratespiele, Diskussionsrunden über Bücher oder Portugiesischkurse.

Peter würde bald nach der Ankunft in New York Lenas erster Mann werden. Der erste von fünf, wie sie mir mit kokettem Blick erklärt. Man gönnt sich ja sonst nichts, fügt sie hinzu.

5

Einmal gibt es an Bord sogar eine Theateraufführung: eine Revue, geschrieben von zwei Passagieren, in der es in lose aneinandergereihten Szenen um das Schicksal von Naziflüchtlingen geht. Bei dieser Gelegenheit entsteht ein weiteres Foto: Lena liegt, mit Pelzmantel und blumengeschmücktem Hut bekleidet, in einem gestreiften Deckstuhl, zu ihren Füßen ein kleiner Plüschhund an einer Leine. Lippenstift und Lidschatten lassen sie wesentlich älter aussehen, eine Zigarettenspitze hängt ihr lässig aus dem Mundwinkel. Neben ihr ist Peter in der Uniform eines Kellners oder Stewards zu sehen, und obwohl er steht und sie sitzt, gelingt es ihr, auf ihn herabzublicken. Ich spielte eine zickige Wienerin, die sich über alles beschwert und damit prahlt, was sie früher nicht alles besessen hat, erzählt Lena.

6

Eines Tages, nach ungefähr vier Monaten des Wartens, werden schließlich doch die Anker gelichtet. Die Erleichterung ist groß, der Fahrtwind, der über die Gesichter streicht, verspricht nicht nur Abkühlung, sondern auch eine Zukunft auf der anderen Seite des Meeres. Der Schrecken ist dafür umso größer, als die Fahrt nicht nach Südwesten über den Atlantik, sondern nach Norden geht. Trotz Protesten läuft das Schiff nach einigen Tagen im Hafen von Casablanca ein, die Passagiere werden auf Lastwagen verladen und in ein französisches Lager am Rand der Sahara gebracht, in dem schon Hunderte andere Flüchtlinge gestrandet sind.

Im Lager ist das Fotografieren strengstens verboten. Die Bedingungen sind wahrscheinlich nicht ärger als in manch anderen französischen Internierungslagern. Einen wesentlichen Unterschied bringt jedoch die Lage am Rand der Wüste mit sich: Tagsüber – es ist Hochsommer – ist die Hitze unvorstellbar, nachts herrscht mitunter klirrende Kälte. Der Sand dringt durch jede noch so kleine Ritze und unweigerlich auch zwischen die Zähne. Es gibt zu wenig zu essen, und das Wenige schmeckt scheußlich. Die Baracken sind hoffnungslos überfüllt, die hygienischen Bedingungen katastrophal, Krankheiten an der Tagesordnung. Lenas Vater erkrankt an einem nicht näher definierten Virus und stirbt beinahe daran. Was ihn jedoch im Gegensatz zu anderen Männern aus dem Lager davor bewahrt, für Arbeiten an der Eisenbahnlinie durch die Sahara herangezogen zu werden. Friedrich Klein überlebt, bei den Bauarbeiten kommen zahlreiche Flüchtlinge ums Leben.

Im Lager bildet sich ein Häftlingskomitee, um Kontakt mit der Außenwelt aufzunehmen. Nach wochenlangen Verhandlungen gelingt es diesem Komitee, die Freilassung der Passagiere der Alcina zu erwirken. Nun heißt es allerdings, Ausreisegenehmigungen für Marokko, spanische Transitvisa, Plätze auf einem spanischen Schiff nach Rio und neue Visa für Brasilien zu organisieren. Die letzten Reserven in Form von erfolgreich herausgeschmuggeltem Geld oder Schmuck, die eigentlich für den Neubeginn in Brasilien gedacht waren, dienen nun dazu, all diese Papiere und die dafür nötigen Schmiergelder zu bezahlen.

7

Cabo de Hornos heißt das neue – oder vielmehr uralte – Schiff, dessen Reise im spanischen Cádiz beginnt. Die Bedingungen sind noch schlechter als auf der Alcina, doch wieder ist die Vorfreude größer als der Ärger über die Unterbringung in dreistöckigen Betten im Zwischendeck. Die Überfahrt verläuft diesmal problemlos, und nach ungefähr drei Wochen läuft die Cabo de Hornos tatsächlich in den Hafen von Rio de Janeiro ein.

Auch von diesem erhebenden Moment gibt es natürlich ein

Foto, auf dem im Hintergrund die unverwechselbaren Berge rund um die brasilianische Metropole zu erkennen sind. Und davor lehnen Lena und Peter und ihre und seine Eltern an der Reling und lächeln, ein paar Glückstränen inklusive, in die Kamera. Hier also würden sie ein neues Leben beginnen.

Doch bald haben wir vor Zorn geheult und nicht vor Glück, lautet Lenas Erläuterung zu diesem Bild: Die Visa werden nämlich für ungültig erklärt, der brasilianische Konsul in Casablanca wäre gar nicht zu deren Ausstellung berechtigt gewesen. Das Diskutieren und Verhandeln dauert stundenlang. Dabei wird alles versucht, die brasilianischen Behörden umzustimmen. Einer von den Passagieren, laut Lena ein kleiner, schmächtiger Mann, packt irgendwann einen großen uniformierten Beamten am Arm. Look, schreit er und zeigt auf die riesige Christus-Statue am Berg über dem Hafen. Did you know he was Jewish, too? Did you know that?

Nichts hilft, nicht einmal der Selbstmord eines polnischen Passagiers, der sich aus Verzweiflung vom Ladekran des Schiffes auf die Hafenmole hinunterstürzt. Keiner darf in Rio an Land gehen, die Cabo de Hornos verlässt die Bucht, die den Passagieren drei Tage zuvor noch als Paradies auf Erden erschienen ist.

8

Das Schiff setzt seinen Weg nach Buenos Aires fort. Wieder folgen Verhandlungen und Bestechungsversuche, doch auch dort darf niemand von Bord gehen. Selbst das Fotografieren im Hafen wird untersagt. Als könnten die Unerwünschten – wer weiß, wozu sie fähig sind – auf diese Weise doch noch Land in Besitz nehmen. Peter schießt trotzdem heimlich ein Foto von den Kaianlagen. Sie sehen aus, wie Kaianlagen eben aussehen.

Und die von den argentinischen Behörden befürchtete Usurpation bleibt aus.

Von Buenos Aires geht es zurück Richtung Europa. Mittlerweile haben mehrere Hilfsorganisationen vom Schicksal der Cabo de Hornos erfahren und sich um eine Lösung bemüht. Die Regierung von Paraguay bietet an, die Passagiere aufzunehmen. Die Aufnahme scheitert allerdings am Nachbarland Uruguay: Die Regierung in Montevideo verweigert die Ausstellung von Transitvisa – aus Angst, die Flüchtlinge würden in Uruguay bleiben.

Ein letzter Tankaufenthalt noch, dann würden sie bald wieder an ihrem Ausgangspunkt im Süden Spaniens landen. Spanien ist mit Hitler verbündet, es wimmelt dort vor Gestapobeamten, eine Auslieferung der Flüchtlinge an Deutschland ist wahrscheinlich.

9

Doch dann geschieht das erste von drei Wundern: Ein Kongressabgeordneter aus Brooklyn hat von der Geschichte der Cabo de Hornos erfahren und seine persönliche Garantie abgegeben, dass alle Passagiere, die in die USA einreisen wollen, Visa bekommen würden. Das Schiff nimmt daraufhin Kurs auf die Insel Curaçao. Die niederländische Exilregierung – die Insel ist einer der letzten Restbestände des einstigen holländischen Kolonialreiches – lässt die Flüchtlinge im Hafen von Willemstad an Land gehen, damit sie dort auf ihre amerikanischen Visa und Quotennummern warten können.

Auch hier werden die Geflüchteten in ein Lager gesperrt. Aus Angst, dass sich unter ihnen Nazispione befinden könnten. Doch zumindest die kleine jüdische Gemeinde der Insel kümmert sich um die Eingesperrten. Auf einem der Fotos aus Willemstad sieht man einen hohen Zaun, darauf prangt ein »Hartelijk Welkom«-Schild. Anfang Dezember werden die Visa für Lena und ihre Eltern bewilligt – und auch die für Peter und seine Familie –, nun heißt es also nur noch auf die Quotennummern warten.

Und dann kommt der 7. Dezember 1941. Und damit der Angriff der Japaner auf Pearl Harbor. Die Angst ist groß – und berechtigt –, dass die USA nun ihre Grenzen dichtmachen werden. Doch es geschieht ein zweites Wunder: Zwei Tage nach dem Angriff werden die Kleins und die Kohns aufs amerikanische Konsulat gerufen, ihre Visa in die Pässe gestempelt. Am Tag darauf folgt die Kriegserklärung der USA an Deutschland, Deutsche und Österreicher dürfen von da an nicht mehr in die USA einreisen. Andere aus der Gruppe, deren Anträge später bearbeitet werden, bekommen keine Quotennummern mehr und müssen bis nach dem Krieg in Curaçao bleiben.

Die Kleins und die Kohns verlassen Willemstad auf dem Frachter Santa Rosa. Rosa, so habe das Dienstmädchen der Kleineltern geheißen, erzählt Lena, das beste, liebste Dienstmädchen von ganz Wien, wie sie sagt. Mit dem Segen der heiligen Rosa also geht die Reise, die Anfang Januar 1941 in Marseille begonnen hat, genau ein Jahr später in New York zu Ende.

10

Lena, Peter, sein kleiner Bruder und Lenas Eltern stehen an der Reling des Schiffes, im Hintergrund ragen die Wolkenkratzer an der Südspitze Manhattans in die Höhe. Freude und Erleichterung darüber, den Gefahren und Erniedrigungen der vergangenen Jahre entronnen zu sein, ungläubiges Staunen über diese Stadt der tausend Türme, die Hoffnung auf eine neue Existenz, aber auch die Angst davor: Das alles ist in diesem fotografischen Augenblick festgehalten, obwohl von den Gesichtern der Menschen im Vordergrund kaum etwas zu sehen ist.

Wir waren alle unglaublich nervös vor der Ankunft, erzählt Lena. Zu oft schon war ja die Hoffnung im letzten Augenblick enttäuscht worden. Ein weißhaariger, gutmütig aussehender Beamter kontrolliert ihre Papiere. Relax, man, sagt er lächelnd zu Friedrich Klein, weil er sieht, wie nervös alle sind. Und dieses »relax, man« und die Tatsache, dass sich ein uniformierter Beamter freundlich verhält, das ist – nach den Erfahrungen in den Jahren davor, wo jede Uniform Gefahr, Erniedrigung oder zumindest Enttäuschung bedeutete – das dritte Wunder auf dieser langen Irrfahrt.

14

Auf dem Küchentisch lag immer noch das zierliche Besteck, das Judith aus New York mitgebracht hatte. Lenas Besteck. Judiths Besteck. Ich hatte es am Abend liegen gelassen. In der Hoffnung, dass die andere Judith es finden würde. Dass es sie vielleicht anlocken und zur Wiederkehr bewegen würde. Nun kam es mir plötzlich vor, als hätte ich einen Köder für ein Tier ausgelegt. Ein Stück Käse für eine Maus. Ohne Falle zwar, aber doch in der Absicht, der kleinen Judith habhaft zu werden, um sie der großen präsentieren zu können.

Good morning, hörte ich die Stimme der Letzteren hinter mir. Ich drehte mich um, Judith, Lydias Bademantel über dem Nachthemd, ließ sich auf die Küchenbank gleiten. Sie gähnte laut, dann fischte sie einen Haargummi aus der Tasche und band sich die Haare zusammen. Coffee, please, bestellte sie. Und ein Stück Sachertorte dazu.

Beim Aufwachen war ich in Panik geraten und hatte minutenlang gedacht, Judiths und Miriams Ankunft in Wien nur geträumt zu haben. Erst als ich in der Küche das Besteck auf dem Tisch und Judiths Pullover auf der Bank entdeckt hatte, war ich beruhigt gewesen. Gut geschlafen? fragte ich, als ich ihr einen Espresso auf den Tisch stellte. Sie nickte und gähnte gleichzeitig. Und trank den Kaffee mit zwei großen Schlucken aus. Aber nicht lange genug, sagte sie. Sie hielt mir die leere

Tasse hin. Und bitte die Sachertorte nicht vergessen, ermahnte sie mich.

Nachdem auch Miriam aufgestanden war und wir gemeinsam gefrühstückt hatten – allerdings ohne Sachertorte –, gingen wir hinaus. Diesmal blieben wir in der Nähe. Und spazierten durch die Gassen der Leopoldstadt zum Augarten. Der Himmel spannte sich in makellosem Blau über den Park, nur der Atem stieg zu weißen Wölkchen gefroren in die Winterluft.

What's that? fragte Miriam. Sie zeigte auf die beiden riesigen Flaktürme, deren schmutziggraue Betonwände die hohen, schlanken Pappeln überragten. Ich erklärte, dass sie während des Zweiten Weltkriegs von Kriegsgefangenen und Zwangsarbeitern errichtet worden waren und zur Flugabwehr und als Schutzräume gedient hätten. Und dass die *New York Times* erst vor Kurzem über diese Gebäude berichtet habe, weil unsere glorreiche Regierung überlegt hatte, sie zu sogenannten Anhaltezentren für abzuschiebende Asylwerber umzubauen. Judith nickte stumm. Ich schlug vor, nach rechts abzubiegen, um die beiden Betonkolosse nicht länger im Blickfeld haben zu müssen.

Im selben Augenblick landete ein Schneeball in meinem Gesicht. Ich hörte Miriam kichern, sie bekam eine Rüge von ihrer Mutter. Doch ich nahm die Herausforderung an, und die Schlacht konnte beginnen. Später versöhnten wir uns und bauten als sichtbares Friedenszeichen vor einem der Flaktürme einen Schneemann, den Judith zu einem Schneezwitter umgestaltete.

Es war immer noch Schabbat, und auch diesmal begegneten uns zahlreiche, schon von Weitem erkennbare jüdisch-orthodoxe Menschen. Diesmal brauchten sie kein Stichwort für ihren

Auftritt, weder von Miriam noch von jemand anderem. Und in dem klaren Licht, das die Kälte uns bescherte, sah ich keinen Anlass, an ihrer Echtheit zu zweifeln.

Auf dem Nachhauseweg lief uns Herr Motaev über den Weg. Ich war erleichtert, ihn zu sehen, denn seit der Schiwe in seiner Wohnung war ich ihm nicht mehr begegnet. Sollte ich ihn darauf ansprechen? Und ihm Beileid wünschen? Aber ich wusste ja nicht einmal, für wen. Ich grüßte. Und er antwortete mit einem kurzen, stummen Lächeln.

You know him? fragte Miriam, als wir Motaev hinter uns gelassen hatten. Und ich erklärte, dass er bei uns im Haus wohnte. Judith hob die Augenbraue. Ob der Hausbesitzer immer noch derselbe alte Nazi sei, wollte sie wissen. The same old Nazi's son, lautete meine Antwort. Und deine zwei alten Nachbarinnen, gibt's die auch noch? Die Tochter, sagte ich und öffnete die Tür zum Diwan.

Die Überraschung bei Linde war groß. Sie und Judith hatten sich vor zwanzig Jahren auf Anhieb glänzend verstanden und viel Zeit miteinander verbracht. Sie umarmten sich, Marwan kam dazu und bewirtete uns mit Tee und Weihnachtskeksen. Du bist jünger geworden – wie machst du das? fragte er Judith. Doch ich merkte schnell, dass die beiden nicht ganz bei sich waren. Was ist los? fragte ich Linde besorgt, während Judith ihrer Tochter die an der Wand neben dem Eingang platzierten Fotos von der ehemaligen Buchhandlung zeigte. Linde erzählte von einem Bescheid, demzufolge Marwans Neffe Karim während des laufenden Asylverfahrens nicht mehr bei ihnen wohnen dürfe, sondern sich bis Ende des Monats in einem neu eingerichteten Massenquartier irgendwo am Stadtrand einzufinden habe. Wie soll er sich dort verständigen? fragte sie. Und wie sich zurechtfinden? Sie war den Tränen nahe. Ich spürte den Zorn in mir aufsteigen. Kann man dagegen berufen? Linde zuckte mit den Schultern. Das versuchen wir gerade herauszufinden.

Dann schien sie plötzlich abgelenkt. Ging hinüber zu einem von den kleinen Kupfertischchen, an denen Judith und Miriam Platz genommen hatten, und beugte sich über sie. Erstaunt musste ich feststellen, dass Miriam, das Kind, das um nichts in der Welt als solches gesehen werden wollte, auf Judiths Schoß saß und weinte.

Ich trat zu den beiden, legte Judith die Hand auf die Schulter, sie drehte sich mit einem kurzen, ratlosen Blick zu mir um, um sich dann wieder ihrer in Tränen aufgelösten Tochter zuzuwenden. What is it, honey? fragte sie besorgt, doch Miriam wollte oder konnte vor lauter Schluchzen nichts sagen.

Es hat mit den Fotos von der Buchhandlung zu tun, sagte Judith später. Ich hatte Miriam vom Diwan heraufgetragen, und während ich mir ein paar Notizen für den neuen Roman gemacht hatte, war es Judith gelungen, ihre Tochter zu beruhigen. Nun lag sie im Wohnzimmer und las. Vor allem das eine Foto, meinte Judith, wo Max als Kind auf der Treppe zur Galerie sitzt und liest, das hat sie anscheinend irgendwie … irgendwie … Berührt, setzte ich fort. Judith nickte. Keine Ahnung, warum, fügte sie hinzu. Es ist meine Schuld, dass sie so unsanft mit der Nase auf die Vergangenheit gestoßen wurde, wurde mir plötzlich klar. Bullshit! widersprach Judith. Doch ich beharrte darauf, weil mich auf einmal das schlechte Gewissen plagte, als wär's ein körperlicher Schmerz. Hätte ich dir nicht geschrieben, wärst du jetzt nicht hier, und Miriam müsste sich nicht mit diesen Dingen herumschlagen. Judith winkte ab. Ich bin froh, dass sie sich endlich einmal damit auseinandersetzt.

Apropos schlechtes Gewissen, sagte sie, nachdem jeder eine Weile seinen eigenen Gedanken nachgehangen war. Willst du wissen, warum ich dich damals verlassen habe? Ich schaute auf. Unsere Blicke trafen sich, ich sah plötzlich in ihren Augen etwas, das ich nicht kannte. Etwas, das mir Angst machte. Und ich wappnete mich für das, was da kommen mochte. Wegen Johnny Depp, sagte sie schließlich. I knew it! rief ich aus. Bevor wir beide in Gelächter ausbrachen.

Während ich auf eine ernsthafte Antwort wartete, versuchte ich mir selbst die wahren Gründe in Erinnerung zu rufen. Jedenfalls die, die Judith mir genannt hatte: dass ich nicht wüsste, was ich vom Leben wollte. Dass ich durch meine Schreibwut das Leben versäumte. Dass ich Menschen als Literaturvorlage benützte. Dass sie nicht in einem Land leben wollte, das seine Nazivergangenheit nicht aufgearbeitet hatte. Und dass sie in der Wohnung ihrer Vorfahren manchmal Angst empfand.

Judiths Antwort kam zögerlich, entschuldigend, und es dauerte, bis ich verstand, was sie mir sagen wollte. Ihr sei erst lange nach dem Ende unserer Beziehung klar geworden, dass manche Gründe nur vorgeschoben gewesen wären, begann sie. Sie sei zu jener Zeit durch die Suche nach ihrer eigenen Identität gegenüber vielen Dingen blind gewesen. Du kennst mein … mein … Sie suchte nach einem Wort. You know my heritage, wich sie schließlich aufs Englische aus. Und sprach vom Auftrag, der mit dem Namen Judith verbunden gewesen sei. Sprach vom radikalen Zionismus ihrer Mutter, an dem ihr schon früh Zweifel gekommen seien. Und dass sie gerade deshalb das Gefühl gehabt hatte, selbst ihre Identität finden zu müssen. Das Judentum habe dabei anfangs, allen Beschwörungen ihrer Mutter zum Trotz, keine allzu bedeutende Rolle gespielt. Erst mit ungefähr zwanzig, also zwei oder drei Jahre vor der Begegnung mit mir, habe es sich langsam in den Vordergrund zu drängen begonnen.

Und dann, dann sei ich gekommen. Der sympathische Goi mit den Nazi-Großeltern. Der junge Mann mit den schönen dunklen Augen und den schwarzen Locken. Judith schaute demonstrativ auf meine kurz geschorenen, an den Schläfen ergrauten Haare, und wir mussten beide grinsen. Aus der Stadt, aus der Wohnung, fuhr sie fort, aus der man Max und Lena und den Rest ihrer Familie vertrieben hatte. Der junge nichtjüdische Wiener, der viel Geld und Zeit und Mühe darauf verwendet hatte, einen alten Wiener Juden auf der anderen Seite des Atlantiks aufzuspüren. Und dabei dessen Enkelin verzauberte. Das sei großartig gewesen. Und wunderschön. Aber definitiv nicht Teil des Plans.

Von diesem Plan hast du mir nie erzählt, sagte ich überrascht. Judith nickte. Weil es ihn gar nicht wirklich gab. Aber gerade mit drei-, vier-, fünfundzwanzig habe sie zu spüren begonnen, dass ihr die eigenen jüdischen Wurzeln wichtig waren. Und dass damit eine Verantwortung verbunden war – wenn auch vielleicht nicht so, wie sich ihre Mutter das gedacht hatte. Und sie hatte geglaubt, dieser Verantwortung nur in New York oder vielleicht auch in Israel, aber sicher nicht in Österreich gerecht werden zu können.

Ich schluckte. Aber ich wäre nach New York gezogen, warf ich ein. Judith wich meinem Blick aus. I know, sagte sie leise. Dann schwieg sie und begann, mit dem schmalen Silberring an ihrer linken Hand zu spielen. Das Problem war: Du warst einfach ein Goi, sagte sie, und ihre Stimme klang plötzlich rau. Und ich war verblendet und glaubte, ich bräuchte einen jüdischen Mann an meiner Seite. Ich schluckte wieder. Und, hast du den Richtigen gefunden? Judith ließ den Blick sinken. Sie legte beide Hände auf die Tischplatte, spreizte die Finger und betrachtete sie, als sähe sie sie zum ersten Mal. Für mich *war* es das erste Mal seit langer Zeit, und mir gefielen diese schlanken, feingliedrigen Hände immer noch genauso gut wie früher. Sie schienen wie ihr Gesicht kaum gealtert. Und doch kam mir etwas daran verändert vor, wenn ich auch nicht sagen konnte, was es war.

Als ich David kennenlernte, glaubte ich, dass er der Richtige wäre, fuhr Judith fort. Ich glaubte, ihn zu lieben. Es hat Jahre gedauert, bis mir klar wurde, dass es nicht so war. Was war es denn dann? wollte ich wissen. Sie schaute auf, unsere Blicke trafen sich. Es sei das Bedürfnis nach allem gewesen, was ihre Mutter ihr nie und ihr Vater höchstens bis zur Scheidung und dem Umzug nach Idaho habe vermitteln können, sagte Judith. Das Bedürfnis nach Sicherheit, Verlässlichkeit, Stabilität. Nach einem normalen, unaufgeregten Leben ohne das Chaos, das den Alltag ihrer Mutter bestimmte. Ohne die Paranoia, die sie hinter jeder Ecke Feinde wittern ließ. Ohne die tägliche Erinnerung daran, einer Familie von Holocaustüberlebenden zu entstammen. David habe genau das geboten. Er sei ein guter, braver, fleißiger, echt amerikanischer Jude, dem sie nichts vorzuwerfen hatte, außer das eine: dass er langweilig und konservativ war. Und auch sich selbst habe sie nur einen Vorwurf zu machen: nicht schon viel früher gesehen zu haben, dass es ihr in dem sicheren, ruhigen Hafen, den sie angesteuert hatte, zu eng und zu seicht werden würde. Es sei ein Irrtum gewesen, und sie und David und leider auch Miriam hätten den Preis dafür gezahlt.

Miriam nutzte das Stichwort für ihren Auftritt. Do you two ever stop talking? fragte sie, an der Türschwelle stehend. Dann trat sie in die Küche und ließ sich neben ihrer Mutter auf der Bank nieder. Wir haben zwanzig Jahre aufzuholen, gab Judith mit sanftem Lächeln zurück. Sie wollte ihrer Tochter über den

Kopf streichen, doch die wich der Bewegung aus. Well, you better hurry, tomorrow we'll go back home, meinte Miriam. Und sprach damit eine Wahrheit aus, die weder Judith noch ich an diesem Tag hören wollten.

Sie scheint wieder ganz die Alte zu sein, stellte ich belustigt fest, nachdem Miriam zu ihrem Buch zurückgekehrt war. Ich hatte uns eine neue Kanne Tee zubereitet und schenkte ein. Judith nickte. Und seufzte. Manchmal würde sie sich wünschen, dass »normal« nicht hieße, um alles kämpfen zu müssen. Manchmal wäre es ihr lieber, Miriam würde öfters wie vorher im Diwan – und wie andere Mädchen ihres Alters – in Tränen ausbrechen und Schwäche zeigen, statt immer und überall mit dem Kopf durch die Wand gehen zu wollen. Ich nickte langsam. Und musste an Hanna denken. An ihre Sturheit. An ihren starken Willen. Wahrscheinlich hätten sich auch bei ihr diese Charakterzüge noch verstärkt. Das sind wohl schon die Vorboten der Pubertät, sagte ich. Judith zuckte mit den Schultern. Eigentlich war sie schon immer so, meinte sie. »No« war ihr erstes Wort. Es ist immer noch ihr Lieblingswort. Und seit der Trennung von David ist es noch schlimmer geworden. Es scheint, sie hat einiges von ihrer Großmutter mitbekommen, warf ich grinsend ein.

Und wie geht es *deiner* Mutter? hakte Judith ein. Lebt sie noch? Ich seufzte. Sie lebt in einem Heim in Brüssel, sagte ich. Brüssel? Exportiert Österreich seine Rentner jetzt nach Belgien? fragte Judith mit hochgezogener Braue. Ich nickte, froh über die Ablenkung. Es gibt seit Kurzem einen EU-weiten Verteilungsschlüssel für gewisse Bevölkerungsgruppen, erklärte ich. Schweden, Deutschland und Österreich bekommen beispielsweise die Flüchtlinge, Belgien, die Niederlande und Frankreich dafür alle Pensionisten. Großbritannien sollte die Arbeitslosen nehmen, die werden nun stattdessen in die baltischen Länder verschickt. Italien nimmt die Schwarzarbeiter, Griechenland die Unternehmensberater. Aber das Verteilungssystem steht erst am Anfang, und es sind noch nicht alle da, wo sie hingehören, schloss ich. Dann erzählte ich endlich von meiner Mutter. Davon, dass sie nach mehreren Umzügen schließlich wieder in Brüssel gelandet war, wo sie mit dreiundsechzig zum ersten Mal geheiratet hatte. Davon, dass wir uns alle zwei, drei Jahre in Wien oder Brüssel oder anderswo sehen und dabei beteuern würden, dass wir uns öfter sehen *müssten*. Davon, dass sich vor ein paar Jahren die ersten Anzeichen von Alzheimer bemerkbar gemacht hätten. Ich erzählte von ihrem Mann Benoît, der sich um sie kümmerte, sie pflegte, sie pflegen ließ. Der einen Heimplatz am Stadtrand von Brüssel für sie besorgte. Der testamentarisch verfügte, dass das Heim aus seinem Erbe weiter bezahlt werden würde. Ich sprach von Lydias und meinen gescheiterten Überlegungen, sie nach Wien zu holen. Und davon, dass ich mich vor dem nächsten Besuch fürchtete.

Poor you, sagte Judith bedauernd. And poor her. Ich zuckte mit den Schultern. Es ist schwer zu sagen, wie sie sich wirklich fühlt. Manchmal wirkt sie fröhlich, und es scheint ihr gut zu gehen. Aber sie lebt nicht mehr in der Gegenwart, sondern in der Vergangenheit. In einer Vergangenheit allerdings, die sie selbst so nie erlebt hat. Sie erzählt nur noch von der Gottschee. Als hätte sie nicht nur die ersten dreieinhalb Jahre, sondern ihr ganzes Leben dort verbracht! Als ob sie in die Rolle meiner Großmutter geschlüpft wäre.

Judith schüttelte ungläubig den Kopf. Das ist wie bei *meiner* Mutter, sagte sie. Wenn sie über die Familiengeschichte spricht, dann könnte man glauben, sie hätte sie am eigenen

Leib erlebt. Als wäre sie selbst im KZ gewesen – und das ganz ohne Alzheimer! *Wir* wurden verfolgt, heißt es da, *wir* wurden deportiert, *wir* waren im Lager. Ich meine … ich bin dankbar, dass es ihr gut geht, sowohl körperlich als auch geistig. Aber du weißt, Max war in Auschwitz und hat sein ganzes Leben lang nicht darüber gesprochen. Und sie, sie spricht pausenlos darüber! Wahrscheinlich hatte sie das Gefühl, genau dieses Schweigen übertönen zu müssen, gab ich zu bedenken. Doch Judith überging meinen Einwand und fuhr fort, ihrem Ärger über ihre Mutter Luft zu machen. Und ich musste an *meinen* Ärger denken, wenn meine Großmutter über ihre Lagererlebnisse berichtet hatte.

Das Gespräch über unsere Mütter war noch eine Weile weitergegangen. Es hatte mich aufgewühlt und angestrengt. Gehen wir spazieren, schlug ich vor. Judith gähnte und streckte sich. Ich bin zu müde, sagte sie. Es ist so schön warm und gemütlich hier. Outside, it's Siberia. Ich stand auf und kam zwei Minuten später mit Daunenjacke und russischer Fellmütze, die mir Lydia vor Jahren geschenkt hatte, in die Küche zurück. Genosse Leonid meldet sich nach Sibirien ab, sagte ich mit schlechtem russischem Akzent und klappte die Ohrenschützer auf beiden Seiten herunter. Sie zog ein zerdrücktes Taschentuch aus der Hosentasche und winkte mir wie in Zeitlupe damit. Ich werde auf dich warten, Genosse Leonid, sagte sie mit Schmierenkomödiantinnenstimme und zerdrückte hinter dem Taschentuch ein paar Schmierenkomödiantinnentränen.

Draußen war es tatsächlich sibirisch kalt. Trotzdem ging ich vor zum Donaukanal und stieg die Treppe zum Ufer hinunter. Ich band die Fellmütze unter dem Kinn fest, stemmte mich wacker gegen den Sturm und begann flussabwärts durch den Schnee zu stapfen.

Ich hatte gedacht, der eisige Wind, der aus dem Osten kam und die Wolken aus dem Himmel fegte, würde mir das Gespräch von vorhin aus dem Kopf blasen. Doch unsere Mütter erwiesen sich wie im echten Leben als hartnäckig. War es nicht eigenartig, dass sie sich beide, wenn auch auf ganz unterschiedliche Art und Weise, die Geschichte ihrer Eltern zu eigen gemacht hatten? Oder war es umgekehrt – waren sie zu Gefangenen dieser Geschichte geworden? Und war es nicht noch viel eigenartiger, dass ich mir mit der Geschichte der Kleins eine fremde Vergangenheit angeeignet – oder dass diese von mir Besitz ergriffen – hatte?

Aber andererseits: Wie fremd waren die Kleins denn tatsächlich? Immerhin lebte ich in ihrer ehemaligen Wohnung. Kaufte ein, wo sie ihre Buchhandlung gehabt hatten. Wohnte in ihrer Stadt und in ihrem Land. Insofern war ihre Geschichte auch ein Teil meiner Geschichte. So, wie es genau genommen die Geschichte eines jeden Österreichers war: weil es Österreicher waren, die man vor achtzig Jahren vertrieben oder ermordet hatte. Österreicher, die teilweise in dritter oder vierter Generation im Land gelebt hatten, die aber trotzdem nicht als Teil des »Wir«, nicht als Teil der »Nation« betrachtet wurden.

Bei der Franzensbrücke verließ ich das Ufer, um durch windgeschützte Seitenstraßen den Nachhauseweg anzutreten. Noch bevor ich in unsere Gasse einbog, hatte ich plötzlich das Grundstück neben unserem Haus vor Augen. War dieses kleine, seit Jahrzehnten brachliegende Land an der Stelle der ehemaligen Synagoge nicht ein perfektes Symbol dafür, dass es nie gelungen war, die durch Vertreibung und Ermordung entstandene Lücke zu füllen? Dass die unzähligen ins Exil oder ins Gas Getriebenen, ob sie nun Wissenschaftler oder Handwerker, Schriftsteller oder Seifenfabrikanten, Musiker oder Bankdirektoren, Journalisten oder Sozialreformer, Ärzte oder Rechtsanwälte gewesen waren, der Stadt und dem Land bis heute fehlten? Dass Österreich heute auch deshalb so war, wie es eben war, weil man es all diesen Menschen verwehrt hatte, ihre Ideen, Pläne, Visionen in ihrer Heimat verwirklichen und an leibliche oder geistige Erben weitergeben zu können? Ganz deutlich sah ich das leere Geviert vor meinem inneren Auge, sah die ausgetretenen Stufen, die in die Höhe führten, um dahinter jäh ins Nichts abzustürzen. Und dieses Nichts – war es nicht eine Metapher für die Leere, die der Vertreibung und Vernichtung gefolgt war? Für unsere Unfähigkeit, dieser Leere neue Bedeutung zu verleihen, das Brachland neu zu bestellen? Weil man nur die von den feindlichen Bomben geschlagenen baulichen Lücken sehen und beklagen wollte, nicht aber die menschlichen und geistigen, die man selbst zu verantworten hatte?

Dann stand ich endlich vor unserem Haus. Blickte nach oben. Und mit einem Mal waren alle Gedanken von vorhin vergessen: In meiner Wohnung waren ein paar Fenster hell erleuchtet. Im Wohnzimmer und in Hannas Zimmer. Es war das Banalste, Normalste, Alltäglichste. Und doch war es für mich, als prangten plötzlich ein paar neue, bisher unentdeckte Sternbilder am Nachthimmel. Zum ersten Mal seit mehr als zwei Jahren war da jemand in der Wohnung, der auf mich wartete. Der vielleicht gerade an mich dachte. Der sich um mich sorgte. Und ich nahm auf dem Weg nach oben zwei Stufen auf einmal.

Ich trat, noch mit Jacke und Mütze bekleidet, in Hannas Zimmer und fand Judith zwar nicht wartend, aber schlafend in Hannas Bett. Sie lag auf der Seite, die Haarsträhne, die sie sonst immer mit der Hand zurückstrich, hob und senkte sich sanft mit jedem Atemzug. Überrascht stellte ich fest, dass der Schnitzler-Band wieder aufgetaucht war: Er lag neben dem Bett auf dem Boden. Die Nachttischlampe brannte, vielleicht war Judith beim Lesen eingenickt. Ich ging leise wieder aus dem Raum und zog die Tür hinter mir zu.

Miriam lag noch immer auf der Couch im Wohnzimmer. Mom's in the bedroom, sagte sie, ohne den Blick von ihrem Buch zu heben. Your daughter's bedroom, verbesserte sie sich. Sie ist eingeschlafen, sagte ich auf Deutsch. Nun ließ Miriam doch das Buch sinken. It happens as soon as she starts reading, meinte sie kopfschüttelnd. Ich grinste und wollte wissen, ob auch sie selbst manchmal beim Lesen einschlafe. Never ever, gab sie indigniert zurück.

You need anything? fragte ich und wandte mich zum Gehen. Miriam schüttelte den Kopf. Ich war schon an der Tür, als sie ihre Frage stellte. Ich drehte mich um, ich war nicht sicher, ob ich sie richtig verstanden hatte. Do you miss them? fragte sie noch einmal. Du meinst … meine Frau? Und meine Tochter? Sie nickte. Sie hatte das Buch auf die Brust sinken lassen und schaute mich erwartungsvoll an. Ich nickte langsam. Machte ein paar Schritte auf sie zu. Ließ mich auf der Armlehne des Sofas nieder. Und versuchte, ohne sie mit meinem Schmerz zu überfordern, Miriam in wenigen Sätzen das große schwarze Loch zu beschreiben, das sich in meinem Leben aufgetan hatte. Aus ihrem Gesicht war alles Kämpferische, alles Trotzige und Widerborstige gewichen und hatte wortloser Anteilnahme Platz gemacht.

Ich hatte mich darauf gefreut, mit Judith vor ihrer Rückreise noch ein letztes Glas Wein trinken zu können. Doch ich wurde früh müde an diesem Abend. Sie schlief immer noch, als ich zu Bett ging, und ich wollte sie nicht wecken.

I'm so sorry! Ich wollte nicht … ich wusste nicht, stammelte Judith. Sie hatte den Fernseher gehört und angenommen, ich wäre wach. Ich hatte ihr Klopfen nicht vernommen, sie war eingetreten und hatte mich schlafend vorgefunden. Never mind, beruhigte ich sie. Ich räusperte mich, setzte mich auf, griff nach der Fernbedienung und schaltete den Fernseher aus. Und erzählte von meinen aus dem Lot geratenen Schlafgewohnheiten.

Judith setzte sich zögerlich an eine Ecke des Bettes. Sie sei beim Lesen eingeschlafen und erst aufgewacht, als Miriam zu Bett gegangen war. Und dann habe sie nicht mehr einschlafen können. Sei wach im Bett gelegen und habe über hundert Dinge nachgedacht. Über unsere Gespräche. Unsere gemeinsame Vergangenheit. Über ihre und meine Mutter. Über Lydia und Hanna. Und über die andere Judith. Anscheinend sind meine Schlafgewohnheiten ansteckend, sagte ich augenzwinkernd, vielleicht solltest du mir lieber nicht zu nahekommen. Judith blieb ernst. Glaubst du, ich habe diesen weiten Weg auf mich genommen, um dir fern zu bleiben? fragte sie so leise, dass ich nicht ganz sicher war, ob ich sie richtig verstanden hatte.

Ich wollte nachfragen, doch sie fing an, von einem Traum zu erzählen. Von einem Traum, in dem Judith Klein ihr und allen anderen in der Familie vorwarf, sie nicht gerettet zu haben. Sie habe den Traum früher oft geträumt, doch diesmal sei auch ich darin vorgekommen. Und die andere Judith habe gemeint, dass ich als Einziger geholfen hätte. And you know what? Judith hob den Bick und schaute mir in die Augen. Sie sprach … wie sagt man Dutch? Niederländisch, sagte ich. Judith schlug sich mit der flachen Hand an den Kopf. Of course, sagte sie. Also, sie sprach Niederländisch – und ich verstand jedes Wort!

Ich stand auf und holte das Sitzkissen vom Lehnsessel neben der Tür. Von Judiths Sessel, dachte ich. Und schalt mich selbst dafür. Nur weil sie – die andere Judith – dort zwei- oder dreimal gesessen war. Ich platzierte es am Kopfende des Bettes, holte eine Decke aus dem Schrank, und Judith setzte sich neben mich.

Ich stützte mich auf meinen Ellbogen und ließ langsam meinen Blick über sie gleiten. Über die leicht zerzausten Haare. Über das Gesicht mit dem schönen Muttermal direkt über dem Mundwinkel. Über das, was Lydias Bademantel von ihrem Körper sehen ließ. Du schaust mich an, als wäre ich ein Gemälde, sagte sie nach ein paar Sekunden. Oder eine Skulptur. Ich lächelte. Und schwieg. Sie verschränkte die Arme über der Brust, als wollte sie meinen forschenden Blick abwehren. Und, was siehst du? Dass du dich gar nicht verändert hast, antwortete ich. Sie ließ ein kurzes Schnauben hören. Du schon – du bist offensichtlich blind geworden, gab sie zurück. Sie deutete auf zwei graue Strähnen an den Schläfen und auf ein paar winzige Fältchen um die Augen. Ich zuckte mit den Schultern. Du wolltest wissen, was *ich* sehe, sagte ich.

Wir schwiegen eine Weile. Ich genoss es, nichts außer ihren Atem an meiner Seite zu hören, genoss es, nichts sagen zu müssen und zu wollen. Bis ich ihr sagen wollte und musste, dass ihr Auftauchen das schönste Weihnachtsgeschenk gewesen sei. Obwohl ich immer noch nicht ganz glauben könne, dass sie tatsächlich da war. Judith lächelte. Ich meine: *Bist* du wirklich hier? Sie warf mir einen fragenden Blick zu. Ich will wissen, ob du echt bist, sagte ich, oder ob ich dich nur herbeigedacht, herbeigeschrieben, herbeigesehnt habe. Judith lächelte wieder und hob meine Hand wie zum Beweis in die Höhe. Das beweist gar nichts, sagte ich. Sie ließ die Hand sinken, bis sie auf ihrer Brust zu liegen kam, und hielt sie mit ihrer eigenen fest. Was ist damit? wollte sie wissen und fixierte mich mit ihrem Blick. Ich fühlte ihr Herz schlagen und glaubte zu spüren, wie sich ihre Brustwarze aufrichtete. Und? fragte sie noch einmal, bevor sie meine Hand hochhob und auf der Decke zwischen uns beiden platzierte. Keine Ahnung, sagte ich und wiegte unschlüssig den Kopf hin und her. No prior experience with ghostbust, though, schränkte ich ein. Worauf mir Judith einen Klaps auf die Hand verpasste.

Wir schwiegen wieder eine Weile. Dann nahm ich die Hand, die mich gerade geschlagen hatte, und küsste sie. Stutzte, griff nach der anderen. Und wusste plötzlich, was mir an Judiths Fingern am Tag davor ungewohnt vorgekommen war: Der Ringfinger der rechten Hand, dessen letztes Glied verkrümmt gewesen war, war nun gerade. Er sah genauso aus wie der Finger an der linken. So, wie ein schlanker Damenringfinger eben aussah. Das war ein Geburtstagsgeschenk meines Exmanns, erklärte Judith. Was – ein neuer Finger? Sie warf mir einen strafenden Blick zu. Die Operation, um ihn gerade zu biegen, antwortete sie. Ich brachte die Hand näher zu meinen Augen. Und glaubte, eine leichte Narbe am besagten Finger zu entdecken. Er hatte mich nicht einmal gefragt, ob ich das wollte, sagte Judith leise. Sogar der Termin beim Chirurgen war schon vereinbart. Ich schüttelte den Kopf. Spätestens jetzt hatte Judiths Exmann bei mir ausgespielt. Ich drückte noch ein paar Küsse auf den Finger, bevor Judith mir die Hand entzog.

Hast du mich wirklich herbeigesehnt? wollte sie später von mir wissen. Nun stützte sie sich auf den Ellbogen und schaute mich prüfend an. Ich ließ mir Zeit mit meiner Antwort. Unbewusst vielleicht, sagte ich schließlich. Hmm, meinte Judith, offenbar nicht ganz zufrieden mit meiner Antwort. Unbewusst, vielleicht: Das ist mir zu wenig, sagte sie. Ich merkte, dass mich langsam die Müdigkeit übermannte. Statt zu antworten, griff ich nach ihrer Hand und begann sie sanft zu streicheln. Vielleicht habe ich deinen Brief herbeigesehnt, meinte Judith irgendwann. Hast du? fragte ich, schon halb schlafend. Vielleicht, gab sie zurück. Unbewusst. Hmm, sagte ich. Und so lagen wir noch eine Weile nebeneinander, sprachen, schwiegen, versanken in Gedanken und Erinnerungen, und irgendwann, Hand in Hand, schließlich auch in den Schlaf.

15

Auf dem Weg zum Flughafen kam mir alles unwirklich vor: die U-Bahn. Der Bahnhof, an dem wir in die S-Bahn umstiegen. Der überheizte Zug. Die Menschen, die ein- und ausstiegen. Die Häuser, die links und rechts vorbeizogen wie Kulissen. Das Friedhofsgelände, an dessen Mauer wir minutenlang entlangfuhren. Es war nicht nur der Schnee, der über alles Sicht- und Hörbare einen Schleier breitete, sondern auch die Tatsache, dass ich seit der Katastrophe kaum die unmittelbare Umgebung unseres Hauses verlassen hatte.

Miriam las, Judith und ich schwiegen die meiste Zeit. Jeder ließ die Welt draußen an sich vorbeiziehen und war drinnen in seine eigene vertieft. Kurz bevor wir den Flughafen erreichten, packte Miriam ihr Buch in den Rucksack und begann mir davon und von einem weiteren Fantasyroman vorzuschwärmen. Beide seien ohnehin für Erwachsene gedacht, sie würden mir sicher gefallen, versprach sie mir. Du sprichst mit einem Schriftsteller, schaltete sich Judith amüsiert ein. So? He can still learn from other writers, can't he? Yes, he can, bestätigte ich ebenso amüsiert, bevor Judith etwas einwenden konnte.

Als wir später in einem der Flughafencafés saßen, packte mich eine große Unruhe. Obwohl wir vereinbart hatten, dass ich im März oder April nach New York kommen sollte, hatte ich plötzlich das Gefühl, dass ich Judith und ihre Tochter nie wieder sehen würde. Judith schien es zu merken und griff nach meiner Hand. Don't worry, sagte sie aufmunternd. Ich hörte ihre Stimme und spürte ihre Hand auf der meinen. Doch ich war nicht sicher, ob ich meinen Sinnen trauen konnte. Alles rundherum – das Café, die Halle, die Menschen, auch Judith und Miriam – schien mit demselben Schleier bedeckt, der schon auf dem Weg zum Flughafen der Welt Farben und Konturen geraubt hatte. Als wäre der Schnee von draußen in die Halle eingedrungen. Oder in meinen Kopf.

When you come to New York, I'll show you the best bookstores, sagte Miriam gerade. And the best ice cream parlors. Ich schaute sie an, ohne zu antworten. Plötzlich sah sie der anderen Judith so ähnlich, dass ich an eine Erscheinung glaubte. Aber warum sprach sie dann Englisch?

Beim Abschied schlang Miriam die Arme um meinen Hals. Ich drückte sie sanft an mich. Über ihren Kopf hinweg sah ich die Mischung aus Freude und Überraschung in Judiths Blick und konnte ein Grinsen nicht unterdrücken. Und dann umarmte mich Judith. Obwohl seit meinem ersten New Yorker Sommer mehr als zwanzig Jahre vergangen waren, fühlte ich mich in diesem Augenblick genauso unsicher, ja, unerfahren wie damals, als sie mich nach den bis dahin schönsten Wochen meines Lebens zum Flughafen begleitet hatte. Ich spürte den gleichen, fast körperlichen Schmerz. Und es war weniger die Trennung selbst als vielmehr die quälende Unsicherheit, ob und wie es mit uns weitergehen würde. Don't worry, versuchte sie mich wieder zu beruhigen. Die Eissalons und die Buchhandlungen würden auf mich warten, und sie selbst auch. Ich nickte stumm. Ich winkte, als sich Judith nach dem Passieren der Sperre noch einmal umdrehte, und blieb stehen, bis sich die Glastür eines Duty-free-Ladens hinter den beiden geschlossen hatte.

Als ich vor unserem Haus ankam, stand ein Krankenwagen davor, zwei Sanitäter schoben eine Trage hinein. Ich trat hinzu, als ich hinter den beiden die slowakische Pflegerin der Spinne erkannte. Gibt Probleme mit Lunge, erklärte sie, nachdem ich sie begrüßt hatte. Vielleicht Wasser, vielleicht andere. Das wird schon wieder, versuchte einer der Sanitäter optimistisch zu klingen. Ich schaute in das breite, grobe Gesicht der Pflegerin. Sie schien die Zuversicht des jungen Mannes nicht zu teilen. Ich dachte an die Beschimpfungen, die sie oft genug hatte erdulden müssen. Wünschte sie sich ein schnelles Ende? War sie, obwohl sie einstieg und sich neben die Spinne setzte, bereits im Begriff, Abschied von ihr zu nehmen? Ich versuchte einen Blick auf das Fräulein Löblich zu erhaschen. Doch ihr Gesicht und ihr Körper waren unter der Decke kaum auszunehmen. Es sah fast so aus, als wäre die Trage leer.

Die Unruhe, die mich am Flughafen erfasst hatte, wich auch zu Hause nicht von mir. Ich stürzte mich auf die Arbeit am Roman, um auf diese Weise dagegen anzukämpfen. Ich war beim letzten der sechs Notizbücher aus dem Jahr 2000 angelangt und exzerpierte, was mir wichtig erschien. Doch plötzlich hatte ich das Gefühl, dass sich meine Wertigkeiten verschoben hatten: Ich suchte nach Eintragungen über Max und blieb an solchen über Judith MacFarlane oder ihre Mutter hängen. Ich hatte dabei Judiths Gesicht vor Augen, spürte ihre weiche Haut unter den Fingern und versuchte den flüchtigen Geruch ihres Parfums und ihrer Haare festzuhalten.

Judith wurde die denkbar tragischste Geschichte in die Wiege gelegt, auf der Geburtsurkunde vermerkt und von da an in allen amtlichen Papieren weitererzählt: Sie trägt den Namen eines von den Nazis ermordeten Kindes. Das hatte ich mir nach einem langen Gespräch mit Max notiert. Ich weiß nicht mehr, wie ich damals darüber gedacht hatte – jetzt jedenfalls erschien mir die Idee, dem eigenen Kind von Geburt an ein solches Joch um den Hals zu legen, geradezu monströs. Ein Joch, in das Rahel ihre Tochter einspannte und sie vor sich hertrieb, um mit ihrer Kraft das Feld der Vergangenheit zu pflügen. Denn als wäre die Namensgebung nicht schon genug gewesen, wurde Judiths Mutter auch in späteren Jahren nicht müde, ihre Tochter daran zu erinnern, dass mit dem Namen auch ein Auftrag verbunden sei: der Auftrag zu erinnern und gegen das Vergessen anzukämpfen.

Ist es nicht ein Wunder, dass Judith ihre Mutter nicht hasst? Aber andererseits: Ist es ein Wunder, dass Rahel so ist, wie sie eben ist? Nein, dachte ich, als ich jetzt nach mehr als zwanzig Jahren diese Zeilen wieder las. Denn Rahel war nicht nur das Kind zweier Holocaustüberlebender, sondern auch ein Kind zweier Kriege: des Vernichtungs- und Weltkrieges, dem ihre Eltern beinahe zum Opfer gefallen wären. Und jenes Krieges, der am Tag ihrer Geburt um Eretz Israel losgebrochen war. Sie war ein Kind des Kibbuz, das im Kinderhaus lachen, spielen, leben lernte, während die Eltern ihr wenig mehr als Schweigen und Misstrauen mit auf den Weg geben konnten. Mit sechs Jahren wurde sie zum Kind im Exil, dem man seine einzige Heimat genommen hatte. Zum Kind, das sich anfangs dem Englischen verweigerte, mit der Mutter nur noch Iwrit und mit dem Vater, dem sie die Verschleppung nach New York nie verzeihen konnte, irgendwann gar nicht mehr sprach. Zum Teenager, der mit zwölf Jahren ohne Mutter dastand und dem verhassten Vater vorwarf, sie durch sein Schweigen in den Tod getrieben zu haben.

Ich habe in meinem Leben in allen Dingen versagt, die mir wichtig waren: als Schriftsteller. Als Ehemann. Und als Vater. Ich sah Max in seinem Wohnzimmer sitzen, mehr von Gram und Reue gebeugt als vom Alter, als er sich selbst dieser Vergehen anklagte. Und die Bücherwände rund um ihn schienen sich in meiner Erinnerung mit ihm zu krümmen. Als Großvater hat er nicht versagt, im Gegenteil, hatte Judith, als ich ihr davon erzählte, hinzugefügt. Rahel hingegen hätte ihrem Vater mit Sicherheit recht gegeben. Wahrscheinlich konnte sie als Jugendliche gar nicht anders, als sich der Rebellion zu verschreiben. Der Rebellion gegen Max. Gegen das Deutsche. Vor allem aber gegen das Schweigen. Gegen das sie anging, indem sie bei jeder passenden und unpassenden Gelegenheit das Schicksal ihrer Familie in die Welt hinausschrie.

Als junges Mädchen fand sie eine neue Heimat im radikalen Zionismus und zog schließlich, kaum hatte sie ihren achtzehnten Geburtstag hinter sich gebracht, in die Heimat aller Heimaten, nach Eretz Israel. An ihrem fünfundzwanzigsten Geburtstag, der gleichzeitig der fünfundzwanzigste Jahrestag der Gründung Israels war, tat sie etwas so Ungeheuerliches, dass es für mich bis heute schwer zu fassen ist: Sie tätowierte sich als Zeichen der Verbundenheit mit ihrer Heimat und ihrer Geschichte die KZ-Nummer ihrer Mutter in den linken Unterarm. Take that, schien sie der Welt sagen zu wollen, der sie fortan auch bei größter Kälte den Arm entgegenhielt, als wäre es der ausgestreckte Mittelfinger. Dem einzigen Brief, den sie in den fünfzehn Jahren ihres Israelaufenthaltes an ihren Vater schreiben würde, legte sie ein Foto davon bei.

War es nach all dem nicht sogar irgendwie konsequent, dass sie ihre Tochter nach der von den Nazis ermordeten Tante benannte? Auch wenn sie sich zuvor mit ihrem Mann Patrick – er war als Agraringenieur nach Israel gekommen und zuerst der herben Schönheit des Kibbuz und dann dem nicht minder herben Charme Rahels verfallen – auf einen anderen Namen geeinigt hatte? *Das kannst du nicht verstehen, weil du kein Jude bist*, hatte Rahel ihn kurz nach der Geburt wissen lassen. Patrick MacFarlane verstand tatsächlich nicht. Und trotzdem würde dieses Wesen, das sich vertrauensvoll an Rahels Busen schmiegte, fortan den Namen Judith tragen.

Ich habe Judiths Vater bis heute nicht kennengelernt. Aber ich weiß, dass er, der keine jüdischen, sondern katholische Wurzeln in Irland und Schottland hat, für Judith stets der Ruhepol in der Familie war. *Wäre mein Vater nicht gewesen, hätte Rahel eines Tages sicher auch mir die KZ-Nummer meiner Großmutter auf den Arm tätowiert.* Das hatte Judith nach unserem einzigen Besuch bei ihrer Mutter gemeint. Und ich weiß noch, dass ich Judiths Äußerung für übertrieben hielt.

Rahel empfand es als Schmach, ihren Vater nach der nur aus wirtschaftlichen Zwängen erfolgten Rückkehr nach New York um den Gefallen bitten zu müssen, Judith an zwei Nachmittagen pro Woche zu beaufsichtigen. Doch was ihr selbst in Kinder- und Jugendtagen verhasst gewesen war – die Bücher in den Regalen der Buchhandlung waren in der Sprache der Mörder verfasst, die meisten Käufer und Besucher unterhielten sich in ihr, und Rahel tat so, als verstünde sie kein Wort –, sollte für Judith bald zum Segen werden.

Am Anfang hatte sie Angst vor ihrem Großvater. Max hatte aus schlechtem Gewissen seiner Tochter gegenüber Ja gesagt. Und aus einer gewissen Nostalgie, wenn er an seine eigene Kindheit in Wien dachte. Er war zu diesem Zeitpunkt Anfang siebzig, die Buchhandlung war nach dem Tod Veras, dem seiner Eltern und dem Ende seiner schriftstellerischen Tätigkeit zum einzigen Stück Leben geworden, an das er sich klammerte wie an einen Rettungsring. Doch auch das drohte ihm nun zu entgleiten. Weil die Mieten stiegen und die Einnahmen sanken. Weil ihm die

Kundschaft wegstarb und er selbst vielleicht nicht mehr lange arbeiten können und am Leben sein würde.

Aus der Perspektive eines sechsjährigen Kindes war Max unglaublich alt. Und unglaublich schweigsam. Er gab einsilbige Antworten auf Judiths Fragen, und als sie ihn einmal bat, ihr eine Geschichte zu erzählen, gab er ihr gar keine Antwort. Doch als sie das nächste Mal kam, hatte er ein Buch zur Seite gelegt und las ihr daraus vor.

Das Vorlesen wurde bald zur Gewohnheit bei Judiths Besuchen. Ich versuchte mir die beiden zwischen den verstaubten Bücherregalen auszumalen. Ich kannte Kinder- und Jugendbilder von Judith, ich konnte mir vorstellen, wie Max damals ausgesehen hatte. Ich wusste von Judith, dass ihr seine Stimme von Anfang an gefiel, auch wenn sie sich über seinen Akzent im Englischen lustig machte. Worauf Max unter Judiths lautem Gekicher mit noch viel stärkerem Akzent las. Wovon sie wiederum gar nicht genug kriegen konnte.

Deutsch ist nicht meine Mutter-, sondern meine Großvatersprache. Das sagt Judith bis heute gern, wenn man sie nach ihrem fast fehlerlosen und akzentfreien Deutsch fragt. Denn es war Max, von dem sie die Sprache zuerst lernte. Weil sie eines Tages ankündigte, sie würde, wenn sie groß wäre, alle Bücher in seiner Buchhandlung lesen. Davon ließ sie sich auch nicht abbringen, als Max ihr erklärte, dass sie dazu erst eine neue Sprache lernen müsse. Sie schaffte es erstaunlich lange, vor ihrer Mutter die Tatsache geheim zu halten, dass sie diese neue Sprache bald fließend beherrschte. Und war wenig beeindruckt von Rahels Wutausbruch, als sie ihrem Vater und ihrer Tochter eines Tages doch auf die Schliche kam.

Doch nicht nur Judith profitierte von den gemeinsam verbrachten Nachmittagen, sondern auch Max. Als Rahel ihrem

Vater verbieten wollte, mit Judith weiter Deutsch zu sprechen, bewirkte sie damit das genaue Gegenteil: Sie weckte seinen Widerspruchsgeist – und damit neue Lebensgeister. *Sie hat mich wieder ins Leben zurückgeholt*, sagte Max oft über seine Enkelin. Denn irgendwann, Judith war dreizehn oder vierzehn, fing sie an, ihn über seine Geschichte und die seiner Vorfahren auszufragen. Nicht aus Neugierde oder Sensationslust. Sondern weil sie mehr wissen wollte über den Großvater, der ihr ans Herz gewachsen war. Und weil sie vielleicht instinktiv spürte, dass er, auch wenn er von sich aus bis zu diesem Zeitpunkt nichts erzählt hatte, die eigene Geschichte nicht mit ins Grab nehmen wollte. Und so begann Max, nachdem er sich anfangs zu wehren versuchte, zum ersten Mal seit Jahrzehnten zu erzählen. Stockend zuerst, mit vielen Auslassungen und Abschwächungen, um seine Enkelin nicht zu überfordern. Später dann immer ausführlicher, sodass Judith bald mehr über Max wusste, als ihre Mutter je erfahren würde.

Ich klappte das Notizbuch zu und schloss die Augen. Nach einigen Sekunden sah ich Judiths Gesicht deutlich vor mir, war mir aber nicht sicher, ob sich in diesem Bild nicht die Eindrücke der vergangenen Tage mit jenen von vor zwanzig Jahren vermischten. Ich versuchte mir sie und Miriam nebeneinander im Flugzeug vorzustellen: Miriam, abwechselnd lesend und schlafend, an ihre Mutter gelehnt. Judith, aus dem Fenster auf den Atlantik und die Wolken weit unter sich blickend, vielleicht an mich, an uns denkend.

Dann verließ ich das Arbeitszimmer und zog mich mit dem Laptop aufs Sofa zurück. In den Zeitungen fand ich mehrere Berichte über einen jungen Afghanen, der sich aus Protest gegen die geplante Abschiebung seiner Familie am Abend davor auf dem Stephansplatz selbst verbrannt hatte. Zwölf Jahre alt war er gewesen. Zwölf! Und damit kaum älter als Miriam. Es sei ein tragischer Todesfall, doch an den Abschiebeplänen würde sich dadurch nichts ändern, wurde ein Polizeisprecher zitiert. Ich machte den Fehler und las die Leserkommentare in einer Boulevardzeitung. Bleibt hart und lasst euch von der Flüchtlingsmafia nicht erpressen, forderte ein Leser. Nur weiter so, wieder ein Problem weniger, meinte ein anderer. Ein Gratisbenzinkanister für jeden Asylanten, und die Sache ist erledigt, so lautete ein dritter Kommentar. Ich spürte, wie die Wut in mir hochstieg, spürte das Bedürfnis, den Menschen ins Gesicht zu schlagen, die solche Sätze schrieben. Oder noch besser: Ich hatte den dringenden Wunsch, sie in einer ähnlich prekären Situation zu sehen wie die Flüchtlinge, gegen die sie hetzten.

Ich verließ angewidert die Website und wollte auch nichts weiter über den Vorfall wissen. Durch Zufall stieß ich in einer anderen Zeitung auf einen Artikel über eine neue Virtual-Reality-Software. Den Entwicklern ging es in diesem Fall nicht um den Unterhaltungswert, sondern um den politischen Anspruch: Eine der angebotenen virtuellen Welten ließ den Brillenträger beispielsweise den Weg zum Schlachthof aus der Sicht eines Kalbes erleben, um auf diese Weise Aufmerksamkeit und Empathie auf das Leid in der Massentierhaltung zu lenken.

Ich ließ den Laptop sinken. Genau diese Brille war es doch, die ich den Hetzern gern verpassen würde. Dann könnten sie die Stationen einer Flucht – von den zerbombten Städten Syriens oder anderer Kriegsschauplätze über eine Zeltstadt im Libanon, ein Folterlager in Libyen und ein hoffnungslos überfülltes Schlauchboot im nächtlichen Mittelmeer – am eigenen Leib erleben.

Meine Gedanken verweilten nicht bei dieser einen Anwendungsmöglichkeit, sondern machten sich auf den Weg in weitere virtuelle Welten. Wie wäre es, wenn man auch den Holocaustleugnern, den Es-war-nicht-alles-schlecht-an-den-Nazis-Verharmlosern und den Starker-Mann-Rufern eine solche Brille aufsetzte? Auf diese Weise könnte man sie virtuell ihrer Arbeit, ihres Besitzes, ihrer Rechte und ihrer Würde berauben. Könnte sie in überfüllte Güterwaggons stecken und sie ohne Nahrung tagelang quer durch Europa schicken. Für besonders unsensible Zeitgenossen müsste man wahrscheinlich noch ein paar virtuelle Schritte weitergehen. Würde das Zerreißen von Familien bei der Selektion an der Rampe oder das Tätowieren der Häftlingsnummer in den Unterarm ausreichen? Die stundenlangen Appelle, der Terror, die Zwangsarbeit, der Hunger, die Entmenschlichung? Bei den meisten wohl schon. Die ganz Hartnäckigen müsste man vielleicht doch nackt in die virtuellen Waschräume treiben, aus deren Duschen schließlich mit sanftem virtuellen Zischen die geleugnete Endlösung strömt.

Ich fantasierte weiter, irgendwann schlief ich auf dem Sofa ein. Im Traum setzte ich die Brille meiner Großmutter auf. Ich wollte ihr, der nie ein Wort der Empathie für die Opfer der Nationalsozialisten über die Lippen gekommen war, endlich die Augen öffnen. Doch obwohl *sie* die Brille trug, war trotzdem *ich* es, der plötzlich in einen Viehwaggon getrieben wurde, der hungern und dursten und vor den anderen seine Notdurft verrichten musste, der zum Tier gemacht wurde, das, als die Türen endlich geöffnet wurden, an der Rampe nach links geprügelt wurde. Ich wusste im Gegensatz zu den anderen, dass es die schlechte Seite war, die, die direkt ins Gas führte. Halt, rief ich allen und jedem entgegen, da liegt ein Irrtum vor, ich sollte doch gar nicht hier sein! Doch, doch, es hat alles seine Richtigkeit, gab ein Wärter grinsend zurück, die anderen antworteten mit groben Flüchen und Schlägen.

Als ich die Augen aufschlug, war es bereits dunkel. Ich lag seitlich mit dem Gesicht zur Sofalehne und stellte fest, dass meine Hand eingeschlafen war. Ich streckte sie in die Höhe und versuchte sie zur Faust zu ballen und wieder zu öffnen. Hallo Schlafmütze, ich dachte schon, du wachst gar nicht mehr auf, hieß mich Judiths Kinderstimme in der Dunkelheit willkommen. Ich fuhr so rasch herum, dass ich dabei mein Schultergelenk krachen hörte. Judith saß im Fauteuil am Fußende des Sofas und freute sich kichernd darüber, dass ihr die Überraschung gelungen war.

Ich schlug die Wolldecke zurück und setzte mich langsam auf. Würde sie auch noch da sein, wenn ich das Licht anmachte? Meine Hände fanden den Schalter der Stehlampe, meine Augen blinzelten ins Licht und fokussierten auf Judith. Sie saß, wie üblich mit ihrem grauen Mantel bekleidet, aber diesmal ohne Mütze und Schal, ein paar Schritte von mir entfernt. Du bist wieder da? fragte ich ungläubig. Ich stand auf, ging um den Sofatisch herum zögernd auf sie zu, unsicher, ob ich meinen Augen und Ohren trauen durfte. Wo soll ich denn sonst sein? Auf dem Mond? Sie kicherte wieder. Ich hätte sie am liebsten auf der Stelle hochgehoben und durch die Luft gewirbelt und geherzt und geküsst, so sehr freute ich mich über ihre Rückkehr. Aber durfte ich das? Nach dem, was zu Silvester geschehen war? Ich hockte mich auf den Boden vor sie hin und griff nach ihrer Hand. Ich bin so froh, dass du zurückgekommen bist, sagte ich leise und drückte einen Kuss darauf. Sie gab sich huldvoll, als würde sie Tag für Tag mit Handküssen überhäuft. Und du stinkst aus dem Mund, stellte sie fest. Ich wandte mich beschämt ab, sie sprang auf und hopste vor mir in die Küche. Und die Beschämung verlor sich bald im Gefühl der Wiedersehensfreude.

Judith schien so fröhlich und ausgelassen, dass ich zuerst dachte, sie hätte vergessen, was zwischen uns vorgefallen war. Auch als ich sagte, dass ich mich entschuldigen müsse, schien sie nicht zu wissen, wovon ich sprach. Für Silvester, erklärte ich. Dafür, dass ich dir nicht gleich die Wahrheit gesagt habe. Sie schaute mich mit großen, auf weitere Erklärungen wartenden Augen an. Für die Briefe, begann ich. Ich brach ab. Konnte es wirklich sein, dass sie sich an unseren Streit und an alles, was dazu geführt hatte, nicht mehr erinnerte? Natürlich, sie hatte ihre eigene Geschichte vergessen. Aber andererseits hatte sie immer sehr genau gewusst, was sie tags zuvor gesagt oder was ich ihr versprochen hatte.

Die Briefe sind wunderschön, sagte sie plötzlich leise. Meine Mutter hätte sie bestimmt nicht schöner schreiben können. Sie sagte es mit einem zärtlichen, sehnsüchtigen Ton, den ich bis dahin noch nicht an ihr kennengelernt hatte. So, als erinnerte sich eine junge Frau an die Briefe ihres Geliebten. Oder an den Geliebten selbst. Ich sah sie voller Verblüffung an, sie schien in diesem Moment und vor meinen Augen um mehrere Jahre gereift zu sein. Und ich musste plötzlich wieder an das Mädchen bei der Schiwe in der Wohnung der Motaevs denken, das Judith zum Verwechseln ähnlich gesehen hatte. War es also doch Judith selbst gewesen? Ich wollte sie darauf ansprechen, ich öffnete den Mund, doch die Worte wurden erstickt von der Welle, die ich in mir aufsteigen fühlte.

Deine Eltern schickten dich im Dezember 1938 mit einem sogenannten Kindertransport nach Holland, begann ich später, nachdem ich mich gefasst hatte, zu erzählen. Wir saßen nebeneinander auf dem Sofa, ich hatte eine Decke über uns gebreitet, Judith drängte sich dicht an mich. Es war Verzweiflung, die sie dazu trieb, erklärte ich. Weil die Situation in Deutschland und

Österreich immer gefährlicher wurde. Im November waren fast alle Synagogen – auch die kleine auf dem Nachbargrundstück und die große neben dem Haus deiner Großeltern – und Tausende jüdische Geschäfte im ganzen Land zerstört worden. Bis zu diesem Tag hatten deine Eltern und viele andere gedacht, dass es schon nicht so schlimm werden und dass sich die Situation irgendwann wieder beruhigen würde. Nun wussten sie, dass sie sich getäuscht hatten. Hilfsorganisationen in Großbritannien und den Niederlanden boten an, mehr als zehntausend Kinder vorübergehend aufzunehmen, und deine Eltern entschieden sich schweren Herzens dazu, Lena und dich für so einen Transport anzumelden. Damit wenigstens ihr beide rechtzeitig rauskommen würdet. Die Entscheidung … Und was war mit Max? unterbrach mich Judith. Die Altersgrenze lag bei achtzehn Jahren, erklärte ich, Max war also bereits zu alt dafür. Und der Antrag für Lena wurde im Gegensatz zu deinem nicht angenommen. Vielleicht, weil sie schon sechzehn war. Wahrscheinlich, weil es einfach nicht genug Plätze gab. Die Entscheidung für die Niederlande trafen deine Eltern jedenfalls nicht selbst. Sie meldeten dich für beide Länder an. Wärst du nach England gekommen … Ich stockte. Und sprach nicht aus, was ich mir dachte: dass Judith in diesem Fall immer noch am Leben sein und mir nun als alte Frau gegenübersitzen könnte.

Zuerst kamst du zu einer Familie in Dordrecht, fuhr ich fort, eine Stadt im Südwesten Hollands mit kleinen, schmalen Häusern und vielen Kanälen – doch das haben dort die meisten Städte. Bei den Pflegeeltern in Dordrecht scheint es dir aber nicht gefallen zu haben, denn in den Briefen an deine Eltern batest du bald darum, zu einer anderen Familie versetzt zu werden. Und so wurdest du von Dordrecht ins nahe Rotterdam gebracht. Aber warum kamen meine Eltern nicht auch nach Rotterdam?

unterbrach mich Judith. Sie wollten nichts lieber als das, beeilte ich mich zu versichern, als ich sah, dass Tränen in ihre Augen stiegen. Nachdem du weg warst, versuchten sie, Visa für die ganze Familie zu bekommen. Doch dazu brauchte man zuerst zahlreiche andere Dokumente. Ungefähr ein Dutzend davon für jeden. Man musste sich dafür tagelang vor den diversen Ämtern anstellen und wurde von hier nach dort und von dort nach hier geschickt. Irgendwann hatten sie endlich alle Papiere beisammen und konnten um Einreisevisa beim niederländischen Konsulat ansuchen. Doch so sehr sie sich auch bemühten – es war nichts zu machen. Kinder hatte man gnadenhalber aufgenommen, aber erwachsene Flüchtlinge, noch dazu jüdische, wollte fast kein Land mehr haben. Viele glaubten, dass sie betteln und stehlen und ihnen die Arbeit wegnehmen würden. Und die Politiker fürchteten sich vor den Menschen, die das glaubten. Deine Eltern waren daher froh, als sie schließlich Visa für Frankreich erhielten.

Von Paris aus versuchten sie von der ersten Minute an, dich nachzuholen. Briefe gingen hin und gingen her, Ämter wurden besucht, Anträge gestellt, Telefongespräche geführt, um dich von Rotterdam abholen oder dich nach Paris bringen zu lassen. Doch was sie auch unternahmen, es scheiterte an den immer strengeren Gesetzen, die angesichts der damaligen Flüchtlingskrise von besorgten Politikern beschlossen wurden. Und als der Krieg ausbrach, wurde die Sache schließlich noch komplizierter.

Ich wollte gerade vom Überfall der Wehrmacht auf die Niederlande erzählen, als das Telefon läutete. Ich bin gleich wieder bei dir, sagte ich, als ich die US-Vorwahl auf dem Display erkannte. Der Flug sei ruhig verlaufen, hatte ich kurz darauf die Stimme *meiner* Judith am Ohr, Miriam habe beinahe ein ganzes Buch ausgelesen, nun säßen sie im Taxi nach Manhattan. Ich war so unendlich froh, ihre Stimme zu hören. Nicht nur, weil ich beruhigt war, dass die beiden gut angekommen waren. Sondern auch, weil ich das eigenartige Gefühl hatte, ihnen nun, obwohl durch einen Ozean getrennt, viel näher zu sein als am Vormittag auf dem Flughafen. Ich schloss die Augen und sah uns plötzlich zu dritt im Taxi sitzen. Ich spürte Judiths Hand in der meinen, spürte die Wärme ihres Schenkels, ich sah hinter ihrem und Miriams Gesicht die Skyline von Manhattan auftauchen und wieder verschwinden, sah die vielspurigen Autokolonnen, die sich mal schneller, mal langsamer durch das Häusermeer von Queens wälzten, ich glaubte sogar die zahlreichen Schlaglöcher auf dem schlecht gewarteten Expressway spüren zu können. Die Angst, Judith und Miriam nie mehr zu sehen, die mir den ganzen Tag den Hals zugeschnürt hatte, war mit einem Mal wie fortgeblasen.

Erzähl weiter, verlangte Judith, nachdem ich mich verabschiedet und das Telefon zur Seite gelegt hatte. Doch ich fürchtete mich ein wenig vor dem, was nun zu berichten war. Morgen, sagte ich. Judith legte die Stirn in Falten, sichtlich unzufrieden mit der Aussicht, auf die Fortsetzung der Geschichte warten zu müssen. Dann verzog sich ihr Mund zu einem herausfordernden Grinsen. Dann sag mir, mit wem du gerade gesprochen hast, meinte sie. Ich zögerte. Ich hatte bisher den Besuch der New Yorker Judith nicht erwähnt. So wie ich Letzterer gerade verschwiegen hatte, dass die andere Judith während des Telefongesprächs neben mir saß. Bin gleich wieder da, sagte ich, stand auf und holte die Fotoschachteln aus dem Arbeitszimmer. Und kramte, als ich wieder auf dem Sofa saß, das Bild heraus, auf dem Max, Lena, Judith und ich auf der Staten Island Ferry vor der Skyline von New York zu sehen waren. Das hast du mir schon mal gezeigt, stellte Judith fest. Ich nickte und deutete auf Max' Enkelin. Mit ihr hab ich gerade telefoniert, sagte ich. Und erzählte noch einmal, dass wir uns in jungen Jahren geliebt hätten und sie nun mit ihrer Tochter auf Besuch in Wien gewesen sei. Judith nahm mir das Foto aus der Hand und strich mit den Fingern darüber. Wie alt wart ihr denn damals? Jung, sagte ich. Ich war fünfundzwanzig, sie dreiundzwanzig. Judith stemmte die Hände in die Hüften. Das nennst du jung? fragte sie mit keckem Blick. Ein bisschen mehr Respekt, wenn ich bitten darf, plusterte ich mich auf. Und Judith wurde wieder zur kichernden Zehnjährigen.

Ich richtete mich auf und legte das Foto zurück in den Karton, froh darüber, dass sie nicht nach den anderen Personen auf dem Bild gefragt hatte. Für meinen Geschmack hatten wir genug in alten Geschichten gewühlt. Doch Judith schien noch mehr wissen zu wollen. Ist das eigentlich schwierig, das Altwerden? fragte sie. Sie strich mit einer Hand über meine grauen Schläfen. Gar nicht, entgegnete ich. Es geht ganz von allein. Sie maß mich mit einem vorwurfsvollen Blick. Du nimmst mich nicht ernst! Doch, doch, sagte ich. Aber die Frage müsste eigentlich ich *dir* stellen, mein neugieriger Schatz. Judith sah zu mir auf. Wieso denn? Wieso? Weil du mehr als doppelt so alt bist wie ich. Blödsinn, sagte sie und zog die Brauen zusammen. Ich stand auf, holte Notizblock und Kugelschreiber aus dem Arbeitszimmer, setzte mich und gab Judith eine Rechenaufgabe zu lösen. Wann hast du Geburtstag? fragte ich. Am 27. Februar. Und in welchem Jahr bist du geboren? Judith dachte kurz nach. 1928, glaube ich. Gut. Und welches Jahr haben wir seit ein paar Tagen? Sie zuckte mit den Schultern. Keine Ahnung. Das Jahr 2023. Blödsinn, sagte sie wieder. Nein, kein Blödsinn, gab ich zurück. Ich stand auf und holte eine Zeitung aus dem Altpapier und hielt sie ihr unter die Nase.

Judith war zwar nicht überzeugt, aber auch nicht weiter irritiert. Zahlen waren Zahlen, Jahre waren Jahre, ihr eigenes

Empfinden hingegen kannte keinen Kalender. Und sie löste ihre Rechenaufgabe. Aber wieso siehst du dann so alt aus? fragte sie, nachdem sie das Ergebnis blau auf kariert vor sich und ich ihr mein Alter verraten hatte. Danke für die Blumen, sagte ich. Und war glücklich, weil ihr Lachen das Wohnzimmer und das Haus und das neue Jahr mit Leben füllte.

Irgendwann schlief ich auf dem Sofa ein, irgendwann wachte ich wieder auf. Du bist die größte Schlafmütze, die ich kenne, sagte Judith, die halb auf mir, halb neben mir lag und winzige Fäden aus meinem Pullover pickte. Dann kennst du aber nicht viele Schlafmützen, konterte ich und gab ihr einen sanften Klaps auf die Hand. Doch, beharrte sie, ganz viele. Der Kleinopa ist eine Schlafmütze. Max auch. Und Bogumil. Wer ist Bogumil? wollte ich wissen. Bogumil ist der Hund vom Kleinopa, erklärte sie mir. Dein Opa hatte einen Hund? Das wusste ich gar nicht. Ich glaubte, Judiths Großvater wesentlich besser zu kennen als meinen eigenen, obwohl ich weder den einen noch den anderen je getroffen hatte. Das war kein echter Hund, der Opa hat ihn nur erfunden, klärte mich Judith augenzwinkernd auf. Der konnte alles: auf einem Bein gehen, so schnell rückwärts laufen wie andere nicht einmal vorwärts, miauen wie eine Katze und sogar zählen. Und er war eine Schlafmütze? Judith nickte mit großen Kopfbewegungen.

Ich stand auf, streckte mich und gähnte ihr zuliebe fürchterlich laut. Siehst du, sagte sie, siehst du! Sie folgte mir ins Arbeitszimmer. Ich ging zum Schreibtisch, setzte mich und schaltete den Computer ein. Was machst du? fragte sie. Mir war vorhin auf dem Sofa eine Idee gekommen. Ich schreibe eine Geschichte, sagte ich. Eine Geschichte für dich. Nur für dich.

Judith begann aufgeregt durchs Zimmer und dann durch

die ganze Wohnung zu tanzen. Alle paar Minuten kam sie zu mir an den Schreibtisch, schmiegte sich an mich, wollte sich auf meinen Schoß setzen, schmeichelte, bettelte und versuchte auf jede nur erdenkliche Art einen Blick auf *ihre* Geschichte zu erhaschen. Doch statt sie einen Blick auf die Geschichte werfen zu lassen, warf ich sie jedes Mal mit schlecht gespieltem Zorn aus dem Zimmer. Du bekommst sie erst, wenn das letzte Wort geschrieben ist, rief ich ihr hinterher.

16

Dann kam der Mai 1940, fing ich da zu erzählen an, wo wir am Tag davor unterbrochen worden waren. Judith und ich saßen wieder eng aneinandergeschmiegt auf dem Sofa. Ich erzählte vom Überfall der Wehrmacht auf die Niederlande, vom Widerstand in Holland und von Hitlers Befehl, die strategisch besonders wichtige Hafenstadt Rotterdam in Schutt und Asche zu legen. Ich weiß noch, dass ich irritiert war, weil ich das Gefühl hatte, Judith würde mir nicht richtig zuhören. Was mit dir an diesem Tag, dem 14. Mai, geschah, weiß keiner, ich nicht, deine Familie nicht und auch sonst niemand, sagte ich gerade, als sie mich plötzlich unterbrach. Wir wohnten in der Oude Kerkstraat Nr. 14, sagte sie. Wie bitte? Ich glaubte mich verhört zu haben. Es war ein Haus aus roten Ziegelsteinen, fügte sie hinzu, mehr zu sich selbst als zu mir. Und dann verfiel sie plötzlich ins Niederländische.

Ich setzte mich auf und starrte sie an. Mir fiel der Traum ein, von dem mir meine Judith erzählt hatte. Der Traum, in dem Judith Klein Niederländisch sprach und der ganzen Familie vorwarf, dass man sie im Stich gelassen hätte. Großartig, fantastisch, wunderbar! sprudelte es aus mir hervor, auch wenn ich – im Gegensatz zur New Yorker Judith, die im Traum alles verstanden hatte – nur Bruchstücke von dem mitbekam, was mir das Mädchen Judith nun sagen wollte. Ich überfiel sie in meinem

Überschwang mit Fragen, doch was sie sonst noch in Rotterdam erlebt hatte, wusste sie nicht zu sagen, weder auf Deutsch noch auf Niederländisch, und nicht vor, nicht während, nicht nach dem Bombenangriff, der innerhalb von zehn Minuten die Altstadt und mit ihr tausend Menschen hinweggefegt hatte.

Der letzte Brief von Judith, der ihre Eltern erreichte, war am 14. Mai 1940 in Rotterdam aufgegeben worden. Zwar schrieb Judith darin von Kämpfen in der Nähe der Stadt, nicht aber von einem Luftangriff. Hatte sie oder jemand anderer den Brief unmittelbar davor zur Post gebracht? Vielleicht würde sie sich daran erinnern, wie ihr eben die Adresse wieder eingefallen war. Vielleicht, durchfuhr es mich plötzlich, musste ich einfach weitererzählen, vielleicht würde Judith mit der Zeit dann auch der Rest ihrer Geschichte einfallen.

Ich lehnte mich zurück und erzählte, dass kurz nach dem Überfall auf die Niederlande auch Frankreich angegriffen wurde. Und dass sich ihre Mutter bis zuletzt dagegen wehrte, Paris zu verlassen und vor der heranrückenden Wehrmacht nach Süden zu flüchten, weil es sie noch weiter fort von ihrem geliebten Kind bringen würde. Hat sie das wirklich gesagt? unterbrach mich Judith an dieser Stelle. Sie hängte sich mit beiden Händen an meinen Arm, als könnte sie durch kräftiges Ziehen die Wahrheit und nichts als die Wahrheit aus meinem Ärmel schütteln. Ja, das hat sie, bestätigte ich.

Ich fuhr fort und sprach von den immer verzweifelteren Briefen von Eltern, Geschwistern und Kleineltern, die scheinbar im Nirgendwo zwischen dem unbesetzten Süden Frankreichs und dem Rest Europas hängen blieben. Berichtete von Marseille und von dem Schiff, das ihre Familie nach einer langen Irrfahrt schließlich doch über den Atlantik brachte. Erwähnte, dass sie auch von den USA aus alles unternahmen, um Judith wiederzufinden. Und dass die Versuche misslangen und keiner je erfuhr, was mit ihr geschehen war.

Nachdem ich zu Ende erzählt hatte, saßen wir eine Weile schweigend nebeneinander. Ich lauschte Judiths Atem, ich spürte ihre Wärme neben mir und meinen eigenen Herzschlag und wartete und hoffte, dass die Erinnerung zurückkehren würde. Dass Judith, inspiriert durch meine Erzählung, da fortsetzen könnte, wo ich geendet hatte. An der Stelle, an der bisher jeder Rechercheversuch gescheitert war.

Ihre Antwort machte die Hoffnung zunichte. Ich will meine Familie wiederhaben, sagte sie mit erstickter Stimme. Und meine Erinnerungen. Die Tränen, die sie bis dahin tapfer zurückgehalten hatte, ließen sich nicht mehr eindämmen. Ich nahm sie in den Arm und strich ihr mit der anderen Hand über Kopf und Wangen. Die Geschichte von Max und den Kleineltern, die in Marseille zurückgeblieben und deportiert worden waren, sparte ich für den Moment lieber aus, ebenso wie die Tatsache, dass ihre Mutter an der jahrelangen Ungewissheit, die sich für sie trotz Nachforschungen nie in Gewissheit verwandeln würde, zerbrechen sollte.

Nachdem die Tränen endlich versiegt waren, wollte ich aufstehen, doch Judith klammerte sich an mich. Ich bin gleich wieder da, sagte ich. Ich hab etwas für dich, etwas, worüber du dich freuen wirst. Ihre Arme entspannten sich zögernd und ließen mich los. Da, sagte ich, und hielt ihr kurze Zeit später das zierliche Silberbesteck hin. Lena hat es für dich aufbewahrt, Max' Enkelin hat es aus New York mitgebracht, erklärte ich. Judith sah zuerst lange mich an und dann das Besteck. Langsam streckte sie die Hand danach aus, nahm es mir ab, legte es vor sich auf dem Sofatisch ab und starrte minutenlang darauf. Ich hab Hunger, sagte sie dann. Wir gingen in die Küche, und während ich kochte, spielte Judith die ganze Zeit schweigend mit ihrem Besteck. Als das Essen fertig war, aß sie – immer noch schweigend – zum ersten Mal, seit ich sie kannte, mehr als nur ein paar Bissen.

Später wurde sie gesprächiger. Und fröhlicher. Und wollte nicht mehr von meiner Seite weichen. Folgte mir von der Küche ins Arbeitszimmer, vom Arbeits- ins Wohnzimmer, vom Wohnzimmer wieder in die Küche. Ging mit mir ins Bad, schaute mir beim Duschen zu und erklärte mir, dass ich viel weniger Haare auf der Brust hätte als ihr Papa. Wollte mich aufs Klo begleiten, was ich ihr untersagte. Worauf sie davor sitzen blieb und mir über Kleinopas Hund Bogumil erzählte, der dasselbe Klo wie alle anderen benutzt und sogar selbst die Spülung betätigt hätte. Und kaum hatte *ich* die Spülung betätigt und die Toilette verlassen, folgte sie mir wieder wie ein Hündchen von Ort zu Ort. Und wollte alles, alles, alles wissen, was ich ihr über ihre Eltern, ihre Geschwister, über die andere Judith, über New York und über die Liebe erzählen konnte.

Wir saßen nebeneinander, und sie hielt sich an mir fest, als glaubte sie, sonst unweigerlich vom Sofa zu fallen. Und ich erzählte, was ich wusste. Bis ihr einfiel, dass ich ihr ja noch eine Geschichte schuldete. Wann, wann, wann schreibst du sie endlich fertig? wollte sie wissen und klopfte bei jedem »Wann« mit dem gekrümmten Zeigefinger an meine Schläfe, als wollte sie ein Loch hineinbohren, um die Geschichte direkt an der Quelle abzuzapfen. Dann, dann, dann, wenn du mich schreiben lässt, antwortete ich und klopfte mit *meinem* Zeigefinger an *ihre* Schläfe. Und sie ließ tatsächlich ab von mir und las, während ich im Arbeitszimmer saß und schrieb, eines von Hannas Lieblingsbüchern. Bis sie es nicht länger aushielt und mich erneut mit Fragen überfiel.

Als wir wieder auf dem Sofa saßen, setzte sie zu einer weiteren Frage an. Stimmt es …? begann sie. Und brach gleich wieder ab. Offenbar handelte es sich um eine schwierige Frage. Sie setzte erneut an. Stimmt es, dass deine Frau und deine Tochter tot sind?

Ich schluckte. Eine schwierige Frage, ja. Aber in diesem Fall mehr für mich als für sie. Und ich erzählte Judith nach einigem Zögern von der Katastrophe, die in mein Leben hereingebrochen war und es für immer verändert hatte. Sie hörte aufmerksam zu und stellte zwischendurch verständnisvolle, taktvolle, wissende Fragen. Und wirkte wieder um Jahre älter und reifer. Dann hast du also auch keine Familie mehr? fragte sie, als ich fertig war. So wie ich? Sie drückte sich enger an mich, und wir schauten schweigend hinaus in den schwindenden Tag und auf entschwundene Welten.

Irgendwann, als es ganz finster geworden war, stand ich auf und wollte das Licht einschalten. Doch dann entdeckte ich draußen die Polarlichter. Diesmal flackerten sie nicht, sondern standen rot und beinahe unbeweglich am Abendhimmel. Schau mal, sagte ich und winkte Judith heran. Die hab ich schon einmal gesehen, sagte sie, als sie neben mir stand, mit heiserer Stimme. Wir haben sie vor ein paar Tagen gemeinsam gesehen, erinnerte ich sie. Das meine ich nicht. Es war mit Mama und Papa und mit meiner Schwester. Wir standen vor genau diesem Fenster. Und dann mussten wir uns verstecken und durften kein Licht machen, uns nicht bewegen und auch nicht die Klospülung betätigen.

Ich sah sie von der Seite an. Und war aufgeregt. Judith war offenbar wieder ein Bruchstück ihrer eigenen Geschichte eingefallen. Die Klospülung, der Hund Bogumil, die anderen »alten«

Geschichten – all das schien Erinnerungen bei ihr auszulösen. Aber wo und wie war dieses neue Bruchstück einzuordnen? Ich schaltete die Stehlampe neben dem Sofa ein, nahm Judith an der Hand und setzte sie aufs Sofa, ich selbst hockte mich vor ihr auf den Teppich. Wer musste sich verstecken? versuchte ich aus ihr herauszukriegen. Meine Schwester und ich, gab sie zurück. Lena und du? fragte ich ungläubig. Aber wieso denn? Vor wem? Nein, nicht Lena, verneinte sie irritiert. Trude und ich. Du hattest eine Schwester namens Trude? Sie war nicht meine wirkliche Schwester, erklärte Judith. Aber jeder glaubte es. Und wo musstet ihr euch verstecken? Und warum denn? Na weil die Nazis uns gesucht haben.

Ich ließ mich neben ihr auf dem Sofa nieder, aufgewühlt, aber auch ein wenig enttäuscht. Sie hatte Österreich 1938 verlassen, ich glaubte nicht, dass es davor nötig gewesen war, sich zu verstecken. War die Erinnerung also keine solche, sondern bloße Einbildung? Eine Fantasie, eine Geschichte, ein Traum? Ich strich Judith geistesabwesend über den Kopf.

Und dann war mir plötzlich klar, dass sie wahrscheinlich nur Orte und Zeiten falsch miteinander verknüpfte. Von Max wusste ich, dass im Februar 1938 Polarlichter in weiten Teilen Mitteleuropas zu sehen gewesen waren. Und dass sie von manchen Menschen als Vorboten eines Unglücks interpretiert wurden. Wahrscheinlich erinnerte sie sich an die Lichter und verband sie mit einer in Rotterdam erlebten Szene. War das in Holland? fragte ich. Dass ihr euch verstecken musstet? Sie schaute mich an, traurig, ratlos. Ich weiß nicht, sagte sie unsicher. War das in der Oude Kerkstraat? Diesmal schien es in ihr zu arbeiten. Nein, in einer anderen Straße, sagte sie dann. Aber in derselben Stadt? Sie dachte nach. Ja, sagte sie dann. Aber mehr fiel ihr nicht ein, so sehr ich sie auch mit meinen Fragen durchlöcherte. Trotzdem war ich nun zuversichtlich, dass die Zeit die Wahrheit ans Licht bringen würde. Die Zeit. Und mein Erzählen.

Also erzählte ich weiter. Auf dem Sofa. Im Badezimmer. Auf dem Weg in die Küche. Im Arbeitszimmer. Und Judith folgte mir, ich beantwortete bereitwillig alle Fragen, die aus ihr hervorsprudelten und stellte meine in der Hoffnung, weitere Erinnerungen bei ihr auszulösen.

Bis sie schließlich eine Frage stellte, auf die ich nicht antworten wollte. Bei der ich der hässlichen Wahrheit weiterhin die schöne Lüge vorzog. Wir saßen in der Küche, Judith hatte erneut Hunger bekommen. Wie meinst du das, dass ich nur in deinem Kopf existiere? fragte sie, als wir mit dem Essen fertig waren. Ich hatte befürchtet, dass sie mir diese Frage irgendwann stellen würde. Ich tat so, als wüsste ich nicht, wovon sie sprach. Das hast du zu Silvester gesagt. Bevor du die Küchentür hinter dir zugeschlagen hast. Du bist nicht einmal tot, hast du gesagt. Und dass ich nur in deinem Kopf existiere und du mich dort nicht mehr haben willst. Ich senkte beschämt den Blick. Ich weiß nicht, ich kann mich nicht genau erinnern, murmelte ich.

Ich spürte, dass sie mir nicht wirklich glaubte. Ich hatte starke Kopfschmerzen an diesem Abend, versuchte ich mich zu verteidigen. Mir wurde alles zu viel. Ich war verletzt, weil du mich einen Lügner nanntest. Und wütend, weil du meintest, Lydia und Hanna hätten mich deshalb verlassen. Deshalb hab ich wild um mich geschlagen mit Worten. Ich blickte auf. Ich wollte dich nicht verletzen damit, sagte ich. Es tut mir sehr leid, wenn ich es doch getan habe.

Judith rang sich ein Lächeln ab. Doch ich sah und spürte, dass meine Antwort sie nicht überzeugte. Sie wechselte von sich aus das Thema. Wann schreibst du endlich meine Geschichte fertig? Jetzt, sagte ich und sprang so abrupt auf, dass sie lachen musste.

Ich ging hinüber ins Arbeitszimmer. Nach einer Stunde, in der Judith still neben mir gesessen und scheinbar gar nichts getan hatte, stand sie plötzlich auf, streckte sich und gähnte.

Zuerst schenkte ich dem keine Beachtung. Erst als sie ein zweites Mal gähnte, unterbrach ich meine Arbeit. Du wirst doch nicht etwa müde sein? fragte ich verblüfft. Außer in der einen, vielleicht nur erträumten Nacht, in der wir gemeinsam in den Keller hinabgestiegen waren, hatte ich Judith noch nie müde, geschweige denn schlafend gesehen. Ihr Mund verzog sich zu einem Grinsen. Schau mich nicht so an, wehrte sie meinen erstaunten Blick ab. Ja, ich bin müde, gab sie widerwillig zu. Ich musste an Hanna denken, der dieser Satz – schmachvolle, peinliche Worte, die sie abstritt, je in den Mund genommen zu haben – sicher nur ein oder zwei Mal in ihrem ganzen kurzen Leben über die Lippen gekommen war.

Ich speicherte die fast vollendete Geschichte ab und stand auf. Dann gehen wir eben schlafen. Judith ließ sich bereitwillig an der Hand ins Badezimmer führen, putzte sich ohne zu maulen die Zähne und folgte mir in Hannas Zimmer. Ich öffnete den Schrank, in der Hannas Pyjamas und Nachthemden seit zwei Jahren geschlummert und sich wahrscheinlich nach Berührung und Wärme gesehnt hatten. Registrierte kurz die Essensvorräte, die immer noch darin lagerten, beschloss aber, sie zu ignorieren. Und dann kam der Moment, in dem Judith ihren Mantel auszog.

Es war, als würde ich sie zum ersten Mal wirklich sehen. Ohne Schale. Ohne schützenden Panzer. War sie nun endlich angekommen? Bei mir? Im Leben? Im Tode? Würde sie jetzt bleiben? Oder maß ich dem Moment viel zu viel Bedeutung zu? Ein kleines Mädchen zieht seinen Mantel aus. Na und? Eine weiße, altmodische Bluse, ein blauer Rock kamen darunter zum

Vorschein. Und dann, nachdem auch diese gefallen waren, ein dünner, Schutzbedürfnis weckender nackter Kleinmädchenkörper. Der sich, schon halb schlafend, auf mich stützte, um nicht beim Hineinschlüpfen in das Nachthemd umzufallen. Sonst nichts. Sonst nichts?

Nein, auch das nicht, wonach meine Augen diesen Körper insgeheim absuchten: nach einer Tätowierung. Einer Nummer. Auf dem Unterarm. Doch da war nichts. Wobei ich nicht einmal sicher war, ob man den wenigen Kindern in Auschwitz, die nicht gleich vergast wurden, überhaupt Nummern eintätowiert hatte.

Ich schlug den Überwurf zurück, den ich erst am Tag davor nach Judiths und Miriams Abreise wieder auf Hannas Bett gelegt hatte, und wollte frische Bettwäsche holen. Judith hängte sich plötzlich an meinen Arm. Sie hatte die Augen geschlossen und murmelte etwas, das ich zuerst nicht verstand. Ich bückte mich zu ihr herunter. Will nicht allein schlafen, wiederholte sie ganz nahe an meinem Ohr. Soll ich mich zu dir ans Bett setzen? Und dir eine Gutenachtgeschichte vorlesen? Sie schüttelte den Kopf. Was denn? fragte ich besorgt, nachdem sie nicht damit aufhörte. Will bei dir schlafen, rückte sie endlich heraus.

Willst du noch eine Gutenachtgeschichte hören? fragte ich sie, als sie ein paar Minuten später fest zugedeckt unter frischer Bettwäsche in meinem Schlafzimmer lag. Sie nickte mit geschlossenen Augen. Ich ging hinüber in Hannas Zimmer und holte das Buch, in dem Judith am Nachmittag gelesen hatte. Als ich zurückkam, waren ihre tiefen, regelmäßigen Atemzüge zu hören.

Zwei Stunden später hatte ich ihre Geschichte fertig. Ich druckte sie aus, drehte die Seiten zu einer Rolle und band sie mit einer Schleife zusammen. Ich legte sie Judith auf den Nachttisch, damit sie sie beim Aufwachen gleich finden würde. Dann drückte ich einen Kuss auf ihre Wange und schaltete das Licht aus.

Irgendwann in der Nacht wachte ich auf, weil ich Judiths Arm auf meinem Gesicht spürte. Irgendwann trat sie mich mit beiden Beinen in den Rücken. Und irgendwann flog ich gemeinsam mit ihr und Lydia und Hanna im Traum über weite Wiesen und Wälder.

Die Prinzessin und der Dichter

In der Geschichte, die es hier zu erzählen gilt, treffen Prinzessinnen, griechische Götter und sprechende Hunde aufeinander. Wer an solche Figuren und Ereignisse nicht glaubt, sollte lieber gleich zu lesen aufhören. Allerdings hieße das, die eigentliche Heldin dieser Geschichte gar nicht erst kennenzulernen. Und das wäre sehr, sehr schade.

Wie alt ist unsere Heldin? Nun, diese Frage ist nicht so leicht zu beantworten, denn sie ist viel älter, als es den Anschein macht. Sie sieht aus, als wäre sie keinen Tag älter als zehn Jahre, sieben Monate und vielleicht dreieinhalb Wochen, ist in Wahrheit aber uralt. Nicht so alt wie die Pyramiden in Ägypten, nein. Aber sie zählt doch ungefähr so viele Lebensjahre wie fünfzig Meerschweinchen zusammengenommen. Warum ich ihr Alter ausgerechnet in Meerschweinchenjahren aufwiege, als wären es Kilogramm? Natürlich weil die flauschigen Tiere neben Hunden zu ihren Lieblingswesen auf diesem Planeten gehören.

Wie sieht sie aus? Das ist leicht zu sagen. Am oberen Ende ihres Körpers, da sitzt ein Kopf. Aus der Mitte dieses Kopfes springt eine Nase hervor. Darunter öffnet sich ein Mund, darüber wiederum liegen zwei Augen. Und über den Augen, hinter ihrer Stirn, da rattern tausend winzige Rädchen, um Tag und Nacht im Wachen wie im Träumen die klügsten Dinge auszuspinnen.

Was Judith – so heißt unsere Heldin nämlich – am liebsten

macht: Sie liest für ihr Leben gern. Ginge es nach ihr, würde sie den ganzen Tag und zumindest auch noch die halbe Nacht lesen, wäre da nicht ihre Mutter, die nicht müde wird, sie zu ermahnen: dazu, ihre Hausaufgaben zu erledigen, zum Essen zu kommen, beim Abräumen zu helfen oder endlich das Licht abzudrehen und zu schlafen. Ihr Lieblingsplatz beim Lesen: die Treppe zur Galerie in der Buchhandlung, die ihrem Vater und Großvater gehört.

Es ist auch der Lieblingsplatz ihres Lieblingshundes Magadasta. Judith hat zwar nur einen Hund, aber gerade deshalb ist Magadasta ihr Lieblingshund. Sie hat ihm das Lesen beigebracht, doch er tut es aus Bequemlichkeit nur dann, wenn es sich gar nicht vermeiden lässt. Meist liegt er schlafend neben Judith, den schwarz-weiß-braun gelockten Kopf in ihren Schoß gebettet, und träumt von riesengroßen Knochen oder zu jagenden Katzen.

Judith liest so schnell, dass sie manchmal mit dem Umblättern kaum nachkommt. Und wenn sie mit einem Buch fertig ist, dann fängt sie oft noch einmal von vorne an. Wenn sie es schließlich weglegt, kann sie das Gelesene meistens auswendig – so schnell klicken die vielen Rädchen hinter ihrer lockenumrahmten Stirn.

Eines Tages, und hier endet die Einleitung, und es beginnt die eigentliche Geschichte, entdeckte Judith dabei durch Zufall eine Fähigkeit an sich selbst, von der sie bis dahin nichts geahnt hatte. Sie hatte gerade einen Satz in dem Buch *Prinzessin für einen Tag* gelesen, der ihr besonders gefiel. Sie schloss die Augen und sprach den Satz laut aus. Einmal, ein zweites und dann noch ein drittes Mal.

Als sie die Augen wieder öffnete, war sie ein wenig verwirrt. Zuerst einmal, weil sie statt heller Bluse und dunklem Rock plötzlich ein Kleid aus gelber, golddurchwirkter Seide trug. Auch die blaue Schleife auf Magadastas Kopf kam ihr ein ganz klein wenig seltsam vor. Was sie aber wirklich irritierte, war die Tatsache, dass ihr Blick statt auf die unter ihr liegende Buchhandlung nun in einen großen, prunkvoll möblierten Saal fiel – und in die Gesichter von zwei Dutzend Menschen, die sie erwartungsvoll anstarrten.

Judith schloss die Augen, wartete ein paar Sekunden und öffnete sie erneut. Die Menschen um sie herum waren immer noch da, und sie schienen an Judiths Lippen zu hängen. Baff, sagte Judith plötzlich laut. Die ganze Gesellschaft erstarrte. Erst als Judith in lautes Gekicher ausbrach, wandelte sich das Erstarren in ein zögerndes Gelächter, und alle begannen zu applaudieren.

Wir waren gerade bei den Bewerbern um Eurer Majestät Hand stehen geblieben, sagte ein kleiner, fast kugelrunder Mann neben ihr. Judith warf einen Blick auf ihre rechte Hand. Sich um meine Hand bewerben? fragte sie stirnrunzelnd. Aber die steht ja gar nicht zum Verkauf! Wieder gab es zögerndes Gelächter. Es geht um Eurer Majestät Hochzeit, sagte der kleine Mann in lautem Flüsterton. Judith warf ihm einen entgeisterten Blick zu. Hochzeit? Aber Majestät wissen doch … Und was soll das Gerede von Majestät? unterbrach Judith ihn. Aber Eure Hoheit, versuchte der Kugelmann zu erklären, wir haben doch die aussichtsreichsten Bewerber aus allen Himmelsrichtungen hier bei Hofe versammelt. Er deutete auf eine Reihe von jungen, nicht mehr ganz so jungen oder auch ziemlich alten Männern, die am anderen Ende des Saales darauf warteten, vortreten zu dürfen. Sagt ihnen, sie sollen in zehn oder fünfzehn Jahren wiederkommen, sagte Judith, ohne sie eines Blickes zu würdigen. Aber Majestät, setzte der Kugelmann zu einer Entgegnung an, doch Judith unterbrach ihn erneut. Ich bin viel zu jung, um ans Heiraten auch nur zu denken. Aber Majestät, kam unweigerlich der nächste Einwand, die Königin Mutter wurde doch bereits mit neun Jahren verheiratet.

Und so beschloss Judith, nur, um nicht noch ein weiteres »Aber Majestät« hören zu müssen, die Männer vortreten zu lassen. Nun aber war sie es, die ihre Einwände vorbrachte. Der eine war ihr zu alt, der andere zu jung. Der dritte zu groß, der vierte zu klein. Bei dem gefiel ihr die Nase nicht, beim nächsten die Augen. Bei einem begann Magadasta zu bellen. Dort, wo der herkommt, essen sie Hunde, raunte er ihr zu. Und sie wusste: In den seltenen Fällen, wo Magadasta sprach, sollte man ihn ernst nehmen.

Einen einzigen gab es, der gefiel ihr. Wenn er errät, wie der Name meines Lieblingsmeerschweinchens lautet, dann darf er von heute an in zehn Jahren, zehn Monaten und zehn Tagen erneut um meine Hand anhalten, verkündete sie plötzlich. Ringsum wurde applaudiert, der Bewerber verbeugte sich. Als man ihm den Wunsch Ihrer Majestät übersetzt hatte – er kam aus den himmelhohen Bergen eines weit, weit entfernten Landes –, begann er plötzlich lauthals zu lachen und konnte gar nicht mehr damit aufhören. Alle blickten entsetzt auf den jungen Fremden, der sich so befremdlich gebärdete. Und harrten seiner Erklärung, die erst übersetzt werden musste. Diese lautete: In seinem Land würde niemand auch nur daran denken, Meerschweinchen als Haus- oder Kuscheltiere zu halten, sondern einzig und allein daran, sie möglichst oft gegrillt oder gebraten auf den Teller zu bekommen.

Es gab Entsetzensschreie, Damen fielen in Ohnmacht, Herren fühlten sich in ihrem Urteil über diesen und andere Fremde bestätigt, und der kugelrunde Mann versuchte vergeblich, für Ruhe und Ordnung zu sorgen. Genug! rief Judith plötzlich in den Saal. Es ist genug, sagte sie, nachdem es still geworden war. Sie schloss die Augen. Es ist genug!

Aber warum denn? fragte die Kleinoma erstaunt. Das war doch immer deine Lieblingsspeise! Judith riss die Augen auf. Ich esse doch kein Meerschweinchen! rief sie empört aus. Die Kleinoma ließ den Löffel sinken und schaute sie stirnrunzelnd an. Ich auch nicht, meinte der Kleinopa trocken. Aber ich esse gleich den ganzen Kaiserschmarren auf, wenn du nicht acht gibst, fügte er hinzu. Judith schaute zum Kleinopa, der sich das Einmachglas mit dem Zwetschkenröster griff, dann zur Kleinoma und schließlich zur Pfanne mit dem Schmarren. Dann schob sie mit einer schnellen Bewegung ihren Teller heran und ließ sich von der Kleinoma servieren.

Wie sie von der Buchhandlung in die Wohnung gekommen war, wusste sie nicht mehr. Und natürlich erst recht nicht, wohin der Thronsaal und vor allem die Menschen darin verschwunden waren. Sie hielt nach Magadasta Ausschau. Er saß wie immer zu ihren Füßen und blickte mit bettelnden Augen zu ihr auf, die blaue Schleife auf seinem Kopf war fort. Sie steckte ihm heimlich ein paar Stück vom Kaiserschmarren zu und wandte sich den Kleineltern zu. Ich war gerade eine Prinzessin, erklärte sie, und man wollte mich verheiraten. Die Kleinoma lächelte milde. Das passiert in diesen Kreisen ständig, meinte der Kleinopa und nickte wissend mit dem Kopf. Das gehört zum Prinzessinnen-Einmaleins: Wie man sich erfolgreich gegen eine Heirat wehrt.

Nach dem Essen hielt er Judith ein Buch hin. Wenn du nicht wieder in Prinzessinnennöte geraten möchtest, dann lies lieber etwas anderes. Judith nahm den dicken Band entgegen. *Griechische Sagen*, so stand in verschnörkelter Schrift auf dem hellbraunen Einband.

Am nächsten Tag nach der Schule begann Judith darin zu blättern. Sie las über Zeus und seine zahlreichen Liebschaften, über

Apollo und die Musen, über Ares und Aphrodite und schließlich über den Götterboten Hermes. Der aufgeweckte Jüngling, der mit viel Frechheit und Erfindungsreichtum die Welt der Götter und Menschen durcheinanderwirbelte und sich dabei so gar nicht wie ein Gott benahm, gefiel ihr. Ich bin doch viel zu jung, um zu wissen, was eine Kuh ist, antwortete er etwa mit unschuldigem Augenaufschlag seinem Bruder Apollon, der ihn wegen eines – noch am Tag seiner Geburt begangenen – Rinderdiebstahls zur Rede stellte. Judith musste lachen. Und schloss die Augen und wiederholte den Satz des Hermes drei Mal.

Es war heiß, als sie die Augen aufschlug. Sie saß im Schatten eines Baumes und konnte die Rinde an ihrem Rücken spüren, vor ihr flirrte die Hitze über Hügeln und Felsen. Grillen und Zikaden schlugen Lärm, und als sie den Blick zur Seite wandte, erkannte sie erfreut im Hintergrund das Meer. Komm, sagte sie zu Magadasta, stand auf und begann darauf zuzugehen. Wenn du glaubst, dass dir jetzt Zeit für einen Badeausflug bleibt, dann hast du dich geirrt, hörte sie plötzlich eine Stimme neben sich. Judith blickte überrascht zur Seite. Der schlanke Jüngling, der scheinbar aus dem Nichts aufgetaucht war, trug einen breitkrempigen Hut und hielt einen goldenen Stab in der Hand. An seinen Sandalen waren kleine Flügel angebracht. Wir haben zu tun, fügte er hinzu.

Na gut, sagte Judith und verschob das Baden auf später. Und zog von da an mit Hermes und Magadasta durch die Welt. Hermes nahm sie auf seine Schultern, Magadasta sprang auf die ihren, und zu dritt flogen sie schneller als der Wind von Ort zu Ort. Judith war dabei, wenn Hermes seine Mischpoche auf dem Olymp besuchte, sie war dabei, wenn er Botschaften von Zeus entgegennahm, sie war dabei, wenn er diese an die Sterblichen weitergab oder Letzteren aus der Lage von Kieselsteinen die Zukunft vorhersagte. Nur bei seinen Ausflügen in die Unterwelt nahm er sie nicht mit. Du würdest dich dort zu Tode langweilen, sagte er. Und bastelte in Windeseile aus Knochen eine Flöte für sie, damit sie sich während seiner Abwesenheit die Zeit vertreiben konnte.

Eines Tages, Hermes hatte wieder einmal die Aufgabe, jemanden in den Hades zu geleiten, trat ein Fremder auf den Baum zu, unter dem Judith auf Hermes' Rückkehr wartete. Er grüßte höflich, er war freundlich, er war hübsch und steckte in kostbaren Gewändern, doch Magadasta schien er nicht zu gefallen: Er knurrte den Mann an und fletschte seine Zähne – er hatte übrigens drei Reihen davon wie ein Haifisch. Plötzlich packte der Fremde Judith von der Seite mit eisernem Griff und zog sie zu sich heran. Judith wehrte sich tapfer. Ich glaub, dir geht's wohl nicht ganz gut, fuhr sie ihn empört an, ich bin doch erst zehn! Der Fremde nickte und leckte sich die Lippen. Ja eben, meinte er genüsslich lächelnd. Und versuchte erneut über sie herzufallen. Doch plötzlich schrie er wutentbrannt auf: Magadasta hatte ihn mit seinen Haifischzähnen ins Bein gebissen. Ein Blitz fuhr aus dem Himmel oder vielleicht auch aus der Erde, jedenfalls stand mit einem Mal statt des Fremden ein riesiger Löwe vor Judith und stürzte sich auf den kleinen Magadasta. Aufhören! rief Judith entsetzt und versuchte sich schützend vor ihren Hund zu stellen. Ich weiß genau, wer du bist! schrie sie den Löwen an. Du bist Zeus, ich kenne dich und deine Verwandlungskünste! Und du versuchst gerade deiner Frau untreu zu sein!

Der Löwe blickte sie ein wenig verdutzt an und schien innezuhalten. Doch wieder fuhr ein Blitz aus dem Himmel. Oder auch aus dem Löwen, Judith konnte es nicht so genau erkennen. Jedenfalls verschwand das Raubtier, und an seiner statt wand sich eine Schlange auf dem Boden, die Judith und ihren Hund bedrohlich anzischte. Doch Judith ließ sich nicht beirren. Ich hab keine Angst vor dir, zischte sie ihrerseits die Schlange an. Du kannst als Stier oder Schwan oder meinetwegen als ganzer Zoo hier auftreten, und ich werde keine Angst haben. Denn dich gibt es ja gar nicht wirklich! rief sie. Die Schlange wand sich. Und stürzte sich auf Magadasta, der im letzten Augenblick zur Seite wich. Genug! schrie Judith. Es ist genug! schrie sie ein zweites und ein drittes Mal.

Ja, ja, die griechischen Götter, die treiben's manchmal ziemlich bunt, da kann man irgendwann genug haben! rief der Kleinopa zur Galerie hinauf. Und Judith, ein wenig verwirrt, winkte ihrem Großvater von oben zu.

Doch dann geriet sie eines Tages leider an das falsche Buch. León Kortner, *Das Fünfte Reich*. So stand es auf dem Buchrücken und auf dem Titelblatt. Der Roman lag auf der Treppe zur Galerie neben einem Stapel an Büchern, die der Kleinopa für Judith ausgewählt hatte. Judith sah gleich, dass es ein Buch für Erwachsene war; wahrscheinlich, so dachte sie, hatte es einer der Angestellten abgelegt, um es später in das richtige Regal einzuordnen. Doch sie schlug es an einer beliebigen Stelle auf, begann zu lesen – und entdeckte plötzlich ihren eigenen Namen. Ohne den Blick von den Zeilen zu wenden, ließ sie sich auf die Treppe sinken. Und las. Und las. Und las.

Bis sie auf einen Satz stieß, den sie nicht verstand. Sie dachte darüber nach, schloss die Augen, wiederholte ihn in Gedanken mehrmals – und erschrak, als sie die Augen öffnete: Sie saß immer noch auf der Treppe zur Galerie, doch die Treppe endete knapp unter ihren Füßen. Darunter lag – nichts. Ein schwarzer, gähnender Abgrund. Judith sprang erschrocken auf und wich unwillkürlich ein paar Schritte zurück. Auch Magadasta, der bisher neben ihr geschlafen hatte, hob den Kopf und begann laut zu bellen. Judith rief nach ihrem Vater, nach dem Kleinopa, nach den Angestellten, doch niemand antwortete.

Sie wusste, dass von der Galerie eine Tür ins Treppenhaus führte. Von dort lief sie, so schnell sie konnte, in den obersten Stock. Kramte ihren Wohnungsschlüssel aus der Tasche, sperrte auf und trat zusammen mit Magadasta in die Wohnung. Als sie die Schwelle zur Küche erreichte, erschrak sie und wich angsterfüllt einen Schritt zurück: Da saß ein Mann in SA-Uniform am Tisch und aß laut schlürfend einen Teller Suppe.

Judith ging auf Zehenspitzen weiter. Die Tür zu ihrem Zimmer stand offen. Auf dem Boden saß ein Kind und spielte ganz selbstversunken mit Holzfiguren. Es blickte auf und lächelte Judith an. Spielst du mit mir? Judith wusste nicht, was sie sagen sollte. Wer war das Kind? Wieso war es in ihrem und Lenas Zimmer? Warum waren ihrer beider Sachen fort? Spielst du mit mir? fragte das Kind noch einmal. Judith schüttelte den Kopf und ging aus dem Zimmer. Das Kind schaute traurig hinterher.

Im Wohnzimmer stand eine Frau am Fenster und blickte hinaus. Wer sind Sie? fragte Judith. Was machen Sie in unserer Wohnung? Die Frau rührte sich nicht. Judith fiel auf, dass die Möbel verschoben waren, der Glasschrank zwischen den Fenstern fehlte. Wo sind meine Eltern? wollte Judith wissen. Doch sie bekam keine Antwort. Sie ging ins Schlafzimmer. Eine junge Frau war gerade dabei, die Bettwäsche abzuziehen. Als sie Judith erblickte, stieß sie einen Schrei aus, ließ die Daunendecke zu Boden gleiten und drückte sich mit angsterfülltem Gesicht in eine Ecke.

Judith machte kehrt. Sie beschloss, wieder in die Buchhandlung hinunterzugehen. Doch als sie die Wohnungstür öffnete, lag dahinter nicht das Treppenhaus, sondern ein leeres Zimmer, das sie nicht kannte. Genug, rief sie aus. Es ist genug!

Sie schlug die Hände vors Gesicht und wiederholte es ein drittes Mal.

Als sie nach einer Weile vorsichtig zwischen den Fingern hindurchschaute, stand sie immer noch in demselben leeren Raum. Die einzige Tür führte zu weiteren Zimmern. Manche waren leer, in anderen traf sie auf Menschen. Die meisten sahen sie nicht und reagierten nicht auf die Fragen nach ihren Eltern und Geschwistern. Oder sie reagierten abwehrend. Manche riefen die Polizei. Andere einen Arzt. Wieder andere verlangten nach einem Priester, einer sogar nach dem Rabbi.

Als Letzterer kam und sie mit Fragen quälte, wie es zuvor der Priester getan hatte – wobei er wenigstens nicht mit dem Kreuz vor ihren Augen herumfuchtelte –, tippte sich Magadasta mit der Vorderpfote an die Stirn. Die Menschen sind völlig verrückt geworden, stellte er kopfschüttelnd fest. Er stand auf und ging durch eine offen stehende Tür in den nächsten Raum. Judith ließ den Rabbi Rabbi sein und folgte ihrem Hund.

Im Nachbarzimmer saß ein Mann mit dem Rücken zu ihr an einem Schreibtisch. Judith trat näher heran und blickte über seine Schulter. Er war über eine Art Schreibmaschine gebeugt. Die Wörter, die er fast lautlos in die schmalen Tasten tippte, wurden jedoch nicht auf Papier gedruckt, sondern waren auf einer weißen, bilderrahmenartigen Fläche zu sehen, die vor ihm auf dem Tisch stand. Judith las den letzten Satz, den der Mann gerade geschrieben hatte: »Die Menschen sind völlig verrückt geworden, stellte er kopfschüttelnd fest. Er stand auf und ging durch eine offen stehende Tür in den nächsten Raum. Judith ließ den Rabbi Rabbi sein und folgte ihrem Hund.«

Was machst du da? fragte Judith entgeistert. Der Mann drehte sich zu ihr um. Ich schreibe einen Roman, antwortete er. Du schreibst über mich und meinen Hund, sagte Judith vorwurfsvoll.

Und über das, was wir gerade tun. Der Mann nickte, als wäre es das Selbstverständlichste auf der Welt. Warum tust du das? Und woher weißt du, was ich tue und wie ich heiße? Der Mann zuckte mit den Schultern. Ich bin Schriftsteller, gab er zurück, es ist meine Aufgabe, solche Dinge zu wissen. Judith wusste nicht, was sie darauf antworten sollte. Wie heißt du überhaupt? fragte sie stattdessen. León, antwortete er. Und du wirst jetzt gleich sagen, dass das ein komischer Name ist, fügte er hinzu. Judith nickte zögernd, denn das wollte sie tatsächlich gerade sagen. Aber du hast die Geschichte falsch geschrieben, fuhr sie fort. Der Mann richtete sich auf. Ich hab die Geschichte so geschrieben, wie ich sie schreiben wollte, sagte er. Aber du musst sie anders schreiben, sonst finde ich nie mehr zurück zu meiner Familie, insistierte Judith. León winkte ab. Du wirst schon zurückfinden. Aber wie? León zuckte mit den Schultern. Ich weiß noch nicht, sagte er. Ich dachte, du bist Schriftsteller. León nickte. Ja, sagte er, aber ein Schriftsteller weiß auch nicht alles über seine Figuren. Nicht einmal dann, wenn das Buch fertig ist. Geschweige denn, wenn es erst geschrieben werden muss. Aber ich hatte das fertige Buch doch schon in der Hand und hab darin gelesen, beharrte Judith. León blickte sie skeptisch an. Dann ließ er sich von Judith berichten, wie sie in sein Buch und zuvor schon in andere eingestiegen war – auch das wusste er nämlich nicht. Und wie steigst du wieder aus? Judith erzählte, wie sie es zuvor gemacht hatte. Aber es funktioniert nicht mehr, schloss sie verzweifelt.

Sie versuchten es zu zweit. Sie versuchten es mithilfe von Magadasta. Sie versuchten es auf alle nur erdenklichen Arten. Doch nichts half. Und Judith blieb, wo wie war. Du musst deinen Roman so schnell wie möglich fertig schreiben, verlangte sie von León. Damit ich zu meiner Familie zurückkehren kann. León wiegte den Kopf hin und her, sichtlich unglücklich über die Einmischung in seine Arbeit. Aber er setzte sich an seinen Schreibtisch und schrieb.

Eigentlich möchte ich auch wieder aus der Geschichte heraus, meinte er später, als er eine Schreibpause einlegte. Aber wieso denn, du schreibst sie doch? fragte Judith erstaunt. Schon. Aber manchmal habe ich das Gefühl, die Geschichte schreibt mich. Das versteh ich nicht, sagte Judith. Ich auch nicht wirklich, seufzte León. Und erklärte, dass er seit dem Tod seiner Frau und seiner Tochter mehr in eigenen und fremden Geschichten als unter echten Menschen lebe. Du meinst … so wie ich, wenn ich in ein Buch einsteige – nur dauernd? fragte Judith zögernd. Ja, so ähnlich. Aber das ist nicht gut, stellte sie mit besorgtem Blick fest. Dann müssen wir beide zurück, jeder dorthin, wo er hingehört.

Es war Magadasta, der schließlich den rettenden Einfall hatte. Ihr müsst die Geschichte gemeinsam fertig schreiben, sagte er, sonst wird das nichts. Was hat er gesagt? fragte León. Denn Schriftsteller hin oder her – er sprach nicht ein einziges Wort Magadassisch. Judith übersetzte. Und fügte hinzu, dass sie keine Geschichten schreiben könne. Doch, natürlich kannst du das, widersprach León und war sofort Feuer und Flamme für die Idee.

Er holte eine noch kleinere Schreibmaschine als die, die auf seinem Schreibtisch stand, dann setzten sie sich aufs Sofa und überlegten gemeinsam, wie sie die Geschichte zu Ende bringen sollten. Wo möchtest du hin? fragte León. Und was möchtest du dort finden? Ich will zurück zu meiner Familie, antwortete Judith ohne zu zögern. Zu Mama, Papa, Oma, Opa, Lena und Max. Zurück in unsere Wohnung. Zurück in die Buchhandlung. Und es soll alles genau so aussehen, wie es immer ausgesehen hat. Dann musst du das genau so schreiben, sagte León. Judith nickte. Aber zuerst musst du mir noch sagen, wo *du* hinmöchtest, meinte sie.

León dachte lange nach. Ich würde gern zu meiner Frau und meiner Tochter zurück, sagte er dann, aber das geht leider nicht. Aber *du* schreibst doch die Geschichte, wandte Judith ein. Ja und nein, antwortete León traurig. Manche Geschichten schreibt man nicht selbst, sondern sie werden für einen geschrieben. Dann schwieg er. Ich möchte zurück ins Leben, sagte er schließlich. Zurück zu den Menschen. Zurück in die Wirklichkeit. Dann musst du das genau so schreiben, sagte Judith ernst, und León nickte.

Doch zuerst ließ er sie an den Schreibtisch. Und schaute zu, wie sie ihre Geschichte mit langsam suchenden Fingern in die Tasten tippte:

»Judith klappte das Buch *Das Fünfte Reich* zu und legte es auf der Treppe zur Galerie ab. Ich komm ja schon, antwortete sie dem Kleinopa, der schon mehrmals zu ihr hinaufgerufen hatte. Magadasta hob den Kopf und schaute sie an. Komm, sagte Judith, es gibt Essen. Spinat. Mit Erdäpfelschmarren und Spiegelei. Magadasta verzog das Gesicht. Für dich werden wir schon etwas anderes finden, beruhigte sie ihn. Und sie standen auf, verließen die Buchhandlung durch die Hintertür und liefen um die Wette in den letzten Stock.

Ihre Mutter strich Judith über den Kopf, als sie in die Küche trat. Du bist ja ganz außer Atem, stellte sie fest. Ich war schneller oben als Magadasta, verkündete Judith aufgeregt. Und ihre Mutter lächelte. Weil sie wusste, dass Magadasta Judith beim Wettlaufen immer gewinnen ließ.«

Und dann setzte sich León an den Schreibtisch. Doch obwohl er ja angeblich ein Schriftsteller war, brauchte er viel länger als Judith, um seine eigene Geschichte zu Ende zu schreiben:

»León trat aus dem Haustor und sog die kalte Luft ein. Er setzte sich seine Mütze auf und stapfte durch den frisch gefallenen Schnee Richtung Donaukanal. Die Farben der untergehenden Sonne spiegelten sich in der Wasseroberfläche, jeder Schritt knirschte unter seinen Schuhsohlen.

Als er zum Haus zurückkehrte, war es bereits dunkel. Er blieb auf der anderen Straßenseite stehen und blickte nach oben. Und stellte überrascht fest, dass in Hannas Zimmer und im Wohnzimmer Licht brannte. Er war sicher, das Licht ausgeschaltet zu haben. Und dann, dann wusste er plötzlich mit derselben Sicherheit, dass er dort oben erwartet wurde. Er wusste nicht, von wem, doch er wusste, dass das Leben darauf wartete, dass er hinaufeilte, den Schlüssel ins Schloss steckte, die Tür öffnete und eintrat.«

III

In der Asche meiner Gefühle
im Brand der Worte
rekonstruiere ich das Leben

HERBERT WADSACK

17

Das Bett neben mir war leer, als ich am nächsten Morgen – es war der 6. Januar – die Augen aufschlug. Die Kirchenglocken riefen zum Gottesdienst oder vielleicht auch zur Wandlung. Für mich läuteten sie, auch wenn ich es noch nicht wusste, eine neue Zeitrechnung ein.

Ich streckte mich und gähnte und fühlte mich so gut wie schon lange nicht mehr. Hatte keine Kopf- oder Gliederschmerzen, keinen Schwindel, keine Sehstörungen. Sondern das Gefühl, dass die Welt auf mich wartete. Dass die Morgensonne, die dem wolkenlos blauen Himmel einen warmen Farbstich verlieh, heute nur für mich schien.

Ich stand auf, ging um das Bett herum und hob die Decke auf, die Judith zu Boden geglitten sein musste. Und stellte enttäuscht fest, dass die Geschichte, die ich ihr auf den Nachttisch gelegt hatte, immer noch zusammengerollt dort lag. Ich hatte gehofft, Judith würde gleich nach dem Erwachen ungeduldig darüber herfallen, genauso ungeduldig, wie sie in den vorangegangenen Tagen auf ihre Fertigstellung gewartet hatte.

Ich ging durch die Wohnung und rief nach ihr, doch sie war wieder einmal verschwunden. Die Sonne lockte mich ins Freie, und nach einem schnellen Frühstück gab ich der Verlockung nach. Der Schnee der letzten Wochen schien es eilig zu haben, von den Straßen, den Autos, den Häusern, den Bäumen zu schmelzen. Es fühlte sich an, als wäre der Winter auf immer und ewig vorbei. Ich spazierte zum Augarten. War es der Sonne zu verdanken, dass mir die beiden Flaktürme nicht mehr so riesig und bedrohlich vorkamen wie noch wenige Tage zuvor? Oder lag es an meinen Augen? Oder an meinem Gemütszustand? Obwohl die Bäume immer noch kahl waren, erahnte ich schon die ersten Blätter, die sie bald tragen würden. Auch wenn der Schnee immer noch große Teile des Parks bedeckte, achtete ich mehr auf die Sonne, die ihn dahinschmelzen ließ. Und wo ich hinschaute, sah ich fröhliche Menschen, die ich am liebsten alle grüßen und umarmen wollte.

Ich ging zurück durch Straßen und Gassen, durch die ich in drei Jahrzehnten Hunderte Male gegangen war. Plötzlich kamen sie mir vor, als hätten sie sich in den letzten Tagen verändert. Als wären die Häuser zu beiden Seiten frisch gestrichen. Oder als trüge ich eine neue Brille, die mich alles schärfer, heller und in kräftigeren Farben sehen ließ.

Im Hauseingang blieb ich vor dem Schwarzen Brett stehen. »In tiefster Trauer geben wir das Ableben unserer geliebten Tante, Großtante, Cousine und Großcousine Gertrude Löblich bekannt, die am Samstag, den 31. Dezember, nach einem langen, erfüllten Leben im neunundneunzigsten Jahr von uns gegangen ist«, war da auf schwarzumrandetem Papier zu lesen. Ich überflog die Zeilen ein zweites Mal. Blieb am Datum hängen. Dachte nach und verstand nicht, denn ich hatte die Spinne und ihre Pflegerin ja gerade erst vor dem Haus gesehen, nachdem ich Judith und Miriam zum Flughafen gebracht hatte.

Es war keine Trauer, die ich empfand, als ich in Gedanken versunken nach oben stieg, sondern mehr eine Leerstelle – immerhin war Gertrude Löblich drei Jahrzehnte meine Nachbarin gewesen. Obwohl ich nie Sympathie für sie empfunden hatte, war ihre Geschichte doch untrennbar mit der des Hauses verwoben, hatte sich eingeschrieben in Balken und Gemäuer: Sie war hier geboren und aufgewachsen. Hatte ein Jahrhundert lang alles Gute und Schlechte erlebt, was es zu erleben gab. Hatte Menschen kommen und gehen gesehen. Und war nun selbst gegangen. Ich konnte es kaum glauben. Weil sie immer schon hier gewesen war, hatte es sich angefühlt, als würde sie auch immer hier bleiben.

Oben angekommen, blieb ich zwischen den beiden Wohnungen stehen und lauschte. Da, war da nicht doch ein Geräusch aus der Nachbarwohnung zu hören? Ein leises, metallisches Kratzen? War die Spinne gar nicht wirklich tot? Saß sie wie eh und je hinter der Tür, um nur ja nichts vom Geschehen im Haus zu versäumen? Kurz danach hörte ich das Schlagen einer Pendeluhr. Ich wusste, sie hing im Esszimmer der Löblichs. Ich wusste, es war keine echte Pendeluhr. Sie würde schlagen, solange die Batterie funktionierte. Oder bis jemand sie von der Wand nahm. Ich zählte elf Schläge. Danach wurde es wieder still. Die Spinne, sie war nicht mehr. Die Zeit aber, die ging weiter. Wenn ich auch bald das Gefühl bekommen sollte – beim Schreiben über dieses Jahr noch mehr als beim Durchleben –, dass die Uhren ganz anders tickten als davor.

Judith ließ sich weder an diesem noch am nächsten oder übernächsten Tag blicken. Und dann, es muss der 11. oder 12. Januar gewesen sein, entdeckte ich ihre Kleider. Judith – meine Judith – hatte gerade aus New York angerufen. Weil sie meine Stimme hören wollte. Und weil Miriam glaubte, ein Buch hier vergessen zu haben. Ich ging mit dem Telefon in Hannas Zimmer, um mich auf die Suche zu machen, und stolperte über die Kleider. Dort, wo die andere Judith sie beim Ausziehen hatte fallen lassen.

Ich verstand nicht, was das zu bedeuten hatte. Meine Augen suchten weiter nach Miriams Buch. Meine Hände hoben Gegenstände auf, legten sie ab, öffneten Schranktüren und schlossen sie wieder. Meine Ohren vernahmen die Stimme der New Yorker Judith und im Hintergrund die von Miriam, die ihre Mutter berichtigte. Von meinen Lippen kamen Worte, die hoffentlich Sinn ergaben und irgendwie zu den ihren passten. Doch mit meinen Gedanken war ich, so sehr ich mich über jeden ihrer Anrufe freute, nicht bei ihr, sondern bei der anderen Judith.

Letztere war fort, ihre Kleider waren hier. Hieß das, dass sie nun irgendwo nur mit Hannas Nachthemd bekleidet herumlief? Sie, die sich ständig über Kälte beklagt und immer den Mantel anbehalten hatte? Sie wird sich verkühlen, schoss es mir durch den Kopf. Doch der Gedanke war natürlich absurd. Ich hoffte jedenfalls, dass dieses Irgendwo, dieses Nirgendwo, in dem sie sich gerade aufhielt, genau die richtige Temperatur für kleine, nur mit Nachthemd bekleidete Mädchen haben würde.

Ich fand schließlich Miriams Buch und ließ mich, mit dem Rücken an Hannas Bett gelehnt, auf den Bettvorleger sinken. Ich vermisse dich, sagte Judith zärtlich, als Miriams Jubelrufe im Hintergrund verklungen waren. Es war ungefähr eine Woche her, seit die beiden nach New York zurückgekehrt waren. Ich fühlte, wie glücklich mich ihre Worte machten. Ich dich auch, sagte ich. Und zwang mich, ihr zuzuhören, als sie von ihrem Tag erzählte. Ich überlegte, ob ich ihr von Judiths Kleidern berichten sollte und von der Geschichte, die ich für sie geschrieben hatte, sprach dann aber lieber über andere, unverfänglichere Dinge.

Ich blieb sitzen, nachdem das Gespräch beendet war, und versuchte in Gedanken bei Judith und ihrer Tochter in New York zu verharren. Doch die Kleider, die neben mir auf dem Boden lagen, ließen es nicht zu. Meine Hand griff nach dem Rock, einem altmodischen, dunkelblauen Faltenrock, und begann zärtlich darüberzustreichen. Als würde ich Judith selbst streicheln. Ich ließ den Rock sinken und griff nach der weißen Bluse. Beides zusammen sah aus wie die Schuluniform einer katholischen Privatschule. Oder wie die Kleider, in die die Motaevs oder andere orthodoxe Juden ihre Töchter steckten. Ich konnte nicht umhin, daran zu schnuppern. So, wie ich in den Wochen nach Hannas und Lydias Tod an deren getragener Wäsche gerochen hatte – bevor ich irgendwann mitten in der Nacht aufgestanden war und sie, ohne auf unterschiedliche Farben oder Materialien zu achten, in die Waschmaschine gesteckt hatte. Sie roch – nicht ganz frisch, nicht ganz sauber –, wie getragene Kinderwäsche eben riecht.

Ein paar Tage gelang es mir, das Zimmer nicht zu betreten. Auch wenn ich manchmal, die Hand auf der Klinke, davorstand. Doch irgendwann wurde die Anziehungskraft zu stark. Ich trat ein, die Kleider lagen noch genau so, wie ich sie zurückgelassen hatte. Ich hockte mich auf den Boden und griff nach Judiths Mantel. Strich mit den Fingern über den grob gewirkten, aus verschiedenen Grautönen zusammengesetzten Tweed. Schlug den Revers zurück. »Gebrüder Weisz, Wien«, war da in verschnörkelten roten Lettern auf schwarzem Grund zu lesen. Ich ließ meine Hand in die Innentasche gleiten. Was, wenn Judith in genau diesem Augenblick zurückkommt, durchfuhr es mich. Wie würde sie auf meine Indiskretion reagieren? Ich blickte um mich, als stünde sie hinter oder neben mir. Doch vielleicht war sie ja ohnehin da, auch wenn ich sie nicht sehen konnte.

Der Gedanke tröstete mich. Verzeih mir, sagte ich laut und setzte meine Inspektion des Mantels fort. Die Innentasche war leer. In der linken Außentasche fand ich ein Stück vertrocknetes

Brot, in der rechten einen hölzernen Kreisel. Ich nahm Unterwäsche und Socken in die Hand und untersuchte noch einmal Rock und Bluse. Keines der Kleidungsstücke hatte ein Label. Oder eine Waschanleitung. Aus der Rocktasche zog ich schließlich ein Stofftaschentuch. Ich faltete es auf, es war nicht ganz sauber. Und es trug, mit grünem Faden in das feine weiße Gewebe gestickt, Judiths Initialen.

Als ich im Internet über die Gebrüder Weisz recherchieren wollte, läutete das Telefon. Auf dem Display blinkte mir Philipps Name entgegen. Ich begrüßte ihn erfreut. Endlich erreicht man dich, sagte er und klang besorgt. Hast du meine Nachrichten nicht bekommen? wollte er wissen. Ich verneinte seine Frage erstaunt. Er habe in den vergangenen Wochen mehrmals anzurufen versucht und mir schließlich ein längeres Mail geschrieben, erklärte er.

Ich lehnte mich zurück und fing an, mich im Bürostuhl hin- und herzudrehen. Es tat gut, Philipps sonore Baritonstimme zu hören. Auch wenn ich nicht verstand, warum mich keiner seiner Anrufe oder Nachrichten erreicht hatte. Im weiteren Verlauf des Gesprächs ertappte ich mich dabei, dass ich nicht jedem Wort lauschte, das er über Edinburgh und seine Familie berichtete, sondern mehr auf das horchte, was ich zwischen den Zeilen hörte. Es fühlte sich plötzlich so an, als hätte mir genau dieses vertraute Gespräch, genau diese Stimme seit Wochen, wenn nicht Monaten gefehlt. Die Stimme von fast dreißig Jahren treuer Freundschaft.

Ich zog den Kreisel, den ich in Judiths Mantel gefunden hatte, aus der Hosentasche. Ich strich über die Metallspitze und ließ ihn mit leisem Surren über den Tisch sausen. Dann erzählte ich, ohne den Anlass ihrer überraschenden Anreise zu erwähnen, von der New Yorker Judith und ihrer Tochter.

Die Erben der Spinne schienen es eilig zu haben. Nicht einmal zwei Wochen waren seit ihrem Tod vergangen, als sie mit dem Ausräumen der Wohnung begannen. Als ich an einem dieser Tage dem Neffen von Fräulein Löblich begegnete, fiel mir plötzlich ein, dass im Esszimmer der Nachbarwohnung zwei Vitrinen standen, von denen eine einst der Familie Klein gehört hatte. Ich hatte sie gesehen, als ich in jungen Jahren auf Kaffee und Kuchen eingeladen war, und kannte von Max die zugehörige Geschichte: Die Eltern Löblich hatten 1939, kurz bevor die Kleins das Land verlassen mussten, die damals noch jugendliche, mit BdM-Uniform bekleidete Tochter zu den Nachbarn geschickt und fragen lassen, ob sie die Vitrine verkaufen würden. Weil sie selbst genau die gleiche im Esszimmer stehen hätten und die Kleins sie ja nun ohnehin nicht mitnehmen könnten. Statt den lächerlich niedrigen Preis zu akzeptieren, den die Tochter im Auftrag der Eltern nannte, schenkte Friedrich Klein den Löblichs die Vitrine. Max, der die Nachbarn hasste, die sie seit dem »Anschluss« als Untermenschen behandelt hatten, musste seinem Vater sogar noch helfen, das Möbelstück hinüberzutragen. Weil Herr Löblich angeblich keine schweren Lasten tragen durfte.

Ich beschrieb dem Neffen die Glasvitrinen, ich fragte, ob eine davon vielleicht zu verkaufen sei, und er sagte, er würde sich nach Rücksprache mit dem Rest der Familie wieder bei mir melden.

In diesen ersten Wochen des neuen Jahres zog es mich hinaus aus der Wohnung, in der mir plötzlich meine ganze Trauer und Einsamkeit gefangen schien. Bei jedem Schritt vor die Tür geriet ich, ohne mich selbst darum zu bemühen, mit wildfremden Leuten ins Gespräch. Es war, als ob ich die Menschheit außerhalb unseres Hauses zum ersten Mal wieder wahrnehmen würde und die Menschheit mich. Nicht nur auf der Straße, im Park oder im Supermarkt, sondern auch am Telefon. Und nicht nur Philipp, sondern bald danach auch Lydias Schwester Katja. Sie lebte seit Jahren mit ihrem Mann und ihren Kindern in Paris und hatte mir nach Lydias Tod oft genug angeboten, dass ich sie jederzeit besuchen könne. Das tat sie auch jetzt wieder, und zum ersten Mal zog ich zu meiner eigenen Überraschung in Erwägung, die Einladung tatsächlich anzunehmen. Aber zuerst berichtete sie genauso wie Philipp von den zahlreichen vergeblichen Versuchen, mich in den Wochen davor zu erreichen, und von den Sorgen, die sie sich gemacht habe. Lag es vielleicht doch nicht an der Technik – also an den Strom- und Sendeausfällen zu Jahresende –, dass ich nicht erreichbar gewesen war, sondern an mir selbst und den Folgen des Unfalls im Badezimmer?

Katja war in Paris, Philipp und Lina würden frühestens in einem halben Jahr nach Wien zurückkehren. Von Judith und ihrer Tochter, nach denen ich mich mehr denn je sehnte, trennten mich Tausende Kilometer. Und so zog ich mich nach dem Telefongespräch mit Lydias Schwester an und ging auf einen Tee in den Diwan.

Marwan setzte sich zu mir, nach kurzer Zeit gesellte sich auch Linde dazu. Wie so oft in den vergangenen Wochen sprachen wir über das Damoklesschwert, das die Regierung mit der neuen Lagerverordnung über Karim und allen anderen Asylwerbern aufgehängt hatte. Es war ja in dieser Zeit auch kaum ein Tag vergangen, an dem nicht neue Maßnahmen »gegen die Ausländer« und damit, so der unsäglich dumme Umkehrschluss, »für die Österreicher« verkündet wurden. Man hatte die Grenzen dicht gemacht, um sicher zu gehen, dass möglichst wenige Fremde ins Land kamen. Nun machte man sich mit einer Fülle neuer Gesetze und Verordnungen daran, möglichst viele Fremde loszuwerden, die bereits im Lande waren. Sie werden nicht aufhören, bis sie nicht voller Stolz ihrem Führer melden können, dass Österreich endlich ausländerfrei ist, sagte Linde düster. Wir werden schon eine Lösung finden, versuchte Marwan sie zu beruhigen. Oder Karim findet die gleiche »Lösung« wie der junge Asylwerber auf dem Stephansplatz vor ein paar Tagen, biss Linde zurück.

So kannte ich sie gar nicht. Aber wer konnte es ihr verdenken? Karim war Vollwaise und Marwan sein nächster Verwandter. Er und Linde hatten ihn nach Wien geholt, er wohnte unter ihrem Dach, er aß ihr Brot und war durch sie vom Flüchtling zum Schützling geworden. Sie hatten sogar einen Antrag auf Adoption gestellt, doch der war mit der Begründung abgelehnt worden, dass Karim noch nicht lang genug im Lande war. Und nichts, gar nichts davon half, denn er sollte genauso wie alle anderen Asylwerber ab dem Monatsersten am Stadtrand kaserniert werden.

Du übertreibst, versuchte Marwan sie zu beschwichtigen. Was Linde umso mehr anstachelte. Und du willst nicht sehen, worauf wir zusteuern, entgegnete sie. Sie stand auf, weil ein Kunde eingetreten war. Ich lasse einfach nicht zu, dass Karim in so ein Lager kommt, sagte sie entschlossen.

Hatte sie recht, überlegte ich, während ich die Treppe in den letzten Stock erklomm. Würde man wirklich diejenigen abholen, die sich zum angegebenen Zeitpunkt nicht von selbst im Lager einfanden? Würde sich Linde, um das zu vermeiden, um ein Versteck für Karim umsehen? Oder hatte sie das schon längst getan?

Dasselbe passiert auch hier gerade, sagte Judith, als ich ihr bei unserem nächsten Telefongespräch von der Bedrohung für Karim erzählte. Menschen, die jahrelang in den USA gelebt und gearbeitet haben, müssen plötzlich weg und wissen nicht, was sie in ihrer sogenannten Heimat erwartet. Sie seufzte. Warum kriechen gerade in der ganzen Welt die Ärsche aus ihren Löchern und erobern die Politik? fragte sie. Ich musste lachen. I know, I know, my German, reagierte sie entschuldigend. Nein, nein, beruhigte ich sie, es ist ein absolut passendes Bild. Vielleicht wird ja der Aufstieg der Ärsche von bestimmten Planetenkonstellationen begünstigt, überlegte ich und sinnierte über die zu gründende Organisation Ärsche ohne Grenzen und das berühmte Brecht-Zitat »Der Arsch ist fruchtbar noch, aus dem das kroch«.

Von meinen weiteren Gedanken zu Karim erzählte ich Judith lieber nichts: dass ich nicht sicher war, ob *ich* ihn verstecken würde, wenn Linde mich darum bäte. Mit der vorgeschobenen Begründung, dass er dadurch seinen legalen Aufenthaltsstatus verlieren und später dafür umso schneller abgeschoben werden konnte. In Wahrheit aber, so muss ich zu meiner eigenen Schande eingestehen, vor allem aus Angst vor den möglichen Konsequenzen für mich selbst – schließlich verging kaum eine Woche, in der nicht Menschen wegen Beihilfe zur Schlepperei oder ähnlicher Vergehen angeklagt wurden.

Judith wechselte von sich aus das Thema. Sie könne den Brief, den ich ihr geschrieben hatte, nicht finden. Sie war ganz sicher, ihn auf dem Schreibtisch liegen gelassen zu haben. Ich hörte ihr zu, während sie davon erzählte, dass sie bereits die ganze Wohnung abgesucht habe, und war froh, dass sie weder mein Grinsen sehen noch meinen Gedanken lesen konnte: den Gedanken nämlich, dass ich den Brief vielleicht doch nicht geschrieben, sondern sie ihn sich nur eingebildet hatte.

Gegen Ende des langen Telefonats sprachen wir schließlich wie so oft in dieser Zeit über meinen geplanten New-York-Besuch, für den ich am Tag davor die Flüge gebucht hatte.

Ein paar Tage später entdeckte ich Judiths Zeichnung. Unter Hannas Bett. Der Staubsauger gab ein hohes kreischendes Geräusch von sich, als das Papier die Düse blockierte. Ich schaltete ihn aus, setzte mich mit dem zerknitterten Blatt aufs Bett und versuchte es glattzustreichen.

Ein Haus, das so ähnlich aussah wie das unsere, füllte fast das gesamte Bild. Oben rauchte es aus dem Schornstein, unten pinkelte scheinbar ein kleiner, schwarz-weiß-braun gefleckter Hund an das Haustor. Zu beiden Seiten des Tores befanden sich Schaufenster mit Büchern. »Buchhandlung Klein«, war darüber in braunen Lettern zu lesen. Davor stand ein Mann mit Brille und weißem Bart, ich vermutete, dass es sich um Judiths geliebten Kleinopa handeln sollte.

Auch in den anderen Stockwerken waren Menschen dargestellt. Manche winkten, manche lächelten einfach aus den Fenstern. Im letzten Stock hatte Judith unverkennbar sich selbst platziert: ein schwarz gelocktes Mädchen mit Mantel, Schal und roter Mütze. Daneben stand ein Mann und legte ihr die Hand auf die Schulter. Er hatte dunkle, kurz geschorene Haare, trug Brille und einen gestreiften Pullover und grinste breit in die Welt hinaus. Das war wohl ich.

Hinter anderen Fenstern waren keine Menschen, sondern Landschaften und Gebäude dargestellt. Als fiele dort der Blick nicht von außen auf das Haus, sondern von innen heraus ins Freie. Oder als wären es an der Fassade aufgehängte Gemälde. Auf einem davon schwamm eine üppig begrünte Insel auf türkisblauen Wassern, darüber spannte sich ein wolkenloser Himmel. Sollte das Madagaskar sein? Auf einem zweiten war eine rote Ziegelmauer abgebildet. »Oude Kerkstraat Nr. 14«, stand auf einem schwarzen Schild. Zwei Mädchen, eines davon eindeutig als Judith zu erkennen, lächelten ins Bild. Ein weiteres

Gemälde zeigte eine Stadt mit zahlreichen Türmen, die sich in den Himmel reckten. Einer davon war so hoch, dass er über den Fenster- oder Bilderrahmen hinaus in die Fassade unseres Hauses ragte. Ein weiteres Bild im Bild war offenbar nicht fertig geworden. Alles, was darauf zu erkennen war, waren Eisenbahngeleise, die in der Ferne verschwanden.

Ich stand auf, ließ den Staubsauger stehen und ging mit der Zeichnung in der Hand ins Wohnzimmer. Und blieb in den folgenden Tagen, wann immer ich den Couchtisch passierte, grübelnd davor stehen.

Irgendwann im Februar läutete es an der Wohnungstür. Ich schaute durch den Türspion und erkannte den Neffen der Spinne. Er habe mit seiner Familie gesprochen, sagte er nach der Begrüßung. Ich könne den Glasschrank haben, wenn ich wollte. Er nannte einen Preis, der ein Vielfaches dessen betrug, was ich zu zahlen bereit gewesen wäre. Während ich kurz nachdachte, schaute ich ihm in die Augen. Die breite, rahmenlose Brille ließ sie größer erscheinen, als sie waren. Er senkte den Blick, meiner blieb an seinen bleichen, ein wenig teigigen Zügen hängen. Sollte ich ihm erzählen, wie seine Familie in den Besitz des Möbelstücks gekommen war? Sollte ich zu handeln versuchen? Doch ich hatte weder zum einen noch zum anderen Lust. Ich hätte es mir anders überlegt, es gebe leider doch keinen Platz in der Wohnung, sagte ich.

Judiths Bild hatte einen Platz über meinem Schreibtisch neben einer von Hannas Zeichnungen gefunden. Max hatte einmal erwähnt, dass seine kleine Schwester Malerin werden wollte. Meine Tochter war ebenfalls eine äußerst begabte Zeichnerin gewesen, und vielleicht hätte auch sie eines Tages einen Beruf daraus gemacht. Nun wetteiferten die beiden um ihre Karriere betrogenen Künstlerinnen um meine Aufmerksamkeit.

Hannas Zeichnung ließ mich jedes Mal wieder lächeln: Sie hatte darauf mit viel Liebe zum Detail sich selbst, Lydia, mich und ihr zukünftiges Geschwisterkind als glückliche Igelfamilie dargestellt. Auch Judiths Bild war ein fröhliches. Und doch – je öfter mein Blick vom Computermonitor abschweifte und auf die Blätter an der Wand darüber fiel, desto trauriger machten sie mich. Hannas Bild war das letzte, das sie mir geschenkt hatte. In Judiths Zeichnung lag trotz der aus den Fenstern lächelnden Menschen etwas Melancholisches, als hätte sie mir zum Abschied einen Strauß Vergissmeinnicht auf den Tisch gestellt.

Ich stürzte mich in die Arbeit und kam gut voran. So, wie ich beim Hinausgehen das Gefühl hatte, mit neuer Brille und geschärften Sinnen unterwegs zu sein, so erging es mir auch beim Schreiben. Es war, als hätte jemand einen Schleier weggezogen. Einen Schleier, der meine Gedanken und Gefühle vernebelt hatte, dessen Existenz mir aber erst jetzt im Augenblick seiner Entfernung bewusst wurde. Ich hatte alle Notizbücher und Interviewtranskripte durchgearbeitet und würde bald mit der eigentlichen Schreibarbeit beginnen können. Mit einem Mal sah ich – und es war nach so vielen Jahren und so vielen gescheiterten Versuchen ein erhebendes Gefühl – den Roman klar und deutlich vor mir. Als wäre er ein Haus, in das ich nur einzutreten brauchte. Ich sah Max und Lena und ihre Eltern und Großeltern in den Fenstern dieses Gebäudes stehen und mir zuwinken und entdeckte zu meiner großen Überraschung hinter und neben ihnen auch die beiden Judiths, Miriam und mich selbst. War es Judiths Zeichnung, der ich diese plötzliche Klarheit verdankte?

Eines Tages gegen Ende Februar gab es frühmorgens Lärm im Haus. Ich schreckte hoch, schlief aber sofort wieder ein, ohne Gewissheit zu erlangen, ob ich wach gewesen war oder geträumt hatte. Als ich ein paar Stunden später in den Diwan kam, wurde mir klar, dass es kein Traum gewesen war. Und dass Linde recht behalten hatte: Die siebenköpfige Asylwerberfamilie, die längere Zeit im ersten Stock gelebt hatte und Anfang des Monats genauso wie Karim in ein Lager am Stadtrand hätte ziehen sollen, war abgeholt worden. Linde war bleich, als sie mir davon erzählte, sie wusste nicht, ob die Familie samt hochschwangerer Mutter ins Lager gebracht oder gleich in Schubhaft gesteckt worden war. Marwan schlich um sie herum, brachte ihr ein Glas dampfenden Tee und sprach mit ihr wie mit einer Kranken. Ab morgen wohnt Karim bei Freunden, vertraute sie mir nach einem vorsichtigen Blick über die Schulter an.

War es nur mein schlechtes Gewissen, das einen Vorwurf in ihrer Stimme erkennen wollte? Das jedes Mal aufs Neue erwachte, wenn sie in den darauffolgenden Wochen von Karim erzählte? Wenn ich in Zeitungs- und Fernsehnachrichten von ähnlichen Schicksalen erfuhr? Das Gewissen, das mir sagte, dass wir alle uns schützend vor diese Menschen oder zumindest ihre Kinder stellen müssten? Auch wenn wir nie die Gewissheit haben würden, dass ihr Leben in der Heimat tatsächlich bedroht war?

18

Mitten über dem Atlantik musste ich an Judith denken. Nicht an Judith MacFarlane, die ich in New York besuchen würde, sondern an Judith Klein. Auf dem Gangplatz neben mir saß eine kleine, vom Alter gebeugte Frau, die schon zum vierten oder fünften Mal den Klingelknopf an der Armlehne betätigt hatte. Auf Englisch mit starkem deutschem Akzent bat sie gerade die sichtlich verärgerte Flugbegleiterin um ein weiteres Stück Gebäck, das, ebenso wie die anderen davor, in ihrer Tasche verschwand. Auch eine Flasche Wein, ein kleines Säckchen mit Keksen und ein oder zwei Stück Kuchen hatte sie bereits eingesteckt. Während sie bedächtig ihren Salat aß, hielt sie mit der Linken eine weitere Weinflasche fest.

Es war wie eine Vision. Als hätte die andere Judith überlebt und säße nun, über den Wolken schwebend, als alte Frau neben mir. Ich schloss die Augen und beschwor lieber das Bild des mir so vertrauten kleinen Mädchens herauf.

Nach zwei Stunden Schlange stehen vor der Passkontrolle unter der Aufsicht schwer bewaffneter Polizisten war ich froh, endlich mit meinem Koffer in die Ankunftshalle hinaustreten zu können. Es dauerte eine Weile, bis ich Judith im Gedränge an der Absperrung entdeckte. »Welcome Mr. Courtney«, stand auf dem Schild, das sie für meine Ankunft gebastelt hatte. Mit breitem Grinsen steuerte ich auf sie zu. Unter dem Namen Liam Courtney war ich vor zwanzig Jahren in einem Hotel in den Catskill Mountains begrüßt worden, das ich telefonisch für Judith und mich reserviert hatte; Liam oder Mr. Courtney waren danach zu meinen Spitznamen geworden. You no Mr. Courtney, sagte sie abweisend, als ich schließlich vor ihr stand. He look different. Sie deutete auf das Foto, das auf dem Schild neben dem Schriftzug prangte. Es zeigte mich mit Sonnenbrille und Sombrero am Strand in Mexiko. Mr. Courtney ist leider verhindert und schickt mich an seiner Stelle, sagte ich ernst. Und dann lagen wir uns in den Armen.

Auf dem Expressway gab es Stau, und der Taxifahrer schlug eine Ausweichroute vor. Auch dort herrschte dichter Verkehr, doch mir war es einerlei. Ich saß neben Judith, ich sah und spürte sie an meiner Seite, und ich war glücklich, wenn von Zeit zu Zeit im Hintergrund die Skyline von Manhattan auftauchte. It's good to have you back, schienen die Wolkenkratzer zu sagen. Es waren fast fünfzehn Jahre seit meinem letzten New-York-Aufenthalt vergangen, und trotzdem fühlte es sich wie ein Nachhausekommen an. Wir fuhren durch puerto-rikanische, italienische, schwarze und jüdisch-orthodoxe Stadtviertel, bevor wir schließlich vor dem Lagerhaus im Norden von Williamsburg ausstiegen, das ich so gut kannte. Judith hatte die Wohnung während der Jahre ihrer Ehe an ihre damalige Mitbewohnerin Ann untervermietet und war nach der Trennung zusammen mit Miriam wieder eingezogen. Die Eingangstür, der alte Lastenaufzug, die Wohnungstür, alles war gleich geblieben. Nur die Miete ist gestiegen, sagte Judith, als sie die Wohnungstür aufschloss. Weil es mittlerweile hip ist, in Williamsburg zu wohnen.

Die Begrüßung durch Miriam fiel kühl aus. Sie lag im Wohnzimmer auf dem Sofa und las. Sie schaute auf, ließ den Blick ein paar Sekunden auf mir und meinem Koffer verweilen, sagte Hi und verschwand wieder in ihrem Buch. Lass ihr Zeit, sagte ich leise zu Judith, die sie zurechtweisen wollte. Und tatsächlich: Als Judith und ich später in der Küche standen und gemeinsam kochten, kam Miriam plötzlich dazu und drückte mir einen Kuss auf die Wange. Welcome to New York, sagte sie. Du lebst wirklich in einer anderen Zeitzone, stellte Judith kopfschüttelnd fest. It's another planet, Mom, gab Miriam zurück, und ich musste lachen.

Während Miriam für das Abendessen aufdeckte, machte ich eine Runde durch den großen, loftartigen Wohnraum. Einige Möbelstücke waren dieselben wie vor zwanzig Jahren, auch ein paar Bilder an den Wänden kannte ich bereits. Nur Bücherregale gab es noch mehr als früher. Sind das Max' Bücher? wollte ich wissen. Ich weiß nicht, gab Miriam auf Deutsch zurück. Judith war in der Küche und konnte mich nicht hören. Ich strich über eine der gusseisernen Säulen in der Mitte des Raumes, blickte nach oben zu den Zinnplatten und den zwei alten Ventilatoren an der Decke, genoss von einem der großen Fenster den Ausblick auf die Feuerleitern am Haus gegenüber und von einem anderen den auf den alten Wassertank am Dach des Nachbarhauses.

Willst du meine Zimmer sehen? fragte Miriam plötzlich. Ich nickte. Sie ließ Teller und Besteck auf dem Tisch stehen, war mit ein paar halb gesprungenen, halb getanzten Schritten bei mir und wollte mich in ihr Reich entführen. Dinner's ready! rief Judith im selben Augenblick und kam mit einer dampfenden Schüssel Macchroni aus der Küche. Miriam hielt inne. Sie macht das … wie sagt man on purpose? fragte sie mit einem vorwurfsvollen Seitenblick auf ihre Mutter. Mit Absicht, übersetzte ich und gab ihr recht.

Nach dem Essen war ich sehr satt, sehr glücklich und sehr

müde. Ich bat Miriam, die Besichtigung ihres Zimmers auf den nächsten Tag zu verschieben, für mich sei es bereits fast fünf Uhr morgens. Sie sagte herablassend, sie werde sehen, was sich in ihrem Terminkalender arrangieren lasse. Bald danach standen Judith und ich Seite an Seite im Badezimmer, sie war schneller fertig als ich und lag schon, auf den Ellenbogen gestützt, im Bett, als ich ins Schlafzimmer trat. Ich war so müde, dass ich Mühe hatte, mich aus den Kleidern zu schälen. Brauchst du Hilfe? fragte Judith belustigt. Oder schämst du dich? Es war tatsächlich ein eigenartiges Gefühl, sich nach so vielen Jahren vor Judiths Augen auszuziehen. Mr. Courtney hat mich nicht darüber informiert, dass wir im selben Bett schlafen würden, murmelte ich. Judith hielt die Decke hoch. Daran führt leider kein Weg vorbei, sagte sie mit katzenhaftem Lächeln. Ich ergab mich also in mein Schicksal und schlüpfte hinein in die warme Höhle, ließ mich erschöpft und erleichtert fallen in das Gefühl, angekommen zu sein im Glück. Und war keine Minute später im Tiefschlaf versunken.

Do you like it? fragte Miriam schon zum zweiten Mal und blickte mich erwartungsvoll an. Judith und ich hatten sie von der Schule abgeholt, waren in Chinatown essen gegangen, nun saßen wir an einem kleinen Tisch in ihrer Lieblingsbuchhandlung und tranken heiße Schokolade. I don't like *this*, sagte ich und hob den Pappbecher in die Höhe. Es schmeckt viel besser aus echten Tassen, fuhr ich auf Deutsch fort. Aber die Buchhandlung ist wunderbar, die gab es noch nicht, als ich hier war. Damals, als noch die Dinosaurier durch den Central Park streiften. Miriam grinste und schien zufrieden mit meiner Antwort. Als ich wenig später auch das Eis aus ihrem Lieblingseissalon lobte, obwohl es mir zu süß war, strahlte sie.

Judith zog überrascht die Augenbraue in die Höhe, als ich den Wunsch äußerte, nach Washington Heights in Max' ehemalige Wohngegend zu fahren. Es gibt nichts zu sehen dort, sagte sie. Das wusste ich, aber aus irgendeinem Grund zog es mich trotzdem hin. Ich bot an, mich allein auf den Weg zu machen und sie und Miriam später wieder zu treffen. Doch davon wollte Judith nichts wissen.

Wir stiegen beim Columbus Circle in die Express-Subway, die uns in kürzester Zeit in den Norden Manhattans brachte. Sie sei selber seit Max' Tod nicht mehr in der Gegend gewesen, sagte Judith, als wir bei der George Washington Bridge ausstiegen. Wir schlenderten den Broadway hinauf, die meisten Geschäftslokale, die wir passierten, waren entweder zweisprachig oder ausschließlich Spanisch angeschrieben, aus vielen davon drang Musik, und weil die Musik des einen laut war, musste die des Nachbarn noch lauter sein.

Als wir schließlich vom Broadway Richtung Westen abbogen, wurde es ruhiger. Zuerst ging es steil bergab, dann wieder ein gutes Stück bergauf zum Cabrini Boulevard. Die Gegend erinnert mich immer an San Francisco, sagte ich, und Judith pflichtete mir bei. Menschen saßen auf den Stufen in den Hauseingängen und unterhielten sich, vor einem Gebäude war ein kleiner Campingtisch aufgestellt, zwei ältere Männer waren in ein Mühle-Spiel vertieft.

Und dann standen wir vor dem Haus, in dem ich sowohl Max als auch seiner Enkelin zum ersten Mal begegnet war. Ich wusste nicht, was ich zu entdecken hoffte, aber ich ließ den Blick an der Feuerleiter entlang nach oben schweifen. Judith hatte mir auf dem Weg herauf von der Auflösung der Wohnung erzählt und davon, wie schwer es ihr im Gegensatz zu ihrer Mutter gefallen war, sich von Max' Dingen zu trennen. Ich musste an meinen letzten Besuch bei ihm denken, und an die Einäscherung wenige Monate später, bei der ich das Gefühl hatte, nicht nur einen wunderbaren Menschen zu verlieren, sondern auch ein Stück von der Welt, die er repräsentierte.

Ich drehte mich um. Die Wohnbauten auf der anderen Straßenseite standen direkt an den Klippen, die senkrecht zum Hudson River abfielen. Dazwischen öffnete sich an mehreren Stellen der Blick auf den Fluss, der hier beinahe einen Kilometer breit war. In der Entfernung spannte sich hoch über dem Wasser die George Washington Bridge mit ihrer doppelstöckigen Fahrbahn. Ich schloss die Augen. Und hatte die Brücke plötzlich aus dem Blickwinkel von Max' Wohnzimmer vor mir. Ich sah die deckenhohen Bücherregale und die Bilder an den Wänden, sah Max in seinem Lehnsessel sitzen, den schnurrenden Kater auf dem Schoß, und dann hörte ich seine Stimme: Du weißt, welchen Spitznamen die Gegend früher trug? Ich weiß, dass ich zuerst den Kopf geschüttelt und dann gegrinst hatte: The Fourth Reich, hatte die Erklärung gelautet. Wegen der vielen Flüchtlinge aus dem Dritten Reich, die sich hier während und nach dem Krieg niederließen und Cafés, Restaurants und Geschäfte eröffneten.

Es ist nicht viel übrig geblieben vom Fourth Reich, sagte Judith im selben Augenblick. Ich öffnete die Augen und blickte in die ihren, die mich wahrscheinlich schon seit einer Weile betrachtet hatten. Ich nickte träge. Das Vierte Reich, so musste ich feststellen, als wir unseren Spaziergang schließlich fortsetzten, war tatsächlich längst untergegangen, fortgespült von der Welle der nächsten Einwanderer, die sich zwischen Hudson und Harlem River ein neues Reich, ein neues Leben eingerichtet hatten.

In eine neue, ganz eigene Welt geriet ich auch am nächsten Morgen. Miriam war in die Schule gegangen, Judith musste zu einer

Besprechung nach Manhattan. Ich begleitete sie zur Subway und spazierte weiter Richtung Süden. Und fand mich plötzlich mitten in einem osteuropäischen Schtetl wieder. Ich war auch zwanzig Jahre zuvor schon durch die Gegend spaziert, doch die jüdische Gemeinschaft war seither stark gewachsen. Mittlerweile lebten hier ungefähr achtzigtausend streng gläubige Juden auf einer Fläche von wenigen Quadratkilometern, sodass jeder sofort herausstach, der nicht orthodox gekleidet war.

Ich spazierte ziellos herum, wechselte mehrmals die Straßenseite, blieb vor Schaufenstern stehen und hätte danach oft nicht sagen können, was darin zu sehen gewesen war. Es war der 27. April und damit Hannas Geburtstag. Wie immer seit der Katastrophe verspürte ich an diesem Tag den Zwang, etwas für meine Tochter zu kaufen. Natürlich braucht ein totes Kind keine Geschenke. Natürlich war es die denkbar schlechteste Gegend für einen Schaufensterbummel. Meine Augen ließen sich trotzdem nicht davon abhalten, nach einem Geschenk Ausschau zu halten, und fanden irgendwann Gläser mit eingelegten Gurken in der Auslage eines winzigen Lebensmittelladens. Weder Lydia noch ich hatten Essiggurken gemocht, aber Hanna hatte sie geliebt. Ich trat ein, grüßte höflich, wurde wortlos und misstrauisch beäugt und schließlich, wenn auch widerwillig, bedient.

Ich setzte meinen Spaziergang fort. Während ich versuchte, mich bei jedem Schritt und mit jedem Blick im Hier und Jetzt festzuhalten, statt mich der Trauer um Hanna hinzugeben, wurden mir meine ambivalenten Gefühle gegenüber der Welt um mich herum erst so richtig bewusst. Ich hatte keine große Sympathie für eine Gesellschaft, in der die Religion – egal, welche – zum unverrückbaren Maß der kleinsten wie der größten Dinge erhoben wurde. Mir kam plötzlich die junge Frau in den Sinn, die vor zwanzig Jahren vorübergehend bei einer Freundin von

Judith Unterschlupf gefunden hatte, nachdem sie wegen einer Beziehung zu einem Nichtjuden von ihrer ultraorthodoxen Familie verstoßen worden war. Andererseits war ich froh und dankbar – und hoffte, dass es immer so bleiben würde –, dass man hierzulande Menschen unbehelligt ihr aus der Zeit und aus der Welt gefallenes Leben führen ließ. Dass eben dadurch vieles von dem, was in Europa nicht mehr existierte, auf dieser Seite des Atlantiks neu erstanden war.

Auf dem Rückweg kam ich an Miriams Schule vorbei. Öffentliche Schulen in New York sahen von außen oft wie Gefängnisse aus, und auch diese bildete keine Ausnahme. Ich ließ meinen Blick über die großen vergitterten Fenster gleiten und versuchte mir Miriam hinter einem davon vorzustellen. Ich sah sie, wie sie gerade mit gelangweilter Miene eine Aufgabe löste, die sie als unter ihrer Würde erachtete. Wie sie sich mit ihrer Sitznachbarin über einen Lehrer lustig machte. Oder wie sie heimlich ein Buch im Bankfach las. Ich winkte, auch wenn mich niemand sehen konnte, dann ging ich weiter.

Judith kam kurz nach mir nach Hause. Sie blickte mich fragend an, als sie das Gurkenglas und die Schneekugel mit der New Yorker Skyline – die hatte ich bei einem Straßenverkäufer auf der Bedford Avenue erstanden – auf dem Tisch entdeckte. Zuerst versteckte ich mich hinter scherzhaften Erklärungen, doch dann erzählte ich ihr von den Zwangseinkäufen zu Hannas Geburtstag – Bücher, ein Puzzle, ein T-Shirt, Igel in verschiedenen Formen und Größen –, die ich zu Hause in den Kleiderschrank gesperrt hatte mit der Absicht, eines Tages etwas Sinnvolles damit anzufangen.

Ich sah das Mitleid, das sich wie ein Schleier über Judiths Blick legte. Sie stand auf, kam auf meine Seite des Tisches herüber und drückte meinen Kopf sanft an ihre Brust, bis ich ihren

Herzschlag spüren konnte. Miriam liebt eingelegte Gurken, sagte sie leise.

Als Miriam nach Hause kam, passierte etwas Eigenartiges. Sie sagte Hallo, zog Jacke und Schuhe aus, stellte ihre Schultasche neben der Eingangstür ab und setzte sich zu Judith und mir an den Tisch. Gurkenglas und Schneekugel waren ihr keinen Kommentar wert, und sie antwortete geistesabwesend auf Judiths Fragen nach ihrem Schultag. Ich wollte gerade erzählen, dass ich an ihrer Schule vorbeigekommen war, als sie plötzlich aufstand, zu mir trat und mich wortlos umarmte, wie es zuvor ihre Mutter getan hatte. Ich sah Judiths erstaunten Blick und war selbst vor Überraschung sprachlos. Danke, war alles, was ich herausbrachte, nachdem Miriam sich von mir gelöste hatte. Ich erwischte gerade noch ihre Hand und hauchte einen Kuss darauf. Und dann machte sie sich über das Gurkenglas her.

Hast du Judith Klein … hat sie dich eigentlich noch einmal besucht? wollte Judith am Abend wissen, als wir aneinandergeschmiegt im Bett lagen. Ich schüttelte den Kopf und erzählte ihr von der Zeichnung und den Kleidern, die ich gefunden hatte. Ich verstehe die ganze Geschichte bis heute nicht, beteuerte ich. So wie ich nicht verstehe, dass dein Brief noch immer nicht aufgetaucht ist, gab Judith zurück.

Glaubst du eigentlich immer noch, dass ich auch ein Geist bin? fragte sie, nachdem wir eine Weile geschwiegen hatten. Sie lächelte, und ich rückte ein Stück zur Seite, um sie mit größerem Abstand zu betrachten. Mein Blick ging vom Kopf zu ihren Füßen und wieder zurück. Kannst du mich vom Gegenteil überzeugen? Sie nahm meine Hand und führte sie sanft über ihre Lippen. Meinen Fingern gefiel das Spiel, doch ich schüttelte langsam den Kopf. Das überzeugt mich nicht, sagte ich. Sie nahm meine Hand, schob sie, ohne mich dabei aus den Augen zu lassen, langsam unter ihr T-Shirt und legte sie auf ihre Brust. Und das? Ich fühlte die Wärme und die Weichheit ihrer Haut, ich spürte, wie sich eine Brustwarze aufrichtete und meine Hand willkommen hieß. Meine Finger machten sich selbstständig und fanden das leicht erhabene Muttermal zwischen ihren Brüsten. Ich wiegte den Kopf hin und her. Okay, meinte Judith. Sie nahm meine Hand und führte sie Richtung Süden, bis sie im feuchtwarmen Tropenklima zwischen ihren Beinen gelandet war. What about this? Ich spürte den sanften Druck, den sie auf meine Hand ausübte, und ließ meine Finger forschend herumtasten. Ich wollte erklären, dass ich nun beinahe überzeugt sei, als Judith meine Lippen mit den ihren zum Schweigen brachte.

Am nächsten Tag erwachte ich früh. Judith hatte sich wie so oft die Decke über den Kopf gezogen. Ich erinnerte mich, dass ich am Anfang unserer Beziehung manchmal in Panik neben ihr gelegen war, wenn ich keine Bewegung bemerkt und kein Geräusch vernommen hatte. Diesmal hob und senkte sich das neben mir ausgebreitete Stoffgebirge zu meiner Beruhigung in regelmäßigen Abständen. Ich stand auf, zog mich leise an und beschloss hinauszugehen. Bin spazieren und einkaufen, schrieb ich auf einen Zettel.

Judith hatte mir von einem neuen Park am East River erzählt. Ich fand ihn problemlos nach einem kleinen Spaziergang zwischen alten Lagerhäusern und neuen Wohnbauten und ließ mich auf einer Bank direkt am Ufer nieder. Es war ein strahlend schöner Frühlingsmorgen, vor meinen Füßen schob sich das Wasser des East River – kein echter Fluss, sondern ein Meeresarm, der je nach Gezeiten seine Fließrichtung änderte – langsam nach Norden und gab dabei leise gurgelnde Geräusche von sich. Die Sonne spiegelte sich in den Glasfassaden Manhattans, der Verkehrslärm vom mehrspurigen East Side Highway drang herüber über die Wasseroberfläche. Und trotzdem hatte ich das Gefühl, Teil eines von Caspar David Friedrich gemalten Morgenidylls zu sein.

Auf dem Rückweg kaufte ich Brot und Gebäck in einer neuen Bäckerei, dann steuerte ich den nahe gelegenen Supermarkt an, den ich von früher kannte. Ich fand ihn nicht gleich, weil sich der ganze Block stark verändert hatte. Drinnen jedoch sah er genauso aus wie vor zwanzig Jahren, und ich glaubte sogar, einen Verkäufer in der Feinkostabteilung wiederzuerkennen.

Und dann hatte ich plötzlich ein Déjà-vu. Ich war von der Feinkost weiter zum langen Kühlregal mit den Milchprodukten gegangen und wollte Joghurt für Judith und Schokopudding für Miriam mitnehmen. Da stand eine kleine, auf einen Stock gestützte Frau, die sich auf Zehenspitzen stellte, um nach einem Produkt in der obersten Regalreihe zu greifen.

Die Zeit sprang zurück auf den Sommer 1999, auf den Morgen nach der ersten Nacht in Judiths Wohnung: Ich ging hinaus, um für unser erstes gemeinsames Frühstück einzukaufen. Don't forget my low-fat yoghurt, schärfte mir Judith ein. Ja, ja, antwortete ich leichthin. Kurz danach stand ich ratlos vor dem meilenlangen Regal mit hundert verschiedenen fettarmen Joghurtmarken. Excuse me, young man, sprach mich eine kleine alte Dame mit dünner, brüchiger Stimme an und deutete auf das oberste Regalbrett. Could you please hand me a tub of sour cream? Sie sei ein bisschen zu klein, fügte sie mit entschuldigendem Lächeln hinzu.

Alles an ihr war krumm: der Rücken. Die Beine. Die Nase. Das Lächeln. Nur der Stock, auf den sie sich stützte, war gerade und hielt sie in der Vertikalen. Of course, wollte ich antworten und nach dem von ihr verlangten Sauerrahm greifen. Stattdessen blieb ich regungslos stehen und starrte auf den ausgestreckten Arm der alten Frau. Deutlich sichtbar prangte dort knapp oberhalb des Handgelenks eine eintätowierte Nummer. Ich wusste hinterher nicht, wie lange ich da gestanden war, bevor ich ihr, eine Entschuldigung stammelnd, den Sauerrahm reichte. Hatte sie meinen starren Blick bemerkt? War ihr, die selbst mit unüberhörbar deutschem Akzent sprach, mein eigener aufgefallen? Es war das erste Mal, dass ich eine solche Nummer auf Fleisch – und nicht auf Papier oder einem Bildschirm – zu Gesicht bekam. Auf Fleisch, das man gebrandmarkt und nummeriert hatte, damit die systematische Ausbeutung und anschließende Vernichtung in geordneten Bahnen verlaufen konnte.

Jetzt, fast fünfundzwanzig Jahre später, stand scheinbar dieselbe alte Frau vor demselben Kühlregal und streckte sich, um die oberste Reihe zu erreichen. Wie konnte das sein? Hatte sie auf mich gewartet? War die Zeit stehen geblieben? Oder zurückgesprungen? Plötzlich sah ich, wie ihr der Stock wegkippte und sie das Gleichgewicht verlor. Mit zwei schnellen Schritten war ich bei ihr und fing sie auf, bevor sie stürzte.

Als ich sie wieder auf beide Beine und ihren Stock gestellt hatte – sie war zum Glück federleicht –, drehte sie sich mit sichtlicher Anstrengung zu mir und einer herbeigeeilten Verkäuferin um. Erst jetzt wurde ihr langsam bewusst, was geschehen war. Gee, rief sie aus, that was close! Während sie sich überschwänglich bei mir bedankte, studierte ich ihr Gesicht. Es hatte nur eine sehr entfernte Ähnlichkeit mit dem, das mir in Erinnerung geblieben war.

Auf dem Weg zurück zu Judiths Wohnung musste ich an die Fortsetzung der Geschichte von damals denken: Ich hatte das Frühstück zubereitet, auf einem Tablett ins Schlafzimmer gebracht und war zu Judith ins Bett geschlüpft. Sie hatte nach den Trauben gegriffen, sich eine davon gepflückt, sie in den Mund gesteckt und mich aufgefordert, sie mir zu holen. Dann hatte sie mit herausforderndem Grinsen ein zweites Mal zugelangt, sich eine Weinbeere zwischen die Beine geschoben und mir come and get it zugeflüstert.

Diesmal brachte mich Judith nicht in Versuchung: Sie war schon angezogen und hatte bereits den Tisch für ein ausgiebiges Frühstück gedeckt. Lass sie doch noch ein bisschen schlafen, sagte ich, als sie mich bat, Miriam aufzuwecken. Okay, lenkte sie nach einem Blick auf die Uhr ein. Wir tranken Kaffee, wir sprachen über ihre Tochter, verfielen in vertrautes Schweigen und landeten schließlich bei Max' Büchern. Während Judith noch einmal von der Auflösung seiner Wohnung erzählte, musste ich an einen Satz von Max denken, auf den ich erst kurz zuvor in meinen Notizbüchern gestoßen war: Bücher, aber auch Literatur an sich, seien die einzig dauerhafte und verlässliche Heimat gewesen, nachdem ihm die Nazis alle anderen genommen hätten. Judith nickte, als ich ihr davon erzählte. Etwas Ähnliches hat er auch über die deutsche Sprache gesagt, erinnerte sie sich. Er habe keine Lust, sich das Deutsche wegnehmen zu lassen, nur weil es »die Sprache der Nazis« war, meinte er. Im Gegenteil – die Sprache sei doch das Einzige gewesen, was ihm die Nazis *nicht* hätten wegnehmen können. Ich nickte langsam. Und musste – wahrscheinlich genauso wie Judith selbst in diesem Augenblick – an ihre Mutter denken.

Die knapp vier Wochen meines New-York-Aufenthaltes flogen dahin, und mit jedem Tag, den wir gemeinsam verbrachten, wuchs die Vertrautheit zwischen uns. Warum du bleibst nicht länger? fragte Miriam, als meine Abreise immer näher rückte. Wir saßen zu dritt auf einer Bank im Battery Park, Judith war gerade am Telefon. Ich strich Miriam über die Wange. Das würde ich nur zu gern, sagte ich. Sie schaute mich erwartungsvoll an. Und? fragte sie. Ich komme wieder, versprach ich, ohne zu wissen, dass ich mein Versprechen nicht würde halten können.

Ich mied das Thema in den verbleibenden Tagen, und auch Judith sprach nicht davon. Erst an meinem letzten Abend in der Stadt kam ich darauf zurück. Miriam war schlafen gegangen, Judith und ich saßen bei Kerzenschein und einer Flasche Wein im Wohnzimmer. Ich würde gern möglichst bald wiederkommen, sagte ich, nachdem ich den letzten Schluck auf die beiden Gläser verteilt hatte. Und beim nächsten Mal länger bleiben, fügte ich vage hinzu. Ich war verunsichert, als sich Judiths Mund zu einem Grinsen verzog. Ich fühle mich zu Hause hier, versuchte ich zu erklären. In New York. In dieser Wohnung. Bei dir und Miriam. Es ist … Das wäre schade, unterbrach mich Judith. Ich blickte sie getroffen an. Ich verstand nicht, warum sie immer noch grinste. Wieso? fragte ich vorsichtig, mich innerlich gegen eine weitere Verletzung wappnend. Judith wich meinem Blick aus und machte sich mit dem Zeigefinger an einer der Kerzen zu schaffen, von der das Wachs auf den Tisch zu tropfen drohte. Dann fixierte sie mich. Weil ich gern nach Wien ziehen würde, sagte sie mit unsicherem Lächeln.

19

Am Schranken, der den Parkplatz auf dem Nachbargrundstück absperrte, hing eines Tages – es muss Anfang Juni gewesen sein – ein Zettel. Ich kam gerade vom Einkaufen zurück, blieb stehen, bückte mich und begann, neugierig geworden, zu lesen. Der Zettel, offensichtlich ein amtlicher Bescheid, steckte in einer Folie, Wasser war eingedrungen und hatte einen Teil des Textes unlesbar gemacht. Von substanzerhaltenden Baumaßnahmen war da die Rede und von einer Teilsperre des Parkplatzes ab Juli. Was hatte Marek mit dem Nachbargrundstück vor?

Die Frage ließ mich nicht los. Denn in meinem Kopf war in den Monaten davor langsam, aber stetig die Idee eines Denkmals an der Stelle der ehemaligen Synagoge gewachsen. Noch war sie allerdings nicht so weit gediehen, dass ich den Hausbesitzer selbst fragen wollte. Vielleicht heißt es, dass er die Reste der Synagoge erhalten möchte, vermutete Judith, der ich am Telefon von den angekündigten Baumaßnahmen erzählte. Die Entscheidung dazu liegt nicht bei ihm, sondern bei der Israelitischen Kultusgemeinde, konterte ich. Aber vielleicht hat er beschlossen, das Gelände doch öffentlich … wie sagt man? Es öffentlich zugänglich zu machen, ergänzte ich. Vielleicht muss er das, vielleicht hat er einen Prozess verloren, mutmaßte sie. Nach so vielen Jahren? warf ich ungläubig ein.

Dann erzählte ich ihr von meiner Idee für ein Denkmal: die drei ausgetretenen Stufen, der Baum, der daraus hervorwächst, ein steinerner Türrahmen, der ins Nichts führt, rundherum ein kleiner Park. Judith gefiel die Idee.

Doch bald landeten wir wie immer in dieser Zeit bei unserem Lieblingsthema: dem bevorstehenden Umzug von ihr und Miriam nach Wien. Judith hatte ja schon vor unserem Gespräch in New York im Mai die Fühler ausgestreckt und Erkundigungen eingezogen. Der Schulbesuch für Miriam war organisiert, eine Untermieterin für die New Yorker Wohnung gefunden. Nun ging es darum, vertragliche Details mit ihr für das erste Jahr zu regeln – denn weiter wagten wir zwar zu hoffen, nicht aber zu planen – und einen Lagerplatz für die Gegenstände zu finden, die nicht nach Wien mitkommen, aber auch nicht in der Wohnung bleiben würden.

An diesem Tag war Judith besonders euphorisch, weil sie gerade einen Übersetzungsauftrag eines renommierten deutschen Architekturverlags bekommen hatte. Und ich blieb, von ihrer Euphorie angesteckt, nach dem Gespräch minutenlang sitzen und versuchte mir unser zukünftiges Leben in allen Einzelheiten auszumalen.

Auch mit Philipp sprach ich am Telefon über das Gelände der ehemaligen Synagoge. Mit ihm gemeinsam hatte ich es ja vor mehr als fünfundzwanzig Jahren zum ersten Mal betreten. Ich erzählte ihm von meinen Telefongesprächen mit Marek und der Israelitischen Kultusgemeinde. Ja, ich hatte mich dazu überwunden, den Hausbesitzer anzurufen und ihn zu fragen, welche Arbeiten denn da geplant seien. Um nach einigen ausweichenden Antworten herauszufinden, dass die Kultusgemeinde ihren Teil des Grundstücks von Bäumen und Strauchwerk befreien wollte.

Ich hörte, wie Philipp an seiner Zigarette zog. Ich beschrieb ihm, wie ich es zuvor für Judith getan hatte, die von Grün überwucherten Stufen und meine Idee eines Denkmals. Du meinst eine Art Angkor Wat für Arme? Ich musste lachen. Ein Angkor Wat, das keiner besuchen darf, egal, ob reich oder arm, ergänzte ich.

Auf meine Frage, ob er denn plane, den Zugang zur ehemaligen Synagoge zu öffnen, hatte Marek mit einer Gegenfrage geantwortet: Jetzt, nach mehr als achtzig Jahren? Ja, hatte ich gesagt, genau jetzt. Doch dazu war ihm nicht mehr als ein Grunzen zu entlocken gewesen. Und der Kultusgemeinde, bei der ich telefonisch nur bis ins Sekretariat vorgedrungen war, nicht mehr als ein Wir rufen Sie zurück.

Trotz seiner spöttischen Bemerkung war Philipp von meiner Idee eines Denkmals begeistert und schickte mir noch am selben Tag ein paar schnelle Entwürfe. Das einzige Holocaustmahnmal, das die Welt brauche, sei aber in Wahrheit ein Spiegel, schrieb er, vielleicht mit der Aufschrift »Erkenne dich selbst«, damit auch alle die Botschaft verstünden.

Ich fand die Idee bestechend. Abends im Badezimmer schaute ich dem Mann im Spiegel beim Zähneputzen zu und versuchte mir vorzustellen, was er damals vor siebzig, achtzig, neunzig Jahren getan hätte. Wie er über die Verunglimpfung und Diskriminierung einer bestimmten Bevölkerungsgruppe in Politik und Medien, die Stör- und Prügelaktionen der Burschenschafter an den Universitäten, die Sündenbockpolitik der Nationalsozialisten – und das alles lange vor dem »Anschluss« – gedacht hätte. Wie er darauf reagiert hätte, dass angesichts der »Erfolge« der Nazis in Deutschland immer mehr Österreicher neidvoll über die Grenze blickten. Und wie, so wollte ich von dem Mann wissen, hätte er sich beim »Anschluss« verhalten, wie bei der Volksabstimmung danach entschieden? Hätte er es in den sieben folgenden Jahren gewagt, die Hand *nicht* zum deutschen Gruß zu erheben? Und *nicht* der Partei oder einer ihrer zahlreichen Vorfeldorganisationen beizutreten? Wie hätte er darauf reagiert, dass bestimmte Menschen bald keine Schulen mehr besuchen, dass sie nicht mehr die Straßenbahn benutzen durften? Dass sie verachtet, bespuckt, gemieden und aus der Gesellschaft ausgeschlossen wurden? Darauf, dass man langjährige Nachbarn ihrer Geschäfte, Wohnungen und Häuser beraubte? Dass man ihre Bethäuser anzündete und begann, sie in Lager zu verfrachten?

Der Mann im Spiegel gab mir keine Antwort. Er hatte Schaum vor dem Mund, und ich hielt ihm den Bürstenkopf der Zahnbürste unter die Nase, sodass er plötzlich ein kleines Bärtchen trug.

Um Platz zu schaffen für das, was Judith und Miriam aus New York mitbringen würden, musste ich Lydias und Hannas Schränke teilweise ausräumen. Ich hatte Angst davor. Angst vor den Erinnerungen, die mich dabei überfallen würden. Angst davor, dass Lydia und Hanna mir bis in alle Ewigkeit den Vorwurf machen würden, sie nicht nur aus den Schränken, sondern auch aus dem Herzen verbannt zu haben. Doch was ich immer wieder vor mir hergeschoben hatte, ließ sich nun nicht länger vermeiden.

Natürlich hatte ich überlegt, Judith Lydias Kleider anzubieten. Das eine oder andere Stück würde ihr sicher passen. Aber die Vorstellung, sie in diesen Kleidern zu sehen, war schön und schrecklich zugleich. Der Schrecken überwog, ganz abgesehen von der Frage, wie Judith sich darin fühlen würde.

Zuerst hatte ich vor, nur einen Teil der Kleider wegzupacken. Judith und Miriam würden zunächst nur das Allernötigste mitbringen, dafür könnte ich schnell Platz schaffen. Doch dann räumte ich einen Tag lang die Kleiderschränke leer. Trank dabei eine ganze Flasche Wein aus. Saß mit manchem Stück minutenlang auf dem Bett oder auf dem Boden. Sah Lydia oder Hanna auf einer Art Geister-Catwalk an mir vorbeiziehen. Versuchte einen letzten Hauch von ihren Gerüchen aus dem Stoff zu saugen. Stopfte schließlich alles mitsamt den für Hanna erworbenen Geburtstagsgeschenken in Koffer, Taschen und Säcke. Überlegte, die Sachen irgendwo zu lagern. Brachte sie aber gleich am Tag darauf, nachdem es im Haus keine Flüchtlinge mehr gab, in ein nahe gelegenes Caritas-Lager. Im letzten Augenblick zog ich ein beliebiges Kleid von Lydia und eines von Hanna aus den Wäschestapeln und packte sie wieder ein. Dann drehte ich mich um und ging. Und versuchte meinen Kopf so leer zu kriegen wie die Koffer, die meine Hände nach Hause trugen.

In der Nacht träumte ich, dass alle Fotos, die ich je von Lydia und Hanna besessen hatte, verschwunden waren und dass ich mich trotz der allergrößten Anstrengung nicht mehr an ihre Gesichter erinnern konnte. Es war eine Schreckensvision, aus der ich schweißgebadet erwachte und nach der ich lange nicht einschlafen konnte.

Mit der Arbeit kam ich gut voran. Kurz vor meinem New-York-Aufenthalt hatte ich die ersten Probekapitel des neuen Romans zu Papier gebracht. Nun las ich mit dem nötigen Abstand die knapp sechzig Seiten, die dabei entstanden waren. Von den üblichen Kleinigkeiten abgesehen, war ich zufrieden. Das Gewicht hatte sich von Max zu seiner Schwester Judith und von der Vergangenheit in die Gegenwart verschoben. Ich selbst spielte darin eine größere Rolle, als ich mir ursprünglich zugedacht hatte. Beim zweiten Durchlesen wurde mir klar, dass auch Max' Enkelin und Urenkelin ihren Auftritt haben würden. Und so schrieb ich weiter, während sich die beiden auf der anderen Seite des Atlantiks auf ihren realen Auftritt vorbereiteten.

Und dann war der große Tag endlich da. In die Freude mischte sich auf dem Weg zum Flughafen aber auch ein wenig Angst. Während ich in der S-Bahn saß, dachte ich an die große Vertrautheit, die sich zwischen Judith, Miriam und mir in den vier Wochen in New York entwickelt hatte. Hatte sie durch die räumliche und zeitliche Entfernung gelitten? Würde sie auch hier in Wien, in für beide nicht so vertrauter Umgebung, weiter gedeihen? Würden wir da anknüpfen können, wo wir stehen geblieben waren?

Die große Schiebetür in der Ankunftshalle ging auf und wieder zu, Menschen traten heraus, manche gingen zielstrebig davon, die meisten blieben stehen und blickten suchend um sich, bevor sich ein Lächeln auf ihrem Gesicht ausbreitete und sie sich zielstrebig nach links oder rechts in Bewegung setzten. Dann begann ich aufgeregt zu winken, und endlich war auch ein Lächeln für mich dabei. Von Miriam zuerst, dann von Judith. Und ich selbst grinste blöde von einem Ohr zum anderen, als die beiden auf mich zukamen.

Die Koffer, mit denen sie anreisten, waren leicht. Mir kamen sie jedenfalls so vor. Vielleicht lag es auch nur an der Freude, die ich über ihre Ankunft empfand. Der Taxifahrer stöhnte, als er sie in den Kofferraum hievte.

What are these people demonstrating for? fragte Miriam, als unser Taxi auf dem Weg in die Stadt minutenlang an einer Kreuzung halten musste, um Hunderte Menschen mit Transparenten vorbeiziehen zu lassen. Deutsch bitte! warf Judith ein. Sonst versteht León dich nicht, fügte sie augenzwinkernd hinzu und drückte meine Hand. Die demonstrieren nicht, sondern heißen euch in Wien willkommen, antwortete ich übermütig. Miriam boxte mich in die Seite. Was machen die Menschen auf die Straße? fragte sie. Auf *der* Straße, verbesserte sie sich gleich selbst. Das sind Chaoten, mischte sich der Taxifahrer ein. Berufsdemonstranten. Die sollen lieber arbeiten gehen, regte er sich auf. Ich beugte mich nach vorne. Wenn das Berufsdemonstranten sind, dann sind sie ja ohnehin gerade an der Arbeit, oder? Er ließ ein verächtliches Schnauben hören und drückte lange auf die Hupe. Ich lehnte mich wieder zurück. Sie demonstrieren für das Recht, demonstrieren zu dürfen, erklärte ich Miriam. Durch ein neues Gesetz soll dieses Recht zusammen mit einigen anderen eingeschränkt werden. Wunderbar, meinte Judith mit unüberhörbarem Sarkasmus in der Stimme, da fühlen wir uns gleich ganz wie zu Hause!

Die Idee war, dass Judith und Miriam sich nicht *wie* zu Hause, sondern *zu Hause* fühlen sollten. »Welcome home«, hatte ich mit bunten, ein wenig schief geratenen Lettern auf ein großes Transparent geschrieben und es an die Wohnungstür gehängt. Das ist Englisch und heißt Willkommen zu Hause, sagte ich zu Miriam, als wir keuchend den letzten Stock erreichten. Sie grinste und bedankte sich mit übertriebenem Akzent. Wie werden wir in dreißig oder vierzig Jahren hier raufkommen? fragte Judith, völlig außer Atem vom Kofferschleppen. Schön, dass du so weit in die Zukunft denkst, gab ich zurück. Ich sperrte die Tür auf und ließ die beiden eintreten, dann ging ich noch einmal hinunter, um die anderen Gepäckstücke zu holen.

Heute, da ich diese Zeilen schreibe, weiß ich, dass meine Angst unbegründet war: Weder die räumliche Entfernung noch die Zeit hatten der Vertrautheit etwas anhaben können. Im Gegenteil, sie schien auf wundersame Art gewachsen zu sein. Als Judith und ich am Ende dieses ersten Tages schließlich im Bett landeten, fanden unsere Körper zueinander, als wären sie nie – weder durch Ozeane noch durch Monate oder Jahre – getrennt gewesen. Und es schloss sich ein Kreis, der sich Jahrzehnte zuvor aufgetan hatte.

Stell dir vor, Max und Lena könnten sehen, dass ihr beide jetzt hier seid, sagte ich, als wir später nebeneinanderlagen. Wir hatten das Licht bereits ausgeschaltet, ich konnte Judiths Gesichtsausdruck nicht erkennen, sondern nur ihren Atem an meiner Seite hören. Vielleicht können sie's ja, sagte sie nach einer Weile. Ich griff nach ihrer Hand und drückte sie. Mir gefiel die Vorstellung. Vielleicht waren die beiden – und auch der Rest der Familie Klein – ja schon lange Zeit in diesen Räumen anwesend. Vielleicht war die andere Judith nur die Einzige, die sich mir bisher gezeigt hatte.

Hast du dir eigentlich je überlegt, wie das gewesen wäre, wenn deine Familie die Wohnung zurückbekommen hätte und nach Wien gezogen wäre? fragte ich Judith am nächsten Morgen. Miriam schlief noch, wir saßen im Pyjama in der Küche und tranken Kaffee. Judith blickte auf. Oft genug, sagte sie. Sie legte den Kopf schief. Ich wäre dann wahrscheinlich auch in Wien zur Welt gekommen und aufgewachsen und hätte vielleicht sogar irgendwann die Wohnung übernommen. Aber die Frage ist – wo wärst du? Vielleicht in Amerika, gab ich grinsend zurück. Ich erzählte, dass es zahlreiche Gottscheer in die USA verschlagen hatte, dass also auch ich dort zur Welt hätte kommen können. Dann würdest du New York statt León heißen, bemerkte Judith trocken.

Mit Judith im Bett zu liegen. Mit ihr und neben ihr zu schlafen und morgens an ihrer Seite aufzuwachen. Mit ihr und Miriam zu frühstücken, mit den beiden einzukaufen, zu kochen, Scrabble zu spielen, ins Kino zu gehen. Mit Miriam über Bücher oder Filme, mit Judith über Architektur oder Politik zu reden. Mit beiden zu schweigen. Am Schreibtisch zu sitzen und zu arbeiten, während ich sie in der Nähe wusste. Mit ihnen schwimmen oder spazieren oder wandern zu gehen. Ihnen die schönsten Ecken Wiens und Österreichs zu zeigen, damit sie nie, nie wieder hier weg wollten: Alles, vom Größten bis zum Kleinsten, war neu und aufregend in diesem ersten gemeinsamen Sommer. Und wurde doch innerhalb kürzester Zeit so vertraut, als wäre es immer schon so gewesen.

Die Strafe für das ausgelassene Treiben ließ nicht lange auf sich warten: Mehr als einmal träumte ich von Lydia, die versuchte mein neues Glück zu verhindern. In New York kannst du tun und lassen, was du möchtest, ließ sie mich wissen. Aber nicht hier, drohte sie mir. Nur von Hanna kam kein Vorwurf, im Gegenteil. Aber Papa ist doch glücklich, meinte sie zu Lydia, und verstand nicht, wieso ihre Mutter mir das Glück nicht gönnen wollte.

Auch Judith Klein war in meinen Träumen immer noch präsent. Manchmal warf sie mir vor, nicht ehrlich gewesen zu sein. Oder sie saß schweigend im Lehnsessel im Schlafzimmer und ließ sich durch nichts davon abhalten, ihrer Namensvetterin und mir beim Sex zuzuschauen.

Seit ihrem letzten Auftauchen in der Wohnung war ein halbes Jahr vergangen. Wochen- und monatelang hatte ich auf ihre Rückkehr gehofft, hatte sie herbeigesehnt. Hoffnung und Sehnsucht waren irgendwann den Selbstvorwürfen gewichen, ihr zu spät die Wahrheit gesagt und sie deshalb verloren zu haben.

Das schlechte Gewissen hatte sich schließlich in Trauer verwandelt.

Mit Judiths und Miriams Ankunft trat an die Stelle der Trauer ein neues Gefühl, eine neue Ahnung: Was, wenn die andere Judith deshalb nicht wieder kam, weil sie Erlösung gefunden hatte? Weil sie endlich zur Ruhe gekommen war?

Für Karim schien es hingegen keine Erlösung zu geben: Marwans Neffe wurde Anfang August vor dem Augarten verhaftet. Bei einem Spaziergang, den Linde und Marwan mit ihm und den Freunden unternahmen, bei denen er Unterschlupf gefunden hatte. Um ihn endlich aus der Wohnung herauszubringen. Ein Polizist verlangte nach seinen – und nur seinen – Papieren und nahm ihn gegen den Protest der vier Erwachsenen auf das nächste Kommissariat mit. Von dort wurde er schon am nächsten Tag in eines der neu errichteten Lager am Stadtrand gebracht. Linde und Marwan und ihre Freunde hatten seither nichts unversucht gelassen, ihn von dort wieder freizubekommen, doch bis jetzt, da ich am Ende meiner Aufzeichnungen angelangt bin, ohne Erfolg. Auch die Tatsache, dass er kurz vor der Verhaftung endlich zu sprechen begonnen hatte und durch den Schock der Verhaftung und Internierung gleich wieder verstummte, nützte nichts.

Seither muss man jeden Tag mit seiner Abschiebung nach Syrien rechnen, das nach Beendigung der Kriegshandlungen von der Regierung als sicheres Land eingestuft wurde.

Der Zettel am Schranken zum Nachbargrundstück, der von Baumaßnahmen kündete, vergilbte im Lauf des Sommers – und nichts geschah. Der versprochene Rückruf aus der Israelitischen Kultusgemeinde ließ auf sich warten, und auch meine

Mails blieben unbeantwortet. Trotzdem arbeitete es in meinem Kopf weiter an dem Denkmal.

Doch dann wurden wir eines Tages unsanft aus unseren Träumen geweckt, und zwar buchstäblich: Es muss einer der letzten Augusttage gewesen sein, an dem wir morgens kurz vor sieben Uhr von entferntem Motorlärm aus dem Schlaf gerissen wurden. Judith drehte sich auf die andere Seite und zog sich die Decke über den Kopf. Ich stand auf, ging hinüber ins Wohnzimmer und trat ans Fenster. Beugte mich hinaus und entdeckte die Arbeiter auf dem Nachbargrundstück. Ich sah und hörte die Motorsägen, ich sah die ersten kleineren Bäume fallen, sah meinen Traum vom Denkmal im Grünen zunichtegemacht. Ich war unausgeschlafen, weil wir bis in die frühen Morgenstunden Philipps und Linas Rückkehr aus Edinburgh gefeiert hatten, und konnte keinen klaren Gedanken fassen. Ich wollte Stopp rufen, wollte hinunterlaufen und mich den Arbeitern in den Weg stellen. Doch ich tat weder das eine noch das andere. Ich blieb ein oder zwei Minuten wie paralysiert stehen. Dann schloss ich nach einem letzten Blick hinunter das Fenster und legte mich wieder ins Bett. Auch wenn an Schlaf nicht mehr zu denken war.

War es Zufall? War es Absicht? Jedenfalls bekam ich ein oder zwei Tage später ein Mail von der Israelitischen Kultusgemeinde, in dem ein Gesprächstermin für die zweite Septemberwoche angeboten wurde. Bevor wir diesen wahrnehmen konnten, stand allerdings ein ganz anderer Termin an, der für uns noch viel wichtiger war: Miriams erster Schultag in Wien.

Judith hatte sie als außerordentliche Schülerin im Gymnasium in der Kleinen Sperlgasse angemeldet. Natürlich musste ich, als wir sie an diesem Septembertag begleiteten, an Hannas ersten Schultag denken. Und konnte, wenn ich für ein paar Schritte die Augen schloss, ihre Hand in der meinen spüren. Vom Händchenhalten hielt Miriam, das Kind, das keines mehr sein wollte, gar nichts. Judith und ich waren auf dem kurzen Weg zur Schule, den sie am liebsten allein zurückgelegt hätte, also höchstens geduldet, und auch das nur bis zum Schultor. Ich finde meine Klasse allein, schnitt Miriam ihrer Mutter das Wort ab, als diese sie nach oben begleiten wollte. So blieben wir also vor dem großen, blassgelben Gebäude stehen, blickten Miriam hinterher und machten uns sehr viel mehr Sorgen als sie selbst, wie sie sich in der neuen Schule zurechtfinden würde.

An diesem Tag schloss sich ein weiterer Kreis: Durch dasselbe Schultor war vor Jahrzehnten Miriams Urgroßvater ein- und ausgegangen.

Während Miriam vom Gebäude verschluckt wurde, klangen mir Max' Geschichten im Ohr. Vergnügliche, heitere, aber auch schmerzensreiche Geschichten. Wobei er im Gegensatz zu seinen beiden jüngeren Schwestern das Glück hatte, die Demütigungen, die die Jahre 1938 und 39 für jüdische Schülerinnen und Schüler in Österreich bereithielten, nicht mehr miterleben zu müssen.

An das finsterste Kapitel der Schulgeschichte erinnerte eine Gedenktafel, zu der ich hochblickte, bevor wir wieder nach Hause gingen: Nach 1938 wurde das Sperlgymnasium zur sogenannten »Judenschule« umfunktioniert, später diente ein Teil des Gebäudes als Sammellager, von dem aus Zehntausende Menschen in die Vernichtungslager deportiert wurden.

Miriam wusste noch nichts von diesem Kapitel, und sie hatte im Gegensatz zu Judith und mir ihren Urgroßvater nie kennengelernt. Als sie an diesem Tag nach Hause kam, hatte sie auf unsere Fragen nur ein Schulterzucken und ein schnelles Es war okay übrig. Mehr gab es von ihrer Seite nicht zu sagen. Die nächsten Wochen würden zeigen, dass wir uns ganz zu Unrecht Sorgen gemacht hatten.

20

Unser Traum vom Denkmal an der Stelle der ehemaligen Synagoge war zwar noch nicht ausgeträumt, hatte aber durch die Rodung des kleinen Wäldchens auf dem Nachbargrundstück einen Dämpfer bekommen. Auch das Gespräch bei der Israelitischen Kultusgemeinde war enttäuschend verlaufen. Judith war dabei gewesen und hatte in wenigen Sätzen ihre Geschichte und die ihrer Familie umrissen. Ich hatte von meinen Recherchen und meinem Roman berichtet. Und Philipp hatte Pläne mit dem offiziellen Logo seines Architekturbüros präsentiert und angeboten, sich über Büro und Universität um den größten Teil der Finanzierung zu kümmern. Doch am Ende waren wir aus dem Gebäude neben dem Stadttempel getreten und hatten alle drei das enttäuschende Gefühl gehabt, dass vonseiten der Kultusgemeinde wenig Unterstützung zu erwarten war.

Aber kann man ihnen das zum Vorwurf machen? Solange euer Hausbesitzer keinen Zugang erlaubt, sind ihnen doch die Hände gebunden, oder? fragte Lina. Wir waren nach dem Gespräch zu Philipp und seiner Frau gegangen und saßen nun, nachdem wir gemeinsam gekocht hatten, in ihrem Wohnzimmer. Ich zuckte mit den Schultern. Das stimmt schon, gab ich zu und erzählte, dass ich Marek in einem längeren Mail von unseren Plänen berichtet und ihm im Anhang Philipps Entwurf geschickt, aber noch keine Antwort bekommen hatte. Ein bisschen mehr Enthusiasmus wäre halt schön gewesen, warf Philipp ein. Judith nickte, ich musste grinsen. Und jeder von uns dachte an die vorsichtige, höfliche, unverbindliche Reaktion des Präsidenten der Kultusgemeinde.

Daniel, der dreijährige Sohn von Philipp und Lina, kam aus dem Kinderzimmer gelaufen und kletterte behände auf den Schoß seiner Mutter. So schön die Idee ist – aber wahrscheinlich gibt es wichtigere Projekte für die Kultusgemeinde, sagte sie. Ja, sagte Daniel mit keckem Blick in die Runde, als verstünde er genau, worüber wir gerade gesprochen hatten. Dann sprang er zu Boden und lief aus dem Zimmer.

Nicht lange danach, es muss einer der letzten Septembertage gewesen sein, hatte Judith eine Idee, die uns zeigte, dass es auch für uns wichtigere – und im wahrsten Sinne des Wortes naheliegendere – Projekte gab. Die Idee nämlich, im Haus eine Buchhandlung zu eröffnen.

Wir kamen vom Einkaufen zurück, ich zückte gerade den Schlüssel und wollte das Haustor aufsperren, doch Judith blieb ein paar Schritte davor plötzlich stehen. Ist dir eigentlich manchmal langweilig? wollte sie wissen. Ich blickte sie fragend an. Statt zu antworten, zeigte sie mit dem Kopf auf ein paar verstaubte Schaufenster neben dem Diwan. Die Räume dahinter waren jahrelang von Marek als Lager verwendet worden, seit Kurzem standen sie leer. Ich wusste noch immer nicht, was sie mir sagen wollte. Wenn dir doch einmal langweilig sein sollte, dann könnten wir hier gemeinsam eine Buchhandlung eröffnen, sagte sie schließlich. Und mein Mund verzog sich wie von selbst zu einem breiten Grinsen.

Es war, als hätte etwas in mir – eine Resonanzsaite, die zum Klingen gebracht werden wollte – nur auf diese Idee gewartet. Ja, natürlich, auch ich hatte im Lauf der drei Jahrzehnte, die ich nun hier wohnte, das eine oder andere Mal mit dem Gedanken gespielt, eine Buchhandlung im Haus zu eröffnen – immerhin hatte ich ja in meiner Studienzeit ein paarmal im Buchhandel gearbeitet. Doch es war aus verschiedenen Gründen beim Gedankenspiel geblieben. In ebenjenen Räumen, die nun brach lagen, hatte Jakob Klein – der Kleinopa also – Mitte der zwanziger Jahre ein Antiquariat als Erweiterung der Buchhandlung eröffnet. Er selbst hatte es als »Altenteil« bezeichnet, die anderen Familienmitglieder und Angestellten sprachen lieber vom Kaffeehaus, weil der Kleinopa seine Stammkunden gern mit Kaffee oder Tee bewirtete. War jetzt die Zeit gekommen, aus dem Spiel Ernst zu machen und dem Gedanken die Tat folgen zu lassen? Nicht aus Langeweile, sondern weil die Idee so vieles von dem zusammenführen würde, was Judith und mich und ihre Familie ausmachte?

Es war ein Scherz, sagte Judith erschrocken, als sie merkte, dass der Floh, den sie mir ins Ohr gesetzt hatte, in meinem Kopf wilde Sprünge zu machen begann. Sie war gerade mal drei Monate in Wien, wir hatten uns eine Art »Probejahr« verordnet, erst danach wollten wir weitere Entscheidungen über die Zukunft treffen. Doch auch ihr selbst wurde bald bewusst, dass das, was sie so leichthin ausgesprochen hatte, mehr als nur ein Scherz gewesen war. Fuck safety, rief sie eines Tages aus, als wir beim Frühstück saßen. Deutsch, bitte, forderte Miriam sie auf. Ich schaute belustigt von der einen zur anderen und wartete auf eine Fortsetzung, egal, in welcher Sprache.

Erst später, als Miriam in ihr Zimmer verschwunden war, folgte die Erklärung. Ich hab mich schon einmal gegen das eigene Bauchgefühl für Sicherheit entschieden, als ich David heiratete, begann sie. Es war – abgesehen von der Geburt Miriams – wahrscheinlich die schlechteste Entscheidung meines

Lebens. Diesen Fehler will ich nicht noch einmal begehen. Jetzt dagegen … Sie brach ab. Sie beugte sich über den Tisch und griff nach meiner Hand. Du weißt, warum ich den Namen Judith trage, fuhr sie fort, und du kennst den Auftrag, den meine Mutter damit verband. Ich nickte. Mir schien, dass sie nicht nur mit der Hand, sondern auch mit den Augen Halt bei mir suchte. Es wird wahrscheinlich nie mehr eine bessere Gelegenheit geben, diesen Auftrag zu erfüllen, als jetzt und hier, sagte sie.

Sie ließ meine Hand los und richtete sich auf. Während ihre Worte in meinem Kopf nachhallten, musste ich plötzlich an *meinen* Auftrag denken, den ich mir selbst vor Jahren erteilt hatte: den Kleins mit meinem Roman ein Denkmal zu setzen. Wäre es nicht auch für mich die beste Gelegenheit, dieses Denkmal endlich Wirklichkeit werden zu lassen – mit einem Roman *und* einer Buchhandlung? Das heißt also …? fragte ich zögernd. Das heißt, dass ich diesmal lieber auf meinen Bauch höre, lautete Judiths Antwort. Und der sagt mir: Let's do it!

An diesem Abend fielen wir im Bett übereinander her, ließen uns aufeinander und ineinander, aus der Welt heraus und in eine andere, von unseren Köpfen und Herzen in ebendiesem Augenblick erschaffene hineinfallen. Judith und ich lagen, saßen, keuchten, bewegten uns, und dann stand unser Bett nicht mehr in Wien, sondern in New York, und statt im Jetzt und Hier waren wir plötzlich zur selben Zeit an mehreren Orten und am selben Ort in mehreren Zeiten. Langsam und schnell zugleich stürzten wir durch Bilderwelten, und die Bilder durchdrangen uns. Wir fielen, und wir drehten uns im Kreis. Wir besuchten Max in seiner Wohnung in Washington Heights, wir trafen die jugendliche Lena an Bord eines Schiffes in der Bucht von Dakar, wir standen vor Max' ehemaligem New Yorker Buchladen, posierten gemeinsam mit seinen Eltern und Großeltern vor der Wiener

Buchhandlung für ein Foto und fanden uns zusammen mit Miriam und Rahel im Kibbuz wieder. Am Ende dieses langen Fallens und Kreisens war da das Bild eines kleinen Mädchens mit Mantel und Mütze, das zur selben Zeit Judith in New York und mich in Wien an der Hand nahm und uns über den Atlantik hinweg zu einem Wir vereinte.

Du weißt, dass ich schon einmal beinahe Buchhändlerin geworden wäre? fragte Judith später. Wir lagen Hand in Hand im Bett und waren beide zu munter, um einzuschlafen. Ich schüttelte den Kopf. Judith begann davon zu erzählen, wie sie schon als Sechzehn- oder Siebzehnjährige in Max' New Yorker Buchladen ausgeholfen hatte. Wie sie ein paar Jahre später nach seinem Schlaganfall allein im Geschäft gestanden war. Dass sie sogar daran gedacht hatte, es selbstständig weiterzuführen, als Max nicht mehr konnte. Und dass sie sich schweren Herzens von ihm und ihrem Vater überzeugen ließ, dass die Zeiten einer deutschsprachigen Buchhandlung in New York endgültig vorbei waren. Jetzt hast du eine zweite Chance, sagte ich, als sie zu sprechen aufhörte. *Wir* haben eine zweite Chance, verbesserte ich mich und erzählte von meinen eigenen, ebenfalls Jahrzehnte zurückliegenden Erfahrungen in zwei Buchhandlungen und einem Museumsshop.

Happy Simchat Tora, sagte ich, als wir am nächsten Morgen beim Frühstück saßen. Judith blickte überrascht auf. Oh, is it? Was ist das für eine Feiertag? fragte Miriam unsicher. Judith und ich schauten uns an. Du bist dran, forderte sie mich auf. Und so erklärte ich Goi also ihrer Tochter, was es mit diesem Feiertag – einem der wenigen, mit dessen Bedeutung ich mich auseinandergesetzt hatte – auf sich hatte. An diesem Tag ende der jährliche

Zyklus der Tora-Lesungen und beginne zugleich von Neuem, erläuterte ich. Wie ein Kleinkind werde das heilige Buch dabei am Arm durch den Tempel getragen, man tanze mit ihm voller Freude herum, und man rufe die Kinder heraus und lasse sie den Segen darüber sprechen. Dein Urgroßvater wurde – wenn auch an einem anderen Kalendertag – an diesem Freudentag geboren und sah es, obwohl er überhaupt nicht religiös war, als gutes Omen, so schloss ich meine Erzählung. Was hätte sonst aus mir werden sollen, wenn nicht ein Büchernarr? meinte er immer.

Im Gegensatz zu Max hatte ich keine Ausrede dafür, dass auch ich den Büchern hoffnungslos verfallen war. Ich fasste jedenfalls den Beschluss, diesen Tag in Zukunft als Tag des Buches zu feiern. Und kam nach einem Ausflug in die Innenstadt mit einem neuen Fantasyroman für Miriam und einem Fotoband über die schönsten Buchhandlungen der Welt für Judith zurück. Da fehlt unsere, beschwerte sie sich, nachdem sie den Band bis zum Ende durchgesehen hatte.

Dass wir die Buchhandlung, wenn sie denn Wirklichkeit werden sollte, nicht allein führen konnten, war uns klar. Aus rechtlichen Gründen und weil wir viel zu wenig Ahnung und Erfahrung hatten. Vor allem aber, weil wir beide unsere eigentlichen Berufe nicht aufgeben wollten. Judith konnte sich vorstellen, neben ihrer Übersetzungstätigkeit zwei bis drei Tage pro Woche als Buchhändlerin zu arbeiten, ich neben dem Schreiben ein bis zwei. Ich kann auch arbeiten, bot sich Miriam begeistert an. Und freute sich darauf, in Zukunft an einer nie versiegenden Bücherquelle zu sitzen.

Was wir brauchten, war jemand, der die Geschäftsführung übernehmen konnte und durfte. Ich wüsste jemand, sagte ich und erzählte, dass Philipps Frau bis zur Kinderpause als

Buchhändlerin gearbeitet hatte. Zwei Tage später hatten wir Linas begeisterte Zusage.

Nun konnten wir die Rechnung nicht länger ohne den Wirt machen: Jetzt, da wir wussten, dass wir wollten, mussten wir wissen, ob wir durften. Ob also Marek die Räume überhaupt vermieten wollte und ob wir uns die Miete würden leisten können. So schrieb ich, nachdem ich jahrzehntelang kaum mit ihm zu tun gehabt hatte, zum dritten Mal innerhalb kürzester Zeit an den Hausbesitzer und bat um einen Gesprächs- und Besichtigungstermin.

Geduld zählt weder zu meinen noch zu Judiths Stärken. Die Zeit des Wartens auf Mareks Antwort vertrieben wir uns mit dem Bau und der Ausstattung unseres bibliophilen Luftschlosses. Beim Frühstück diskutierten wir über das Büchersortiment, beim Mittagessen über den Namen, beim Tee über die Finanzierung. Mit Lina sprachen wir über die Arbeitsaufteilung, Philipp brachte ein paar schnelle Skizzen zur Einrichtung zu Papier, wir überlegten Kooperationsmöglichkeiten mit Verlagen für Lesungen und mit Linde und Marwan für ein Café. Es war Miriam, die uns auf den Boden zurückholte. Ihr seid wie kleine Kinder, die nicht warten können für Weihnachten, sagte sie. *Auf* Weihnachten, verbesserte Judith sie. Aber ansonsten hast du völlig recht, fügte sie hinzu und strich ihrer Tochter über den Kopf.

Auch ohne den Bau von Luftschlössern gab es genug zu tun in dieser Zeit. Am meisten wohl für Miriam selbst, und ich bewunderte sie dafür, mit welch spielerischer Leichtigkeit sie sich – außer vielleicht im Fall der deutschen Rechtschreibung – in einem neuen Land, einer neuen Sprache und einem neuen Schulsystem zurechtfand. Judith hatte einen Teil ihrer Arbeit aus

New York mitgenommen: zwei Verlage und ein Museum, für die sie schon seit Jahren tätig war, schickten ihr weiterhin Texte zur Übersetzung, in Österreich und Deutschland waren bereits zwei größere Projekte hinzugekommen, die sie bis zum nächsten Sommer auslasten würden. Ich selbst arbeitete weiter am Roman, schrieb aber zwischendurch auch die eine oder andere Kurzgeschichte.

Natürlich plagten uns in dieser Zeit des Wartens auch Zweifel. Und es gab Menschen, die uns dringend von der Gründung einer Buchhandlung abrieten. Das finanzielle Risiko sei größer, der Zeitaufwand höher und die Einnahmen geringer, als man glaube, zahlreiche Beziehungen wären schon an gemeinsam ersonnenen Geschäftsideen zerbrochen, das Haus liege in einer Nebenstraße, und überhaupt sei der Buchhandel ein sterbendes Geschäft. An manchen Tagen glaubten wir den Zweiflern und ließen uns zu Boden ziehen. Doch dann hoben wir wieder ab, wenn Freunde und Bekannte mit Begeisterung auf die Idee reagierten, uns Geld, Unterstützung beim Umbau oder unentgeltliche Mitarbeit anboten. Wir würden allen Schwierigkeiten trotzen, so wussten wir dann, und ein Denkmal an der Stelle der ehemaligen Synagoge auf dem Nachbargrundstück könnte in Zukunft noch mehr Menschen anlocken, die auch Bücher kaufen wollten – so stellten wir uns den Idealfall vor.

Es sollte auch eine Vitrine zur Geschichte deiner Familie geben, hatte ich eines Tages eine neue Idee. Judith wiegte den Kopf hin und her. Wenn wir Platz haben, gab sie zurück. Was hältst du davon, wenn wir die Buchhandlung Das Vierte Reich nennen? Judith runzelte die Stirn. Wenn du möchtest, dass Neonazis uns die Tür einrennen, sagte sie. Es war nicht ganz ernst gemeint, sagte ich grinsend. Dann schon lieber Das Fünfte Reich, meinte Judith nachdenklich. Ich zuckte zusammen. Ich hatte schon lange nicht mehr an meinen seltsamen Wachtraum vom Abstieg in den Keller unseres Hauses gedacht. Doch plötzlich sah ich den Roman mit dem Titel *Das Fünfte Reich* vor mir, den ich aus dem Regal der unvollendeten Bücher gezogen hatte. Ich hatte ihn kurz danach für die Geschichte für Judith Klein verwendet – hatte meine Judith sie gelesen? Woher weißt du das? fragte ich verunsichert. Sie maß mich mit einem skeptischen Blick. Woher weiß ich was? Ich meine … wie meinst du das? Judith strich sich die Haare aus der Stirn. Das Vierte Reich ist das, das sich meine Vorfahren und viele andere aus dem Dritten Reich Vertriebene in New York aufgebaut haben, erklärte sie. Ich weiß, sagte ich. Das Fünfte Reich, fuhr Judith zögerlich fort, hätten sie wahrscheinlich errichtet, wären sie zur Rückkehr nach Wien eingeladen worden.

Der Gedanke gefiel mir, wenn er auch nicht ernsthaft als Name für die Buchhandlung infrage kam. Und er ließ mich nicht mehr los. Die Einladung zur Rückkehr der Vertriebenen, so wusste ich, hatte nie stattgefunden. Aber lag es dann nicht an Judith und Miriam und mir, uns dieses Fünfte Reich genau hier auf der Insel zwischen Donau und Donaukanal einzurichten? Lag es an uns, die Lücke zu füllen, die man vor achtzig Jahren geschlagen hatte, und das Brachland, das dabei entstanden war, wieder zum Blühen zu bringen?

Am 9. November fielen schließlich mehrere Dinge zusammen. Natürlich, es war – ganz abgesehen von anderen mit diesem Datum verbundenen historischen Ereignissen – der Gedenktag an das Pogrom des Jahres 1938. Der so genannte Volkszorn, von dem manche Zeitungskommentatoren gerade wieder faselten, wenn es um ausländerfeindliche Ausschreitungen ging, war an diesem und den folgenden Tagen, von staatlicher Seite angefacht und organisiert, mit geballter Grausamkeit über die jüdische Bevölkerung hereingebrochen.

Seit nunmehr drei Jahren ist der 9. November aber vor allem mit meinem persönlichen Gedenken verbunden: An diesem Tag waren Lydia und Hanna ums Leben gekommen. Unter den Menschen, die mit ihnen starben, waren auch zwei jüdische Österreicher gewesen. Damals wurde von manchen Kommentatoren ein Zusammenhang mit dem Novemberpogrom vermutet. Tatsächlich dürften die Hintermänner des Attentats den 9.11. aber eher in bewusster Umkehrung zum 11.9. gewählt haben.

Zweimal hatte ich diesen Tag in Alkohol zu ertränken versucht. Ich war auf meinem imaginären Waldfriedhof gesessen, hatte auf Lydia und Hanna getrunken, hatte den Attentäter und seine Einflüsterer gehasst und das Leben als ungerecht verflucht. Am nächsten Morgen war ich von Trauer *und* Alkohol zerschlagen erwacht.

Diesmal wollte ich mich der Trauer ohne Alkohol stellen. Judith war kurz nach halb acht zusammen mit Miriam aus dem Haus gegangen, ich hatte ihr gegenüber am Vortag nichts erwähnt, um sie nicht zu belasten. Als ich gegen neun Uhr erwachte, stand ich nicht gleich auf. Ich wollte den Tag noch nicht beginnen, wollte den Schmerz, den ich unweigerlich empfinden würde, noch ein wenig hinauszögern.

Ich versuchte erneut einzuschlafen, doch vergebens. Als ich mich nach zehn Uhr schließlich doch zum Aufstehen gezwungen hatte, erfasste mich eine große Unruhe. Ich hatte das untrügliche Gefühl, dass etwas Schlimmes geschehen würde, und nahm alle zehn Minuten das Telefon zur Hand, um es auf Nachrichten von Judith oder Miriam zu überprüfen. Ich schrieb an Judith und bekam keine Antwort, rief sie an und erreichte sie nicht. Schließlich nahm ich eine lange heiße Dusche und versuchte die Angst und die Trauer und die Unruhe von mir abzuwaschen.

Und dann kam eine Nachricht. Aber nicht von Judith oder Miriam. Sondern vom Hausbesitzer. Ich öffnete sie, überflog sie, las sie ein zweites und ein drittes Mal. Mit einem Mal waren Angst und Trauer verflogen und machten unbändiger Freude Platz: Die Räumlichkeiten im Erdgeschoss unseres Hauses, so schrieb Marek, seien ab Anfang des nächsten Jahres zu mieten. Die Gesamtmiete für die insgesamt neunzig Quadratmeter, die er in seinem Mail nannte, war geringer, als Judith und ich befürchtet hatten.

An diesem Abend gingen wir nicht wie ursprünglich geplant zu einer Gedenkveranstaltung für das Novemberpogrom, sondern feierten zusammen mit Lina und Philipp und ihrem Sohn. Vor und während und nach dem Essen schmiedeten wir aufgeregt Pläne, zeichneten Entwürfe, sprachen durcheinander, übertrumpften einander mit Ideen, unterhielten uns über Crowdfunding und Networking. Nicht nur Miriam wollte mitarbeiten, sondern auch Daniel. Aber du musst doch in den Kindergarten, versuchte Philipp ihn von der Idee abzubringen. Doch sein Sohn schüttelte den Kopf. Du kommst in den Kindergarten, sagte er. Ich gehe arbeiten. Unser Luftschloss, so wurde uns an diesem Tag klar, schwebte nicht mehr in den Wolken, sondern war in greifbare Nähe gerückt.

Irgendwann stand ich auf, um zu lüften. Ich blieb am Fenster stehen und ließ meinen Blick über die fröhliche Runde schweifen. Dann schloss ich die Augen. Und hatte plötzlich das Gefühl, auch Lydia und Hanna säßen am Tisch und freuten sich mit uns. Zum ersten Mal seit drei Jahren wusste ich, dass ich kein schlechtes Gewissen mehr haben musste für mein Glück.

Als ich das Fenster wieder schließen wollte, waren draußen gerade die Glocken der Leopoldskirche zu hören. Kurz danach antwortete die Uhr der Karmeliterkirche, dann folgte wie ein fernes Echo die Kirche der Barmherzigen Brüder.

Das Fünfte Reich

Im Anfang war das Wort, und das Wort war bei mir, und ich war das Wort. Jetzt aber ist es nicht mehr bei mir, sondern bei den aus Worten gewordenen Menschen in diesem auf Buchstabengrund errichteten Haus.

Früher war das Haus ein Puppenhaus, in dem ich die Figuren nach meinen Vorstellungen sprechen, gehen, tanzen ließ. Für das ich die Nacht vom Tage und das Licht vom Dunkel schied. In dem mir nichts verborgen blieb, weil ich alles steuerte.

Doch von nun an bewegen sich die Menschen nach ihrer eigenen Choreografie, sprechen ihren eigenen Text. Ich kann kein Licht mehr ins Dunkel bringen, sondern nur geduldig darauf warten, dass es Tag wird. Und weiß nur noch das, was man mich sehen lassen will durch Fenster und Türen.

Da, jetzt geht das Licht in einem der Fenster im letzten Stock an, ich sehe León aus einem langen Schlaf erwachen.

In einem zweiten Fenster kann ich zuschauen, wie er und Judith und Miriam sich langsam einrichten in ihrem neuen Leben.

Ein drittes Fenster wird hell, da stehen Hanna und die andere Judith Hand in Hand nebeneinander, sie haben die Kleider getauscht, Hanna trägt Mantel, Schal und Mütze, Judith Hannas Lieblingskleid mit den aufgedruckten Igeln.

Im Stockwerk darunter zündet jemand – ich erkenne nicht, wer –, die erste Kerze einer Menora an.

Auch im Erdgeschoss wird es hell. Ich sehe Judith hinter dem Ladentisch der Buchhandlung stehen und sich mit Max über eine neue Bücherlieferung unterhalten. León tritt hinzu, sagt etwas, und alle drei brechen in fröhliches Gelächter aus.

Im Schaufenster daneben sieht man den Kleinopa in einem bequemen Ohrensessel neben dem Ofen sitzen, Marwan serviert ihm gerade ein Glas dampfenden Tee.

Das nächste Fenster gibt den Blick auf die hölzerne Galerie der Buchhandlung frei, auf der Treppe hocken Miriam, Hanna und Judith beisammen, doch jede ist in ihr eigenes Buch vertieft.

In der Etage darüber wird die vierte Kerze der Menora entzündet.

Im letzten Stock geht ein Licht an, und während die drei Mädchen im Erdgeschoss weiter in ihren Büchern schmökern, sehe ich, wie sie die lachende Kleinoma am Herd umringen und sich um die letzten Zwetschgenknödel raufen.

Auch neben dem Haus wird es hell, Scheinwerferlicht fällt auf das Denkmal auf dem Nachbargrundstück, der Baum, der aus den Stufen hervorwächst, wirft einen harten Schatten auf das Podest mit dem Türrahmen. Die eine Hälfte der Tür ist verspiegelt, die andere gibt den Blick auf den dem Brachland abgetrotzten Garten dahinter frei. Er blüht in allen Farben und Formen, zeigt sich im Frühjahrs-, Sommer-, Herbst- und Winterkleid zur gleichen Zeit.

Scheinwerfer lösen auch die Feuermauer des Nachbarhauses aus dem Dunkel der Umgebung. Und ich erkenne, dass sie von oben bis unten mit Schriftzeichen bedeckt ist. Ich kann die Zeichen nicht lesen, ich weiß nicht, wer sie geschrieben hat, aber es stehen Menschen davor, die sie zu entziffern versuchen.

Mein Blick richtet sich wieder auf das von mir gebaute Haus, in dem mittlerweile fast alle Fenster erleuchtet sind. In einem davon zündet jemand gerade die vorletzte Kerze der Menora an.

Und dann wird plötzlich das Haustor geöffnet. Der Raum, der sich dahinter auftut – ich sehe ihn zum ersten Mal, vielleicht entsteht er erst in ebendiesem Augenblick –, wird fast zur Gänze von einer großen, festlich gedeckten Tafel eingenommen, dahinter stehen ein von Kerzen erhellter Weihnachtsbaum und eine Menora. Ich kann nicht alle Menschen erkennen, die sich hier zum Feiern versammelt haben, dafür sind manche an mehreren Plätzen zugleich sichtbar. Die kleine und die große Judith sitzen nebeneinander und unterhalten sich, die kleine hockt aber auch auf dem Schoß ihres Bruders Max und spielt gedankenverloren mit ihrem Silberbesteck. León ist gerade dabei, seiner Mutter Wein nachzuschenken, ein paar Plätze weiter bringt er Miriam und Hanna mit Grimassen zum Lachen. Miriam und Max tauschen sich, so glaube ich jedenfalls, über die Schule in der Kleinen Sperlgasse aus, der Kleinopa, in dessen Brille sich die Kerzen des Weihnachtsbaums und der Menora spiegeln, spricht auf Linde und Marwan ein. Lydia und Lena sind in ein ernstes Gespräch vertieft, und auch Philipp und Max scheinen ein spannendes Thema gefunden zu haben.

Und dann schließt sich das Tor langsam wieder. Ich kann gerade noch erkennen, dass Philipps Sohn Daniel sich vom Schoß seines Vaters unter den Tisch gleiten lässt, ich sehe, dass dabei das Tischtuch mitsamt Geschirr und Gläsern ins Rutschen gerät, sehe Philipp die Hände ausstrecken, und in genau diesem Schwebezustand bleibt das Bild für mich stehen.

Danksagung

Mein Dank geht an die LiterarMechana und die Kulturabteilung der Stadt Wien, die mir die Arbeit am vorliegenden Roman durch die Verleihung eines Jubiläumsfonds-Stipendiums und eines Wiener Literatur Stipendiums erleichtert haben.

Ganz herzlich bedanken möchte ich mich bei folgenden Personen bzw. Institutionen für Schreibaufenthalte im Waldviertel, am Semmering, in Südtirol, im Stift Schlägl, am Grundlsee und in Venedig: Barbara und Ronald Grossmann, Elisabeth Zeisner, Maria und Aki Malfér, Abt Martin Felhofer und Frater Ewald Nathanael Donhoffer, LiterarMechana.

Verlassen kann ich mich auch stets auf meine wunderbare Agentur Copywrite, im konkreten Fall danke ich v. a. Caterina Kirsten.

Vom Verlag sei stellvertretend für alle MitarbeiterInnen Marion Kohler genannt, bei der ich mich für die gute Zusammenarbeit bei der Manuskriptentwicklung und beim Lektorat herzlich bedanke.

Jegliche Art der Unterstützung kam von der besten aller Ehefrauen, Alexandra, die meine langen Abwesenheiten – die seelischen ebenso wie die physischen – mit Verständnis, Humor und sehr viel Liebe zu ertragen wusste.

Danken möchte ich auch den vielen aus Österreich und Deutschland vertriebenen Menschen, die während meines fünfjährigen New-York-Aufenthaltes zu Freunden wurden – auch ihnen allen ist dieses Buch gewidmet. Viele davon traf ich am wunderbaren Oskar-Maria-Graf-Stammtisch, deren Gastgeberinnen Gaby Glückselig und Trudy Jeremias ich hier stellvertretend nennen möchte.

Die Arbeit am vorliegenden Roman wurde durch ein Literaturstipendium der Kulturabteilung der Stadt Wien gefördert.

Die Gedichte von Herbert Wadsack auf den Seiten 13, 201 und 305
wurden entnommen:
Herbert Wadsack: *a-to-nal*. Wien, Heimatland-Verlag, 1982. S. 18, 21, 22.

MIX
Papier aus verantwortungsvollen Quellen
FSC® C014496
FSC
www.fsc.org

Verlagsgruppe Random House FSC® N001967

PENGUIN VERLAG

1. Auflage

in der Verlagsgruppe Random House GmbH,
Neumarkter Str. 28, 81673 München
Umschlaggestaltung: Designbüro Lübbeke Naumann Thoben, Köln
Umschlagabbildungen: © Getty Images/Fox Photos,
© iStockimages/malerapaso, © Depositphotos/bellena6
Satz: Buch-Werkstatt GmbH, Bad Aibling
Druck und Bindung: GGP Media GmbH
Printed in Germany
ISBN 978-3-328-60010-7

www.penguin-verlag.de

Dieses Buch ist auch als E-Book erhältlich

MARTIN HORVÁTH

Martin Horváth
Mohr im Hemd
Auch als E-Book erhältlich

Von Weltverbesserern und anderen Narren

Ali hat seine Augen und Ohren überall. Er ist – so behauptet er jedenfalls – fünfzehn Jahre alt und kommt irgendwo aus dem Westen Afrikas, spricht vierzig Sprachen und weiß Bescheid über das Leben und Sterben in den ärmeren Ländern der Welt. Ali kann alles, kennt alles und fristet sein Dasein nur aus einem Grund in einem Wiener Asylbewerberheim: Er, der Beschützer aller Gedemütigten, hat es sich zur Aufgabe gemacht, seine Mitinsassen von ihren Albträumen zu befreien. Seine Wunderwaffe auf dieser Mission: das Erzählen.